ullstein

Das Buch

Bangkok: Als der norwegische Botschafter in Thailand mit einem Messer im Rücken gefunden wird, steht das Außenministerium kopf. Zumal Atle Molnes in einem recht zwielichtigen Etablissement ums Leben kam. Die Angelegenheit ist also äußerst heikel. Kommissar Harry Hole soll den Mord vor Ort untersuchen, und zwar möglichst diskret, denn schließlich war Molnes ein enger Weggefährte des norwegischen Ministerpräsidenten. Doch Hole findet schnell heraus, dass der Botschafter kein unbeschriebenes Blatt war. Entgegen der ausdrücklichen Anweisung seiner Vorgesetzten bemüht er sich, die Wahrheit ans Licht zu bringen. Die schwüle Hitze, der Lärm, der hektische Verkehr und die ständige Versuchung durch den Alkohol machen Hole dabei schwer zu schaffen, aber auch die undurchdringlichen Diplomatenkreise und die allmächtige Unterwelt Bangkoks. An der Seite der eigenwilligen Ermittlerin Liz nimmt er schließlich auch norwegische Geschäftsleute unter die Lupe – ein Engagement, das Hole beinahe mit dem Leben bezahlt ...

Der Autor

Jo Nesbø, 1960 geboren, ist Ökonom, Schriftsteller und Musiker. Bereits sein erster Kriminalroman *Der Fledermausmann* wurde 1997 mit dem »Gläsernen Schlüssel« als »Bester skandinavischer Krimi des Jahres« ausgezeichnet. In Norwegen ist Nesbø längst ein gefeierter Bestsellerautor, seine Bücher erscheinen inzwischen in 14 Ländern.

In unserem Hause sind von Jo Nesbø bereits erschienen:

Der Fledermausmann
Kakerlaken
Rotkehlchen
Die Fährte
Das fünfte Zeichen
Der Erlöser
Schneemann (HC-Ausgabe)

Jo Nesbø

Kakerlaken

Kriminalroman

Aus dem Norwegischen
von Günther Frauenlob

Ullstein

Besuchen Sie uns im Internet:
www.ullstein-taschenbuch.de

Die Übersetzung wurde gefördert durch
NORLA – Norwegian Literature Abroad, Oslo.

Umwelthinweis:
Dieses Buch wurde auf chlor- und säurefreiem Papier gedruckt.

Deutsche Erstausgabe im Ullstein Taschenbuch
1. Auflage März 2007
6. Auflage 2008

Titel der norwegischen Originalausgabe: Kakerlakkene (Aschehoug, Oslo)
Umschlaggestaltung: Hilden Design, München, und Büro Hamburg
Titelabbildung: © Frank Greenaway / Getty Images
Foto Umschlagrückseite: © Cato Lein
Satz: Pinkuin Satz und Datentechnik, Berlin
Gesetzt aus der Sabon
Druck und Bindearbeiten: CPI – Clausen & Bosse, Leck
Printed in Germany
ISBN 978-3-548-26646-6

Ein Gerücht unter den in Thailand lebenden Norwegern besagt, der norwegische Botschafter, der in den frühen sechziger Jahren bei einem Autounfall ums Leben kam, sei in Wirklichkeit unter äußerst geheimnisvollen Umständen ermordet worden. Das Außenministerium nimmt hierzu nicht Stellung. Der Leichnam wurde ohne offizielle Obduktion bereits nach einem Tag verbrannt.

Keine der Personen oder Geschehnisse im Buch darf mit wirklichen Personen oder Geschehnissen verwechselt werden. Dafür ist die Wirklichkeit viel zu unglaubwürdig.

Bangkok, am 23. Februar 1998

Kapitel 1

Die Ampel schaltete auf Grün und das Dröhnen der Autos, Motorräder und Tuk-Tuks wurde immer lauter, bis Dim die Scheiben im Robertson Department Store vibrieren sah. Dann setzte sich der Verkehr auch auf ihrer Spur wieder in Bewegung und das Schaufenster mit dem langen, roten Seidenkleid verschwand hinter ihnen im abendlichen Dunkel.

Sie hatte ein Taxi genommen. Nicht einen der überfüllten Busse oder eines der durchgerosteten Tuk-Tuks, sondern einen Wagen mit Klimaanlage und einem Fahrer, der den Mund hielt. Sie lehnte ihren Hinterkopf an die Kopfstütze und versuchte, die Fahrt zu genießen. Kein Problem. Ein Moped drängelte sich vorbei und das Mädchen auf dem Sozius klammerte sich an ein rotes T-Shirt mit Visierhelm und warf ihnen einen leeren Blick zu. Halt dich gut fest, dachte Dim.

Auf der Rama IV Road fädelte sich der Fahrer hinter einen Lastwagen ein, der derart dicken Rauch ausspuckte, dass Dim nicht einmal mehr das Nummernschild erkennen konnte. Nachdem der Qualm die Klimaanlage passiert hatte, war er kalt und beinahe geruchlos. Aber eben nur beinahe. Sie wedelte diskret mit der Hand, um zum Ausdruck zu bringen, was sie davon hielt, und der Fahrer blickte in den Rückspiegel und fuhr wieder auf die Überholspur. Kein Problem.

So war es nicht immer gewesen. Auf dem ärmlichen Hof, auf dem sie aufgewachsen war, waren sie sechs Mädchen gewesen. Sechs zu viel, wenn es nach ihrem Vater ging. Sie war sieben Jahre alt, als sie hustend und winkend in dem gelben Staub stand, während der Karren mit der ältesten Schwester auf der Landstraße neben dem braunen Kanal davonrollte. Die Schwester hatte saubere Kleider bekommen, ein Zugticket nach Bangkok und eine Adresse in Patpong, die auf der Rückseite einer Visitenkarte notiert worden war. Sie weinte wie ein Wasserfall, obgleich Dim so heftig winkte, dass ihr beinahe die Hand abfiel. Die Mutter tätschelte Dims Kopf und sagte, dass das alles nicht leicht sei, aber auch nicht so schlimm. So bleibe es ihrer Schwester jedenfalls erspart, als *kwai* von Hof zu Hof zu ziehen, wie sie selbst es vor ihrer Hochzeit getan habe. Außerdem hatte Miss Wong versprochen, gut auf sie aufzupassen. Der Vater nickte, spuckte Betel durch die schwarzen Zähne und fügte hinzu, dass die *farangs* in den Bars gut für frische Mädchen bezahlten.

Dim hatte nicht verstanden, was ihre Mutter mit *kwai* meinte, aber sie wollte nicht fragen. Natürlich wusste sie, dass *kwai* Ochse bedeutete. Wie die meisten anderen hier hatten sie nicht das Geld für einen eigenen Ochsen, so dass sie einen mieten mussten, wenn das Pflügen der Reisäcker anstand. Erst später hatte sie erfahren, dass die Mädchen, die diesen herumziehenden Ochsentreibern folgten, ebenfalls *kwai* genannt wurden, da ihre Dienste im Mietpreis für den Ochsen inbegriffen waren. So verlangte es die Tradition. Hoffentlich fand sie selbst einen Bauern, der sie haben wollte, ehe sie zu alt war.

Mit fünfzehn war Dim eines Tages von ihrem Vater gerufen worden, während er ihr, die Sonne im Rücken und den Hut in der Hand, durch das Reisfeld entgegenwatete. Sie antwortete nicht sogleich, sondern richtete sich auf und ließ ihren Blick über die grünen Hügel rund um den kleinen Hof schweifen. Dann schloss sie die Augen, lauschte dem Zwitschern eines Vogels und sog den Geruch von Eukalyptus und Gummibäumen ein. Sie wusste, jetzt war sie an der Reihe.

Im ersten Jahr wohnte sie gemeinsam mit drei Mädchen in einem Zimmer. Sie teilten sich alles: Bett, Essen, Kleider.

Besonders Letzteres war wichtig, denn ohne schöne Kleider bekam man nie die besten Kunden. Sie hatte tanzen gelernt, lächeln und entwickelte einen Blick dafür, wer nur etwas trinken wollte und wer gekommen war, um Sex zu haben. Ihr Vater hatte mit Miss Wong vereinbart, dass das Geld nach Hause geschickt wurde, so dass sie in den ersten Jahren nicht viel davon zu sehen bekam, aber Miss Wong war zufrieden mit ihr, und nach und nach hielt sie mehr für Dim zurück.

Miss Wong hatte allen Grund, zufrieden zu sein. Dim arbeitete hart und ihre Kunden kauften ihr viele Drinks. Überhaupt konnte sie froh sein, dass Dim noch immer da war, denn ein paar Mal wäre sie beinahe weg gewesen. Ein Japaner hatte Dim heiraten wollen, hatte dann aber kalte Füße bekommen, als sie ihn um das Geld für das Flugticket gebeten hatte. Ein anderes Mal war ein Amerikaner mit ihr nach Phuket gefahren, hatte seine Rückreise verschoben und ihr einen Diamantring gekauft, den sie dann aber einen Tag nach seiner Abreise versetzt hatte.

Manch einer hatte ihr die Bezahlung verweigert und sie weggeschickt, wenn sie protestierte, andere hatten es Miss Wong gemeldet, wenn sie nicht alles getan hatte, was sie von ihr verlangten. Sie alle hatten nicht verstanden, dass Dim ihr eigener Herr war, wenn sie sie erst aus der Bar freigekauft hatten, denn damit war der Anteil für Frau Wong gesichert. Ihr eigener Herr. Sie dachte an das rote Kleid im Schaufenster. Ihre Mutter hatte recht gehabt – es war nicht leicht, aber ganz so schwer war es auch nicht.

Und es war ihr gelungen, ihr unschuldiges Lächeln und fröhliches Lachen zu bewahren. Die Männer mochten so etwas. Vielleicht hatte sie deshalb den Job bekommen, den Wang Lee in der Zeitung *Thai Rath* unter der Überschrift G.R.O. oder »Guest Relation Officer« annonciert hatte. Wang Lee war ein kleiner, beinahe schwarzer Chinese, der draußen an der Sukhumvit Road ein Motel betrieb. Bei seinen Kunden handelte es sich beinahe ausnahmslos um Ausländer mit besonderen Wünschen – aber nicht so besonderen, dass sie sie nicht erfüllen konnte. So gesehen gefiel ihr die Arbeit dort besser als das stundenlange Tanzen in der Bar. Außerdem bezahlte Wang Lee gut. Der einzige Nachteil war, dass dieses Motel so weit von ihrer Wohnung in Banglaphu entfernt war.

Dieser verdammte Verkehr! Es staute sich schon wieder und sie sagte dem Fahrer, sie wolle aussteigen, obgleich sie dann sechs Spuren überqueren musste, um zu dem Motel auf der anderen Straßenseite zu kommen. Die Luft legte sich wie ein warmes, nasses Handtuch um sie, als sie aus dem Taxi stieg. Sie spähte nach einer Lücke im Verkehr und hielt sich die Hand vor die Nase, wobei sie natürlich wusste, dass das nichts nutzte, denn es gab in Bangkok nur diese Luft. Einzig dem Gestank konnte sie auf diese Art entgehen.

Sie schlüpfte zwischen den Autos hindurch, musste vor einem Pick-up zur Seite springen, auf dessen Ladefläche eine Gruppe pfeifender Jugendlicher saß, und hätte beinahe von einem hin und her kreuzenden Toyota die Waden rasiert bekommen, doch dann war sie auf der anderen Seite.

Wang Lee blickte kurz auf, als sie in die menschenleere Rezeption kam.

»Ruhiger Abend?«, fragte sie.

Er nickte mürrisch. Das war im Laufe des letzten Jahres öfter vorgekommen.

»Hast du gegessen?«

»Ja«, log sie. Er meinte es gut, aber sie hatte keine Lust auf die matschigen Nudeln, die er im Hinterzimmer kochte.

»Heute heißt es warten«, sagte er. »Der *farang* will erst schlafen, er ruft an, wenn er so weit ist.«

Sie stöhnte.

»Du weißt genau, dass ich bis Mitternacht zurück in der Bar sein muss, Lee.«

Er sah auf die Uhr.

»Gib ihm eine Stunde.«

Sie zuckte mit den Schultern und setzte sich. Wenn das vor einem Jahr geschehen wäre, hätte er sie vermutlich für ihre freimütige Äußerung vor die Tür gesetzt, doch jetzt brauchte er dringend jedes bisschen Umsatz. Natürlich hätte sie gehen können, aber dann wäre der ganze weite Weg umsonst gewesen. Außerdem schuldete sie Lee den einen oder anderen Gefallen, er war wirklich nicht der schlechteste ihrer bisherigen Zuhälter.

Nachdem sie die dritte Zigarette ausgedrückt hatte, spülte sie sich den Mund mit Lees bitterem chinesischen Tee und stand auf, um ein letztes Mal ihre Schminke im Spiegel über dem Rezeptionstisch zu überprüfen.

»Ich geh ihn jetzt wecken«, sagte sie.

»Hm, hast du die Schlittschuhe?«

Sie hob ihre Tasche hoch.

Ihre Absätze knirschten auf dem Kies des offenen Platzes zwischen den niedrigen Motelräumen. Zimmer 120 lag ganz hinten, sie sah keinen Wagen davor stehen, aber es brannte Licht. Also war er vermutlich aufgewacht. Ein leichter Windhauch fuhr unter ihren kurzen Rock, doch er verschaffte ihr keine Abkühlung. Sie sehnte sich nach dem Monsun, nach dem Regen. Genau wie sie nach ein paar Wochen Überschwemmung, matschigen Straßen und schimmeligen Kleidern die trockenen, windstillen Monate herbeisehnte.

Sie klopfte leise an, setzte ihr verführerisches Lächeln auf und die Frage »What's your name?« lag bereits auf ihren Lippen. Keine Reaktion. Sie klopfte noch einmal an und sah auf die Uhr. Sie konnte dieses Kleid sicher um ein paar Hundert Baht runterhandeln, auch wenn es bei Robertson war. Als sie die Klinke nach unten drückte, bemerkte sie zu ihrer Überraschung, dass die Tür unverschlossen war.

Er lag bäuchlings auf dem Bett und zuerst dachte sie, er schlafe. Dann sah sie den Lichtreflex in dem blauen Glas des Messerschafts, der aus der signalgelben Weste herausragte. Schwer zu sagen, welcher Gedanke ihr zuerst durch den Kopf schoss, doch einer von ihnen war, dass der weite Weg von Banglaphu nun doch umsonst gewesen war. Dann bekam sie endlich ihre Stimmbänder unter Kontrolle. Doch ihr Schrei wurde vom dröhnenden Hupen eines Lastwagens übertönt, der auf der Sukhumvit Road einem unachtsamen Tuk-Tuk-Fahrer ausweichen musste.

Kapitel 2

»Nationaltheater«, verkündete eine nasale, schlaftrunkene Stimme durch die Lautsprecher, ehe sich die Straßenbahntüren klappernd öffneten und Dagfinn Torhus in den kalten, rauen und gerade erst angebrochenen Wintermorgen trat. Die Luft schmerzte auf seinen frisch rasierten Wangen und im Schein von Oslos sparsamer Neonbeleuchtung sah er seinen eigenen Atem.

Es war die erste Januarwoche und er wusste, dass das Wetter im Laufe des Winters immer besser wurde, weil dann der Fjord vereist und die Luft trockener war. Er ging über den Drammensvei in Richtung Außenministerium. Ein paar einsame Taxis fuhren an ihm vorbei, doch ansonsten waren die Straßen leer. Die riesige Reklameuhr, die sich rot vom schwarzen Winterhimmel abhob, zeigte eben erst sechs Uhr.

Vor der Tür nahm er seine Zugangskarte heraus. »Position: Verwaltungschef« stand über dem Bild eines zehn Jahre jüngeren Dagfinn Torhus, der mit vorgerecktem Kinn und zielstrebigem Blick durch seine Stahlbrille in die Kamera starrte. Er zog die Karte durch das Lesegerät, tippte den Code ein und drückte die schwere Glastür der Victoria-Terrasse auf.

Nicht alle Türen hatten sich so leicht öffnen lassen, seit er vor bald dreißig Jahren als 25-Jähriger hierher gekommen war. Auf der »Diplomatenschule«, dem Anwärterkurs für das Auswärtige Amt, war er mit seinem breiten Østerdalsdialekt und seiner ländlichen Art bei den Großstadtyuppies oft angeeckt. Die anderen Anwärter waren Politologen, Wirtschaftswissenschaftler und Juristen, deren Eltern Akademiker oder Politiker waren, wenn sie nicht selbst zum ministeriellen Adel des Auswärtigen Amtes gehörten, in den ihre Nachkömmlinge nun aufsteigen wollten. Er war ein Bauernsohn mit einem Examen der landwirtschaftlichen Hochschule in Ås. Nicht dass ihm das selbst so viel bedeutete, aber er wusste, dass die richtigen Freunde für die weitere Karriere von großer Bedeutung waren. Während sich Dagfinn Torhus die gesellschaftlichen Gepflogenheiten einhämmerte, versuchte er, seine Defizite durch umso härtere Arbeit zu kompensieren. Abgesehen von der ungleichen Ausgangsposition war ihnen allen gemein, dass sie nur eine unklare Vorstellung davon hatten, was sie vom Leben wollten. Das Einzige, was sie wussten, war, in welche Richtung es gehen sollte: aufwärts.

Torhus seufzte und nickte dem Securitas-Wachmann zu, der ihm die Zeitung und einen Umschlag durch die Luke in seinem Glaskasten schob.

»Sonst schon jemand …?«

Der Wachmann schüttelte den Kopf.

»Wie immer der Erste, Torhus. Der Umschlag ist vom Nachrichtendienst, er wurde heute Nacht geliefert.«

Torhus sah die Ziffern der Etagen aufleuchten und wieder verlöschen, während ihn der Fahrstuhl nach oben beförderte. Irgendwie kam es ihm so vor, als spiegele jede Etage eine Periode seiner Karriere wider, die deshalb jeden Morgen aufs Neue Revue passierte.

Die erste Etage symbolisierte seine ersten beiden Jahre als Anwärter, die langen, unverbindlichen Diskussionen über Politik und Geschichte und die Französischstunden, durch die er sich gequält hatte.

In der zweiten Etage war das Planungs- und Beorderungsbüro. Er hatte zwei Jahre Canberra bekommen und dann drei Jahre Mexico City. So weit ganz anständige Städte, er durfte sich nicht beklagen. Obgleich er London und New York als erste Wahl angegeben hatte, doch das waren prestigeträchtige Zentren, in die alle wollten, so dass er sich entschlossen hatte, den abschlägigen Bescheid nicht als Niederlage zu werten.

In der dritten Etage war er zurück in Norwegen, ohne die luxuriösen Auslands- und Wohngeldzulagen, die ihm Raum gelassen hatten für ein Leben in nüchternem Überfluss. Er hatte Berit getroffen, sie war schwanger geworden, und als die Zeit für einen neuerlichen Auslandsaufenthalt gekommen war, war bereits Kind Nummer zwei unterwegs. Berit stammte aus der gleichen Gegend wie er selbst und telefonierte jeden Tag mit ihrer Mutter. Er hatte sich entschlossen, ein wenig zu warten, und hatte stattdessen wie ein Wahnsinniger gearbeitet, kilometerlange Abhandlungen über den bilateralen Handel mit Entwicklungsländern geschrieben, Reden für den Außenminister verfasst und von den oberen Etagen Anerkennung eingeheimst. An keinem anderen Ort des Staatsapparates ist die Konkurrenz so stark wie im Auswärtigen Amt mit seinen ausgeprägten Hierarchien. Dagfinn Torhus war jeden Tag zum Dienst erschienen wie ein Soldat an der Front, er hatte den Kopf eingezogen, sich den Rücken frei gehalten und losgefeuert, wenn er jemanden vor den Lauf bekam. Das trug ihm das eine oder andere Schulterklopfen ein, er wusste, dass er »bemerkt« worden war, und versuchte Berit zu erklären, dass er nun vermutlich Paris oder London bekommen konnte, doch da hatte sie sich zum ersten Mal in ihrer bisher recht undramatischen Ehe zur Wehr gesetzt. Er hatte nachgegeben.

So war er in die vierte Etage aufgestiegen und damit zu weiteren Untersuchungsberichten, einer Sekretärin und einem etwas höheren Gehalt, bis man ihn dann vor kurzem in die Personalabteilung in der zweiten Etage versetzt hatte.

Einen Job in der Personalabteilung zu bekommen, war im Auswärtigen Amt etwas Besonderes, für gewöhnlich ein Zeichen, dass einem der Weg nach oben offenstand. Aber es war etwas geschehen. Gemeinsam mit dem Planungs- und Beorderungsbüro wählten sie die Bewerber für die jeweiligen Auslandsaufträge aus, eine Arbeit, die direkte Auswirkungen auf die Karriere anderer hatte. Vielleicht hatte er seinen Namen unter eine falsche Beorderung gesetzt oder eine Person abgelehnt, die es trotzdem geschafft hatte und jetzt irgendwie über ihm saß und an den unsichtbaren Fäden zog, die das Leben von Dagfinn Torhus und all den anderen im Auswärtigen Amt bestimmten.

Denn der Auftrieb war beinahe unmerklich ausgeblieben und plötzlich, eines Tages, hatte er sich im Badezimmerspiegel betrachtet und einen Verwaltungschef auf dem Abstellgleis erkannt, einen nur bedingt einflussreichen Bürokraten, der den Sprung in die fünfte Etage in den letzten zehn Jahren bis zu seiner Pensionierung nie mehr schaffen würde. Außer es gelang ihm irgendeine unerwartete Heldentat. Aber diese Arten von Heldentaten hatten den Nachteil, dass sie entweder Beförderungen oder Kündigungen bewirkten.

Trotzdem versuchte er wie bisher, den anderen immer eine Nasenlänge voraus zu sein. War jeden Morgen der Erste im Büro, so dass er in aller Ruhe die Zeitungen und Faxe lesen konnte und seine Schlussfolgerungen bereits gemacht hatte, wenn sich die anderen bei den morgendlichen Besprechungen noch den Schlaf aus den Augen rieben. Die Strebsamkeit schien ihm in Fleisch und Blut übergegangen zu sein.

Er schloss die Tür zu seinem Büro auf und zögerte einen Moment, ehe er das Licht einschaltete. Auch das hatte eine Vorgeschichte – die Stirnlampenepisode. Leider war die an die Öffentlichkeit geraten und zu einer – wie er wusste – beliebten Anekdote im Auswärtigen Amt geworden: Vor vielen Jahren hatte sich der damalige Leiter der norwegischen Botschaft in den USA einige Wochen in Oslo aufgehalten. Er rief Torhus eines Morgens in aller Frühe an und fragte, was er von den nächtlichen Äußerungen Präsident Carters hielt. Torhus war gerade erst ins Büro gekommen, hatte weder Zeitungen noch Faxe gelesen und war ihm eine Antwort schuldig geblieben. Was ihm natürlich den Tag verdorben hatte. Doch es sollte noch schlimmer kommen. Am nächsten Morgen rief der Botschafter erneut an, als Torhus gerade erst die Zeitung aufgeschlagen hatte, und fragte ihn, wie sich die nächtlichen Geschehnisse auf die Situation im Nahen Osten auswirken würden. Und am darauffolgenden Morgen überraschte er ihn wieder mit einer anderen Frage. Torhus hatte seine nichtssagenden, von Vorbehalten und Informationsdefiziten geprägten Antworten gestammelt. Er fing an, noch früher zur Arbeit zu kommen, doch der Botschafter schien einen siebten Sinn zu haben, denn jeden Morgen klingelte das Telefon, wenn er gerade am Schreibtisch Platz genommen hatte. Den Zusammenhang erkannte er erst, als er per Zufall erfuhr, dass der Botschafter, ein bekennender Frühaufsteher, im Hotel Lille Aker wohnte, auf der anderen Straßenseite, unmittelbar vor dem Auswärtigen Amt. Natürlich musste er bemerkt haben, dass das Licht in Torhus' Büro früher anging als in den anderen, und vermutlich wollte er ein Spielchen mit diesem übereifrigen Staatsdiener treiben. Torhus ging in einen Laden, kaufte sich eine Stirnlampe und am nächsten Morgen hatte er alle Zeitungen und Faxe gelesen, ehe er das Licht einschaltete. Das machte er drei Wochen lang, bis der Botschafter endlich aufgab.

In diesem Moment aber war Torhus der spaßige Botschafter mehr als egal. Er hatte das Kuvert des Nachrichtendienstes geöffnet und auf der dechiffrierten Papierkopie des Kryptofax stand unter dem Stempel »Streng geheim« eine Nachricht, die ihn seinen Kaffee auf die verschiedenen Ländernotizen auf seinem Schreibtisch verschütten ließ. Der knappe Text überließ viel der Fantasie, aber die Essenz lautete in etwa, dass der norwegische Botschafter in Thailand, Atle Molnes, mit einem Messer im Rücken in einem Bordell in Bangkok aufgefunden worden war.

Torhus las die Nachricht noch einmal, ehe er sie beiseite legte.

Atle Molnes, ehemaliger Politiker der Christlichen Volkspartei und ehemaliger Vorsitzender des Finanzkomitees, gehörte somit nun gänzlich zu den Ehemaligen. Das Ganze war derart unglaublich, dass er unweigerlich zum Aker Hotel hinüberblickte, um sich zu vergewissern, dass sich dort nichts hinter einer Gardine regte. Der Absender war aber eindeutig die norwegische Botschaft in Bangkok. Torhus fluchte. Warum musste das ausgerechnet jetzt passieren, und dann auch noch in Bangkok? Sollte er zuerst Askildsen informieren? Nein, dazu hätte er später auch noch Zeit. Torhus warf einen Blick auf die Uhr und hob den Hörer ab, um den Außenminister anzurufen.

Bjarne Møller klopfte vorsichtig an und öffnete die Tür. Die Stimmen im Sitzungszimmer verstummten und alle Gesichter wandten sich ihm zu.

»Darf ich vorstellen, Bjarne Møller, Leiter des Dezernats für Gewaltverbrechen«, sagte die Polizeipräsidentin und forderte ihn mit einer Handbewegung auf, sich zu setzen. »Møller, das sind Staatssekretär Bjørn Askildsen vom Staatsministerium und Verwaltungschef Dagfinn Torhus vom Auswärtigen Amt.«

Møller nickte, nahm sich einen Stuhl und versuchte, seine unglaublich langen Beine unter den großen, ovalen Eichentisch zu schieben. Er meinte, Askildsens junges, glattes Gesicht schon einmal im Fernsehen gesehen zu haben. Staatsministerium? Das musste ja Probleme der schlimmsten Sorte bedeuten.

»Gut, dass Sie so kurzfristig kommen konnten«, schnarrte der Staatssekretär, während seine Finger ungeduldig auf der Tischplatte trommelten. »Hanne, fasst du kurz zusammen, was wir bis jetzt besprochen haben?«

Møller hatte vor zwanzig Minuten den Anruf der Polizeipräsidentin erhalten, die ihn ohne weitere Erklärungen binnen fünfzehn Minuten ins Auswärtige Amt zitiert hatte.

»Atle Molnes ist tot aufgefunden worden, vermutlich ermordet, in Bangkok«, begann die Polizeipräsidentin.

Møller sah, wie der Verwaltungschef mit der Stahlbrille

die Augen verdrehte, und er verstand seine Reaktion, als er den Rest der Geschichte zu hören bekam. Man musste vermutlich Polizist sein, um zu behaupten, dass ein Mann, in dessen Rücken dicht neben der Wirbelsäule ein Messer steckte, das Lunge und Herz perforiert hatte, »vermutlich ermordet« worden war.

»Er wurde in einem Hotelzimmer von einer ... Frau gefunden ...«

»In einem Bordell«, unterbrach sie der Mann mit der Stahlbrille. »Von einer Hure.«

»Ich hatte bereits ein Gespräch mit meinem Amtskollegen in Bangkok«, sagte die Polizeipräsidentin. »Ein angenehmer Mann. Er hat mir versprochen, die Sache eine Weile unter Verschluss zu halten.«

Møller wollte im ersten Moment fast schon fragen, warum man damit warten sollte, den Mord bekannt zu machen, schließlich verhalf ein rasches Presseecho manchmal zu konkreten Hinweisen, da sich die Menschen dann noch erinnerten und die Spuren frisch waren. Aber etwas sagte ihm, dass eine solche Frage als sehr naiv aufgefasst werden würde. Stattdessen erkundigte er sich, wie lange man die Sache wohl unter Verschluss halten könne.

»Hoffentlich so lange, bis wir eine etwas verträglichere Version auf die Beine gestellt haben«, sagte Askildsen. »Die jetzige ist inakzeptabel.«

Die jetzige? Møller musste lächeln. Die wahre Version war also abgewogen und als nicht brauchbar verworfen worden. Als noch relativ frischer Dezernatsleiter war es Møller bislang erspart geblieben, sich mit Politikern herumzuschlagen, aber er wusste, je höher man aufstieg, um so schwieriger wurde es, sie sich vom Leib zu halten.

»Ich verstehe ja, dass die jetzige Version unangenehm ist, aber was meinen Sie genau, wenn Sie sagen, dass sie inakzeptabel ist?«

Die Polizeipräsidentin warf Møller einen warnenden Blick zu. Der Staatssekretär lächelte matt.

»Wir haben wenig Zeit, Møller, aber lassen Sie mich

Ihnen trotzdem einen Crashkurs in praktischer Politik geben. Was ich Ihnen jetzt sage, ist natürlich streng vertraulich.«

Instinktiv zupfte er an seinem Schlips herum, eine Bewegung, die Møller aus den Fernsehinterviews wiederzuerkennen glaubte.

»Also, wir haben zum ersten Mal in der Nachkriegsgeschichte eine Zentrumsregierung mit einer gewissen Überlebenschance. Nicht weil es dafür eine parlamentarische Basis gäbe, sondern weil sich der Ministerpräsident überraschenderweise zu einem der am wenigsten unpopulären Politiker mausert.«

Polizeipräsidentin und Abteilungsleiter mussten lächeln.

»Diese Popularität basiert allerdings auf dem gleichen instabilen Fundament, das das Kapital eines jeden Politikers ausmacht: Vertrauen. Es kommt dabei nicht wirklich darauf an, sympathisch oder charismatisch zu sein, das Wichtigste ist Vertrauen. Wissen Sie, warum Gro Harlem Brundtland so populär wurde, Møller?«

Møller hatte keine Ahnung.

»Nicht weil sie so charmant war, sondern weil ihr die Menschen glaubten, dass sie die ist, für die sie sich ausgibt. Vertrauen, das ist das Schlüsselwort.«

Ein Nicken ging um den Tisch. Das war es also, was es zu lernen galt.

»Atle Molnes und der Ministerpräsident sind eng miteinander verbunden, einerseits durch ihre Freundschaft und andererseits durch ihren politischen Werdegang. Sie haben gemeinsam studiert, sind Seite an Seite die Karriereleiter der Partei emporgeklettert, haben sich durch die Modernisierung der parteilichen Jugendorganisation gekämpft und sich sogar eine Wohnung geteilt, als sie beide in noch jungen Jahren ins Parlament gewählt worden waren. Es war Molnes, der freiwillig einen Schritt beiseite trat, als sie beide ebenbürtige Kronprinzen der Partei waren. Stattdessen hat er den Ministerpräsidenten mit voller Kraft unterstützt, so dass man einen parteiinternen Machtkampf vermeiden konnte. Das bedeutet natürlich, dass der Ministerpräsident in Molnes Schuld stand.«

Askildsen befeuchtete sich die Lippen und blickte aus dem Fenster.

»Um es klar auszudrücken, Molnes hat nicht den Anwärterkurs des Auswärtigen Amtes besucht und wäre sicher nicht nach Bangkok gekommen, wenn der Ministerpräsident nicht seine Finger mit im Spiel gehabt hätte. Das hört sich vielleicht wie Kungelei an, aber es handelt sich wohl um eine Form von geduldeter Kungelei, die bereits von der Arbeiterpartei eingeführt und reichlich praktiziert worden ist. Reiulf Steen hatte auch keinen entsprechenden ›auswärtigen‹ Hintergrund, als er Botschafter von Chile wurde.«

Der Blick schweifte zurück zu Møller, ein entferntes amüsiertes Funkeln in den Augen.

»Ich brauche wohl nicht zu erwähnen, dass es dem Vertrauen des Ministerpräsidenten schaden würde, wenn ans Licht käme, dass ein Vertrauter und Parteifreund, den er selbst auf einen Außenposten gehievt hat, in einem Bordell erwischt wird, und dann auch noch ermordet!«

Mit einer Handbewegung überließ der Staatssekretär wieder der Polizeipräsidentin das Wort, doch Møller konnte sich nicht beherrschen:

»Was ist denn so besonders daran, einen Freund zu haben, der mal ins Bordell geht?«

Askildsens Lächeln erstarrte in den Mundwinkeln und der Verwaltungschef mit der Stahlbrille räusperte sich:

»Sie haben erfahren, was Sie wissen müssen, Møller. Bitte überlassen Sie uns die richtigen Einschätzungen. Was wir brauchen, ist jemand, der dafür sorgt, dass die Ermittlungen in diesem Fall ... keine unerwarteten Wendungen nehmen. Natürlich wollen wir alle, dass der oder die Mörder gefasst werden, doch die Umstände des Mordes sollten dabei bis auf weiteres geheim bleiben. Unseres Landes wegen. Verstehen Sie?«

Møller blickte auf seine Hände. Des Landes wegen.

Halt's Maul. In seiner Familie hatte man noch nie wirklich mit Zurechtweisungen umgehen können. Sein Vater hatte es nie weiter als bis zum Polizeiwachtmeister gebracht.

»Verehrter Herr Verwaltungschef, die Erfahrung zeigt nun mal, dass die Wahrheit oftmals schwer zu verbergen ist.«

»Das ist wohl wahr. Ich werde im Namen des Auswärtigen Amtes die Verantwortung für diese Operation übernehmen. Wie Sie verstehen, handelt es sich um eine höchst delikate Angelegenheit, bei der es darauf ankommt, dass die thailändischen Behörden mit uns zusammenarbeiten. Da die Botschaft involviert ist, haben wir gewisse Freiheiten, diplomatische Immunität und alles, was damit zusammenhängt, aber allzu viel Spielraum gibt es da natürlich nicht. Wir würden deshalb gerne jemanden dort hinunterschicken, der viel Erfahrung mit internationaler Polizeiarbeit hat und auf gewisse Erfolge zurückblicken kann.«

Er hielt inne und sah Møller an, der sich fragte, warum er so eine spontane Abneigung gegen den Bürokraten mit dem aggressiven Kinn spürte.

»Wir können ein Team mit …«

»Kein Team, Møller. Je weniger Wirbel, desto besser. Außerdem hat uns Ihre Polizeipräsidentin darauf aufmerksam gemacht, dass es der Zusammenarbeit mit den lokalen Polizeibehörden sicher nicht zuträglich ist, wenn wir mit einer ganzen Einheit kommen. Ein Mann.«

»Ein Mann?«

»Die Polizeipräsidentin hat uns bereits einen Namen genannt, und wir halten das für einen guten Vorschlag. Es ist einer Ihrer Untergebenen und wir haben Sie hergebeten, um uns anzuhören, wie Sie ihn einschätzen. Nach den Gesprächen, die die Polizeipräsidentin mit ihrem Kollegen in Sydney geführt hat, soll er dort unten im letzten Jahr einen bemerkenswerten Einsatz in Zusammenhang mit dem Inger-Holter-Fall geleistet haben.«

»Ich habe im letzten Winter in den Zeitungen davon

gelesen«, sagte Askildsen. »Wirklich beeindruckend, das könnte unser Mann sein.«

Bjarne Møller schluckte. Die Polizeipräsidentin hatte also vorgeschlagen, Harry Hole nach Bangkok zu schicken, und er sollte jetzt wohl bestätigen, dass Harry Hole das Beste war, was die Abteilung zu bieten hatte – der perfekte Mann für den Job.

Er warf einen Blick in die Runde. Politik, Macht, Einfluss. Das war ein Spiel, von dem er nichts verstand, aber er erkannte, dass es in gewisser Weise auch um sein eigenes Bestes ging. Es war ihm gerade bewusst geworden, dass das, was er jetzt sagte und tat, Konsequenzen für seine weitere Karriere haben konnte. Die Polizeipräsidentin hatte sich so weit vorgewagt, einen Namen zu nennen. Vermutlich hatte einer der anderen darum gebeten, Holes Qualifikationen von seinem direkten Vorgesetzten bestätigt zu bekommen. Er sah zur Polizeipräsidentin und versuchte, ihren Blick zu deuten. Natürlich war es möglich, dass mit Hole alles glatt lief. Was aber, wenn er ihnen davon abriet, Hole zu schicken, würde das nicht ein ganz merkwürdiges Licht auf die Polizeipräsidentin werfen? Wenn man ihn bitten würde, jemand anders vorzuschlagen, wäre es dann nicht einzig und allein sein Kopf, der auf dem Schafott lag, wenn der Betreffende die Sache verbockte?

Møller hob den Blick und studierte das Gemälde über der Polizeipräsidentin. Trygve Lie, der UNO-Generalsekretär, blickte ihn flehend an. Auch er ein Politiker. Durch die Fenster sah er die Dächer der Mietshäuser im schräg hereinfallenden Winterlicht. Die Festung Akershus und ein Wetterhahn, der auf dem Dach des Hotels Continental im eisigen Wind zitterte.

Bjarne Møller wusste, dass er ein guter Polizist war, aber das hier war etwas anderes, die Regeln dieses Spieles kannte er nicht.

Wozu hätte ihm sein Vater geraten? Tja, nur hatte sich Wachtmeister Møller nie nach den Vorgaben der Politik richten müssen. Allerdings hatte er begriffen, worauf es ankam, wenn man weiterkommen wollte, und hatte seinem Sohn verboten, auf der Polizeischule anzufangen, ehe er nicht das Juragrundstudium absolviert hatte. Und den Rest hinterher. Bjarne hatte getan, was sein Vater von ihm verlangt hatte, und nach der Examensfeier hatte sich dieser immer wieder geräuspert und ihm unablässig auf die Schulter geklopft, bis Bjarne ihn schließlich gebeten hatte, doch damit aufzuhören.

»Ein guter Vorschlag«, hörte Bjarne Møller sich selbst mit lauter, klarer Stimme sagen.

»Gut«, sagte Torhus. »Der Grund für diese rasche Besprechung ist der, dass die Sache natürlich eilt. Er soll alle anderen Tätigkeiten einstellen und sich bereits morgen auf den Weg machen.«

Na ja, vielleicht ist es genau so eine Aufgabe, die Hole jetzt braucht, tröstete sich Møller.

»Es tut mir leid, dass wir einen derart wichtigen Mann aus Ihrer Truppe abziehen müssen«, sagte Askildsen.

Dezernatsleiter Møller musste sich zusammenreißen, um nicht laut loszulachen.

Kapitel 3

Sie fanden ihn im Restaurant Schrøder in der Waldemar Thranes gate, einer altehrwürdigen Kneipe zwischen den westlichen und östlichen Stadtteilen. Mehr alt als ehrwürdig, um ehrlich zu sein. Die Ehrwürdigkeit lag vor allem darin begründet, dass irgendjemandem im städtischen Denkmalschutzamt in den Sinn gekommen war, das braune, verrauchte Lokal als bewahrenswert auszuweisen. Aber dieser Denkmalschutz erstreckte sich nicht auf die Kundschaft: gejagte, vom Aussterben bedrohte Vertreter der Gattungen alter Säufer, Langzeitstudent und müde gewordener Charmeur, deren Verfallsdatum längst abgelaufen war.

Als die zwei Beamten die Kneipe betraten, riss der Luftzug, der durch die Tür hereindrang, den dicken Rauchteppich einen Augenblick auf, und sie sahen die groß gewachsene Gestalt unter einem Gemälde der Aker Kirche sitzen. Die blonden kurzgeschnittenen Haare standen hoch wie Stacheln, und der Dreitagebart in dem mageren, markanten Gesicht begann grau zu werden, obgleich der Mann sicher erst Mitte dreißig war. Er saß allein da, aufrecht, die Jacke lose über den Schultern, als wollte er jeden Augenblick gehen. Als wäre das große Bierglas, das vor ihm auf dem Tisch stand, nicht Vergnügen, sondern eine Arbeit, die er hinter sich bringen musste.

»Man hat uns gesagt, wir würden Sie hier finden«, sagte der Ältere der beiden und setzte sich vor ihm auf den Stuhl. »Mein Name ist Waaler.«

»Seht ihr den da am Ecktisch?«, fragte Hole, ohne aufzublicken.

Waaler drehte sich um und sah einen alten, abgemagerten Mann, der sich unablässig vor- und zurückbewegte und dabei in sein Weinglas starrte. Er sah aus, als würde er frieren.

»Sie nennen ihn den letzten Mohikaner.«

Hole hob den Kopf und grinste sie an. Seine Augen lagen wie blauweiße Glaskugeln hinter einem Netz aus roten Adern. Sein Blick heftete sich irgendwo auf Waalers Hemdbrust.

»Ein alter Marinesoldat«, sagte er und bemühte sich dabei um eine deutliche Aussprache.

»Vor ein paar Jahren gab es hier bestimmt noch einige davon, aber jetzt sind nicht mehr viele übrig. Der da ist im Krieg zweimal torpediert worden. Er hält sich für unsterblich. Letzte Woche habe ich ihn nach der Sperrstunde in einem Schneehaufen schlafend in der Glückstadgate gefunden. Es war weit und breit kein Mensch zu sehen, stockdunkel und minus achtzehn Grad. Als ich ihn endlich wachgerüttelt hatte, sah er mich bloß an und sagte, ich solle zum Teufel gehen.«

Er lachte laut.

»Hören Sie, Hole ...«

»Gestern Abend bin ich an seinen Tisch gegangen und habe ihn gefragt, ob er sich an das erinnere, was in dieser Nacht geschehen ist, ich meine, schließlich habe ich ihn vor dem Erfrieren gerettet. Wisst ihr, was er mir geantwortet hat?«

»Møller will Sie sprechen, Hole.«

»Er hat gesagt, er sei unsterblich. Dass er damit leben könne, in diesem Scheißland ein unerwünschter Kriegsveteran zu sein. Es sei aber einfach unerträglich, dass nicht einmal Petrus etwas mit einem zu tun haben wolle. Habt ihr gehört? Nicht einmal Petrus ...«

»Wir haben den Auftrag, Sie zum Präsidium zu bringen.«

Ein weiteres Bier landete knallend vor Hole auf dem Tisch.

»Das reicht dann, Vera«, sagte er.
»280«, antwortete sie, ohne auf ihren Block zu schauen.
»Mein Gott«, murmelte der jüngere Beamte.
»Stimmt so, Vera.«
»Ui. Danke.« Sie war verschwunden.
»Der beste Service der Stadt«, erklärte Harry. »Manchmal sehen Sie dich, obwohl du gar nicht mit beiden Armen gewunken hast.«
Waaler hatte die Ohren nach hinten gezogen, so dass sich die Haut auf seiner Stirn straffte, wodurch eine Ader wie ein blauer gewundener Wurm hervortrat.
»Wir haben nicht die Zeit, uns Ihre Suffgeschichten anzuhören, Hole. Ich schlage vor, dass Sie das letzte Bier stehen lassen ...«
Hole hatte das Glas bereits vorsichtig an die Lippen gesetzt und begann zu trinken.
Waaler beugte sich über den Tisch und versuchte, seine Stimme unter Kontrolle zu behalten: »Ich weiß über Sie Bescheid, Hole. Und ich mag Sie nicht. Ich bin der Meinung, Sie hätten schon längst aus dem Corps fliegen müssen. Menschen wie Sie sind der Grund dafür, dass das Volk den Respekt vor der Polizei verliert. Aber deshalb sind wir nicht hier. Wir sind hier, um Sie zu holen. Der Dezernatsleiter ist ein guter Mann, vielleicht will er Ihnen noch eine Chance geben.«
Hole rülpste und Waaler zuckte zurück.
»Chance, wozu?«
»Zu zeigen, was Sie taugen«, sagte der jüngere Beamte und versuchte, wie ein kleiner Junge zu lächeln.
»Das kann ich euch hier zeigen«, sagte Hole lächelnd, setzte das Glas an den Mund und legte den Kopf in den Nacken.
»Verdammt, Hole!« Waaler wurde rot um die Nase, während sie zusahen, wie Holes Adamsapfel an seinem unrasierten Hals auf und nieder hüpfte.
»Zufrieden?«, fragte Hole und stellte das leere Glas vor sich ab.

»Unsere Arbeit …«

»… ist mir scheißegal.« Hole knöpfte sich seine Jacke zu. »Wenn Møller etwas von mir will, kann er mich anrufen oder warten, bis ich morgen zur Arbeit komme. Jetzt will ich nach Hause und in diesen zwölf Stunden will ich eure Gesichter nicht mehr sehen. Meine Herren …«

Harry erhob seine 190 Zentimeter und machte unauffällig einen Schritt zur Seite, um das Gleichgewicht zu halten.

»Sie arrogantes Arschloch«, sagte Waaler und kippelte mit dem Stuhl nach hinten. »Sie sind ein jämmerlicher Verlierer. Wenn die Zeitungsleute, die nach der Australien-Sache über Sie geschrieben haben, wüssten, was Sie für ein erbärmliches Weichei …«

»Was sind Weicheier, Waaler?« Hole lächelte noch immer. »Diese Dinger, mit denen man betrunkene Sechzehnjährige verprügelt, weil sie einen Irokesenschnitt haben?«

Der jüngere Beamte warf einen raschen Blick auf Waaler. Im letzten Jahr waren auf der Polizeischule Gerüchte über ein paar jugendliche Hausbesetzer kursiert. Weil sie an einem öffentlichen Ort Bier getrunken hatten, waren sie festgenommen und später in ihren Zellen mit Apfelsinen in nassen Handtüchern verprügelt worden.

»Sie haben nie begriffen, was Mannschaftsgeist ist, Hole. Sie denken nur an sich. Alle wissen, wer dieses Auto oben in Blindern gefahren hat und warum einem guten Polizisten an diesem Pfosten der Schädel gespalten wurde. Weil Sie ein Säufer sind und besoffen gefahren sind. Sie können nur froh sein, dass man die Sache aus Rücksicht auf seine Familie und den Ruf der Polizei unter den Teppich gekehrt hat …«

Der jüngere Polizist war noch frisch und lernte jeden Tag etwas Neues. An diesem Nachmittag lernte er zum Beispiel, dass es sehr dumm ist, auf seinem Stuhl herumzuwippen, wenn man jemanden beleidigt, weil man dann vollkommen wehrlos ist, wenn der Beleidigte einen Schritt nach vorne macht und einem eine rechte Gerade zwischen die Augen verpasst. Weil es bei Schrøder häufiger vorkommt, dass Leute einfach so umkippen, herrschte nur ein paar Sekunden Stille, ehe die Gespräche lärmend fortgesetzt wurden.

Er half Waaler auf die Beine, während er sah, wie Hole mit fliegenden Frackschößen durch die Tür verschwand.

»Verflucht, nicht schlecht nach acht Bier, was?«, sagte er, hielt aber sofort wieder den Mund, als er Waalers Blick auffing.

Harrys Beine schritten achtlos über das Glatteis der Dovregata. Seine Knöchel schmerzten nicht, denn Schmerz und Reue hatten erst morgen früh wieder Besuchszeit. Er trank nicht während der Arbeitszeit. Noch nicht. Obgleich er das früher schon einmal getan hatte und Doktor Aune behauptete, jeder Riss setze dort an, wo ein alter aufhört.

Dem weißhaarigen, superdicken Peter-Ustinov-Klon hatte vor Lachen das Doppelkinn gebebt, als Harry ihm erklärt hatte, er halte sich von seinem alten Widersacher Jim Beam fern und trinke nur Bier. Weil ihm Bier nicht sonderlich schmeckte.

»Du warst schon am Boden und in dem Augenblick, in dem du die Flasche öffnest, bist du wieder dort. Es gibt kein Zwischending, Harry.«

Na ja. Es gelang ihm in der Regel, auf zwei Beinen nach Hause zu kommen, sich auszuziehen und am nächsten Tag zur Arbeit zu gehen. Was beileibe nicht immer so gewesen war. Harry sprach von einem Zwischending. Er brauchte nur eine gewisse Betäubung, um schlafen zu können, das war alles.

Ein Mädchen mit einer schwarzen Pelzmütze grüßte ihn, als er vorbeiging. Kannte er sie? Im letzten Frühling hatten ihn einige gegrüßt, insbesondere nach dem Interview der Redaktion 21, in dem ihn Anne Grosvold gefragt hatte, wie es sei, einen Serienmörder zu erschießen.

»Nun, besser, als hier zu sitzen und solche Fragen zu beantworten«, hatte er mit einem schiefen Grinsen geantwortet. Das war der Hit des Frühlings geworden, die am meisten zitierte Aussage seit langem.

Harry steckte den Schlüssel ins Schloss. Sofies gate. Warum er im Herbst hierher nach Bislett gezogen war, war ihm nicht ganz klar. Vielleicht weil die Nachbarn in Tøyen begonnen hatten, ihn schief anzusehen und einen gewissen Abstand zu ihm zu halten, den er anfangs fälschlicherweise für Respekt gehalten hatte.

O.k., hier ließen ihn die Nachbarn in Ruhe, wenn sie auch manchmal aus ihren Wohnungen kamen und nachsahen, ob alles in Ordnung war, wenn er ganz selten mal eine Stufe verfehlte und eine Rolle rückwärts bis zum nächsten Treppenabsatz machte.

Diese Turnübungen hatten erst im Oktober angefangen, nachdem er in der Sache mit Søs auf Granit gebissen hatte. Da war ihm irgendwie die Luft ausgegangen und die Träume waren wiedergekommen. Und er kannte nur ein Mittel, um sich diese Träume vom Hals zu halten.

Er hatte versucht, sich zusammenzureißen, und war mit Søs in die Hütte nach Rauland hochgefahren, aber sie hatte sich nach ihrer schrecklichen Vergewaltigung völlig in sich zurückgezogen und war kaum mehr zum Lachen zu bringen. Dann hatte er ein paar Mal seinen Vater angerufen, ohne dass sie wirklich miteinander geredet hätten, lang genug aber, um zu verstehen, dass er in Ruhe gelassen werden wollte.

Harry schloss die Wohnungstür hinter sich, rief, dass er zu Hause sei, und nickte zufrieden, als er keine Antwort bekam. Monster nähern sich in jedweder Gestalt, aber solange sie nicht bereits in der Küche warteten, wenn er zurückkam, gab es eine gewisse Chance auf eine ruhige Nacht.

Kapitel 4

Die Kälte überfiel ihn so jäh, als er auf die Straße trat, dass er unwillkürlich nach Luft schnappte. Er sah den rötlichen Himmel über den Mietshäusern und machte den Mund auf, um den Geschmack von Galle und Colgate herauszulassen.

Am Holbergs Plass erwischte er gerade noch die Straßenbahn, die die Welhavensgate heruntergerumpelt kam. Er fand einen freien Platz und schlug die Zeitung *Aftenposten* auf. Schon wieder ein Fall von Pädophilie. Das war schon der dritte in den letzten Monaten – alles Norweger, die in Thailand auf frischer Tat ertappt worden waren.

Im Kommentar erinnerte man an das Wahlkampfversprechen des Ministerpräsidenten, die Nachforschungen bei Sexualverbrechen zu intensivieren, auch im Ausland, und fragte, wann man wohl die ersten Resultate sehen würde.

In einer Stellungnahme sagte Staatssekretär Bjørn Askildsen vom Staatsministerium, dass man noch immer an einem Abkommen mit den thailändischen Behörden arbeite, vor Ort gegen norwegische Pädophile ermitteln zu dürfen, und dass man mit schnellen Resultaten rechne, sobald dieses Abkommen unter Dach und Fach sei.

»Es eilt!«, schloss der Redakteur der *Aftenposten.* »Die Menschen erwarten, dass endlich etwas geschieht. Ein christlicher Ministerpräsident darf nicht dafür bekannt sein, dass er diesen Schweinereien kein Ende setzen kann.«

»Herein!«

Harry öffnete die Tür und blickte direkt in Bjarne Møllers gähnenden Rachen, als dieser sich auf seinem Stuhl nach hinten lehnte, die langen Beine unterm Schreibtisch ausgestreckt.

»Na, sieh mal einer an. Ich habe dich gestern erwartet, Harry.«

»Ich hab die Nachricht erhalten.« Harry setzte sich. »Ich gehe nicht zur Arbeit, wenn ich getrunken habe. Und umgekehrt. Eine Art Prinzip, das ich mir angewöhnt habe.« Es sollte ironisch klingen.

»Ein Polizist ist vierundzwanzig Stunden am Tag im Dienst, Harry, nüchtern oder betrunken. Ich musste Waaler überreden, keinen Bericht zu schreiben, verstehst du?«

Harry zuckte mit den Schultern, um zu signalisieren, dass er zu dem Thema gesagt hatte, was er sagen wollte.

»O.k., Harry, lassen wir es gut sein. Ich habe einen Job für dich. Einen Job, den du, wie ich meine, nicht verdienst, den ich dir aber trotzdem gerne geben möchte.«

»Würde es dich freuen, wenn ich ablehne?«, fragte Harry.

»Lass diese Marlow-Nummer bleiben, Harry. Die steht dir nicht«, sagte Möller schroff. Harry grinste schief. Er wusste, dass der Dezernatsleiter ihn mochte.

»Ich habe ja noch nicht einmal gesagt, um was es geht.«

»Wenn du mir schon während meiner freien Zeit einen Wagen schickst, wird es wohl kaum darum gehen, den Verkehr zu regeln.«

»Genau. Also, warum willst du mich nicht aussprechen lassen?«

Harry lachte trocken und beugte sich im Stuhl vor.

»Sollen wir Klartext reden, Chef? Frisch von der Leber weg?«

Welche Leber, lag Møller schon auf der Zunge, dann nickte er aber bloß.

»Ich bin im Moment nicht der Richtige für irgendwelche großen Aufgaben. Ich denke, du hast selbst schon bemerkt, wie es derzeit läuft. Dass es *nicht* läuft. Jedenfalls nicht glatt. Ich mache meine Arbeit, Routinekram, versuche, niemandem im Weg zu sein, und komme und gehe nüchtern. Wenn ich du wäre, würde ich diesen Job einem der anderen Jungs geben.«

Møller seufzte, zog mühsam seine Knie an und stand auf.

»Frisch von der Leber weg, Harry? Wenn es nach mir ginge, hätte ein anderer diesen Job bekommen. Aber sie wollten unbedingt dich. Deshalb wäre es mir eine große Hilfe, Harry …«

Harry sah wachsam auf. Bjarne Møller hatte ihm im letzten Jahr so oft aus der Patsche geholfen, dass es langsam an der Zeit war, mit der Abzahlung seiner Schuld zu beginnen.

»Moment! Wen meinst du mit *sie*?«

»Leute in hohen Positionen. Menschen, die mir das Leben zur Hölle machen können, wenn sie nicht bekommen, was sie wollen.«

»Und was bekomme ich, damit ich mitmache?«

Møller zog die Augenbrauen zusammen, so gut es ging, doch er hatte schon immer Probleme damit gehabt, sein offenes Jungengesicht besonders grimmig aussehen zu lassen.

»Was du *bekommst*? Du bekommst deinen Lohn. Solange es dauert, verdammt noch mal!«

»Ich glaube, ich beginne, die Sache ein bisschen zu verstehen, Chef. Einige der Leute, von denen du redest, sind wohl der Meinung, dass dieser Hole, der da in Sydney aufgeräumt hat, ein knallharter Bursche sein muss, und du hast bloß die Aufgabe, diesen Typ für die Aufgabe zu gewinnen, stimmt's?«

»Harry, treib's nicht zu weit, bitte.«

»Es stimmt also. Ich habe mich gestern also nicht geirrt, was diese Visage von Waaler angeht. Deshalb habe ich auch schon eine Nacht darüber geschlafen und hier kommt mein Vorschlag: Ich bin ein braver Junge, stelle mich an die Startlinie, und wenn ich fertig bin, teilst du mir für zwei Monate zwei Vollzeit-Beamte und freien Zugang zu allen Datenbanken zu.«

»Von was redest du?«

»Du weißt, wovon ich rede.«

»Wenn es noch immer um die Vergewaltigung deiner Schwester geht, kann ich nur ablehnen, Harry. Ich gehe davon aus, du erinnerst dich, dass der Fall mit allem Nachdruck zu den Akten gelegt worden ist.«

»Daran erinnere ich mich, Chef. Ich entsinne mich noch an den Bericht, in dem stand, sie leide unter dem Down-Syndrom, und deshalb sei es durchaus vorstellbar, dass sie die Vergewaltigung erfunden hat, um zu kaschieren, dass sie von einer zufälligen Bekanntschaft schwanger geworden ist. Danke, daran erinnere ich mich.«

»Es gab keine Spuren ...«

»Sie wollte das geheim halten. Mein Gott, Chef, ich war in ihrer Wohnung in Sogn und hab im Wäschekorb im Bad zufällig einen vollkommen blutverschmierten BH gesehen. Ich musste sie zwingen, mir ihre Brust zu zeigen. Er hat ihr die Brustwarze abgeschnitten, und sie hat über eine Woche geblutet. Sie glaubt, dass alle Menschen wie sie sind, und als ihr dieser feine Pinkel erst ein Essen ausgab und sie dann fragte, ob sie bei ihm im Hotelzimmer einen Film sehen wollte, dachte sie bloß, dass der ja ganz schön nett war. Und selbst wenn sie sich an die Zimmernummer erinnert hätte, wäre das Zimmer sicher schon gesaugt und gewischt gewesen. Und die Bettwäsche wäre seitdem sicher auch bereits mindestens zwanzig Mal gewechselt gewesen. Da sieht es schlecht aus mit Spuren.«

»Es hat sich aber niemand an blutige Laken erinnert ...«

»Ich habe schon mal in einem Hotel gearbeitet, Møller. Es würde dich erstaunen, wie viele blutige Laken da im Laufe von wenigen Wochen gewechselt werden. Die Leute scheinen nichts anderes zu tun als zu bluten.«

Møller schüttelte energisch den Kopf.

»Sorry, aber du hattest die Gelegenheit, das alles zu beweisen.«

»Nicht lang genug, Chef. Ich hatte nicht genug Zeit.«

»Man hat nie genug Zeit. Aber irgendwann muss man einen Schlussstrich ziehen. Bei unseren Ressourcen ...«

»Dann gib wenigstens mir freie Hand. Einen Monat lang.«

Møller sah plötzlich auf und kniff ein Auge zusammen. Harry wusste, dass er entlarvt war.

»Du dummes Arschloch, du hattest die ganze Zeit über Lust auf den Job und wolltest bloß sehen, was du herausholen kannst, nicht wahr?«

Harry schob die Unterlippe vor und neigte den Kopf hin und her. Møller sah aus dem Fenster. Dann seufzte er.

»O. k., Harry. Ich werde sehen, was ich tun kann. Aber wenn du die Sache vergeigst, muss ich ein paar Entscheidungen treffen, die ich, wie einige hier in der Behörde meinen, schon längst hätte fällen sollen. Du weißt, wovon ich rede?«

»Mich achtkantig rausschmeißen, Chef«, sagte Harry grinsend. »Um was für einen Job handelt es sich?«

»Ich hoffe, dein Sommeranzug ist sauber und du weißt, wo dein Pass ist. Dein Flugzeug geht in zwölf Stunden und du hast einen weiten Weg vor dir.«

»Je weiter, desto besser, Chef.«

Harry saß auf einem Stuhl an der Tür der engen Sozialwohnung in Sogn. Seine Schwester saß am Fenster und blickte in die Schneeflocken im Lichtschein der Laterne. Sie schniefte ein paar Mal. Da sie ihm den Rücken zudrehte, konnte Harry nicht erkennen, ob sie das wegen des Abschieds oder der Erkältung tat. Sie wohnte jetzt seit zwei Jahren hier und war, ihre Lage berücksichtigend, gut zurechtgekommen. Unmittelbar nach der Vergewaltigung und der Abtreibung hatte Harry ein paar Kleider und seine Toilettensachen eingepackt und war bei ihr eingezogen, doch schon nach ein paar Tagen hatte sie gesagt, dass es jetzt reiche. Dass sie jetzt ein großes Mädchen sei.

»Ich komme bald wieder, Søs.«

»Wann denn?«

Sie saß so nah am Fenster, dass jedes Mal, wenn sie sprach, eine Rose aus Wasserdampf auf der Scheibe aufblühte.

Harry hockte sich hinter sie und legte ihr eine Hand auf den Rücken. An dem schwachen Zittern erkannte er, dass sie bald anfangen würde zu weinen.

»Wenn ich die bösen Buben gefangen habe. Dann komme ich sofort wieder nach Hause.«

»Ist das ...«

»Nein, der ist das nicht. Den knöpfe ich mir anschließend vor. Hast du heute mit Papa gesprochen?«

Sie schüttelte den Kopf. Harry seufzte.

»Ich möchte, dass du ihn anrufst, wenn er dich nicht anruft. Kannst du das für mich tun, Søs?«

»Papa sagt nie etwas«, flüsterte sie.

»Papa ist so traurig, weil Mama gestorben ist, Søs.«

»Aber das ist so lange her.«

»Deshalb ist es an der Zeit, dass wir ihn wieder zum Sprechen bringen, Søs, und dabei musst du mir helfen. Willst du das? Willst du das tun, Søs?«

Sie drehte sich ohne ein Wort um, legte die Arme um seinen Hals und bohrte ihren Kopf in seine Halsgrube.

Er streichelte ihr über die Haare und spürte seinen Hemdkragen nass werden.

Der Koffer war fertig gepackt. Harry hatte Aune angerufen und ihm erzählt, dass er auf eine Dienstreise nach Bangkok musste. Er hatte dazu nicht viel zu sagen, und Harry wusste nicht recht, warum er ihn angerufen hatte. Vielleicht weil es guttat, jemanden anzurufen, der sich nach einer Weile vielleicht fragen könnte, wo er abgeblieben war. Die Bedienung bei Schrøder konnte er ja wohl kaum anrufen.

»Nimm dir die Vitamin-B-Spritzen mit, die ich dir gegeben habe«, sagte Aune.

»Warum das denn?«

»Die machen das Leben etwas leichter, solltest du Lust haben, nüchtern zu sein. Neue Umgebung, Harry, das könnte eine gute Gelegenheit sein, weißt du.«

»Ich werde darüber nachdenken.«

»Denken alleine reicht nicht, Harry.«

»Ich weiß. Deshalb brauche ich die Spritzen auch nicht mitzunehmen.«

Aune brummte. Das war seine Art zu lachen.

»Du solltest Komiker sein, Harry.«

»Ich bin auf dem besten Wege.«

Einer der Jungs aus dem Hospiz etwas weiter die Straße hinauf stand schlotternd in einer dünnen Jeansjacke an eine Hauswand gelehnt und rauchte, als Harry den Koffer in den Kofferraum des Taxis hob.

»Auf große Fahrt?«, fragte er.

»Kann man sagen.«

»In den Süden?«

»Bangkok.«

»Alleine?«

»Genau.«

»Say no more ...«

Er streckte den Daumen hoch und zwinkerte Harry zu.

Harry nahm das Ticket von der Bediensteten am Schalter entgegen und drehte sich um.

»Harry Hole?« Der Mann trug eine Brille mit Stahlgestell und sah ihn mit einem traurigen Lächeln an.

»Und wer sind Sie?«

»Dagfinn Torhus vom Auswärtigen Amt. Wir wollen Ihnen nur alles Gute wünschen. Und uns vergewissern, dass Sie sich auch der ... delikaten Natur dieses Auftrags bewusst sind. Das alles ist schließlich sehr, sehr schnell gegangen.«

»Danke für Ihr Mitgefühl. Ich habe verstanden, dass es mein Job ist, den Mörder zu finden, ohne zu viele Wellen zu machen, ja. Møller hat mich instruiert.«

»Gut. Diskretion ist von großer Bedeutung. Vertrauen Sie niemandem. Nicht einmal denen, die behaupten, sie kämen vom Auswärtigen Amt. Es kann gut sein, dass die vom, ja sagen wir *Dagbladet* kommen.«

Torhus öffnete den Mund, als wollte er lachen, und Harry verstand, dass er es ernst meinte.

»Die Journalisten vom *Dagbladet* tragen keine Anstecknadel vom Auswärtigen Amt, Herr Torhus. Oder Trenchcoats im Winter. Ansonsten habe ich den Papieren entnommen, dass Sie mein Kontaktmann in der Regierung sind.«

Torhus nickte wie zu sich selbst. Dann schob er das Kinn vor und senkte seine Stimme ein wenig.

»Ihr Flugzeug geht gleich, ich will Sie nicht länger aufhalten. Aber hören Sie auf das wenige, was ich Ihnen zu sagen habe.«

Er nahm die Hände aus den Manteltaschen und faltete sie vor sich.

»Wie alt sind Sie, Hole? Dreiunddreißig? Vierunddreißig? Sie haben möglicherweise noch immer eine Karriere vor sich. Ich habe mich nämlich über Sie erkundigt. Sie haben Talent und ganz offensichtlich gibt es an höherer Stelle Leute, die Sie mögen. Und die Sie beschützen. So kann es auch weitergehen, wenn alles klappt. Aber es braucht keine großen Fehltritte, damit Sie zu Boden gehen, und bei einem solchen Abgang könnten Sie schnell auch Ihren Protegé mit zu Fall bringen. Und dann werden Sie erkennen, dass Ihre sogenannten Freunde über alle Berge sind. Also versuchen Sie, auf den Beinen zu bleiben, auch wenn Sie dann nur langsam vorwärtskommen. Das ist für alle Beteiligten das Beste. Das ist ein gut gemeinter Rat von einem alten Eisschnellläufer.«

Er lächelte, während seine Augen Harry kühl musterten.

»Wissen Sie was, Hole, ich bekomme hier draußen in Fornebu immer so ein deprimierendes Gefühl von Stilllegung. Stilllegung und Aufbruch.«

»Was Sie nicht sagen«, erwiderte Harry und fragte sich, ob er noch Zeit für ein Bier hatte, ehe das Gate schloss. »Nun, manchmal kann das ja auch was Gutes sein. Erneuerung, meine ich.«

»Hoffen wir's«, sagte Torhus. »Hoffen wir's.«

Kapitel 5

Harry Hole schob sich die Sonnenbrille auf der Nase zurecht und ließ seinen Blick über die Taxis vor dem Don Muang International Airport schweifen. Er hatte das Gefühl, in ein Badezimmer gekommen zu sein, in dem jemand gerade erst eine kochend heiße Dusche abgedreht hatte. Er kannte das Geheimnis, wie man mit hoher Luftfeuchtigkeit umging. Sie musste einem einfach scheißegal sein. Einfach den Schweiß rinnen lassen und an etwas anderes denken. Schlimmer war es mit dem Licht. Es brannte sich durch das billige getönte Plastik der Sonnenbrille, stach in seinen alkoholgeschädigten Augen und brachte die Kopfschmerzen in Gang, die bis dahin nur hinter seinen Schläfen gelauert hatten.

»250 Baht or Metel Taxi, Sil?«

Harry versuchte sich auf den Taxifahrer vor sich zu konzentrieren. Der Flug war die Hölle gewesen. Der Buchshop am Flughafen Zürich verkaufte nur deutschsprachige Bücher und an Bord hatten sie *Free Willy 2* gezeigt.

»Taxameter ist gut«, sagte Harry.

Ein redseliger Däne auf dem Platz neben ihm hatte geflissentlich übersehen, dass Harry voll war, und hatte ihn mit guten Ratschlägen überhäuft, wie man es vermeiden konnte, in Thailand übers Ohr gehauen zu werden, ein anscheinend unerschöpfliches Thema. Er war wohl der Auffassung, dass Norweger faszinierend naive Geschöpfe seien und es eines jeden Dänen selbstverständliche Pflicht sei, sie vor derartiger Bauernfängerei zu schützen.

»Sie müssen immer handeln«, hatte er gesagt. »Das ist das Prinzip, verstehen Sie?«

»Und was, wenn ich es nicht tue?«

»Dann machen Sie uns anderen das Leben zur Hölle.«

»Wie bitte?«

»Dann leisten Sie einen Beitrag dazu, dass die Preise steigen, und machen Thailand teurer für alle, die nach Ihnen kommen.«

Harry hatte sich den Mann genauer angesehen. Er trug ein beiges Nylonhemd und neue Ledersandalen. Es gab nur eine Chance: mehr trinken.

»Surasak Road 111«, sagte Harry. Der Fahrer lächelte, verstaute das Gepäck im Kofferraum und hielt Harry die Tür auf. Er kroch in den Wagen und stellte fest, dass das Lenkrad auf der rechten Seite war.

»In Norwegen beklagen wir uns darüber, dass die Engländer auf dem Linksverkehr bestehen«, sagte er, während sie auf die Autobahn fuhren.

»Aber erst neulich habe ich gehört, dass auf der Welt mehr links als rechts gefahren wird, und wissen Sie, warum?«

Der Fahrer blickte in den Rückspiegel und lächelte noch breiter.

»Surasak Road, yes?«

»Weil man in China links fährt«, murmelte Harry und war froh darüber, dass sich die Autobahn wie ein gerader, grauer Pfeil durch die diesige Landschaft aus Wolkenkratzern schnitt. Er spürte, dass ein paar heftige Kurven reichen würden, um das Eieromelette der Swissair auf die Rückbank zu befördern.

»Warum läuft der Taxameter nicht?«

»Surasak Road, 500 Baht, yes?«

Harry lehnte sich zurück und blickte zum Himmel. Das heißt, er sah nach oben, denn ein Himmel war eigentlich nicht zu sehen, nur eine Dunstglocke, beleuchtet von einer Sonne, die er auch nicht sehen konnte. Bangkok, die »Stadt der Engel«. Die Engel benutzten Atemmasken, schnitten die Luft mit dem Messer und versuchten, in Erinnerung zu behalten, welche Farbe der Himmel früher gehabt hatte.

Er musste eingeschlafen sein, denn als er die Augen öffnete, standen sie. Er richtete sich auf dem Sitz auf und sah, dass sie von Autos umringt waren. Kleine offene Läden und Werkstätten lagen dicht an dicht an den Bürgersteigen, die vor Menschen wimmelten. Alle schienen zu wissen, wohin sie wollten. Und dass es höchste Zeit war, dorthin zu kommen. Der Fahrer hatte ein Fenster geöffnet und eine Kakophonie von Stadtgeräuschen mischte sich mit dem Gebrabbel aus dem Radio. In dem glühend heißen Coupé roch es nach Abgas und Schweiß.

»Stau?«

Der Fahrer schüttelte lächelnd den Kopf.

Es knirschte zwischen Harrys Zähnen. Was hatte er gelesen? Dass all das Blei, das man einatmet, früher oder später im Hirn landete? Und dass man davon aller Wahrscheinlichkeit nach vergesslich wurde? Oder psychotisch?

Wie durch ein Wunder kam plötzlich wieder Bewegung in den Verkehr. Motorräder und Mopeds schwärmten wie wütende Insekten um sie herum und stürzten sich mit Todesverachtung in eine Kreuzung nach der anderen. Harry zählte vier hochqualifizierte Beinaheunfälle.

»Unglaublich, dass da nichts schiefgeht«, sagte er, um etwas zu sagen.

Der Fahrer blickte in den Rückspiegel und lächelte breit. »Es geht schief. Oft. Sehr oft.«

Als sie endlich vor der Polizeistelle in der Surasak Road hielten, hatte Harry bereits seinen Entschluss gefasst: Er mochte diese Stadt nicht. Er wollte die Luft anhalten, seinen Job machen und mit dem ersten und nicht notwendigerweise besten Flieger wieder zurück nach Oslo.

»Willkommen in Bangkok, *Hally*.«

Der Polizeichef war klein und dunkel und hatte sich offensichtlich vorgenommen zu zeigen, dass man auch in Thailand auf westliche Weise zu grüßen verstand. Er drückte Harrys Hand und schüttelte sie enthusiastisch, wobei er breit lächelte.

»Entschuldigen Sie, dass wir Sie nicht am Flughafen abholen konnten, aber der Verkehr in Bangkok …« Er breitete die Arme aus und zeigte aufs Fenster hinter sich. »Es ist auf der Karte nicht weit, aber …«

»Ich weiß, was Sie meinen, Sir«, sagte Harry. »In der Botschaft haben sie mir das Gleiche gesagt.«

Sie blieben voreinander stehen, ohne noch etwas zu sagen. Der Polizeichef lächelte. Dann klopfte es an der Tür.

»Herein!«

Ein glattrasierter Kopf schob sich durch den Türspalt.

»Kommen Sie herein, Crumley. Der norwegische Detective ist hier.«

»Aha, der Detective.«

Der Kopf bekam einen Körper und Harry musste zweimal hinschauen, um sich zu vergewissern, dass er richtig gesehen hatte. Crumley war breitschultrig und fast so groß wie er, der haarlose Kopf hatte markante Kiefermuskeln und ein paar intensive blaue Augen über einem geraden, schmalen Mund. Die Bekleidung bestand aus einem hellblauen Uniformhemd, ein paar großen Joggingschuhen von Nike und einem Rock.

»Liz Crumley, Hauptkommissarin beim Morddezernat«, sagte der Polizeichef.

»Es heißt, Sie seien ein mordsmäßiger Ermittler, Harry«, sagte sie in breitestem Amerikanisch und baute sich vor ihm auf, die Hände in die Hüften gestützt.

»Na ja, ich weiß nicht, ob man das so sagen …«

»Nicht? So ganz falsch kann es ja nicht sein, wenn man Sie um den halben Erdball schickt, oder?«

»Mag sein.«

Harry schloss die Augen zur Hälfte. Was er jetzt am allerwenigsten brauchen konnte, war eine übereifrige Frau.

»Ich bin hier, um zu helfen. *Wenn* ich denn helfen kann.« Er zwang sich zu lächeln.

»Dann ist es vielleicht an der Zeit, nüchtern zu werden, Harry?«

Der Polizeichef lachte hinter seinem Rücken hoch und schrill.

»So sind sie«, sagte sie laut und deutlich, als wäre er nicht anwesend. »Sie tun, was sie können, damit niemand das Gesicht verliert. Jetzt versucht er gerade, Ihr Gesicht zu retten, Harry. Indem er so tut, als würde ich Witze machen. Aber ich mache keine Witze. Ich habe die Verantwortung für das Morddezernat, und wenn es etwas gibt, das mir nicht passt, dann sage ich es. Letzteres gilt hierzulande als schlechte Eigenschaft, aber ich mache das seit zehn Jahren so.«

Harry schloss die Augen ganz.

»Aus Ihrem roten Gesicht schließe ich, dass Sie das peinlich finden, Harry, aber ich kann keine betrunkenen Ermittler gebrauchen, das verstehen Sie sicher. Kommen Sie morgen wieder. Ich werde jemanden organisieren, der Sie zu dem Apartment fährt, in dem Sie wohnen können.«

Harry schüttelte den Kopf und räusperte sich: »Flugangst.«

»Was bitte?«

»Ich leide unter Flugangst. Gin Tonic hilft dagegen. Und mein Gesicht ist rot, weil das Zeug durch die Poren meiner Haut zu verdampfen beginnt.«

Liz Crumley sah ihn lange an. Dann kratzte sie sich den blanken Schädel.

»Wie dumm für Sie, Detective. Wie sieht es mit dem Jetlag aus?«

»Hellwach.«

»Gut. Auf dem Weg zum Tatort können wir an Ihrer Wohnung vorbeifahren.«

Die Wohnung, die ihm die Botschaft besorgt hatte, lag in einem modernen Apartmentkomplex gegenüber vom Shangri-La Hotel. Sie war winzig und spartanisch ausgestattet, hatte aber ein Bad, einen Ventilator über dem Bett und eine Aussicht auf den Chao Praya-Fluss, der träge und braun vorbeiströmte. Harry stellte sich ans Fenster. Lange, schmale Holzboote fuhren kreuz und quer über den Fluss und peitschten mit ihren Motoren, die an langen Stangen montiert waren, das schmutzige Flusswasser schaumig. Auf der anderen Seite des Flusses reckten sich neu gebaute Hotels und Geschäftshäuser über einer unbestimmbaren weißen Häusermasse in die Höhe. Es war schwer, einen Eindruck von der Größe der Stadt zu bekommen, weil alles, was auch nur ein paar Straßenzüge entfernt war, in gelbbraunem Dunst versank, aber Harry nahm an, dass sie groß war. Sehr groß. Als er ein Fenster aufschob, schlug ihm der tosende Lärm entgegen. Seine Ohren hatten sich nach dem langen Flug erst im Fahrstuhl wieder geöffnet und nun erkannte er, wie laut es in dieser Stadt wirklich war. Der Straßenkreuzer von Crumley stand weit dort unten wie ein Matchboxauto am Straßenrand. Er öffnete eine warme Dose Bier, die er aus dem Flugzeug mitgenommen hatte, und stellte zufrieden fest, dass »Singha« ebenso schlecht schmeckte wie norwegisches Bier. Der Rest des Tages erschien ihm jetzt schon viel erträglicher.

Kapitel 6

Die Hauptkommissarin legte sich auf die Hupe. Im wahrsten Sinne des Wortes. Sie presste ihre Brüste auf das Lenkrad des großen Toyota-Jeeps und die Hupe begann zu heulen.

»Nicht besonders thai«, sagte sie lachend. »Außerdem hilft es nicht. Wenn man hupt, lassen sie einen sicher nicht vor. Das hat etwas mit Buddhismus zu tun. Aber ich kann es einfach nicht bleiben lassen. Verflucht noch mal, ich stamme aus Texas, ich bin einfach aus einem anderen Holz als die hier.«

Sie legte sich wieder aufs Steuer, während die Fahrer rechts und links von ihr demonstrativ in eine andere Richtung schauten.

»Er liegt also noch immer in diesem Hotelzimmer?«, fragte Harry und unterdrückte ein Gähnen.

»Order von ganz oben. In der Regel fangen wir sofort mit der Obduktion an und verbrennen sie am Tag darauf. Aber man wollte absolut, dass Sie noch einen Blick auf ihn werfen. Fragen Sie mich nicht, warum.«

»Ich bin doch so ein mordsmäßiger Ermittler, schon vergessen?«

Sie sah ihn aus den Augenwinkeln an, ehe sie nach rechts in eine Verkehrslücke einbog und Gas gab.

»Werden Sie nicht zu dreist, Süßer. Es ist nicht so, wie Sie vielleicht glauben, die Thais halten Sie nicht für einen Helden, nur weil Sie ein *farang* sind, eher im Gegenteil.«

»*Farang?*«

»Ein Weißer, ein Gringo. Teils abwertend, teils neutral, je nachdem, wie man das sieht. Denken Sie immer daran, dass mit dem Selbstwertgefühl der Thai alles in Ordnung ist, auch wenn man Sie höflich behandelt. Zu Ihrem Glück habe ich heute zwei junge Beamte draußen, die Sie beeindrucken können. Das hoffe ich jedenfalls für Sie. Wenn Sie die Sache vermasseln, kann Ihnen das große Probleme für die weitere Zusammenarbeit mit der Abteilung bescheren.«

»Oh, ich hatte eigentlich schon den Eindruck, dass Sie da die Fäden in der Hand halten.«

»So hatte ich das auch gemeint.«

Sie hatten die Autobahn erreicht und Crumley drückte das Gaspedal resolut durch, ohne Rücksicht auf den protestierenden Motor. Es begann bereits zu dämmern und im Westen war eine kirschrote Sonne im Dunst zwischen den Wolkenkratzern verschwunden.

»Die Luftverschmutzung beschert uns wenigstens schöne Sonnenuntergänge«, sagte Crumley als Antwort auf seine Gedanken.

»Erzählen Sie mir etwas über die Prostitution hier«, sagte Harry.

»Die ist hier so verbreitet wie die Mopeds.«

»Das habe ich begriffen. Aber wie lauten die Regeln, wie läuft das ab? Gibt es einen traditionellen Straßenstrich mit Zuhältern, feste Bordelle mit Puffmüttern oder freiberufliche Prostituierte? Gehen sie in Stripteasebars, inserieren sie in der Zeitung oder treffen sie ihre Kunden in Einkaufszentren?«

»Das gibt es mehr oder weniger alles. Es gibt nichts, was in Bangkok noch nicht ausprobiert worden ist. Aber die meisten arbeiten in Go-Go-Bars, wo sie tanzen und die Gäste zum Trinken animieren, wofür sie Prozente bekommen. Der Barbesitzer hat keine Verantwortung für die Mädchen, abgesehen davon, dass er ihnen eine Bühne gibt, auf der sie sich vermarkten können, während sich die Mädchen verpflichten, bis zum Schluss dort zu bleiben. Wenn ein Kunde ein Mädchen mitnehmen will, muss er sie für den Rest des Abends freikaufen. Das Geld bekommt der Barbesitzer, aber die Mädchen sind in der Regel froh, dass sie sich nicht mehr den ganzen Abend da oben verrenken müssen.«

»Hört sich wie ein guter Deal für den Barbesitzer an.«

»Was das Mädchen bekommt, nachdem sie freigekauft worden ist, wandert direkt in ihre Tasche.«

»Wie war es mit der, die unseren Mann gefunden hat? Kam die aus einer solchen Bar?«

»Genau. Sie arbeitet in einer der King-Crown-Bars in Patpong. Wir wissen auch, dass der Motelbesitzer eine Art Callgirlring für Ausländer mit Sonderwünschen betreibt. Aber es ist nicht so leicht, sie zum Reden zu bringen, denn in Thailand ist es ebenso strafbar, Hure zu sein wie Zuhälter ... Bis jetzt hat sie nur gesagt, dass sie im Motel gewohnt und sich in der Tür geirrt hat.«

Sie erklärte, dass Atle Molnes die Frau vermutlich bei der Ankunft im Motel bestellt hatte, dass aber der Mann an der Rezeption, in diesem Fall der Besitzer, ableugnet, neben der Zimmervermietung etwas mit der Sache zu tun zu haben.

»Da wären wir.«

Der Jeep hielt vor einem niedrigen weißen Steinhaus.

»Die besten Bordelle in Bangkok scheinen einen Hang zum Griechischen zu haben«, sagte sie säuerlich und stieg aus. Harry blickte auf ein großes Neonschild, das den Namen des Motels bekanntgab: Olympussy. Das »M« blinkte unruhig, während die Birne im »L« den Geist bereits aufgegeben hatte und dem Ort eine Tristesse verlieh, die Harry unweigerlich an Imbissstuben in der norwegischen Provinz denken ließ.

Das Motel war den amerikanischen Vorbildern nachempfunden, mit Innenhof, ringsherum liegenden Doppelzimmern und Parkmöglichkeiten unmittelbar vor jeder Tür. An der Hauswand verlief eine Veranda, auf der die Gäste in grauen wasserfleckigen Korbstühlen Platz nehmen konnten.

»Ein trauriger Ort.«

»Sie mögen es nicht glauben, aber als das hier während des Vietnamkriegs eröffnet wurde, war es eines der gefragtesten Etablissements in der Stadt. Gebaut für geile amerikanische *R & R*-Soldaten.«

»R & R?«

»*Rest and Rehabilitation.* Gerne auch *I & I* genannt: *Intercourse and Intoxication.* Sie haben sie von Saigon aus zu einem Zweitagesurlaub herübergeflogen. Ohne die US-Army wäre die Sexindustrie heute nicht das, was sie ist. Eine der Straßen hat sogar ganz offiziell den Namen Soi Cowboy erhalten.«

»Warum sind sie dann nicht da geblieben? Das klingt doch fast wie bei ihnen zu Hause.«

»Die Soldaten mit dem größten Heimweh wollten es am liebsten richtig amerikanisch treiben. Das heißt entweder im Auto oder in einem Motelzimmer. Deshalb wurde diese Anlage hier gebaut. Im Zentrum konnten sie sich amerikanische Autos leihen. In den Zimmern hatten sie damals sogar ausschließlich amerikanisches Bier.«

»Mein Gott, woher wissen Sie das alles?«

»Meine Mutter hat es mir erzählt.«

Harry wandte sich ihr zu, aber obgleich die funktionierenden Buchstaben von »Olympussy« einen bläulichen Schimmer auf ihren Schädel warfen, war es zu dunkel, um ihren Gesichtsausdruck zu erkennen. Sie setzte sich eine Schirmmütze auf, ehe sie in die Rezeption ging.

Das Motelzimmer war einfach eingerichtet, zeigte aber mit seiner schmutziggrauen Seidentapete noch immer Spuren besserer Zeiten. Harry lief ein Schauer über den Rücken. Nicht wegen des gelben Anzugs, der eine nähere Identifikation der Leiche unnötig machte, denn nur christlich konservative Politiker trugen freiwillig solche Anzüge. Auch nicht wegen des Messers mit den orientalischen Ornamenten, das die Anzugjacke so fest an den Rücken geheftet hatte, dass sie über den Schultern eine unschöne Beule warf. Der Grund war ganz einfach: Es war eiskalt.

Crumley hatte erklärt, das Haltbarkeitsdatum von Leichen in diesem Klima sei extrem kurz. Als sie erfahren hatten, dass sie beinahe zwei volle Tage auf den norwegischen Detective warten sollten, hatte sie deshalb Order gegeben, die Klimaanlage voll aufzudrehen, das hieß zehn Grad und maximale Ventilation.

Doch das konnte die Fliegen nicht abhalten. Sie flogen brummend auf, als die zwei jungen Polizisten die Leiche vorsichtig auf die Seite drehten. Atle Molnes gebrochener Blick starrte über seinen Nasenrücken, als versuchte er die Spitzen seiner Ecco-Schuhe zu sehen. Der jungenhafte Pony ließ den Botschafter jünger aussehen als seine 52 Jahre. Er fiel ihm sonnengebleicht in die Stirn, als wäre noch immer Leben in ihm.

»Verheiratet und eine Tochter im Teenageralter«, sagte Harry. »Von denen war keiner hier, um ihn zu sehen?«

»Nein. Wir haben die norwegische Botschaft informiert, die die Nachricht an die Familie weitergeben wollte. Bis jetzt haben wir nur Order erhalten, dass keiner hier rein darf.«

»Jemand von der Botschaft?«

»Die Botschaftsrätin, aber an ihren Namen erinnere ich mich nicht mehr ...«

»Tonje Wiig?«

»Ja, das war's. Sie blieb ganz cool, bis wir ihn umdrehten, damit sie ihn identifizieren konnte.«

Harry musterte den Botschafter. War er ein schöner Mann gewesen? Ein Mann, der, wenn man von dem fürchterlichen Anzug und den Rettungsringen am Bauch absah, das Herz einer jungen Botschaftsrätin schneller schlagen lassen konnte? Seine sonnengebräunte Haut hatte einen gelblichen Schimmer und seine blaue Zunge schien sich durch seine Lippen schieben zu wollen.

Harry setzte sich auf einen Stuhl und sah sich um. Das Aussehen verändert sich rasch, wenn ein Mensch stirbt, und er hatte genug Tote gesehen, um zu wissen, dass es nichts brachte, sie lange anzustarren. Die Geheimnisse, die

die Persönlichkeit eines Menschen verraten konnten, hatte Atle Molnes längst mitgenommen, zurückgeblieben war nur eine leere, verlassene Hülle.

Harry schob den Stuhl ans Bett. Die zwei jungen Beamten beugten sich über ihn.

»Was sehen Sie?«, fragte Crumley.

»Ich sehe einen norwegischen Hurenbock, der zufällig Botschafter ist und dessen Ruf deshalb mit Rücksicht auf König und Vaterland geschützt werden muss.«

Sie blickte überrascht auf und fixierte ihn.

»Den Gestank kriegt man nicht weg, egal wie gut die Klimaanlage ist«, sagte er. »Aber das ist mein Problem. Was diesen Typ angeht ...«

Harry zog am Kiefer des toten Botschafters.

»Rigor mortis. Er ist steif, aber die Todesstarre lässt langsam nach, was nach zwei Tagen ganz normal ist. Er hat eine blaue Zunge, aber das Messer deutet nicht auf einen Erstickungstod hin. Das muss überprüft werden.

»*Ist* überprüft worden«, sagte Crumley. »Der Botschafter hat Rotwein getrunken.«

Harry murmelte etwas.

»Unser Arzt sagt, der Tod sei irgendwann zwischen 16 und 22 Uhr eingetreten«, fuhr sie fort. »Der Botschafter hat sein Büro morgens um halb neun verlassen, und als die Frau ihn fand, war es bald 23 Uhr, was die Zeit ja ein wenig einschränkt.«

»Zwischen 16 und 22 Uhr? Aber das sind sechs Stunden.«

»Richtig gerechnet, Detective.« Crumley verschränkte die Arme.

»Also«, Harry blickte zu ihr auf, »in Oslo können wir bei Opfern, die erst wenige Stunden tot sind, den Eintritt des Todes auf etwa zwanzig Minuten genau einschätzen.«

»Weil ihr da oben am Nordpol wohnt. Bei fünfunddreißig Grad sinkt die Körpertemperatur nicht wesentlich. Der Zeitpunkt wird auf Basis des Rigor mortis errechnet, und das gibt nur eine ungefähre Zeitspanne.«

»Wie sieht's mit Leichenflecken aus? Die sollten etwa nach drei Stunden auftreten.«

»Sorry. Aber wie Sie sehen, war der Botschafter ein Sonnenanbeter, da sieht man die nicht.«

Harry fuhr mit dem Finger über den Anzug an der Einstichstelle. Auf seinem Fingernagel sammelte sich eine graue, vaselineartige Substanz.

»Was ist das?«

»Die Waffe scheint eingefettet gewesen zu sein. Wir haben Proben genommen und zur Analyse geschickt.«

Harry durchsuchte rasch die Taschen des Toten und fischte ein braunes, altes Portemonnaie hervor. Es enthielt einen 500-Baht-Schein, einen Ausweis des Auswärtigen Amts und das Bild einer lächelnden Jugendlichen in einer Art Krankenhausbett.

»Haben Sie sonst noch etwas gefunden?«

»Fehlanzeige.« Crumley hatte sich die Mütze abgenommen und wedelte damit, um die Fliegen zu vertreiben. »Wir haben seine Sachen überprüft, aber alles dagelassen.«

Er löste den Gürtel der Leiche, zog ihm die Hose herunter und drehte ihn wieder auf den Bauch. Dann schob er die Anzugjacke und das Hemd hoch. »Sehen Sie hier, da ist etwas Blut am Rücken nach unten gelaufen.«

Er zog die Unterhose herunter.

»Und zwischen die Arschbacken. Also ist er wohl kaum im Bett liegenderweise erstochen worden, sondern im Stehen. Wenn wir die Höhe der Einstichstelle und den Winkel des Stichkanals messen, können wir etwas über die Größe des Mörders sagen.«

»Wir gehen davon aus, dass der Täter oder die Täterin auf der gleichen Höhe stand wie das Opfer«, fügte Crumley hinzu. »Der Ermordete kann aber auch am Boden erstochen worden sein. Das Blut ist möglicherweise nach unten gelaufen, als man ihn ins Bett gelegt hat.«

»Dann müsste Blut auf dem Teppich sein«, sagte Harry, zog die Hose wieder hoch, schloss den Gürtel, drehte sich um und sah ihr in die Augen.

»Außerdem müssten Sie dann keine Spekulationen anstellen, sondern wären sich sicher, denn schließlich hätte Ihre Spurensicherung dann Teppichfasern an seinem Anzug finden müssen, nicht wahr?«

Sie wich seinem Blick nicht aus, aber Harry erkannte, dass er ihren kleinen Test bestanden hatte. Sie nickte leicht und er wandte sich wieder der Leiche zu:

»Plus ein weiteres viktimologisches Detail, das vielleicht bestätigt, dass er Damenbesuch erwartete.«

»Ach ja?«

»Sehen Sie den Gürtel? Bevor ich ihn geöffnet habe, war er zwei Löcher enger geschnallt als sonst üblich, was man an diesem ausgebeulten Loch erkennt. Ältere Männer mit zunehmender Bundweite schnüren sich gerne ein bisschen mehr ein, bevor sie jüngere Frauen treffen.«

Es war schwer zu sagen, ob sie beeindruckt waren. Die Thai-Polizisten verlagerten ihr Körpergewicht vom linken auf den rechten Fuß und ihre jungen, versteinerten Gesichter verrieten nichts. Crumley kaute sich ein Stück Nagel ab und spuckte es durch ihre zusammengepressten Lippen.

»Und hier haben wir die Minibar.« Harry öffnete die Tür des kleinen Kühlschranks. Singha, Johnnie Walker und Canadian Club in Miniaturflaschen, eine Weißweinflasche. Es schien nichts angerührt worden zu sein.

»Was haben wir sonst noch?« Harry wandte sich an die zwei Beamten.

Die zwei warfen sich einen Blick zu, ehe einer in Richtung Hof deutete.

»Das Auto.«

Sie gingen nach draußen, wo ein neueres Modell eines dunkelblauen Mercedes mit Diplomatenkennzeichen stand. Einer der Polizisten öffnete die Fahrertür.

»Schlüssel?«, fragte Harry.

»Steckten in der Jackentasche ...« Der Polizist nickte in Richtung Motelzimmer.

»Fingerabdrücke?«

Der Thai blickte leicht resigniert seine Chefin an. Sie räusperte sich:

»Natürlich haben wir die Schlüssel auf Fingerabdrücke überprüft, Hole.«

»Ich habe nicht gefragt, *ob* Sie das überprüft haben, sondern was Sie gefunden haben.«

»Seine eigenen. Wenn es nicht so gewesen wäre, hätten wir das gleich gesagt.«

Harry verkniff sich einen bösen Kommentar.

Die Sitze und der Fußraum des Mercedes lagen voller Müll. Harry fielen ein paar Illustrierte auf, Kassetten, leere Zigarettenpackungen, eine Coladose und ein Paar Sandalen.

»Was haben Sie sonst noch gefunden?«

Einer der Beamten nahm eine Liste heraus und las vor. Wie war noch einmal sein Name? Nho? Fremde Namen bleiben so schwer in Erinnerung. Vielleicht ging es ihnen mit seinem Namen ähnlich. Nho hatte einen schlanken, fast mädchenhaften Körper, kurze Haare und ein freundliches, offenes Gesicht. Harry wusste, dass dieser Gesichtsausdruck in wenigen Jahren ein anderer sein würde.

»Stopp«, sagte Harry. »Können Sie das Letzte wiederholen?«

»Wettscheine der Pferderennbahn, Sir.«

»Der Botschafter schien ganz offensichtlich zum Pferderennen zu gehen«, sagte Crumley. »Ein populärer Sport in Thailand.«

»Und was ist das?«

Harry hatte sich über den Fahrersitz gebeugt und eine durchsichtige Plastikampulle aufgehoben, die sich zwischen Sitzbefestigung und Fußmatte verklemmt hatte.

Der Polizist ließ seinen Blick über die Liste schweifen, musste aber aufgeben.

»Flüssiges Ecstasy wird in solchen Ampullen verkauft«, sagte Crumley, die näher gekommen war, um sich die Sache genauer anzusehen.

»Ecstasy?« Harry schüttelte den Kopf. »Alternde Christdemokraten vögeln vielleicht herum, aber die sind nicht auf E.«

»Wir nehmen das mit und lassen es analysieren«, sagte Crumley. Harry sah ihr an, wie unangenehm es ihr war, die Ampulle übersehen zu haben.

»Lassen Sie uns mal hinten einen Blick reinwerfen«, sagte er.

Der Kofferraum war im Gegensatz zu vorne vollkommen aufgeräumt.

»Ein ordentlicher Mann«, sagte Harry. »Vorne hatten vermutlich die Frauen des Hauses das Sagen, während er sie nicht an den Kofferraum gelassen hat.«

Ein reichhaltiger Werkzeugkasten leuchtete im Licht von Crumleys Taschenlampe auf. Er war blitzblank und nur ein bisschen Kalkstaub auf der Spitze eines Schraubenziehers verriet, dass er benutzt worden war.

»Und noch ein bisschen Viktimologie. Ich tippe darauf, dass Molnes nicht gerade ein praktisch veranlagter Mann war. Dieses Werkzeug ist nie in Kontakt mit einem Automotor gekommen. Der Schraubenzieher ist allenfalls einmal benutzt worden, um zu Hause ein Familienbild an die Wand zu hängen.«

Eine Mücke applaudierte dicht neben seinem Ohr. Harry schlug zu und spürte die nasse Haut kühl an seiner Hand. Die Hitze hatte sich nicht gelegt, obwohl die Sonne schon untergegangen war. Überdies war es jetzt vollkommen windstill, so dass es sich anfühlte, als steige die Feuchtigkeit aus dem Boden unter seinen Füßen empor und verdichtete die Luft, bis man sie fast trinken konnte.

Neben dem Reserverad lag der Wagenheber, auch dieser allem Anschein nach unbenutzt, und ein brauner, schmaler Lederkoffer, wie man ihn im Auto eines Diplomaten erwarten würde.

»Was ist in dem Koffer?«, fragte Harry.

»Der ist verschlossen«, sagte Crumley. »Da das Auto streng genommen zur Botschaft gehört und damit nicht unserer Rechtsordnung unterliegt, haben wir nicht versucht, ihn zu öffnen. Aber da Norwegen jetzt repräsentiert ist, könnten wir vielleicht ...«

»Tut mir leid, aber ich habe keinen Diplomatenstatus«, sagte Harry, nahm den Koffer aus dem Gepäckraum und legte ihn auf den Boden. »Aber ich kann feststellen, dass sich dieser Koffer nicht mehr auf norwegischem Territorium befindet, und schlage vor, dass Sie ihn öffnen, während ich zur Rezeption gehe und ein Wort mit dem Motelbesitzer wechsle.«

Harry ging langsam über den Innenhof. Seine Füße waren seit dem Flug geschwollen und ein Schweißtropfen rann kitzelnd unter seinem Hemd herab. Harry brauchte etwas zu trinken. Abgesehen davon fühlte es sich gar nicht so schlecht an, endlich wieder richtig zu arbeiten. Das letzte Mal lag schon eine ganze Weile zurück. Er stellte fest, dass das »M« jetzt verloschen war.

Kapitel 7

Wang Lee, Manager, stand auf der Visitenkarte, die Harry von dem Mann hinter dem Tresen bekam, vermutlich eine Art Hinweis, dass er besser an einem anderen Tag wiederkommen sollte. Der knochige Mann mit dem Blümchenhemd hatte Schwimmhaut in den Augenwinkeln und sah so aus, als wolle er jetzt im Moment wirklich nichts mit Harry zu tun haben. Gerade hatte er wieder begonnen, einen Stapel Papiere durchzublättern, und er grunzte, als er aufblickte und feststellte, dass Harry noch immer dort stand.

»Ich sehe, Sie sind ein beschäftigter Mann«, sagte Harry. »Deshalb schlage ich vor, dass wir das so schnell wie möglich erledigen. Das Wichtigste ist, dass wir einander verstehen. Ich bin, wie Sie sehen, Ausländer und Sie sind Thai ...«

»Kein Thai. Chinese«, kam es erneut mit einem Grunzen.

»Tja, dann sind Sie ja auch Ausländer. Der Punkt ist ...«

Ein kurzes Keuchen war zu hören, das vielleicht ein höhnisches Lachen sein sollte. Wenigstens hatte der Motelbesitzer den Mund geöffnet und eine Reihe zufällig verteilter, braun gefleckter Zähne gezeigt.

»Kein Ausländer, Chinese. Wir sind die, die Thailand am Laufen halten. Keine Chinesen, kein Business.«

»O.k., Sie sind Geschäftsmann, Wang. Dann schlage ich Ihnen ein Geschäft vor. Sie betreiben hier ein Bordell und da können Sie durch Ihre Papiere blättern, soviel Sie wollen, diesen Fakt können Sie nicht ändern.«

Der Chinese schüttelte resolut den Kopf.

»Keine Huren. Motel. Zimmervermietung.«

»Beruhigen Sie sich, ich interessiere mich nur für den Mord, es ist nicht mein Job, Zuhälter zu verhaften. Außer ich bekäme ein plötzliches Interesse an einer solchen Arbeit. Deshalb möchte ich Ihnen ein Geschäft vorschlagen. Hier in Thailand nimmt man es mit Leuten wie Ihnen nicht so genau, dafür gibt es viel zu viele von euch. Eine gewöhnliche Anzeige reicht da auch nicht, vielleicht bezahlen Sie ja auch ein paar Baht in einem braunen Kuvert, um von derlei Unbill verschont zu werden. Deshalb haben Sie auch keine Angst vor uns.«

Der Motelbesitzer schüttelte erneut den Kopf.

»Kein Geld. Verboten.«

Harry lächelte.

»Als ich zum letzten Mal nachgesehen habe, lag Thailand auf Rang drei der weltweiten Korruptionsstatistik. Bitte, behandeln Sie mich nicht wie einen Idioten.«

Harry achtete darauf, seine Stimme nicht zu heben. Drohungen hatten die beste Wirkung, wenn sie in ganz neutralem Ton vorgebracht wurden.

»Ihr Problem – und meins – ist, dass der Typ, der in Ihrem Motelzimmer gefunden wurde, ein Diplomat aus meinem Heimatland ist. Wenn ich berichte, wir hätten die Vermutung, dass er in einem Bordell gefunden worden ist, kann das schnell zu einem Politikum werden. Dann können Ihnen auch Ihre Freunde bei der Polizei nicht mehr helfen. Die Behörden werden sich gezwungen sehen, diesen Ort zu schließen und Wang Lee ins Gefängnis zu werfen. Um ihren guten Willen zu demonstrieren und zu zeigen, dass man die Gesetze einhält, nicht wahr?«

Dem ausdruckslosen asiatischen Gesicht war absolut nicht zu entnehmen, ob er einen Treffer gelandet hatte.

»Andererseits könnte ich ja auch schreiben, dass sich die Frau mit dem Mann in einem zufällig ausgewählten Motel verabredet hatte.«

Der Chinese sah Harry an. Zwinkerte, indem er beide

Augen zukniff, als hätte er Staub hineinbekommen. Dann drehte er sich um, schob eine Decke zur Seite, hinter der sich eine Tür befand, und winkte Harry, ihm zu folgen. Hinter der Decke lag ein kleiner Raum mit einem Tisch und zwei Stühlen und der Chinese bedeutete Harry, er solle sich setzen. Er stellte eine Tasse vor Harry und goss aus einer Teekanne ein. Der starke Pfefferminzduft brannte in den Augen.

»Keines der Mädchen will arbeiten, solange die Leiche da liegt«, sagte Wang. »Wie schnell könnt ihr die wegschaffen?«

Geschäftsleute sind überall auf der Welt gleich, dachte Harry und zündete sich eine Zigarette an.

»Das kommt darauf an, wie schnell wir Klarheit über die Geschehnisse bekommen.«

»Der Mann kam gegen neun Uhr abends hierher und sagte, er wolle ein Zimmer. Er hat dann die Speisekarte durchgeblättert und gesagt, er wolle Dim, erst aber noch ein bisschen schlafen. Er wollte Bescheid geben, wann sie kommen sollte. Ich sagte ihm, dass er das Zimmer so oder so zum Stundenpreis bezahlen müsse. Ihm war das recht. Dann hat er den Schlüssel bekommen.«

»Speisekarte?«

Der Chinese reichte ihm etwas, das wirklich wie eine Menükarte aussah. Harry blätterte sie durch. Darin waren Bilder von jungen Thai-Mädchen in Schwesterntracht, Netzstrümpfen, hautengen Lackkorsetts mit Peitsche, Schuluniform und Zöpfchen und sogar in Polizeiuniform. Unter den Bildern standen unter der Überschrift »Vital Information« der Preis und ihre Herkunft. Harry bemerkte, dass bei allen ein Alter zwischen 18 und 22 Jahren angegeben war. Die Preise reichten von 1000 bis zu 3000 Baht und fast alle Mädchen hatten an der Universität Sprachen studiert oder waren Krankenschwestern.

»War er allein?«, fragte Harry.

»Ja.«

»Sonst niemand im Auto?«

Wang schüttelte den Kopf.

»Wie können Sie sich da so sicher sein? Der Mercedes hat getönte Scheiben und Sie waren hier im Haus.«

»Ich gehe in der Regel raus, um alles zu überprüfen. Es kommt vor, dass manche versuchen, einen Kumpel mit hineinzuschmuggeln. Und wenn sie zu zweit sind, müssen sie für ein Doppelzimmer bezahlen.

»Verstehe. Doppelzimmer, doppelter Preis?«

»Nicht doppelt.« Wang präsentierte seine spärlichen Zähne. »Es ist billiger zu teilen.«

»Was ist dann geschehen?«

»Keine Ahnung. Der Mann ist mit dem Wagen zur Nummer 120 gefahren, wo er jetzt noch liegt. Das ist ganz hinten, wenn es dunkel ist, kann ich nicht bis dort schauen. Ich habe Dim angerufen und sie kam her und wartete. Nach einer Weile habe ich sie zu ihm geschickt.«

»Und Dim? Wie war sie angezogen? Wie eine Straßenbahnschaffnerin?«

»Nein, nein.« Wang blätterte bis zur letzten Seite der Karte und präsentierte stolz das Bild einer jungen Thailänderin in einem kurzen Kleid mit Silberpailletten, weißen Schlittschuhen und breitem Lächeln. Sie hatte den einen Knöchel hinter den anderen geschoben, die Knie leicht gebeugt und die Arme zur Seite gestreckt, als hätte sie gerade eine gelungene Kür beendet. In ihr braunes Gesicht waren große, rote Sommersprossen gemalt worden.

»Und das soll ...«, sagte Harry ungläubig und las den Namen unter dem Bild.

»Genau, ja – ja. Tonya Harding. Die Eiskunstläuferin, die die andere Amerikanerin niedergeschlagen hat, diese Hübsche. Die kann Dim auch spielen, wenn Sie wollen ...«

»Nein, danke«, sagte Harry.

»Sehr gefragt. Besonders bei den Amerikanern. Sie weint, wenn Sie wollen.« Wang fuhr sich mit dem Zeigefinger über die Wangen.

»Sie hat ihn im Zimmer gefunden, mit einem Messer im Rücken. Was ist dann geschehen?«

»Dim kam hier rübergerannt und schrie wild herum.«

»Mit Schlittschuhen an den Füßen?«

Wang sah Harry mitleidig an.

»Die Schlittschuhe kommen erst dann ins Spiel, wenn der Slip weg ist.«

Harry verstand das Praktische an diesem Vorgehen und bedeutete ihm mit einer Handbewegung weiterzureden.

»Mehr gibt es nicht, Herr Polizist. Wir gingen noch einmal in das Zimmer, um alles zu überprüfen, dann habe ich abgeschlossen und die Polizei angerufen.«

»Laut Dim war die Tür auf, als sie kam. Hat sie gesagt, ob die Tür angelehnt war oder ob sie einfach nur nicht abgeschlossen war?«

Wang zuckte mit den Schultern. »Die Tür war zu, aber nicht abgeschlossen. Ist das wichtig?«

»Das weiß man nie. Haben Sie an diesem Abend sonst noch jemanden in der Nähe des Zimmers gesehen?«

Wand schüttelte den Kopf.

»Und wo ist Ihr Gästebuch?«, fragte Harry. Jetzt begann er langsam müde zu werden.

Der Chinese sah abrupt auf.

»Kein Gästebuch.«

Harry sah ihn stumm an.

»Kein Gästebuch«, wiederholte Wang. »Warum sollten wir das haben? Es würde doch niemand kommen, wenn er sich hier mit vollem Namen und Adresse eintragen müsste.«

»Ich bin nicht dumm, Wang. Niemand glaubt, registriert zu werden, aber Sie führen doch für Ihre eigene Übersicht Buch? Für alle Fälle. Es kommen hier doch sicher einige wichtige Leute her und ein Gästebuch kann durchaus nützlich sein, wenn man mal Schwierigkeiten bekommt und irgendwie auf den Tisch klopfen muss.«

Der Motelbesitzer zwinkerte froschartig.

»Werden Sie jetzt nicht schwierig, Wang. Wer mit dem Mord nichts zu tun hat, hat nichts zu befürchten. Und Personen des öffentlichen Lebens schon gar nicht. Ehrenwort. Los jetzt, legen Sie das Buch auf den Tisch.«

Das Buch war ein kleiner Notizblock und Harry blickte rasch über die dichtbeschriebenen Zeilen mit unbegreiflichen Thai-Zeichen.

»Einer von den anderen wird eine Kopie davon machen«, sagte er.

Die drei anderen standen wartend am Mercedes. Die Scheinwerfer waren eingeschaltet worden und im Lichtkegel vor dem Wagen lag auf dem Boden der geöffnete Koffer.

»Haben Sie etwas gefunden?«

»Sieht so aus, als habe der Botschafter abweichende sexuelle Interessen gehabt.«

»Ich weiß schon. Tonya Harding, das nenne ich schräg.«

Harry blieb wie angewurzelt vor dem Koffer stehen. In dem gelben Licht der Scheinwerfer kamen die Details der Schwarzweiß-Fotografien zum Vorschein. Mit einem Mal begann er zu frieren. Natürlich hatte er davon gehört, ja sogar einen Bericht darüber gelesen und mit Kollegen der Sitte darüber gesprochen, doch es war das erste Mal, dass Harry sah, wie ein Kind von einem Erwachsenen gefickt wurde.

Kapitel 8

Sie fuhren über die Sukhumvit Road, an der Hotels mit drei Sternen, Luxusvillen und Wellblechhütten Seite an Seite lagen. Harry sah nichts davon. Sein Blick war offensichtlich auf einen Punkt vor ihnen gerichtet.

»Der Verkehr fließt jetzt besser«, sagte Crumley.

»O ja.«

Sie lächelte, ohne ihre Zähne zu zeigen.

»Sorry, in Bangkok reden wir über den Verkehr wie anderswo über das Wetter. Sie müssen nicht lange hier wohnen, um zu verstehen, warum. Das Wetter ändert sich bis Mai nicht mehr. Je nach Monsunlage beginnt es irgendwann im Sommer zu regnen. Und dann schüttet es drei Monate. Mehr gibt es über das Wetter nicht zu sagen. Abgesehen davon, dass es warm ist. Und darauf weisen wir uns das ganze Jahr über hin, aber eine richtige Unterhaltung wird selten daraus. Hören Sie zu?«

»Hm.«

»Der Verkehr dagegen. Der hat mehr Einfluss auf die Bewohner von Bangkok als ein paar kräftige Taifune. Ich weiß nie, wie lange ich brauche, um zur Arbeit zu kommen, wenn ich mich morgens ins Auto setze, es ist alles möglich, von 40 Minuten bis zu vier Stunden. Vor zehn Jahren habe ich einmal 25 Minuten gebraucht.«

»Was ist in der Zwischenzeit geschehen?«

»Wachstum. Immer mehr Wachstum. Die letzten 25 Jahre waren ein kontinuierlicher Wirtschaftsboom und Bangkok ist Thailands Kuckucksei geworden. Hier gibt es Arbeit und hierher kommen die Menschen aus den Dörfern auf dem Land. Jeden Morgen mehr, die zur Arbeit wollen, mehr Münder, die gestopft, mehr Waren, die transportiert werden müssen. Die Zahl der Autos ist explodiert, aber die Politiker versprechen uns bloß neue Straßen und reiben sich die Hände über die guten Zeiten.«

»An guten Zeiten ist aber doch nichts Schlechtes?«

»Es ist nicht so, dass ich den Menschen die Farbfernseher in ihren Bambushütten nicht gönne, aber das alles ist so wahnwitzig schnell gegangen. Und wenn Sie mich fragen, hat Wachstum nur um des Wachstums willen die gleiche Logik wie eine Krebszelle. Manchmal bin ich richtig froh darüber, dass wir im letzten Jahr die Grenze erreicht haben. Seit der Abwertung der Währung scheint jemand die Wirtschaft eingefroren zu haben und das merkt man bereits am Verkehr.«

»Sie wollen sagen, dass es vorher noch schlimmer war?«

»Aber sicher. Sehen Sie da ...«

Crumley deutete zu einem gigantischen Parkplatz, auf dem Hunderte von Lastwagen und Betonmischern standen.

»Vor einem Jahr war dieser Parkplatz beinahe leer, doch jetzt baut keiner mehr, so dass die Flotte stillgelegt ist, wie Sie sehen. Und in die Shoppingcenter gehen die Menschen bloß noch, weil es da Klimaanlagen gibt. Sie haben aufgehört einzukaufen.«

Sie fuhren eine Weile schweigend weiter.

»Was glauben Sie, wer steckt hinter all dieser Scheiße?«, fragte Harry.

»Die Währungsspekulanten.«

Er sah sie verständnislos an. »Ich rede von den Bildern.«

»Oh.« Sie nickte ihm kurz zu. »Die haben Ihnen nicht gefallen, oder?«

Er zuckte mit den Schultern. »Ich bin ein intoleranter Mann. Manchmal denke ich, es wäre sinnvoll, sich wieder Gedanken über die Todesstrafe zu machen.«

Die Kommissarin sah auf die Uhr. »Auf dem Weg zu

Ihrer Wohnung kommen wir an einem guten Restaurant vorbei. Was halten Sie von einem Blitzkurs in traditioneller Thai-Küche?«

»Gerne. Aber Sie haben meine Frage nicht beantwortet.«

»Wer hinter den Bildern steckt? Harry, Thailand hat vermutlich die weltweit höchste Rate an perversen Menschen, Leuten, die einzig und allein hierher gekommen sind, weil wir eine Sexindustrie haben, die alle Bedürfnisse deckt. Und damit meine ich wirklich *alle* Wünsche. Wie in aller Welt soll ich da wissen, wer hinter ein paar Kinderpornobildern steckt?«

Harry schnitt eine Grimasse und drehte den Kopf, um seinen Nacken zu entspannen.

»Ich frage ja bloß. Hat es hier nicht vor einigen Jahren ziemlichen Wirbel wegen eines pädophilen Botschaftsmitarbeiters gegeben?«

»Das ist richtig. Wir haben einen Kinderpornoring aufgedeckt, in den einige Diplomaten verwickelt waren, darunter der australische Botschafter. Sehr peinliche Sache.«

»Aber doch wohl nicht für die Polizei?«

»Spinnen Sie? Für uns war das wie die Fußballweltmeisterschaft und der Oscar in einem. Der Regierungschef hat uns per Telegramm gratuliert, der Tourismusminister war beinahe exstatisch und wir sind mit Orden fast zugeschüttet worden. So etwas hilft der Glaubwürdigkeit der Polizei ungemein auf die Sprünge, wissen Sie.«

»Und wie wäre es, da anzusetzen?«

»Ich weiß nicht. Zum einen sind alle, die mit diesem Ring zu tun hatten, entweder hinter Schloss und Riegel oder wieder im Ausland. Zum anderen bin ich wirklich nicht sicher, ob die Bilder etwas mit dem Mord zu tun haben.«

Crumley fuhr auf einen Parkplatz, auf dem ein Wachmann auf eine winzige Parklücke zwischen zwei Autos deutete. Sie drückte auf einen Knopf und die Elektronik summte, als die beiden großen Seitenfenster des Jeeps herabgelassen wurden. Dann legte sie den Rückwärtsgang ein und gab Gas.

»Ich glaube nicht, dass …«, begann Harry, doch die Kommissarin hatte bereits eingeparkt. Die Seitenspiegel der beiden anderen Wagen zitterten noch.

»Wie sollen wir aussteigen?«, fragte er.

»Es ist nicht gut, sich so viele Sorgen zu machen, Detective.«

Mit einem Klimmzug an der Dachreling schwang sie sich aus dem großen Seitenfenster, stellte den Fuß auf die Motorhaube und sprang vor dem Jeep auf die Straße. Mit etwas Mühe gelang auch Harry der Ausstieg.

»Sie werden es mit der Zeit lernen«, sagte sie und ging los. »Bangkok ist eine enge Stadt.«

»Und was ist mit dem Radio?« Harry blickte zurück zu den einladend geöffneten Scheiben. »Rechnen Sie wirklich damit, dass das noch da ist, wenn wir zurückkommen?«

Sie hielt dem zusammenzuckenden Wachmann ihre Polizeimarke vor das Gesicht.

»Ja.«

»Keine Fingerabdrücke am Messer«, sagte Crumley und schmatzte zufrieden. Sôm-tam, eine Art grüner Papaya-Salat, schmeckte nicht so seltsam, wie Harry befürchtet hatte. Nein, eigentlich war er wirklich gut. Und scharf.

Sie schlürfte laut den Bierschaum vom Glas. Er sah zu den anderen Gästen, aber niemand schien es zu bemerken, vermutlich weil sie von dem polkaspielenden Streichorchester auf dem Podium übertönt wurde, das seinerseits gegen den Verkehrslärm ankämpfen musste. Harry nahm sich vor, zwei Bier zu trinken. Nicht mehr. Er konnte sich auf dem Weg zu seiner Wohnung noch ein Sixpack kaufen …

»Die Ornamente auf dem Messerschaft, ist da was zu holen?«

»Nho meinte, die könnten aus dem Norden stammen, von den Bergvölkern in der Chiang-Rai-Provinz oder dort in der Nähe. Wegen der farbigen Glasstückchen im Schaft. Er war sich aber nicht sicher, aber das ist ganz sicher kein gewöhnliches Messer, das man in jedem x-beliebigen Laden kaufen kann, deshalb wollen wir es morgen einem Professor für Kunstgeschichte im Benchambophit Museum schicken. Der weiß alles, was es über alte Messer zu wissen gibt.«

Liz winkte und der Kellner servierte ihnen dampfende Kokosmilchsuppe aus einer Terrine.

»Passen Sie auf die kleinen Weißen auf. Und die kleinen Roten, die verbrennen Sie sonst von innen«, sagte sie und deutete mit ihrem Löffel auf seinen Teller. »Ja, und die Grünen auch.«

Harry sah skeptisch auf die unterschiedlichen Zutaten, die in seiner Schale herumdümpelten.

»Gibt es auch etwas, das ich essen kann?«

»Die Galanga-Wurzeln sind o.k.«

»Habt ihr irgendwelche Theorien?« Harry fragte laut, um ihr Schlürfen zu übertönen.

»Wer der Mörder sein könnte? Natürlich. Viele. Zuerst kann es natürlich die Prostituierte sein. Oder der Motelbesitzer. Oder beide, das ist mein vorläufiger Tipp.«

»Und was sollten die für ein Motiv haben?«

»Geld.«

»In Molnes Brieftasche waren 500 Baht.«

»Wenn er an der Rezeption seine Börse gezückt und unser Freund Wang bemerkt hat, dass er ein bisschen zu viel Geld hat, was nicht unwahrscheinlich ist, kann die Versuchung zu groß geworden sein. Wang konnte ja nicht wissen, dass der Mann Diplomat ist und es all diesen Aufruhr geben würde.«

»Und wie soll das dann vor sich gegangen sein?«

Crumley hielt die Gabel hoch und beugte sich lebhaft vor.

»Sie warten, bis der Botschafter ins Zimmer gegangen ist, klopfen an und stoßen ihm das Messer in den Rücken, als er sich umdreht. Er fällt vornüber aufs Bett, sie leeren seine Brieftasche, lassen aber 500 Baht darin, damit es nicht nach Raub aussieht. Dann warten sie drei Stunden und rufen die Polizei an. Und Wang hat sicher den einen oder anderen Freund in der Behörde, der dafür sorgt, dass alles glattgeht. Kein Motiv, keine Verdächtigen, es ist doch allen nur recht, so eine Angelegenheit, die mit Prostitution zu tun hat, unter den Teppich zu kehren. Also weg damit und der Nächste bitte.«

Plötzlich begannen Harry die Augen aus dem Kopf zu quellen. Er beeilte sich, sein Glas zu nehmen, und setzte es an die Lippen.

Crumley lächelte: »Eine von den Roten?«

Er bekam wieder Luft.

»Keine schlechte Theorie, Frau Kommissarin, aber ich glaube, sie ist falsch«, sagte er mit belegter Stimme.

Sie runzelte die Stirn.

»Warum?«

»Erstens, sind wir uns einig, dass die Frau den Mord nicht ohne Wangs Hilfe durchgeführt haben kann?«

Crumley dachte nach.

»Mal sehen. Wenn Wang nicht beteiligt war, müssen wir davon ausgehen, dass er die Wahrheit sagt. Also kann sie Molnes nicht getötet haben, ehe sie allein gegen halb zwölf zu seinem Zimmer ging. Und der Arzt hat gesagt, dass es spätestens um zehn passiert ist. Ich bin einverstanden, Hole, sie kann es nicht allein gemacht haben.«

Das Pärchen am Nebentisch hatte begonnen, Crumley anzustarren.

»Gut. Zweitens setzen Sie voraus, dass Wang zum Mordzeitpunkt nicht wusste, dass Molnes Diplomat ist und dass er den Mord sonst aus Angst vor dem Aufruhr nicht begangen hätte, nicht wahr?«

»Ja ...«

»Die Sache ist die, dieser Typ führt ein privates Gästebuch, sicher randvoll mit den Namen der verschiedensten Politiker und städtischen Beamten. Er notiert Datum und Uhrzeit von jedem Besuch. Um ein Druckmittel zu haben, sollte ihm jemand mal Schwierigkeiten machen. Wenn jemand kommt, den er nicht kennt, kann er ja wohl schlecht um den Ausweis bitten. Deshalb geht er unter dem Vorwand, dass sonst niemand im Auto sitzt, mit nach draußen, alles klar? Um herauszufinden, wer sein Gast ist.«

»Jetzt komm ich nicht mehr richtig mit.«

»Er schreibt ihre Autonummern auf, nicht wahr? Und sieht anschließend im Fahrzeugregister nach. Als er die blauen Schilder am Mercedes gesehen hat, wusste er sofort, dass Molnes zum diplomatischen Corps gehörte.«

Crumley sah ihn nachdenklich an. Dann drehte sie sich plötzlich mit weit aufgerissenen Augen zum Nachbartisch um. Das Pärchen zuckte auf seinen Stühlen zusammen und war plötzlich auffällig bemüht, sich auf das Essen zu konzentrieren.

Sie kratzte sich mit der Gabel am Bein.

»Es hat seit drei Monaten nicht geregnet«, sagte sie.

»Bitte?«

Sie verlangte nach der Rechnung.

»Was hat das mit dem Fall zu tun?«, fragte Harry.

»Nicht viel«, sagte sie.

Es war bald drei Uhr nachts. Der Lärm der Stadt drang gedämpft durch das gleichmäßige Surren des Ventilators auf dem Nachttischchen. Trotzdem hörte Harry hin und wieder schwere Lastwagen über die Taskin Bridge fahren und das Brüllen vereinzelter Schiffe, die von einem der Piers am Chao Phraya ablegten.

Als er in seine Wohnung gekommen war, hatte er das rote Blinken am Telefon bemerkt und nach der Betätigung einiger Knöpfe auch die beiden Nachrichten vorgespielt bekommen. Die erste war von der norwegischen Botschaft. Botschaftsrätin Tonje Wiig näselte extrem. Sie hörte sich so an, als stammte sie aus dem wohlhabenden Westen von Oslo oder als hätte sie zumindest den starken Wunsch, von dort zu stammen. Die nasale Stimme bat Harry, sich am nächsten Tag um zehn Uhr in der Botschaft einzufinden, änderte dann aber im Laufe der Nachricht die Uhrzeit noch einmal ab, als sie bemerkt hatte, dass sie um Viertel nach zehn eine andere Besprechung hatte.

Die andere Nachricht war von Bjarne Møller. Er wünschte Harry Glück, das war alles. Es hörte sich nicht so an, als spräche er gerne auf Anrufbeantworter.

Harry blieb liegen und blinzelte ins Dunkel. Er hatte sich das Sixpack schließlich doch nicht gekauft. Und es zeigte sich, dass die B12-Spritzen doch im Koffer lagen. Nachdem er sich in Sydney so ultimativ abgeschossen hatte, waren seine Beine vollkommen gefühllos gewesen, doch eine einzige dieser Spritzen hatte ihn wiederauferstehen lassen wie einen Lazarus. Er seufzte. Wann hatte er eigentlich diesen Entschluss gefasst? Als er die Nachricht von dem Auftrag in Bangkok erhalten hatte? Nein, das musste davor gewesen sein, schon vor ein paar Wochen hatte er eine Art Schlussstrich gezogen: an Søs' Geburtstag. Mochten die Götter wissen, warum er sich so entschieden hatte. Vielleicht war er es einfach leid, nicht wirklich da zu sein. Dass die Tage verstrichen, ohne ihm guten Tag zu wünschen. Irgendwie so etwas. Er verkraftete die alte Frage nicht mehr, warum Jeppe jetzt nicht trinken wollte. Denn egal, es war wie immer, wenn Harry einen Entschluss gefasst hatte, dann stand er fest, war unerbittlich endgültig. Keine Kompromisse, keine Ausnahmen. »Ich kann von einem Tag auf den anderen aufhören.« Er hatte so oft gehört, wie sich seine Saufkumpanen bei Schrøder selbst zu überzeugen versuchten, dass sie nicht schon längst Vollblut-Alkoholiker waren. Er selbst war das ganz ohne Zweifel, aber trotzdem war er der Einzige, der tatsächlich dazu in der Lage war, aufzuhören, wenn er wollte. Der Geburtstag war erst in neun Tagen, aber da Aune recht hatte mit seiner Äußerung, diese Dienstreise sei ein guter Zeitpunkt, hatte er ihn ein bisschen nach vorne verlegt. Harry stöhnte und drehte sich auf die andere Seite.

Er fragte sich, was Søs jetzt machte, ob sie es heute Abend gewagt hatte, auszugehen. Ob sie, wie versprochen,

Vater angerufen hatte. Und falls ja, ob er es geschafft hatte, mit ihr zu reden, mehr als nur ja und nein.

Drei Uhr vorbei, doch obgleich es in Norwegen jetzt erst neun war, hatte er seit fast anderthalb Tagen nicht mehr richtig geschlafen und sollte eigentlich ohne Probleme Schlaf finden können. Aber jedes Mal, wenn er die Augen schloss, erschien das Bild eines kleinen, nackten Thai-Jungen im Licht der Autoscheinwerfer auf seiner Netzhaut, so dass er es vorzog, sie noch eine Weile geöffnet zu halten. Vielleicht hätte er sich dieses Sixpack doch kaufen sollen. Als er endlich einschlief, hatte die morgendliche Rushhour auf der Taksin Bridge bereits begonnen.

Kapitel 9

Nho kam durch den Haupteingang der Polizeiwache, blieb aber stehen, als er den großgewachsenen, blonden Polizisten sah, der lauthals versuchte, sich mit dem lächelnden Wachmann zu unterhalten.

»Guten Morgen, Mister Hole, kann ich Ihnen helfen?«

Harry drehte sich um. Seine Augen waren klein und blutunterlaufen.

»Ja, Sie können mich an diesem Sturkopf vorbeibringen.«

Nho nickte dem Wachmann zu, der einen Schritt zur Seite trat und sie passieren ließ.

»Er hat behauptet, er habe mich von gestern nicht wiedererkannt«, sagte Harry, als sie vor dem Aufzug standen. »Mann, der muss sich doch von einem auf den anderen Tag an mich erinnern.«

»Nicht unbedingt. Sind Sie sicher, dass er es war, der gestern dort Dienst hatte?«

»Auf jeden Fall jemand, der ihm ähnlich sieht.«

Nho zuckte mit den Schultern.

»Vielleicht denken Sie ja, dass alle Thai irgendwie gleich aussehen?«

Harry wollte etwas erwidern, als er das gequälte, säuerliche Lächeln auf Nhos Lippen wahrnahm.

»O.k. Sie wollen mir zu verstehen geben, dass für Sie alle Weißen gleich aussehen?«

»Nein, nicht ganz. Wir sehen schon einen Unterschied zwischen Arnold Schwarzenegger und Pamela Anderson.«

Harry zeigte seine Zähne. Er mochte den jungen Polizisten.

»O.k., verstanden. 1:0 für Sie, Nho.«
»Nho?«
»Nho, ja, das war doch Ihr Name, oder?«
Nho schüttelte lächelnd den Kopf.
Der Fahrstuhl war überfüllt und stank. Es war ein Gefühl, als würde man sich in einen Sack mit schmutzigen Trainingskleidern drücken. Harry überragte die anderen um zwei Köpfe. Einige blickten zu dem hoch aufgeschossenen Norweger empor und lachten beeindruckt. Einer von ihnen fragte Nho etwas und sagte dann: »Ah, Norway … that's … that's … I can't remember his name … please help me.«
Harry lächelte und versuchte, in einer bedauernden Geste die Arme auszubreiten, doch es war zu eng dafür.
»Yes, yes, very famous!«, sagte der Mann weiter.
»Ibsen?«, versuchte Harry. »Nansen?«
»No, no, more famous.«
»Hamsun? Grieg?«
»No, no.«
Der Mann sah sie verbissen an, als sie in der fünften Etage den Fahrstuhl verließen.

»Das ist dein Arbeitsplatz«, sagte Crumley und streckte den Arm aus.
»Aber da sitzt doch jemand«, erwiderte Harry.
»Nicht da, da!«
»Da?«
Er erblickte einen freien Stuhl an einem langen Tisch, an dem dicht an dicht Menschen saßen und gerade einmal Platz für einen Notizblock und ein Telefon war.
»Ich werde sehen, ob ich etwas anderes für dich finden kann, falls dein Aufenthalt länger dauern sollte.«
»Das hoffe ich wirklich nicht«, murmelte Harry.
Die Hauptkommissarin sammelte ihre Truppe für die Morgenbesprechung in ihrem Büro zusammen. Die »Truppe« bestand, um genau zu sein, aus Nho und Sunthorn, die zwei Beamten, denen Harry bereits am Abend zuvor

begegnet war, und aus Rangsan, dem ältesten Polizisten der Abteilung.

Rangsan schien in seine Zeitung vertieft zu sein, gab aber trotzdem hin und wieder Kommentare auf Thai, die Crumley sorgsam in ihrem kleinen, schwarzen Buch notierte.

»O. k.«, sagte Crumley und klappte ihr Buch zu. »Wir fünf sollen also versuchen, dieser Sache auf den Grund zu gehen. Da wir einen norwegischen Kollegen unter uns haben, werden wir ab jetzt auf Englisch kommunizieren. Wir beginnen mit einer Durchsicht der am Tatort gefundenen Spuren. Rangsan ist unser Kontaktmann zur Spurensicherung. Bitte.«

Rangsan faltete umständlich seine Zeitung zusammen und räusperte sich. Er hatte schütteres Haar und auf seiner Nasenspitze balancierte eine Brille, die an einer Schnur um seinen Hals befestigt war. Harry musste unwillkürlich an einen müden Lehrer denken, als Rangsan mit einem etwas herablassenden, sarkastischen Blick in die Runde schaute.

»Ich habe mit Suawadee von der Kriminaltechnik gesprochen. Wie zu erwarten war, haben sie im Motelzimmer eine Unmenge Fingerabdrücke gefunden, aber keinen, der zu dem Toten gehörte.«

Die anderen Fingerabdrücke konnten bislang nicht identifiziert werden.

»Was auch nicht einfach werden wird«, sagte Rangsan. »Auch wenn das Olympussy nur schlecht besucht ist, gab es in diesem Zimmer Abdrücke von mindestens hundert Personen.«

»Sind auf der Türklinke welche gefunden worden?«, fragte Harry.

»Viel zu viele leider, und kein vollständiger.«

Crumley legte ihre Füße auf die Schreibtischplatte. Sie trug Nike-Schuhe.

»Molnes hat sich vermutlich sofort aufs Bett gelegt, er hatte keinen Grund, durchs ganze Zimmer zu tanzen und überall seine Fingerabdrücke zu hinterlassen. Mindestens zwei Menschen haben nach dem Mörder die Klinke heruntergedrückt, Dim und Wang.«

Sie nickte Rangsan zu, der sich wieder seiner Zeitung zuwandte.

»Die Obduktion bestätigt, was wir bereits vermutet haben, nämlich dass der Messerstich die Todesursache war. Die Klinge hat den linken Lungenflügel punktiert, ehe sie das Herz traf, so dass der Herzbeutel voller Blut war.«

»Tamponierung«, sagte Harry.

»Was?«

»So nennt man das. Wie wenn man Baumwolle in eine Glocke stopft, die läutet dann auch nicht mehr. Das Herz ist an seinem eigenen Blut erstickt.«

Crumley schnitt eine Grimasse.

»O.k., lassen wir die technischen Details vorerst außer Acht und kümmern wir uns noch einmal um einen Überblick. Unser norwegischer Kollege hat sich bereits gegen die Vermutung ausgesprochen, dass es sich um einen Raubmord handelt. Harry, vielleicht können Sie uns sagen, was Sie glauben?«

Die anderen wandten sich ihm zu. Harry schüttelte den Kopf.

»Ich glaube noch gar nichts. Ich bin nur der Meinung, dass es ein paar seltsame Sachverhalte gibt.«

»Wir sind ganz Ohr, Kommissar.«

»Nun, Aids ist doch in Thailand recht verbreitet, oder?«

Es wurde still. Rangsan schielte über den Rand seiner Zeitung.

»Laut offizieller Statistik eine halbe Million Infizierte. Man rechnet damit, dass diese Zahl im Laufe der nächsten fünf Jahre auf bis zu zwei bis drei Millionen ansteigt.«

»Danke. Molnes hatte keine Kondome dabei. Wer würde in Bangkok auf die Idee kommen, Sex mit einer Prostituierten zu haben, ohne ein Kondom zu benutzen?«

Niemand antwortete. Rangsan murmelte etwas auf Thai und die anderen lachten laut.

»Mehr als du glaubst«, übersetzte Crumley.

»Noch vor wenigen Jahren wussten die wenigsten Prostituierten in Bangkok, was Aids ist«, sagte Nho. »Aber jetzt sind die meisten dazu übergegangen, selbst Kondome mitzunehmen.«

»O.k., aber ein Familienvater wie Molnes würde doch auf Nummer sicher gehen und seine eigenen mitnehmen.«

Sunthorn schnaubte:

»Wenn ich Familienvater wäre, würde ich gar nicht zu einer *sõphenii* gehen.«

»Hure«, erklärte Crumley.

»Natürlich nicht«, sagte Harry und klopfte diskret mit dem Bleistift auf die Lehne seines Stuhles.

»Finden Sie sonst noch etwas seltsam, Hole?«

»Ja. Das Geld.«

»Das Geld?«

»Er hatte nur 500 Baht bei sich, also etwa zehn amerikanische Dollar. Dabei kostete die Frau, die er sich ausgesucht hatte, 1500.«

Es wurde einen Augenblick still.

»Ein guter Aspekt«, sagte Crumley. »Aber vielleicht hat sie sich ihr Honorar genommen, als sie den Toten fand, und erst dann Alarm geschlagen.«

»Sie meinen, dass sie ihn ausgeraubt hat?«

»Wenn man so will. Sie hat ihren Teil der Abmachung eingehalten.«

Harry nickte zustimmend.

»Vielleicht. Können wir mit ihr reden?«

»Heute Nachmittag.« Crumley lehnte sich auf ihrem Stuhl zurück. »Wenn sonst keiner mehr etwas anzumerken hat, möchte ich die Besprechung beenden, damit ihr weitermachen könnt.«

Es hatte niemand etwas zu sagen.

Nhos Rat folgend, rechnete Harry mit einer Dreiviertelstunde Fahrzeit bis zur Botschaft. Im Gedränge im Fahrstuhl nach unten hörte er eine Stimme, die er erkannte:

»I know now, I know now! Solskjaer! Solskjaer!«

Harry drehte den Kopf zur Seite und nickte zustimmend.

Das war also der Welt berühmtester Norweger. Ein Fußballer, der in der Mannschaft einer englischen Industriestadt im Angriff nur zweite Wahl war, verdrängte all die Entdecker, Maler und Schriftsteller des Landes. Nach reiflichen Überlegungen kam Harry zu dem Schluss, dass der Mann vermutlich recht hatte.

Kapitel 10

Hinter einer Eichentür und zwei Sicherheitsschleusen stieß Harry in der 18. Etage auf ein Metallschild mit dem norwegischen Reichslöwen. Die Empfangsdame, eine junge bezaubernde Thailänderin mit kleinem Mund, noch kleinerer Nase und zwei samtbraunen Augen in einem runden Gesicht zog ihre Stirn in tiefe Falten, als sie seinen Ausweis studierte. Dann hob sie den Telefonhörer ab, flüsterte drei Silben und legte auf.

»Fräulein Wiigs Büro ist rechts, die zweite Tür«, sagte sie mit einem derart strahlenden Lächeln, dass Harry sich fragte, ob er sich vom Fleck weg verlieben sollte.

»Herein«, ertönte es auf Harrys Klopfen. Drinnen saß Tonje Wiig über einen großen Teak-Schreibtisch gebeugt, anscheinend musste sie ganz dringend etwas notieren. Sie hob den Blick, lächelte kurz, stand mit ihrem dünnen, mageren Körper im weißen Seidenkleid schwungvoll vom Stuhl auf und kam ihm mit ausgestreckter Hand entgegen.

Tonje Wiig war das absolute Gegenteil zur Empfangsdame. In einem länglichen Gesicht rangen Nase, Mund und Augen um die Vormachtstellung und die Nase schien den Sieg davonzutragen. Sie erinnerte an knotiges Wurzelgemüse, sorgte aber wenigstens für einen gewissen Abstand zwischen den großen, massiv geschminkten Augen. Aber Fräulein Wiig war nicht richtiggehend hässlich, manche Männer behaupteten sicher, sie hätte eine gewisse klassische Schönheit.

»Wie gut, dass Sie endlich hier sind, Herr Kommissar. Schade nur, dass der Grund dafür so ein trauriger ist.«

Harry schaffte es nur knapp, ihre knochigen Finger zu berühren, da hatte sie ihre Hand auch schon wieder zurückgezogen. Sie versicherte sich, dass in der Botschaftswohnung, in der er wohnte, alles in Ordnung war, und bat ihn schließlich, sich zu melden, wenn er Hilfe von ihr oder von jemandem sonst aus der Botschaft brauchte.

»Wir wollen diese Sache so schnell wie möglich aus der Welt haben«, sagte sie und rieb sich vorsichtig die Nasenflügel, damit die Schminke nicht verschmierte.

»Das verstehe ich.«

»Das waren schwere Tage für uns und es mag sich brutal anhören, aber die Welt dreht sich weiter und wir uns mit ihr. Manche glauben, dass wir Botschaftsangestellte uns nur auf Cocktail-Parties vergnügen, aber ich kann Ihnen versichern, dass das mit der Wahrheit so gut wie nichts zu tun hat. Im Moment habe ich acht norwegische Staatsbürger im Krankenhaus und sechs im Gefängnis, vier davon wegen Drogenbesitzes. Die norwegische Boulevardpresse ruft jeden Tag an. Und dann hat sich auch noch herausgestellt, dass eine schwangere Frau dabei ist. Und im letzten Monat ist ein Norweger in Pattaya gestorben. Er ist aus einem Fenster gefallen. Schon das zweite Mal in diesem Jahr. Jedes Mal ein Wahnsinnsaufruhr.«

Sie schüttelte resigniert den Kopf.

»Betrunkene Seeleute und Heroinschmuggler. Kennen Sie die Gefängnisse hier unten? Schrecklich. Und wenn jemand seinen Pass verloren hat, glauben Sie, dass diese Leute dann eine Reiseversicherung oder Geld für die Rückreise haben? Nichts da, um all das müssen wir uns kümmern. Sie verstehen deshalb, wie wichtig es ist, dass wir hier wieder in die Gänge kommen.«

»Wenn ich das richtig verstanden habe, sind Sie es, die jetzt nach dem Tod des Botschafters die Verantwortung hat?«

»Ich bin chargée d'affaires, ja.«

»Wie lange wird es dauern, bis man einen neuen Botschafter ernennt?«

»Nicht so lange, hoffe ich. Für gewöhnlich dauert das einen Monat oder zwei.«

»Und es macht Ihnen nichts aus, so lange die ganze Verantwortung zu tragen?«

Tonje Wiig verzog ihren Mund zu einem schiefen Lächeln.

»So hab ich das nicht gemeint, schließlich war ich schon ein halbes Jahr chargée d'affaires, bevor Molnes überhaupt hierher gekommen ist. Ich wünsche mir nur so schnell wie möglich eine permanente Regelung.«

»Dann rechnen Sie damit, die Botschaft selbst zu übernehmen?«

»Tja.« Sie zog die Mundwinkel hoch. »Das wäre nicht erstaunlich. Aber wer das norwegische Auswärtige Amt kennt, der weiß, dass man sich nie sicher sein kann.«

Ein Schatten kam in den Raum geglitten und plötzlich stand eine Tasse vor Harry.

»Sie trinken *chaa ráwn*?«, fragte Fräulein Wiig.

»Keine Ahnung.«

»Entschuldigen Sie«, sagte sie lachend. »Ich vergesse so schnell, dass andere hier unten neu sind. Thailändischen schwarzen Tee. Ich ziehe hier unten *high tea* vor, verstehen Sie? Auch wenn es nach englischer Teetradition für diesen Tee nach 14 Uhr sein sollte.«

Harry nahm dankend an, und als er seinen Blick zum nächsten Mal senkte, hatte ihm jemand eingeschenkt.

»Ich dachte, diese Traditionen seien mit den Kolonialherren verschwunden.«

»Thailand war nie eine Kolonie«, sagte sie lächelnd. »Weder unter England noch unter Frankreich, anders als die Nachbarländer. Die Thais sind sehr stolz darauf. Ein bisschen zu stolz, wenn Sie mich fragen. Ein wenig englischer Einfluss hat noch niemandem geschadet.«

Harry nahm einen Notizblock heraus und fragte, ob es vorstellbar sei, dass der Botschafter in dubiose Geschäfte verwickelt war.

»Wie meinen Sie das, Herr Kommissar?«

Er erklärte kurz, was er mit dubiosen Geschäften meinte, dass Mordopfer in mehr als 70 Prozent aller Fälle in irgendwelche Unregelmäßigkeiten verwickelt waren.

»Unregelmäßigkeiten? Molnes?« Sie schüttelte energisch den Kopf. »Dafür war er nicht ... der Typ.«

»Wissen Sie, ob er Feinde gehabt haben kann?«

»Kann ich mir wirklich nicht vorstellen. Warum fragen Sie danach? Es kann doch unmöglich ein Attentat gewesen sein.«

»Darüber wissen wir noch herzlich wenig, deshalb halten wir uns alle Möglichkeiten offen.«

Fräulein Wiig berichtete, dass Molnes an dem Montag, an dem er getötet worden war, unmittelbar nach dem Lunch zu einem Treffen gegangen sei. Er habe nicht gesagt, wo, doch das sei nichts Ungewöhnliches.

»Er hatte immer sein Handy dabei, so dass wir ihn erreichen konnten, falls es irgendein Problem gab.«

Harry bat darum, sein Büro sehen zu dürfen. Fräulein Wiig musste dafür zwei weitere Türen aufschließen, die aus »Sicherheitsgründen« eingebaut worden waren. In diesem Raum war nichts angefasst worden, so wie es sich Harry vor seiner Abreise aus Oslo erbeten hatte. Überall lagen Dokumente, Mappen und Souvenirs, die noch nicht in die Regale eingeräumt oder an die Wände gehängt worden waren.

Über den Papierstapeln blickte das norwegische Königspaar majestätisch auf sie herab und aus dem Fenster, von dem aus man einen Blick über The Queen's Regent Park hatte, wie Wiig zu berichten wusste.

Harry fand einen Kalender, in dem aber nur wenig notiert war. Er sah unter dem Mordtag nach, doch dort war als einziges »Man U« vermerkt, eine häufig benutzte Abkürzung für Manchester United, wenn er sich nicht irrte. Vielleicht eine Fußballübertragung im Fernsehen, die er nicht verpassen wollte, dachte Harry und zog pflichtbewusst ein paar Schubladen heraus, doch er erkannte schnell, dass es für einen einzigen Mann unmöglich war, das Büro des Botschafters zu durchsuchen, ohne zu wissen, wonach er suchen sollte.

»Ich sehe hier kein Handy«, sagte Harry.

»Wie gesagt – das hatte er immer bei sich.«

»Wir haben am Tatort kein Handy gefunden. Und ich glaube nicht, dass der Täter ein Dieb war.«

Fräulein Wiig zuckte mit den Schultern.

»Vielleicht hat es einer Ihrer thailändischen Kollegen ›beschlagnahmt‹?«

Harry wollte das nicht kommentieren, sondern fragte stattdessen, ob an dem besagten Tag jemand von der Botschaft Molnes angerufen habe. Sie bezweifelte das, wollte es aber überprüfen. Harry sah sich ein letztes Mal um.

»Wer in der Botschaft hat Molnes als Letzter gesehen?«

Sie dachte nach.

»Das muss Sanphet gewesen sein, der Chauffeur. Der Botschafter und er waren gute Freunde geworden. Er nimmt es sehr schwer, weshalb ich ihm ein paar Tage frei gegeben habe.«

»Warum hat er den Botschafter am Mordtag nicht gefahren, wenn er doch sein Chauffeur war?«

Sie zuckte mit den Schultern.

»Das habe ich mich auch gefragt. Der Botschafter fuhr nicht gerne selbst in Bangkok.«

»Hm. Was können Sie mir über den Chauffeur sagen?«

»Sanphet? Er ist schon ewig hier. Er war noch nie in Norwegen, kennt aber alle Städte auswendig. Und die Reihenfolge der Könige. Ja, und er liebt Grieg. Ich weiß nicht, ob er zu Hause einen Plattenspieler hat, aber ich glaube, er hat alle Platten. Er ist wirklich ein süßer, alter Thai.«

Sie neigte den Kopf zur Seite und entblößte ihr Zahnfleisch.

Harry fragte, ob sie wisse, wo er Hilde Molnes treffen konnte.

»Sie ist zu Hause. Schrecklich niedergeschlagen, fürchte ich. Ich glaube, es wäre besser, noch ein wenig mit ihrer Befragung zu warten.«

»Danke für den Rat, Fräulein Wiig, aber das Warten ist ein Luxus, den wir uns nicht leisten können. Würde es Ihnen etwas ausmachen, sie anzurufen und mein Kommen anzukündigen?«

»Ich verstehe. Entschuldigen Sie.«

Er wandte sich ihr zu.

»Woher stammen Sie, Fräulein Wiig?«

Tonje Wiig sah ihn überrascht an. Dann lachte sie schrill und ein wenig gekünstelt. »Soll das ein Verhör sein, Kommissar?«

Harry antwortete nicht.

»Wenn Sie es absolut wissen wollen – ich bin in Frederikstad aufgewachsen.«

»Das hatte ich vermutet«, sagte er zwinkernd.

Die zartgliedrige Frau am Empfang hatte sich nach hinten gelehnt und sich eine Sprayflasche unter die kleine Nase gehalten. Sie zuckte zusammen, als Harry diskret hustete, und lachte überrascht, die Augen voller Wasser.

»Entschuldigen Sie, die Luft in Bangkok ist so schlecht«, erklärte sie.

»Das habe ich auch schon gemerkt. Können Sie mir helfen? Ich brauche die Telefonnummer des Chauffeurs.«

Sie schüttelte den Kopf und schniefte. »Er hat kein Telefon.«

»Na dann. Aber er wohnt doch irgendwo?«

Das war als Spaß gedacht, aber er konnte ihr ansehen, dass ihr seine Äußerung nicht gefiel. Sie schrieb ihm die Adresse auf und warf ihm zum Abschied ein winziges Lächeln zu.

Kapitel 11

Ein Diener stand bereits wartend in der Tür, als sich Harry der Botschaftervilla näherte. Er führte ihn durch zwei große, geschmackvoll mit Bambus und Teak möblierte Räume zu einer Terrassentür, die in den Garten hinter dem Haus führte. Orchideen leuchteten in Blau und Gelb und unter den großen, schattenspendenden Weiden flatterten Schmetterlinge wie farbiges Papier. An einem sanduhrförmigen Pool fanden sie Hilde Molnes, die Frau des Botschafters. Sie saß in einem rosa Morgenmantel in einem Korbsessel. Vor ihr auf dem Tisch stand ein farblich dazu passender Drink. Die Sonnenbrille, die Hilde Molnes trug, verdeckte die Hälfte ihres Gesichtes.

»Sie müssen Kommissar Hole sein«, sagte sie mit hartem Sunnmøredialekt. »Tonje hat mich angerufen und Ihr Kommen angekündigt. Etwas zu trinken, Herr Kommissar?«

»Nein, danke.«

»Aber ja doch. Bei dieser Hitze sollte man etwas trinken, das ist wichtig. Denken Sie an den Flüssigkeitshaushalt, auch wenn Sie nicht unbedingt Durst haben. Hier unten dehydrieren Sie schneller, als Ihr Körper Ihnen das signalisieren kann.«

Sie nahm die Sonnenbrille ab und zum Vorschein kamen braune Augen, wie Harry es in Anbetracht der schwarzen Haare und der dunklen Haut schon vermutet hatte. Sie waren lebhaft, an den Rändern aber etwas rot. Trauer oder Vormittagsdrinks, dachte Harry. Oder beides.

Er schätzte sie auf Mitte vierzig, wobei sie sich gut gehalten hatte. Eine etwas in die Jahre gekommene, leicht verblichene Schönheit der oberen Mittelklasse. Wie er sie früher schon einmal gesehen hatte.

Er setzte sich in den anderen Korbsessel, der sich um seinen Körper schmiegte, als habe er nur auf sein Kommen gewartet.

»Wenn das so ist, nehme ich gerne ein Glas Wasser, Frau Molnes.«

Sie instruierte den Diener und schickte ihn mit einer Handbewegung davon.

»Hat man Ihnen mitgeteilt, dass Sie Ihren Mann jetzt sehen dürfen?«

»Ja, danke«, sagte sie. Harry hörte den unterschwelligen Unmut. »Erst jetzt lassen sie mich zu ihm. Zu einem Mann, mit dem ich zwanzig Jahre verheiratet war.«

Die braunen Augen waren schwarz geworden und Harry dachte, dass die Sagen über die vielen schiffbrüchigen Spanier und Portugiesen, die an der Küste von Sunnmøre an Land gezogen wurden, vermutlich der Wahrheit entsprachen.

»Es tut mir leid, aber ich muss Ihnen ein paar Fragen stellen«, sagte er.

»Dann sollten Sie das tun, solange der Gin noch wirkt.«

Sie schlug ein schlankes, sonnengebräuntes und anscheinend frisch rasiertes Bein über das andere.

Harry nahm seinen Notizblock heraus. Nicht dass er seine Notizen wirklich brauchte, aber so musste er sie bei ihren Antworten nicht ansehen. Meistens erleichterte ihm das die Sache, wenn er mit den Angehörigen sprach.

Sie sagte, ihr Mann habe morgens das Haus verlassen und nichts davon gesagt, dass es spät werden würde. Es sei aber nichts Besonderes, dass immer mal wieder etwas Unerwartetes dazwischenkam. Als sie um zehn Uhr abends noch immer nichts von ihm gehört hatte, habe sie versucht, ihn anzurufen, doch sie habe ihn nicht erreicht, weder im Büro noch über sein Handy. Trotzdem habe sie sich noch keine Sorgen gemacht. Kurz nach Mitternacht habe Tonje

Wiig angerufen und ihr mitgeteilt, dass ihr Mann tot in einem Motelzimmer aufgefunden worden sei.

Harry musterte Hilde Molnes' Gesicht. Sie sprach mit fester Stimme und ohne dramatische Ausschmückungen.

Tonje Wiig hatte Hilde Molnes gegenüber behauptet, es gebe noch keine Kenntnis über die genaue Todesursache. Am nächsten Tag sei sie dann vom Botschaftsrat informiert worden, dass er ermordet worden war, dass von Oslo jedoch absolutes Stillschweigen über die genaue Todesursache verordnet worden sei. Dies betreffe auch Hilde Molnes, obgleich sie keine Botschaftsangestellte sei, denn alle norwegischen Staatsbürger könnten aus Rücksicht auf die »Sicherheit des Reichs« zum Schweigen verdonnert werden. Das Letzte sagte sie voller Bitterkeit, hob das Glas und prostete ihm zu.

Harry nickte nur und machte sich Notizen. Er fragte sie, ob sie sich sicher sei, dass er sein Handy nicht zu Hause habe liegen lassen, was sie mit Nachdruck bestätigte. Einer Eingebung folgend fragte er, was für ein Handy er gehabt hatte, und sie gab an, sich nicht sicher zu sein, aber zu glauben, es sei ein finnisches gewesen.

Sie konnte ihm keine Personen nennen, die eventuell ein Motiv haben konnten, dem Botschafter den Tod zu wünschen.

Er trommelte mit dem Bleistift auf den Block.

»Mochte Ihr Mann Kinder?«

»O ja, sehr!«, kam es spontan von Hilde Molnes und zum ersten Mal nahm er ein Zittern in ihrer Stimme wahr.

»Atle war der beste Vater der Welt, müssen Sie wissen.«

Harry musste wieder auf seinen Block blicken. Nichts in ihrem Blick ließ darauf schließen, dass sie die Zweideutigkeit seiner Frage erkannte hatte. Er war sich beinahe sicher, dass sie nichts wusste. Aber er wusste auch, dass es sein verfluchter Job war, den nächsten Schritt zu tun und sie ohne Umschweife zu fragen, ob sie davon Kenntnis hatte, dass der Botschafter im Besitz von Kinderpornografie war.

Er fuhr sich mit der Hand übers Gesicht. Er fühlte sich wie ein Chirurg, der das Skalpell in der Hand hat, doch außerstande ist, den ersten Schnitt zu machen. Verflucht noch mal, dass er diese innere Weichheit nicht überwinden konnte, wenn es schwer wurde und er unschuldigen Menschen die Augen über ihre Lieben öffnen musste, mit Details, um die sie nicht gebeten und die sie sicher nicht verdient hatten.

Hilde Molnes kam ihm zuvor.

»Er hatte Kinder so gern, dass wir schon überlegt hatten, ein kleines Mädchen zu adoptieren.« Sie hatte jetzt Tränen in den Augen.

»Ein armes, kleines Flüchtlingsmädchen aus Burma. Ja, innerhalb der Botschaft achten sie schon darauf, Myanmar zu sagen, um niemanden vor den Kopf zu stoßen, aber ich bin alt genug, um Burma zu sagen.«

Sie lachte ein trockenes Lachen durch ihre Tränen und fing sich wieder. Harry sah weg. Ein roter Kolibri stand wie ein kleiner Modellhelikopter ruhig vor einer Orchidee in der Luft.

Das war es, beschloss er. Sie weiß nichts. Sollte sich zeigen, dass es doch relevant war, würde er diesen Punkt später noch einmal aufgreifen. Andernfalls würde er es ihr ersparen.

Harry fragte, wie lang sie sich schon kannten, und unaufgefordert erzählte sie ihm, dass sie sich begegnet waren, als Atle Molnes als frisch diplomierter Volkswissenschaftler zu einem Weihnachtsbesuch zu Hause in Ørsta war. Die Familie Molnes sei schwerreich gewesen, sie besaß zwei Möbelfabriken und der junge Erbe war eine gute Partie für jede im Dorf gewesen, so dass es an Konkurrenz nicht gemangelt habe.

»Ich war nur Hilde Melle vom Mellehof, aber ich war die Hübscheste«, sagte sie mit dem gleichen trockenen Lachen. Plötzlich erschien ein schmerzlicher Ausdruck auf ihrem Gesicht und sie führte rasch das Glas an die Lippen.

Harry hatte keine Probleme, sich die Witwe als reine, junge Schönheit vorzustellen.

Insbesondere auch deshalb nicht, weil sich ihr Bild soeben in der offenen Schiebetür der Terrasse materialisiert hatte.

»Runa, Liebes, da bist du ja! Dieser junge Mann heißt Harry Hole. Er ist ein norwegischer Kommissar und soll helfen herauszufinden, was mit Vater passiert ist.«

Die Tochter würdigte sie eines flüchtigen Blickes und ging, ohne zu antworten, zur anderen Seite des Pools hinüber. Sie hatte das dunkle Haar und die braune Haut ihrer Mutter und Harry schätzte den langbeinigen, schlanken Körper in dem eng sitzenden Badeanzug auf etwa siebzehn Jahre. Er hätte es wissen müssen, es stand in dem Bericht, den er vor seiner Abreise erhalten hatte.

Sie wäre eine makellose Schönheit gewesen, wie ihre Mutter, wäre da nicht ein Detail gewesen, von dem nichts im Bericht stand. Als sie den Pool umrundete und mit drei langsamen, graziösen Schritten über das Sprungbrett ging, ehe sie die Füße zusammenzog und zum Himmel emporstieg, hatte Harry bereits einen Knoten im Bauch. Aus ihrer linken Schulter ragte ein dünner Armstumpf, der ihrem Körper bei seinem Schraubensalto eine seltsam asymmetrische Form gab – wie ein Flugzeug, dem man einen Flügel abgeschossen hatte. Nur ein leises »Platsch« war zu hören, als sie die grüne Fläche durchbrach und verschwand. Blasen stiegen zur Wasseroberfläche auf.

»Runa ist Kunstspringerin«, bemerkte Hilde Molnes überflüssigerweise.

Er hielt den Blick noch immer auf die Stelle gerichtet, an der sie im Wasser verschwunden war, als eine Gestalt an der Treppe am anderen Ende des Pools zum Vorschein kam. Sie stieg die Leiter empor und er sah ihren muskulösen Rücken. Die Sonne glitzerte in den Wassertropfen auf ihrer Haut und ließ das nasse schwarze Haar glänzen. Der Armstumpf hing wie ein Hühnerflügel herab. Sie entstieg dem Wasser ebenso lautlos, wie sie eingetaucht war, und verschwand ohne ein Wort durch die Terrassentür.

»Sie wusste sicher nicht, dass Sie hier sind«, sagte Hilde Molnes entschuldigend. »Sie mag es nicht, wenn Fremde sie ohne ihre Prothese sehen, verstehen Sie.«

»Schon klar. Wie kommt sie mit den Geschehnissen zurecht?«

»Tja.« Hilde Molnes sah ihr gedankenverloren nach. »Sie ist in dem Alter, in dem ich nichts erfahre, und auch sonst niemand.«

Sie hob ihr Glas. »Ich fürchte, Runa ist ein etwas eigenes Mädchen.«

Harry erhob sich, dankte für die Informationen und meinte, er werde wieder von sich hören lassen. Hilde Molnes machte ihn darauf aufmerksam, dass er das Wasser nicht angerührt hatte, und er verbeugte sich und bat sie, es ihm bis zum nächsten Mal aufzuheben. Ihm wurde bewusst, dass der letzte Kommentar vielleicht etwas unpassend war, aber sie nahm es mit einem Lachen und prostete ihm zum Abschied zu.

Als er zur Tür ging, fuhr ein offener roter Porsche in die Einfahrt. Er sah gerade noch einen blonden Pony über einer Ray-Ban-Sonnenbrille und einen grauen Armani-Anzug, ehe das Auto an ihm vorüber war und im Schatten vor dem Haus verschwand.

Kapitel 12

Hauptkommissarin Crumley war außer Haus, als Harry ins Präsidium zurückkehrte, aber Nho reckte den Daumen in die Höhe und sagte »Roger«, als Harry ihn höflich bat, die Telefongesellschaft zu kontaktieren, um alle abgehenden oder angenommenen Telefonate zu überprüfen, die am Mordtag vom Handy des Botschafters geführt worden waren.

Erst kurz vor fünf konnte Harry die Kommissarin sprechen. Da es bereits spät war, schlug sie vor, ihre Besprechung auf eines der Boote zu verlegen und sich die Kanäle anzusehen, um das »Sightseeing-Programm hinter sich zu bringen«, wie sie sich ausdrückte.

Am River Pier wurden ihnen Plätze auf einem der langen Flussboote für 600 Baht angeboten, doch der Preis sank in Windeseile auf die Hälfte, nachdem Crumley den Verkäufer auf Thai angefaucht hatte.

Sie fuhren den Chao Praya ein Stück flussabwärts, ehe sie in einen der engen Seitenkanäle einbogen. Baufällige Holzschuppen klammerten sich an Pfosten im Fluss fest und der Gestank von Essen, Abwasser und Benzin waberte über das Wasser. Harry hatte das Gefühl, direkt durch die Wohnstuben der Menschen zu fahren, die hier wohnten. Nur die Reihen grüner Topfpflanzen verhinderten den direkten Einblick, doch niemand schien sich wirklich daran zu stören, im Gegenteil, sie winkten ihnen lächelnd zu.

Auf einem Pier saßen drei tropfnasse Jungen in kurzen Hosen, die gerade erst aus der braunen Brühe gestiegen waren, und riefen ihnen etwas zu. Crumley drohte ihnen gut gelaunt mit der Faust und der Steuermann lachte.

»Was haben die gerufen?«, fragte Harry.

Sie deutete auf ihren Kopf:

»*Mâe chii.* Das bedeutet Priesterin oder Nonne. Die Nonnen in Thailand rasieren sich die Köpfe. Wenn ich jetzt noch einen weißen Umhang trüge, würde ich sicher mit mehr Respekt behandelt werden«, sagte sie lachend.

»Wirklich? Es macht den Eindruck, als genössen Sie jetzt schon reichlich Respekt. Ihre Mitarbeiter ...«

»Weil ich sie respektiere«, unterbrach sie ihn. »Und weil ich meinen Job beherrsche.«

Sie räusperte sich und spuckte über die Reling. »Aber vielleicht überrascht Sie das auch deshalb, weil ich eine Frau bin?«

»Das habe ich nicht gesagt.«

»Viele Ausländer überrascht die Entdeckung, dass es hierzulande möglich ist, als Frau Karriere zu machen und es zu etwas zu bringen. Die Machokultur ist nicht so verbreitet, für mich ist das größere Problem, dass ich Ausländerin bin.«

Eine leichte Brise sorgte für eine gewisse Abkühlung in der feuchten Luft und aus ein paar Bäumen hörten sie das Zirpen der Heuschrecken, während sie in die gleiche blutrote Sonne starrten wie am Abend zuvor.

»Was hat Sie bewogen, hierher zu ziehen?«

Harry ahnte, dass er mit seiner Frage eine unsichtbare Grenze überschritt, aber er ließ es darauf ankommen.

»Meine Mutter ist Thailänderin«, sagte sie nach einer Weile. »Vater war während des Vietnamkrieges in Saigon stationiert und lernte sie 1967 hier in Bangkok kennen.«

Sie lachte und schob sich ein Kissen hinter den Rücken.

»Mutter behauptet, schon in der ersten Nacht, in der sie zusammen waren, schwanger geworden zu sein.«

»Mit Ihnen?«

Sie nickte.

»Nach der Kapitulation nahm er uns mit in die USA, nach Fort Lauderdale, wo er als Oberstleutnant Dienst tat. Als wir dort ankamen, entdeckte meine Mutter, dass er verheiratet gewesen war, als sie sich kennenlernten. Er hatte nach Hause geschrieben und die Scheidung geregelt, als er erfahren hatte, dass sie schwanger war.«

Sie schüttelte den Kopf.

»Wenn er gewollt hätte, hätte er sie ohne Probleme in Bangkok sitzenlassen können. Vielleicht wollte er das auch, tief in seinem Inneren. Wer weiß.«

»Sie haben ihn nicht gefragt?«

»Auf so etwas will man nicht wirklich eine ehrliche Antwort, oder? Außerdem weiß ich, dass ich nie eine ordentliche Antwort erhalten hätte. Das war einfach nicht seine Art.«

»War?«

»Ja. Er ist tot.«

Sie wandte sich ihm zu.

»Stört es Sie, dass ich über meine Familie spreche?«

Harry biss in den Filter einer Zigarette.

»Überhaupt nicht.«

»Mein Vater hatte nie wirklich die Wahl, einfach abzuhauen, er war immer sehr verantwortungsbewusst. Als ich elf Jahre alt war, durfte ich von den Nachbarn in Fort Lauderdale ein kleines Kätzchen übernehmen. Nach viel Hin und Her erlaubte Vater es mir, unter der Bedingung, dass ich mich selbst ordentlich um das Tier kümmerte. Nach zwei Wochen hatte ich keine Lust mehr und fragte, ob ich die Katze zurückgeben könne. Da nahm Vater mich und die Katze mit nach unten in die Garage. ›Man kann sich von seiner Verantwortung nicht davonstehlen‹, sagte er. ›Das ist die Basis unserer Zivilisation‹. Dann nahm er seine Dienstwaffe und jagte dem Kätzchen eine 12-Millimeter-Kugel durch den Kopf. Anschließend musste ich Wasser und Seife holen und den Garagenboden schrubben. So war er. Deshalb ...«

Sie nahm ihre Sonnenbrille ab, zog einen Hemdzipfel aus dem Hosenbund, putzte damit die Brille und blickte in die untergehende Sonne.

»Deshalb konnte er es nie akzeptieren, dass Amerika

sich aus Vietnam zurückgezogen hatte. Mutter und ich zogen hierher, als ich achtzehn Jahre alt war.«

Harry nickte.

»Ich kann mir vorstellen, dass es für Ihre Mutter als Asiatin nicht so einfach war, nach dem Krieg in eine amerikanische Militärbasis zu kommen.«

»Die Militärbasis war gar nicht so schlecht. Die restlichen Amerikaner aber, die nicht selbst dort gewesen waren, aber vielleicht einen Sohn oder Geliebten in Vietnam verloren hatten, hassten uns. Für die waren alle mit schräg stehenden Augen Charlies.«

Ein Mann saß in einem Anzug vor einer abgebrannten Bretterbude und rauchte eine Zigarre.

»Und dann sind Sie auf die Polizeischule gegangen, wurden Kommissarin und rasierten sich den Schädel?«

»Nicht in der Reihenfolge. Und ich habe mich nicht kahl rasiert. Die Haare sind mir im Laufe einer einzigen Woche ausgefallen, als ich siebzehn Jahre alt war. Eine seltene Form von Alopezie. Aber praktisch in diesem Klima.«

Sie fuhr sich mit der Hand über den Kopf und lächelte müde. Harry hatte bis zu diesem Moment noch nicht bemerkt, dass sie keine Augenbrauen hatte, keine Wimpern, gar nichts.

Ein anderes Flussboot schob sich neben sie. Es war bis zur Reling mit gelben Strohhüten beladen und eine alte Frau zeigte auf ihre Köpfe und danach auf die Hüte. Crumley lächelte höflich abweisend und sagte ein paar Worte. Ehe die Frau sich wieder abstieß, beugte sie sich über die Reling und reichte Harry eine weiße Blume. Sie deutete lachend auf Crumley.

»Was heißt danke auf Thai?«

»*Khàwp khun khràp*«, sagte Crumley.

»Ah, ja. Sagen Sie ihr das.« Sie fuhren an einem Tempel vorbei, einem *wat*, der unten am Kanal lag, und konnten durch die geöffnete Tür das Murmeln der Mönche hören. Menschen saßen mit gefalteten Händen betend auf den Treppen vor dem Gebäude.

»Wofür beten sie?«, fragte er.

»Ich weiß nicht. Frieden. Liebe, ein besseres Leben, jetzt oder im nächsten Leben. Die gleichen Dinge, die sich die Menschen überall wünschen.«

»Ich glaube nicht, dass Atle Molnes auf eine Hure gewartet hat. Ich glaube, er hat auf jemand anderen gewartet.«

Sie glitten weiter und das Murmeln der Mönche erstarb hinter ihnen.

»Auf wen denn?«

»Keine Ahnung.«

»Warum glauben Sie das dann?«

»Sein Geld reichte nur für die Zimmermiete, weshalb ich wetten könnte, dass er an keine Hure dachte. Und er hatte in diesem Motel nichts verloren, außer natürlich, er wollte jemanden treffen, nicht wahr? Laut Wang war die Tür nicht verschlossen, als sie ihn fanden. Ist das nicht seltsam? Man braucht eine Moteltür nur ins Schloss fallen zu lassen, damit sie abgesperrt ist. Er muss den Knopf an der Klinke ganz bewusst gedrückt haben, damit sie unverschlossen blieb. Für den Mörder gab es keinen Grund, diesen Knopf zu drücken, er oder sie ist sich beim Verlassen des Zimmers sicher nicht bewusst gewesen, dass die Tür unverschlossen blieb. Warum hat Molnes das also gemacht? Die meisten, die sich in einem solchen Etablissement aufhalten, würden es sicher vorziehen, hinter verschlossenen Türen zu schlafen, oder was meinen Sie?«

Sie neigte den Kopf hin und her.

»Vielleicht hatte er, als er sich schlafen legte, Angst, er könne das Klopfen überhören, wenn derjenige, auf den er wartete, kam?«

»Genau. Und es gab keinen Grund, die Tür für Tonya Harding offen stehen zu lassen, denn laut Absprache wollte er sich telefonisch melden. O.k.?«

In seinem Eifer hatte sich Harry auf die eine Seite des Bootes gelehnt und der Steuermann rief ihm zu, dass er sich in der Mitte des Bootes halten sollte, damit sie nicht aus dem Gleichgewicht gerieten.

»Ich glaube, er wollte verbergen, auf wen er wartete. Vermutlich war es deshalb wichtig, dass das Motel außerhalb der Stadt lag. Ein bestens geeigneter Ort für ein heimliches Treffen, ein Ort, an dem kein offizielles Gästebuch geführt wird.«

»Hm. Denken Sie an die Fotos?«

»Es ist kaum möglich, nicht daran zu denken.«

»Solche Bilder kann man überall in Bangkok kaufen.«

»Vielleicht ist er einen Schritt weiter gegangen. Vielleicht haben wir es mit Kinderprostitution zu tun.«

»Vielleicht. Reden Sie weiter.«

»Das Handy. Es war verschwunden, als wir ihn fanden, und es befindet sich weder in seinem Büro noch bei ihm zu Hause.«

»Der Mörder kann es mitgenommen haben.«

»Ja, aber warum? Wenn er ein Dieb war, warum hat er dann nicht auch das Geld und das Auto genommen?«

Crumley kratzte sich am Ohr.

»Spuren«, sagte Harry. »Der Mörder war peinlich darauf bedacht, keine Spuren zu hinterlassen. Vielleicht hat er das Handy mitgenommen, weil es eine wichtige Fährte bedeutete?«

»Was sollte das sein?«

»Was macht ein typischer Handynutzer, wenn er in einem Motelzimmer auf jemanden wartet? Auf jemanden, der auch ein Handy hat und sich durch den unvorhersagbaren Verkehrsdschungel Bangkoks kämpft?«

»Er ruft an und fragt, ob der Betreffende noch weit entfernt ist.« Crumley sah noch immer aus, als verstehe sie nicht, worauf er hinauswollte.

»Molnes hatte ein Nokia-Telefon, genau wie ich.«

Harry holte sein Handy hervor.

»Wie die meisten Handys speichert das die letzten fünf bis zehn gewählten Rufnummern. Vielleicht haben Molnes und sein Mörder kurz vor ihrem Zusammentreffen miteinander telefoniert und der Mörder wusste, dass er über das Handy ermittelt werden könnte.«

»Tja«, sagte sie, allem Anschein nach nicht sonderlich beeindruckt. »Er hätte die Nummer doch einfach löschen und das Handy zurücklegen können. So hat er uns doch eine indirekte Spur gegeben. Dass es sich um jemanden handeln muss, den Molnes kannte.«

»Und wenn das Handy ausgeschaltet war? Hilde Molnes hat versucht, ihren Mann anzurufen, hat ihn aber nicht erreicht. Ohne den PIN-Code des Geräts konnte der Mörder die Nummer nicht löschen.«

»O.k. Aber jetzt können wir einfach die Telefongesellschaft kontaktieren und uns eine Auflistung geben lassen, welche Nummern Molnes an diesem Abend angerufen hat. Diejenigen, die uns in solchen Fällen dort unten weiterhelfen, haben jetzt schon Feierabend, aber ich werde sie morgen früh anrufen.«

Harry kratzte sich am Kinn.

»Das ist nicht nötig. Ich habe mit Nho gesprochen, er kümmert sich bereits darum.«

»Ah ja«, sagte sie. »Gibt es irgendeinen speziellen Grund, warum ich davon nichts weiß?«

Er hörte nicht die Spur von Verärgerung in ihrer Stimme. Sie fragte, weil Nho ihr Mitarbeiter war und Harry quer über alle Kommandolinien operiert hatte. Es ging nicht darum, wer Chef war und wer nicht, sondern darum, die Ermittlungen effizient zu führen. Und das oblag ihrer Verantwortung.

»Sie waren nicht da, Crumley. Bitte entschuldigen Sie, wenn ich etwas vorschnell war.«

»Schon in Ordnung, Harry. Sie sagen es selbst – ich war nicht da. Und wir können uns gerne duzen. Liz …«

Sie waren jetzt ein gutes Stück flussauf gefahren. Die Kommissarin deutete auf ein Haus hinter einem großen Garten.

»Dort wohnt ein Landsmann von dir«, sagte sie.

»Woher weißt du das?«

»Es gab einen ziemlichen Wirbel in den Zeitungen, als er dieses Haus dort baute. Du siehst ja, dass das wie ein

Tempel aussieht. Die Buddhisten gingen auf die Barrikaden, weil ein Heide so wohnt, für die war das Blasphemie. Außerdem kam heraus, dass das Haus mit Material aus einem burmesischen Tempel erbaut worden ist, der in einem umstrittenen Grenzgebiet Thailands lag. In der damaligen Zeit gab es reichlich Spannungen mit Schießereien und so weiter, so dass die Menschen von dort wegzogen. Der Norweger hat den Tempel für einen Spottpreis gekauft, und da das ganze Interieur der Tempel dort aus Teakholz ist, konnte er alles demontieren und hierher nach Bangkok bringen.«

»Schon seltsam«, sagte Harry. »Wie heißt er?«

»Ove Klipra. Er ist einer der größten Bauunternehmer in Bangkok. Ich denke, du wirst noch von ihm hören, wenn du eine Weile hier bist.«

Sie bat den Steuermann umzukehren.

»Nho sollte diese Liste bald haben. Was hältst du von Take-away?«

Die Liste war da und sie ließ Harrys Theorie wie ein Kartenhaus zusammenstürzen.

»Das letzte Gespräch wurde um 17.55 Uhr registriert«, erklärte Nho. »Er hat, mit anderen Worten, nicht mehr telefoniert, nachdem er im Motel war.«

Harry blickte in seine Plastikschüssel mit der Nudelsuppe. Die weißen Würmchen sahen aus wie eine blasse, abgemagerte Variante von Spaghetti und es beunruhigte ihn, dass sich die Suppe an den seltsamsten Stellen bewegte, wenn er mit seinen Essstäbchen an den Nudeln zog.

»Der Mörder kann trotzdem auf der Liste sein«, sagte Liz mit vollem Mund. »Warum sollte er sonst das Telefon mitgenommen haben?«

Rangsan kam herein und vermeldete, dass sie Tonya Harding im Haus hätten, um ihre Fingerabdrücke zu nehmen.

»Sie können ja mit ihr reden, wenn Sie wollen. Und noch etwas: Supawadee sagte, dass sie jetzt diese Plastikampulle analysieren, das Resultat sollte morgen vorliegen. Sie haben alle Sachen von uns mit höchster Priorität behandelt.«

»Sagen Sie ihnen einen Gruß und kop kon krap«, sagte Harry.

»Was soll ich sagen?«

»Sagen Sie danke.«

Harry lächelte betreten und Liz bekam einen Hustenanfall, dass der Reis an die gegenüberliegende Wand flog.

Kapitel 13

Harry hatte keine Ahnung, wie viele Prostituierte er im Laufe seiner Karriere bereits verhört hatte, er wusste nur, dass es ziemlich viele waren. Sie schienen bei Mordfällen ebenso sicher aufzutauchen wie Fliegen auf einem Kuhfladen. Nicht weil sie direkt etwas damit zu tun haben mussten, sondern weil sie beinahe immer etwas zu erzählen hatten.

Er hatte sie lachen, fluchen und weinen hören, hatte sich mit ihnen angefreundet und wieder entzweit, Absprachen getroffen, Versprechen gebrochen und war bespuckt und geschlagen worden. Trotzdem hatten diese Frauen etwas. Allein die Umstände, die sie geformt hatten, die er wiederzuerkennen und zu verstehen glaubte. Was er nicht verstand, war ihr unbeugsamer Optimismus, dass sie, obgleich sie mehr als einmal in die Abgründe der menschlichen Seele geblickt hatten, nie den Glauben daran zu verlieren schienen, dass es dort draußen auch gute Menschen gab. Er hatte genug Polizisten kennengelernt, die diesen Glauben nicht mehr besaßen.

Deshalb klopfte Harry Dim auf die Schulter und bot ihr vor Beginn des Verhörs eine Zigarette an. Nicht weil er glaubte, dadurch etwas zu erreichen, sondern weil sie so aussah, als könne sie das gebrauchen.

Ihre Augen sprühten und sie machte auch sonst nicht den Eindruck, als sei sie eine ängstliche Person, doch in diesem Moment saß sie auf dem Stuhl vor dem kleinen Resopaltischchen, knetete die Hände nervös im Schoß und sah aus, als könne sie jeden Moment anfangen zu weinen.

»*Pen yangai?*«, fragte er. Wie geht's? Liz hatte ihm diese

beiden Thai-Worte beigebracht, ehe er ins Verhörzimmer gegangen war.

Nho übersetzte die Antwort. Sie schlief nachts schlecht und wollte nicht mehr im Motel arbeiten.

Harry setzte sich vor sie, legte die Arme auf den Tisch und versuchte, ihren Blick einzufangen. Ihre Schultern sanken ein wenig, aber sie hatte sich noch immer mit verschränkten Armen von ihm abgewendet.

Punkt für Punkt gingen sie die Geschehnisse durch, doch sie konnte ihm nichts Neues berichten. Sie bestätigte, dass die Tür des Motelzimmers geschlossen, aber nicht verriegelt gewesen war. Sie hatte kein Handy gesehen. Und keine Personen, die nicht im Motel arbeiteten, weder bei ihrem Kommen, noch als sie ging.

Als Harry den Mercedes erwähnte und fragte, ob sie das Diplomatenkennzeichen bemerkt hätte, schüttelte sie den Kopf. Sie hatte kein Auto gesehen. Sie kamen nicht weiter, so dass sich Harry schließlich eine Zigarette anzündete und einfach ins Blaue hinein fragte, wer es ihrer Meinung nach getan haben könnte. Nho übersetzte und er erkannte an ihrem Gesicht, dass er ins Schwarze getroffen hatte.

»Was sagt sie?«

»Sie sagt, das Messer sei ein Zeichen der Khun Sa.«

»Was heißt das?«

»Haben Sie nichts von Khun Sa gehört?« Nho sah ihn misstrauisch an.

Harry schüttelte den Kopf.

»Khun Sa ist der mächtigste Heroinlieferant aller Zeiten. Gemeinsam mit den Regierungen in Indochina und der CIA hat er seit den fünfziger Jahren den Opiumhandel im Goldenen Dreieck gesteuert. Die Amerikaner bekamen Geld, damit sie ihn in der Region operieren ließen. Der Kerl hatte dort oben im Dschungel sein eigenes Heer.«

Es dämmerte Harry, dass er doch schon einmal vom Escobar Asiens gehört hatte. »Khun Sa hat sich vor zwei Jahren den burmesischen Behörden gestellt und steht seitdem unter Hausarrest, vermutlich in einem der luxuriöseren Häuser. Es heißt, dass er der Financier der neuen Touristenhotels in Burma ist, und einige sind der Überzeugung, dass er noch immer der Kopf der Opiummafia dort im Norden ist. Khun Sa bedeutet, dass sie glaubt, die Mafia stehe hinter dem Mord. Deshalb hat sie auch solche Angst.«

Harry sah sie nachdenklich an, ehe er Nho zunickte.

»Wir lassen sie gehen«, sagte er.

Überrascht nahm Dim Nhos Übersetzung zur Kenntnis. Sie drehte sich um und begegnete Harrys Blick, ehe sie ihre Handflächen auf Gesichtshöhe zusammenlegte und sich leicht verbeugte. Harry ging auf, dass sie geglaubt hatte, wegen Prostitution in Haft genommen zu werden.

Harry erwiderte ihr Lächeln. Sie beugte sich über den Tisch.

»You like ice-skating, sil?«

»Khun Sa? CIA?«

Es knackte in der Telefonleitung nach Oslo und das Echo bewirkte, dass Harry sich immer selbst Torhus ins Wort fallen hörte.

»Entschuldigen Sie, Herr Kommissar, aber haben Sie einen Hitzschlag? Ein Mann ist mit einem Messer im Rücken gefunden worden, das man vermutlich überall im Norden Thailands kaufen kann, wir haben Sie gebeten, vorsichtig vorzugehen, und jetzt wollen Sie mir allen Ernstes erzählen, Sie hätten vor, gegen die organisierte Kriminalität in Südostasien vorzugehen?«

»Nein.« Harry legte die Füße auf die Tischplatte. »Ich habe nicht vor, irgendetwas zu tun, Torhus. Ich sage bloß, ein Spezialist aus irgendeinem Museum bestätigt, dass es sich um ein seltenes Messer handelt, das vermutlich dem Shan-Volk entstammt und das man nicht in gewöhnlichen Antiquitäten-Geschäften findet. Die Polizei hier vor Ort meint, es könne eine Warnung der Opium-Mafia sein, die Finger von dem Fall zu lassen, aber ich glaube das nicht.

Wenn die Mafia uns etwas sagen will, gibt es einfachere Wege, als ein antikes Messer zu opfern.«

»Und was wollen Sie dann?«

»Ich sage bloß, dass die Spuren derzeit in diese Richtung führen. Aber der Polizeichef hier unten flippte total aus, als ich das Wort Opium auch nur nannte. Diesbezüglich scheint hier zurzeit das blanke Chaos zu herrschen. Er berichtete mir, dass die Regierung die Sache noch bis vor kurzem einigermaßen unter Kontrolle gehabt habe. Man habe über ein Incentiveprogramm für die ärmsten Opiumbauern sichergestellt, dass sie nicht zu viel Geld verloren, wenn sie andere Pflanzen anbauten, neben dem genehmigten Opiumanbau für den Eigenbedarf.«

»Eigenbedarf?«

»Ja, ja, die Gebirgsstämme dürfen das. Die rauchen das Zeug seit Generationen und da kann man wohl auch nichts dran ändern. Das Problem ist, dass die Opiumimporte aus Laos und Myanmar eingebrochen sind und der Preis damit in die Höhe geschossen ist, so dass sich die Produktion in Thailand beinahe verdoppelt hat, um die Nachfrage zu decken. Es ist verdammt viel Geld im Umlauf und es gibt einen Haufen neuer Akteure, die auf den Markt drängen, so dass die ganze Sache zurzeit höchst unübersichtlich ist. Der Polizeichef hier unten hat, um es einfach auszudrücken, keine sonderlich große Lust, seine Hände zu diesem Zeitpunkt in dieses Wespennest zu stecken. Deshalb habe ich überlegt, erst einmal ein paar Sachen auszuschließen. Zum Beispiel, dass der Botschafter selbst in irgendwelche kriminellen Aktivitäten verstrickt war. Unter anderem in Kinderpornografie.«

Es wurde still am anderen Ende.

»Wir haben keinen Grund zur A...«, begann Torhus, doch der Rest ging im Lärm unter.

»Wiederholen Sie bitte.«

»Wir haben keinen Grund zu der Annahme, dass Botschafter Molnes pädophil war, wenn Sie das meinen.«

»Häh? Wir haben keinen Grund zu der Annahme? Sie

reden nicht mit der Presse, Torhus. Ich muss diese Dinge wissen, um weiterzukommen.«

Es entstand erneut eine Pause und für einen Moment dachte Harry, die Verbindung sei zusammengebrochen. Dann war wieder Torhus' Stimme zu hören und trotz der schlechten Verbindung hinüber zur anderen Seite der Erde nahm Harry die Kühle darin wahr.

»Ich werde Ihnen alles sagen, was Sie wissen müssen, Hole. Wichtig ist nur, dass Sie einen Mörder finden, egal wen, und dabei ist es mir scheißegal, in was der Botschafter alles verwickelt war. Wenn es nach mir geht, kann er gerne sowohl Heroinschmuggler als auch Päderast gewesen sein, solange die Presse und auch sonst niemand davon Wind bekommt. Jedweder Skandal, was auch immer es sein mag, ist eine Katastrophe, für die man Sie persönlich zur Rechenschaft ziehen wird. Habe ich mich klar ausgedrückt, Hole? Oder wollen Sie noch mehr wissen?«

Torhus hatte nicht ein einziges Mal Luft geholt.

Harry trat gegen den Tisch, so dass das Telefon hüpfte und seine Kollegen am Nachbartisch aufsprangen.

»Ich verstehe Sie klar und deutlich«, sagte Harry durch zusammengebissene Zähne. »Aber hören Sie mir einen Moment zu.« Harry machte eine Pause und holte tief Luft. Ein Bier, bloß *ein* Bier. Er schob sich eine Zigarette zwischen die Lippen und versuchte, den Gedanken beiseite zu schieben.

»Wenn Molnes in irgendetwas verwickelt war, wird er sicher nicht der einzige Norweger sein. Ich habe große Zweifel, dass er in der kurzen Zeit, in der er hier ist, so gute Verbindungen zur thailändischen Unterwelt geknüpft haben kann. Außerdem ist mir zu Ohren gekommen, dass er sich hier in Bangkok größtenteils in norwegischen Kreisen bewegt hat. Es gibt keinen Grund anzunehmen, dass es sich bei den allermeisten dieser Menschen nicht um redliche Bürger handeln würde, aber sie alle haben wohl ihre Gründe gehabt, ihr Heimatland zu verlassen, und manche

Gründe sind sicher besser als andere. Schwierigkeiten mit der Polizei sind in der Regel ein ausnehmend guter Grund für eine rasche Emigration in ein Land mit angenehmem Klima und ohne Auslieferungsabkommen mit Norwegen. Haben Sie von dem Norweger gelesen, der in seinem Hotelzimmer in Pataya auf frischer Tat mit diesem Jungen erwischt worden ist? Titelseiten in den Zeitungen *VG* und *Dagbladet*? Die Polizei hier unten liebt so etwas. Das schafft gute Pressestimmen und die Pädophilen sind leichter zu schnappen als die Heroinbanden. Gehen wir mal davon aus, dass die thailändischen Behörden bereits jetzt leichte Beute wittern, aber mit der Bearbeitung dieses Falles warten, bis der Molnes-Fall offiziell abgeschlossen ist und ich wieder abgereist bin, und dass sie in ein paar Monaten einen Kinderpornoring aufdecken, in den Norweger verstrickt sind. Was, glauben Sie, wird dann geschehen? Die norwegischen Zeitungen werden eine ganze Horde Journalisten hier herunterschicken, und noch ehe Sie sich umdrehen können, ist der Name des Botschafters aufgetaucht. Wenn wir diese Jungs jetzt schnappen, während wir mit der thailändischen Polizei zusammenarbeiten und diese ein gewisses Verständnis für unseren Wunsch nach Geheimhaltung haben, können wir einen solchen Skandal vielleicht vermeiden.«

Harry konnte Torhus anhören, dass er die Lage erfasste.

»Was wollen Sie?«

»Ich will wissen, was Sie mir nicht gesagt haben. Was wissen Sie über Molnes? In was war er verwickelt?«

»Sie wissen, was Sie wissen müssen. Mehr gibt es nicht, ist das so schwer zu verstehen?« Torhus stöhnte. »Was wollen Sie eigentlich erreichen, Hole? Ich dachte, Sie seien ebenso erpicht darauf wie wir, die Sache schnell hinter sich zu bringen.«

»Ich bin Polizist, ich versuche nur, meine Arbeit zu machen, Torhus.«

Torhus lachte. »Wie rührend, Hole. Aber vergessen Sie nicht, dass ich ein paar Dinge über Sie weiß und Ihnen deshalb Ihr Ich-bin-ein-ehrlicher-Bulle-Spiel nicht abkaufe.«

Harry hustete in den Hörer und hörte das Echo wie einen gedämpften Pistolenschuss zurückkommen. Er murmelte etwas.

»Wie bitte?«

»Ich sagte, die Verbindung ist schlecht. Denken Sie ein bisschen nach, Torhus, und rufen Sie mich an, wenn Sie mir etwas zu sagen haben.«

Harry schrak auf, wälzte sich aus dem Bett und schaffte es gerade noch ins Bad, ehe er kotzen musste. Er setzte sich auf die Klobrille, jetzt kam es aus beiden Öffnungen. Schweiß drang aus seinen Poren, obwohl es kalt im Raum war.

Beim letzten Mal war es schlimmer, redete er sich selbst ein. Es wird besser. Viel besser, hoffte er.

Er hatte sich die Vitamin-B-Spritze vor dem Zubettgehen in die Pobacke gesetzt und es hatte teuflisch gebrannt. Er mochte keine Spritzen, ihm wurde immer schwindelig davon. Er musste an Vera denken, eine Hure in Oslo, die seit fünfzehn Jahren heroinabhängig war. Sie hatte ihm einmal erzählt, dass sie auch jetzt noch beinahe jedes Mal ohnmächtig wurde, wenn sie sich einen Schuss setzte.

Er sah, wie sich etwas im Halbdunkel bewegte, am Waschbecken, ein paar Fühler, die hin- und herschwangen. Eine Kakerlake. Sie hatte die Größe eines Daumens und einen orangefarbenen Streifen auf dem Rücken. Ein solches Vieh hatte er noch nie zuvor gesehen, aber das war vielleicht auch nicht verwunderlich – er hatte gelesen, dass es mehr als dreitausend verschiedene Kakerlakenarten gibt. Und er hatte gelesen, dass sie sich verstecken, wenn sie die Vibrationen eines sich nähernden Menschen spüren, und dass mit jeder Kakerlake, die man sieht, zehn andere bereits verschwunden sind. Das bedeutete, dass sie überall waren. Wie viel wog eine Kakerlake? Zehn Gramm? Wenn sich mehr als Hundert davon in Spalten und hinter

Tischplatten versteckten, bedeutete das, dass mehr als ein Kilo Kakerlaken im Raum waren. Ein Schauer lief ihm über den Rücken. Und es war auch nur ein schwacher Trost, dass sie vermutlich deutlich mehr Angst vor ihm hatten als umgekehrt. Manchmal hatte er das Gefühl, der Alkohol füge ihm langsam mehr Gutes als Schlechtes zu. Er schloss die Augen und versuchte, nicht mehr zu denken.

Kapitel 14

Sie hatten den Wagen zu guter Letzt abgestellt und begonnen, die Adresse zu Fuß zu suchen. Nho hatte versucht, Harry das sinnreiche Adressensystem Bangkoks zu erklären, und er hatte begriffen, dass es Hauptstraßen und nummerierte Nebenstraßen gab – *soi*. Das Problem war, dass die Nummern der Häuser nicht der Reihe nach anstiegen, da neu errichtete Häuser die nächste freie Nummer zugewiesen bekamen, egal, wo in der Straße sie lagen.

Sie gingen durch enge Passagen, auf deren Bürgersteigen die Menschen Zeitung lasen, mit Tretnähmaschinen nähten, Essen zubereiteten und Mittagsschlaf machten. Ein paar Mädchen in Schuluniformen riefen ihnen kichernd etwas nach und Nho deutete auf Harry und rief ihnen eine Antwort zu. Die Mädchen heulten vor Lachen auf und hielten sich die Hand vor den Mund.

Nho sprach mit einer Frau an einer Nähmaschine und sie deutete auf eine Tür. Sie klopften an und nach einer Weile wurde ihnen von einem Thailänder aufgemacht. Er trug kurze Khakishorts und ein offenes Hemd. Harry schätzte ihn auf etwa sechzig, doch nur die Augen und die Falten verrieten sein Alter. In seinen glatt nach hinten gekämmten schwarzen Haaren waren nur wenige graue Strähnen und der magere, sehnige Körper hätte auch einem Dreißigjährigen gehören können.

Nho sagte ein paar Worte und der Mann nickte, den Blick auf Harry geheftet. Dann entschuldigte er sich und verschwand nach drinnen. Nach einer Minute kam er zurück, jetzt mit einem frisch gebügelten kurzärmeligen, weißen Hemd und langen Hosen bekleidet.

Er hatte zwei Stühle in den Händen, die er auf den Bürgersteig stellte. In überraschend gutem Englisch bot er Harry einen Platz an, während er sich selbst auf den anderen Stuhl setzte. Nho blieb daneben stehen und schüttelte kaum merkbar den Kopf, als Harry signalisierte, er könne sich auf die Treppe setzen.

»Guten Tag, Herr Sanphet. Mein Name ist Harry Hole, ich komme von der norwegischen Polizei. Ich möchte Ihnen gerne ein paar Fragen zu Herrn Molnes stellen.«

»Sie meinen den Herrn Botschafter Molnes?«

Harry sah den Alten an. Er saß so aufrecht da, als habe er einen Stock verschluckt, und seine fleckigen Hände lagen ruhig in seinem Schoß.

»Natürlich. Botschafter Molnes. Wenn ich richtig informiert bin, sind Sie seit bald dreißig Jahren Chauffeur der norwegischen Botschaft?«

Sanphet schloss zustimmend die Augen.

»Und Sie haben den Botschafter geschätzt?«

»Botschafter Molnes war ein großartiger Mensch. Ein gütiger Mensch mit einem großen Herz. Und viel Wissen.«

Er tippte sich mit dem Finger an die Stirn und sah Harry warnend an.

Harry schauderte, als ihm ein Schweißtropfen über den Rücken unter seinen Hosenbund rann. Er hielt nach einem schattigen Platz Ausschau, zu dem sie die Stühle hätten tragen können, doch die Sonne stand hoch über den niedrigen Häusern.

»Wir sind zu Ihnen gekommen, weil Sie derjenige sind, der die Gewohnheiten des Botschafters am besten kannte, wo er sich aufhielt und mit wem er redete. Und weil Sie persönlich ja ganz offensichtlich auch gut mit ihm ausgekommen sind. Was ist am Tag seines Todes geschehen?«

Sanphet erzählte regungslos, dass der Botschafter zum Lunch gefahren war, ohne zu sagen, wohin, dass er aber selbst fahren wollte, was während der Arbeitszeit höchst ungewöhnlich war, da man als Chauffeur ja keine anderen

Pflichten habe. Er hätte bis um fünf Uhr in der Botschaft gesessen und sei dann nach Hause gefahren.

»Sie wohnen alleine?«

»Meine Frau ist vor vierzehn Jahren bei einem Verkehrsunfall ums Leben gekommen.«

Irgendetwas sagte Harry, dass dieser Mann ihm auch noch die exakte Anzahl Monate und Tage hätte nennen können. Sie hatten keine Kinder.

»An welche Orte haben Sie den Botschafter gefahren?«

»Zu den anderen Botschaften. Sitzungen. Besuche bei anderen Norwegern.«

»Welche Norweger?«

»Alle möglichen. Leute von Statoil, Hydro, Jotun und Statskonsult.« Er sprach die Namen mit der perfekt richtigen Betonung aus.

»Kennen Sie einen dieser Namen?«, fragte Harry und reichte ihm eine Liste. »Das sind die Personen, mit denen der Botschafter an seinem Todestag über sein Handy telefoniert hat. Wir haben sie von der Telefongesellschaft bekommen.«

Sanphet holte eine Brille hervor, musste den Zettel aber trotzdem weit von sich strecken, während er laut las: »11 Uhr 10, Bangkok Betting Service.«

Er sah über seine Brille hinweg.

»Der Botschafter wettete gerne auf Pferde.« Und fügte mit einem Lächeln hinzu: »Es kam durchaus vor, dass er etwas gewann.«

Nho trat auf sein anderes Bein.

»11 Uhr 34. Doktor Sigmund Johansen.«

»Wer ist das?«

»Ein sehr reicher Mann. Reich genug, um sich vor ein paar Jahren in England einen Titel als Lord zu kaufen. Ein persönlicher Freund der thailändischen Königsfamilie. Was bedeutet Worachak Road?«

»Ein ankommendes Gesprach aus einer Telefonzelle. Bitte gehen Sie weiter die Liste durch.«

»11 Uhr 55. Norwegische Botschaft.«

»Das Interessante ist, dass wir heute Morgen in der Botschaft angerufen und gefragt haben, dass sich aber niemand daran erinnern konnte, an diesem Morgen mit ihm gesprochen zu haben, nicht einmal die Empfangsdame.«

Sanphet zuckte mit den Schultern und Harry signalisierte ihm, dass er fortfahren solle.

»12 Uhr 50. Ove Klipra. Von dem haben Sie sicher schon gehört.«

»Vielleicht.«

»Er ist einer der reichsten Männer Bangkoks. Ich habe in der Zeitung gelesen, dass er gerade erst ein Wasserkraftwerk nach Laos verkauft hat. Er wohnt in einem Tempel.« Sanphet amüsierte sich. »Der Botschafter und er kannten sich von früher, sie stammten aus der gleichen Gegend. Sagt Ihnen Ålesund etwas? Der Botschafter hat ihn einge...«

Er breitete die Arme aus. Darüber musste er jetzt nicht reden. Er hob den Zettel erneut an.

»13 Uhr 15, Jens Brekke. Unbekannt. 17 Uhr 55, Mangkon Road?«

»Wieder ein Anruf aus einer Telefonzelle.«

Es waren keine weiteren Namen auf der Liste. Harry fluchte innerlich. Er wusste nicht recht, was er erwartet hatte, aber der Chauffeur hatte ihm nichts gesagt, was er nicht bereits eine Stunde zuvor von Tonje Wiig erfahren hatte.

»Leiden Sie an Asthma, Herr Sanphet?«

»Asthma? Nein, warum?«

»Wir haben im Wagen eine halbleere Plastikampulle gefunden. Das Labor hat sie auf Drogen untersucht. Ja, keine Sorge, Herr Sanphet, dieses Vorgehen ist in solchen Fällen reine Routine. Es stellte sich als einfache Asthmamedizin heraus. Aber niemand in der Familie Molnes leidet unter Asthma. Wissen Sie, wem die gehören könnte?«

Sanphet schüttelte den Kopf.

Harry rückte seinen Stuhl näher an den Fahrer heran. Er war es nicht gewohnt, auf offener Straße Verhöre zu führen, und hatte das Gefühl, von allen ringsherum belauscht zu werden. Er senkte seine Stimme:

»Herr Sanphet, mit allem Respekt, aber Sie lügen. Ich habe mit eigenen Augen gesehen, wie die Empfangsdame der Botschaft ein Asthmaspray benutzt hat. Sie sitzen den halben Tag in der Botschaft, und das seit dreißig Jahren. Vermutlich kann da nicht einmal eine Klorolle ausgewechselt werden, ohne dass Sie das bemerken. Wollen Sie wirklich behaupten, nicht zu wissen, dass sie unter Asthma leidet?«

Sanphet sah ihn mit ruhigen, kalten Augen an.

»Ich sage nur, dass ich nicht weiß, wer eine Asthmaampulle ins *Auto* gelegt haben kann, Sir. In Bangkok leiden sehr viele Menschen an Asthma und davon haben sicher einige im Auto des Botschafters gesessen. Fräulein Ao gehört meines Wissens nicht dazu.«

Harry sah ihn an. Wie konnte er dort nur ohne eine einzige Schweißperle auf der Stirn sitzen, wenn die Sonne wie eine zitternde Messingzimbel am Himmel stand? Harry blickte auf seinen Notizblock, als sei dort die nächste Frage zu finden.

»Wie ist es mit Kindern?«

»Herr Kommissar?«

»Haben Sie manchmal Kinder mitgenommen? Sie zum Kindergarten oder Ähnlichem gefahren. Sie verstehen?«

Sanphet verzog nicht eine Miene, aber sein Rücken wurde noch um eine Spur gerader.

»Ich verstehe. Der Botschafter war nicht so einer«, sagte er.

»Wie wollen Sie das wissen?«

Ein Mann sah von seiner Zeitung auf und Harry wurde gewahr, dass er lauter geworden war. Sanphet verbeugte sich.

Harry fühlte sich dumm. Dumm, elend und verschwitzt. In dieser Reihenfolge.

»Entschuldigen Sie«, sagte er. »Ich wollte Sie nicht beleidigen.«

Der alte Chauffeur blickte an ihnen vorbei und tat so, als hörte er ihn nicht. Harry stand auf.

»Wir werden jetzt gehen. Ich habe gehört, dass Sie Grieg mögen. Deshalb habe ich die hier mitgebracht.« Er hielt ihm eine Kassette hin. »Das ist die C-Moll-Symphonie von Grieg. Sie wurde erst 1981 uraufgeführt, weshalb ich dachte, dass Sie die vielleicht noch nicht haben. Jeder, der Grieg mag, sollte die haben. Bitte.«

Sanphet stand auf, nahm sie verwundert an und blieb auf die Kassette starrend stehen.

»Auf Wiedersehen«, sagte Harry, machte einen linkischen, aber gut gemeinten *wai*-Gruß und gab Nho ein Zeichen zum Aufbruch.

»Warten Sie«, sagte der Alte. Sein Blick war noch immer auf die Kassette geheftet. »Der Botschafter war ein guter Mann. Aber er war kein glücklicher Mann. Er hatte eine Schwäche. Ich will sein Andenken nicht besudeln, aber ich fürchte, dass er bei den Pferdewetten mehr verloren als gewonnen hat.«

»Das tun die meisten«, sagte Harry.

»Aber nicht 5 Millionen Baht.«

Harry versuchte, im Kopf nachzurechnen. Nho kam ihm zu Hilfe.

»Hunderttausend Dollar.«

Harry pfiff. »Tja, konnte er sich das denn leisten?«

»Er konnte es sich nicht leisten«, sagte Sanphet. »Er hat sich das Geld von einigen Kredithaien hier in Bangkok geliehen. Sie haben ihn in der letzten Woche mehrmals angerufen.«

Er sah Harry an. Es war schwierig, die asiatischen Augen zu deuten. »Persönlich bin ich der Meinung, dass Spielschulden etwas sind, was man begleichen muss, aber wenn ihn jemand wegen dieses Geldes ermordet hat, muss er bestraft werden.«

»Der Botschafter war also kein glücklicher Mann?«

»Er hatte kein leichtes Leben.«

Harry kam plötzlich etwas in den Sinn. »Sagt Ihnen Man U etwas?«

Der Alte sah ihn fragend an.

»Das stand im Kalender des Botschafters am Tag des Mordes. Ich habe alle Fernsehsender überprüft, aber an diesem Tag wurde kein Spiel von Manchester United übertragen.«

»Oh, Manchester United«, rief Sanphet lächelnd. »Das ist Klipra. Der Botschafter nannte ihn Mister Man U. Er fliegt nach England, um seine Mannschaft spielen zu sehen, und hat einen Haufen Aktien von dem Club gekauft. Ein höchst seltsamer Mann.«

»Wir werden sehen, ich werde noch mit ihm reden.«

»Wenn Sie ihn denn erreichen.«

»Wie meinen Sie das?«

»Man findet Klipra nicht. Er findet Sie.«

Das hat uns ja grade noch gefehlt, dachte Harry. Eine Comicfigur.

»Diese Spielschulden werfen plötzlich ein ganz anderes Licht auf die Sache«, sagte Nho, als sie wieder im Auto saßen.

»Vielleicht«, sagte Harry. »Eine Dreiviertelmillion Kronen ist eine Menge Geld, aber reicht das?«

»In Bangkok werden Menschen für weniger getötet«, sagte Nho. »Viel weniger, glauben Sie mir.«

»Ich denke nicht an die Kredithaie, sondern an Atle Molnes. Der Kerl stammt doch aus einer steinreichen Familie. Er hätte in der Lage sein müssen zu bezahlen, auf jeden Fall, wenn es wirklich um Leben und Tod ging. Irgendetwas stimmt da nicht. Was halten Sie von Herrn Sanphet?«

»Er hat gelogen, als er über die Empfangsdame, Fräulein Ao, sprach.«

»Oh, warum glauben Sie das?«

Nho antwortete nicht, sondern lächelte nur geheimnisvoll und deutete auf seinen Kopf.

»Was wollen Sie mir hier sagen, Nho? Dass Sie es wissen, wenn Menschen lügen?«

»Ich habe es von meiner Mutter gelernt. Während des

Vietnamkrieges hielt sie sich mit Poker im ersten Stock des Soi Cowboy über Wasser.«

»Unsinn. Ich kenne Polizisten, die schon ihr ganzes Leben Menschen verhört haben, und sie alle sagen das Gleiche: Es ist unmöglich, einen guten Lügner zu durchschauen.«

»Man muss einfach nur Augen im Kopf haben. Man sieht das an Kleinigkeiten. Zum Beispiel, dass Sie den Mund nicht richtig aufgemacht haben, als Sie sagten, dass jeder, der Grieg mag, eine Aufnahme dieses Konzertes haben sollte.«

Harry spürte die Röte in seine Wangen steigen. »Die Kassette war per Zufall noch in meinem Walkman. Ein australischer Polizist hat mir von Griegs C-Moll-Symphonie erzählt. Ich habe die Kassette als eine Art Erinnerung an ihn gekauft.«

»Es hat auf jeden Fall gewirkt.«

Nho wich gerade noch einem Lastwagen aus, der auf sie zugedonnert kam.

»Verflucht!« Harry konnte nicht mal mehr schlucken. »Der war auf der falschen Spur!«

Nho zuckte mit den Schultern. »Der war größer als ich.«

Harry sah auf die Uhr. »Wir müssen ins Präsidium und ich muss noch zu einer Beerdigung.« Mit Schrecken dachte er an die warme Anzugjacke, die im Schrank vor seinem »Büro« hing.

»Ich hoffe nur, dass es in der Kirche eine Klimaanlage gibt. Was sollte das überhaupt, in dieser Affenhitze draußen auf der Straße zu sitzen? Warum konnte uns der Alte nicht zu sich hereinbitten?«

»Stolz«, sagte Nho.

»Stolz?«

»Er wohnt in einem kleinen Zimmer, das reichlich wenig gemein hat mit dem Auto, das er fährt, oder mit seinem Arbeitsplatz. Er wollte uns nicht hereinbitten, weil das unangenehm hätte werden können, nicht nur für ihn, sondern auch für uns.«

»Ein seltsamer Mann.«

»Das ist Thailand«, sagte Nho. »Ich würde Sie auch nicht zu mir hereinbitten. Ich würde Ihnen Tee auf der Treppe servieren.«

Er machte eine abrupte Rechtskurve und ein paar dreirädrige Tuk-Tuks wichen verschreckt aus. Harry hatte die Arme automatisch vor sich ausgestreckt.

»Ich bin …«

»… größer als die. Danke, Nho, jetzt hab ich das Prinzip kapiert.«

Kapitel 15

»Ein bisschen Qualm und das war's dann«, sagte Harrys Nebenmann und bekreuzigte sich. Er war ein stattlicher Kerl, braungebrannt, mit hellblauen Augen. Harry musste unweigerlich an gebeizte Holzstämme und ausgewaschene Jeans denken. Das Seidenhemd war am Hals geöffnet und darunter hing eine dicke Goldkette, die matt und fett in der Sonne blinkte. Die Nase war mit einem feinen Netz von Adern überzogen und der braune Schädel lugte wie eine glänzende Billardkugel unter den schütteren Haaren hervor. Roald Bork hatte wache Augen, die ihn aus der Nähe jünger aussehen ließen als seine siebzig Jahre.

Er redete. Laut und anscheinend nicht im Geringsten davon geniert, dass es sich um eine Beerdigung handelte. Sein Nordlanddialekt hallte unter dem Kirchengewölbe, doch nicht ein Einziger der Anwesenden drehte sich mit zurechtweisenden Blicken um.

Als sie das Krematorium verlassen hatten, stellte Harry sich vor.

»O je, da hatte ich die ganze Zeit über einen Polizisten neben mir stehen, ohne es zu wissen. Gut, dass ich nichts gesagt habe, das hätte mich teuer zu stehen kommen können.«

Er lachte schallend und streckte ihm eine trockene, knotige Greisenhand entgegen.

»Roald Bork, Rentner.« Die Ironie erreichte nicht seine Augen.

»Tonje Wiig hat mir erzählt, dass Sie so eine Art Vordenker der norwegischen Gemeinde hier unten sind.«

»Da muss ich Sie enttäuschen. Wie Sie sehen, bin ich ein

alter, gebrechlicher Mann, kein Leitwolf. Außerdem bin ich durch meinen Umzug ziemlich in die Peripherie geraten, im übertragenen wie im buchstäblichen Sinn.«

»Ach ja?«

»In den Sündenpfuhl, das Sodom Thailands.«

»Pattaya?«

»Genau. Dort wohnen noch ein paar andere Norweger, die ich versuche, im Blick zu behalten.«

»Lassen Sie mich direkt zur Sache kommen, Bork. Wir haben gerade versucht, Ove Klipra anzurufen, aber wir haben nur einen Pförtner erreicht, der behauptete, nicht zu wissen, wo Klipra ist oder wann er wiederkommt.«

Bork amüsierte sich. »Das passt zu Ove, ja.«

»Ich habe verstanden, dass er lieber selbst mit anderen Kontakt aufnimmt, aber wir befinden uns hier mitten in einer Ermittlung, und ich habe nur wenig Zeit. Wenn ich richtig informiert bin, sind Sie ein enger Freund von Klipra, eine Art Verbindungsglied zur Außenwelt?«

Bork neigte den Kopf zur Seite. »Ich bin kein Adjutant, wenn Sie das meinen. Aber es stimmt insoweit, dass ich manchmal Kontakt vermittle. Klipra redet nicht gern mit Menschen, die er nicht kennt.«

»Waren Sie es, der den Kontakt zwischen Klipra und dem Botschafter vermittelt hat?«

»Beim ersten Mal, ja. Aber Klipra mochte den Botschafter, so dass sie mit der Zeit einiges miteinander zu tun hatten. Der Botschafter stammte ja auch aus Sunnmøre, obgleich er vom Land kam und nicht wie Klipra aus Ålesund.«

»Seltsam, dass er heute nicht hier ist, oder?«

»Klipra ist ständig unterwegs. Er ist seit einigen Tagen nicht ans Telefon gegangen, vermutlich überprüft er seine Anlagen in Laos oder Vietnam und weiß noch nicht einmal, dass der Botschafter tot ist. Die Sache hat ja nicht gerade große Schlagzeilen gemacht.«

»Die gibt es selten, wenn jemand an Herzversagen stirbt«, sagte Harry.

»Und trotzdem ist die norwegische Polizei hier?«, fragte Bork und wischte sich mit einem großen, weißen Taschentuch den Schweiß vom Nacken.

»Routine, wenn Botschafter im Ausland sterben«, sagte Harry und notierte auf der Rückseite seiner Visitenkarte seine Telefonnummer im Präsidium.

»Unter dieser Nummer können Sie mich erreichen, wenn Klipra wieder auftaucht.«

Bork studierte die Karte und schien etwas sagen zu wollen, ließ den Gedanken dann aber fallen und steckte die Karte mit einem Nicken in seine Brusttasche.

»So habe ich auf jeden Fall Ihre Nummer«, sagte er, grüßte und ging zu einem alten Landrover. Hinter ihm, halb auf dem Bürgersteig, glänzte frisch gewaschener, roter Lack. Das war der gleiche Porsche, den Harry auf Molnes' Anwesen hatten fahren sehen.

Tonje Wiig kam zu ihm herüber. »Ich hoffe, Bork konnte Ihnen helfen?«

»Nicht wirklich.«

»Was hat er über Klipra gesagt? Wusste er, wo er ist?«

»Nein.«

Sie blieb stehen und Harry spürte irgendwie, dass sie auf etwas wartete. In einem paranoiden Augenblick sah er Torhus' Blick auf dem Flughafen Fornebu – »keine Skandale, verstanden?« Konnte es sein, dass sie Order erhalten hatte, ihn im Auge zu behalten und Bescheid zu geben, wenn er zu weit ging? Er sah sie an, verwarf den Gedanken aber gleich wieder.

»Wem gehört der rote Porsche?«, fragte er.

»Porsche?«

»Der da. Ich dachte, alle Østfold-Mädchen würden sich mit Autos auskennen, noch ehe sie sechzehn sind?«

»Das ist der Wagen von Jens.«

»Wer ist Jens?«

»Jens Brekke. Der Currency-Broker. Er ist vor ein paar Jahren von der DnB zu Barclay Thailand gewechselt. Er steht da vorne.«

Harry drehte sich um. Oben auf der Treppe stand Hilde Molnes in einem dramatischen schwarzen Seidenkleid, neben ihr ein ernster Sanphet in einem dunklen Anzug. Hinter ihnen ein jüngerer, blonder Mann. Harry hatte ihn in der Kirche bemerkt. Obwohl das Thermometer 35 Grad zeigte, trug er eine Weste unter seiner Anzugjacke. Seine Augen lagen versteckt hinter einer teuer aussehenden Sonnenbrille, während er leise mit einer ebenfalls schwarz gekleideten Frau sprach. Harry starrte sie an, und als hätte sie seinen Blick physisch gespürt, drehte sie sich zu ihm um. Er hatte Runa Molnes nicht sogleich erkannt und jetzt sah er auch, warum. Die merkwürdige Asymmetrie war verschwunden. Sie war größer als die anderen oben auf der Treppe. Ihr Blick war flüchtig und verriet keine Gefühle, bloß Langeweile.

Harry entschuldigte sich und ging die Treppe hoch, um Hilde Molnes zu kondolieren. Ihre Hand lag schlaff und willenlos in der seinen. Sie sah ihn mit einem verschleierten Blick an und der Geruch des schweren Parfüms überlagerte beinahe den Gindunst.

Dann wandte er sich an Runa. Sie hielt sich die Hand über die Augen und blinzelte ihn an, als entdecke sie ihn erst jetzt.

»Hallo«, grüßte sie. »Endlich jemand in diesem Pygmäenland, der größer ist als ich. Sind Sie nicht dieser Detektiv, der bei uns war?«

Ihre Stimme hatte einen aggressiven Unterton, die gekünstelte Selbstsicherheit eines Teenagers. Ihr Händedruck war stark und fest. Harrys Blick senkte sich automatisch auf der Suche nach ihrer anderen Hand, eine wachsartige Prothese, die aus dem schwarzen Ärmel herausragte.

»Detektiv?«

Es war Jens Brekke, der diese Frage gestellt hatte.

Er hatte die Sonnenbrille abgenommen und sah Harry blinzelnd an. Er hatte ein offenes, jungenhaftes Gesicht und sein störrischer blonder Pony fiel ihm immer wieder vor ein Paar beinahe durchsichtige blaue Augen. Aus seinem rundlichen Gesicht war der Babyspeck noch nicht verschwunden, doch die Falten an den Augen deuteten darauf hin, dass er die Dreißig wohl bereits passiert hatte. Der Armani-Anzug war einem klassischen Del-Georgios-Anzug gewichen und die handgenähten, schwarzen Bally-Schuhe glänzten wie Spiegel. Dennoch hatte dieser Mann für Harry die Ausstrahlung eines etwa zwölfjährigen Lümmels, der in die Kleider eines Erwachsenen geschlüpft war. Er stellte sich vor.

»Ich bin für ein paar Routineuntersuchungen vor Ort von der norwegischen Polizei abgestellt worden.«

»Ach ja? Ist das so üblich?«

»Sie haben an seinem Todestag mit dem Botschafter gesprochen, nicht wahr?«

Brekke sah Harry nicht wenig überrascht an.

»Das stimmt. Woher wissen Sie das?«

»Wir haben sein Handy gefunden. Ihre Nummer war eine der letzten fünf, die er gewählt hat.«

Harry sah ihn genau an, doch sein Gesicht war weder verunsichert noch verwirrt, bloß aufrichtig überrascht.

»Können wir uns unterhalten?«, fragte Harry.

»Kommen Sie vorbei«, sagte Brekke und hatte unbemerkt eine Visitenkarte zum Vorschein gezaubert, die er ihm zwischen Zeige- und Mittelfinger entgegenstreckte.

»Zu Hause oder auf der Arbeit?«

»Zu Hause schlafe ich«, sagte Brekke.

Es war unmöglich, den Anflug des Lächelns zu sehen, der seine Lippen umspielte, aber Harry spürte es dennoch. Als ob allein die Tatsache, mit einem Kommissar zu reden, etwas Spannendes war, etwas Außergewöhnliches.

»Wenn Sie mich entschuldigen würden?«

Brekke flüsterte Runa etwas ins Ohr, nickte Hilde Molnes zu und verschwand eilig zu seinem Porsche. Der Platz leerte sich langsam, Sanphet geleitete Hilde Molnes zum Botschaftswagen und Harry blieb allein mit Runa stehen.

»Es gibt einen Empfang in der Botschaft«, sagte er.

»Ich weiß. Mutter hat keine Lust darauf.«

»Ah ja. Sie haben sicher einige Verwandte zu Besuch.«

»Nein«, antwortete sie bloß.

Harry sah Sanphet die Tür hinter Hilde Molnes schließen und um das Auto herumgehen.

»Tja, Sie können in meinem Taxi mitfahren, wenn Sie Lust haben.«

Harry spürte seine Ohrläppchen rot werden, als ihm bewusst wurde, wie sich das anhörte. Er hatte gemeint, »wenn Sie Lust haben, auf den Empfang in der Botschaft zu gehen«.

Sie blickte zu ihm auf. Ihre Augen waren schwarz und er wusste nicht, was er sah.

»Ich habe keine Lust.« Sie begann in Richtung Botschaftswagen zu gehen.

Kapitel 16

Die Stimmung war gedrückt. Es herrschte betretenes Schweigen. Tonje Wiig persönlich hatte Harry gebeten zu kommen. Sie standen in einer Ecke und drehten ihre Gläser in der Hand. Tonje Wiig arbeitete an ihrem zweiten Martini, während Harry um ein Glas Wasser gebeten, stattdessen aber einen süßen, klebrigen Orangensaft bekommen hatte.

»Dann hast du Familie dort zu Hause?«

»So in der Art«, sagte Harry, verunsichert darüber, wohin der plötzliche Themenwechsel und das Duzen führen sollten.

»Ich auch«, sagte sie. »Eltern und Geschwister. Ein paar Onkel und Tanten, keine Großeltern. Das ist alles, und du?«

»Ziemlich vergleichbar.«

Fräulein Ao wand sich mit einem Tablett voller Drinks an ihnen vorbei. Sie trug ein einfaches, traditionelles Thaikleid mit einem langen Schlitz an der Seite. Er sah ihr nach. Man konnte sich nur zu gut vorstellen, dass der Botschafter dieser Verlockung erlegen war.

Am anderen Ende des Raumes stand ein Mann breitbeinig allein vor einer großen Weltkarte und wippte mit den Füßen. Er hatte einen geraden Rücken, breite Schultern und silbergraues Haar, das ebenso kurz geschnitten war wie Harrys. Die Augen lagen tief in seinem Gesicht, die Kiefermuskulatur arbeitete unter der Haut und seine Hände waren auf dem Rücken ineinander gelegt. Schon von weitem roch dieser Mann nach Militär.

»Wer ist das?«

»Ivar Løken. Der Botschafter nannte ihn bloß LM.«

»Løken? Ist ja interessant. Er stand nicht auf der Liste der Angestellten, die ich in Oslo bekommen habe. Was tut er hier?«

»Gute Frage.« Sie kicherte etwas und nahm einen Schluck. »Tut mir leid, Harry, ich darf doch Harry sagen? Ich komme dir sicher etwas seltsam vor, aber ich habe in den letzten Tagen viel gearbeitet und wenig geschlafen. Er kam letztes Jahr hierher, kurz nach Molnes. Um es etwas hart auszudrücken, er gehört zu dem Teil des Auswärtigen Dienstes, der nirgendwo mehr hinkommt.«

»Was soll das heißen?«

»Dass seine Karriere in einer Sackgasse ist. Er hatte vorher irgendeine Anstellung bei der Verteidigung, aber irgendwann klangen bei seinem Namen einfach ein paar zu viele ›Aber‹ mit.«

»Aber?«

»Hast du noch nicht gehört, wie sich die Leute im Auswärtigen Amt gegenseitig beschreiben? ›Er ist ein guter Diplomat, *aber* er trinkt, *aber* er hat zu viele Frauengeschichten‹ und so weiter. Dabei ist es viel wichtiger, was nach dem ›Aber‹ kommt, als was vorher gesagt wurde. Das ist der wirklich entscheidende Faktor, wie weit man es im Department bringen kann. Deshalb finden sich so viele fromme Mittelmäßigkeiten auf der Führungsetage.«

»Und was sind seine ›Aber‹ und warum ist er hier?«

»Das weiß ich ehrlich gesagt nicht. Ich weiß, dass er Sitzungen hat und hin und wieder einen Bericht schreibt, der nach Oslo geht, aber wir sehen ihn nicht so oft. Ich glaube, er ist am liebsten allein. Manchmal nimmt er sein Zelt und die Malariapillen, packt seinen Rucksack mit Fotoausrüstung voll und macht Touren durch Vietnam, Laos oder Kambodscha. Mutterseelenallein. Du kennst diese Typen.«

»Schon möglich. Was sind das für Berichte, die er da schreibt?«

»Keine Ahnung. Dafür war der Botschafter zuständig.«

»Keine Ahnung? Ihr seid doch gar nicht so viele hier in der Botschaft. Hat das was mit dem Geheimdienst zu tun?«

»Wofür sollte das denn gut sein?«

»Nun, Bangkok ist doch ein Knotenpunkt von ganz Asien.«

Sie sah ihn an und lächelte verschmitzt. »Ach, wenn wir doch mit so spannenden Sachen beschäftigt wären. Ich glaube eher, dass ihn das Auswärtige Amt hier arbeiten lässt als Dank für seine langjährigen Dienste für König und Vaterland. Außerdem unterliege ich sicher der Schweigepflicht.«

Sie kicherte wieder und legte ihre Hand auf Harrys Arm. »Sollen wir nicht über etwas anderes reden?«

Harry wechselte das Thema und ging dann, um noch etwas zu trinken zu holen. Der menschliche Körper besteht zu 60 Prozent aus Wasser und er hatte das Gefühl, dass bei ihm das meiste davon im Laufe des Tages in den blaugrauen Himmel verdampft war.

Fräulein Ao stand ganz hinten im Raum bei Sanphet, der ihm gemessen zunickte.

»Wasser?«, fragte Harry.

Ao reichte ihm ein Glas.

»Für was steht LM?«

Sanphet zog die Augenbrauen hoch.

»Denken Sie an Herrn Løken?«

»Das tue ich.«

»Warum fragen Sie ihn nicht selbst?«

»Es könnte doch etwas sein, was Sie nur hinter seinem Rücken gesagt haben?«

Sanphet musste lächeln. »L steht für *Living*, M für *Morphine*. Das ist ein alter Spitzname, den er während seiner Arbeit für die UN am Ende des Vietnamkriegs bekommen hat.«

»Vietnam?«

Sanphet machte eine kaum merkliche Kopfbewegung und Ao verschwand.

»Løken war 1975 bei einer vietnamesischen Einheit in einer Landungszone, die gerade darauf wartete, von einem Helikopter aufgenommen zu werden, als sie von einer Vietcong-Patrouille angegriffen wurden. Es gab ein Blutbad und Løken war einer der Verletzten. Er hatte einen Durchschuss im Nackenmuskel. Die Amerikaner hatten ihre Truppen längst aus Vietnam abgezogen, aber es waren noch Sanitätssoldaten dort, die von Soldat zu Soldat durchs Elefantengras rannten und erste Hilfe leisteten. Mit Kreide schrieben sie auf die Helme der Verwundeten, das sollte wohl eine Art Krankenblatt sein. Schrieben Sie ein D, bedeutete das, dass der Betreffende tot war, damit die Leute mit den Bahren nicht ihre Zeit verschwendeten und alle noch einmal untersuchten. L bedeutete, dass der Verletzte noch am Leben war und schrieben sie ein M, hieß das, dass sie ihm Morphium gegeben hatten. Das taten sie, um zu vermeiden, dass ein und derselbe Verletzte mehrere Spritzen bekam und womöglich an einer Überdosis starb.«

Sanphet nickte in Richtung Løken.

»Als sie ihn fanden, hatte er bereits die Besinnung verloren, so dass sie ihm kein Morphium gaben, sondern bloß ein L auf seinen Helm kritzelten und ihn gemeinsam mit den anderen in den Helikopter hievten. Als er von seinen eigenen Schmerzensschreien aufwachte, begriff er erst nicht, wo er war. Doch als er den Toten, der über ihm lag, zur Seite gewälzt hatte und den Mann mit der weißen Armbinde sah, der im Begriff war, einem der anderen eine Spritze zu geben, verstand er alles und verlangte nach Morphium. Einer der anderen Sanitätssoldaten klopfte auf seinen Helm und sagte: ›*Sorry Buddy, du bist bereits bis zum Rand voll.*‹ Løken konnte das nicht glauben und riss sich den Helm vom Kopf. Tatsächlich stand dort L und M. Nur dass es nicht sein Helm war. Er blickte zurück zu dem Soldaten, der gerade in diesem Moment die Nadel injiziert bekam. Er sah den Helm mit dem L auf dem Kopf des Verwundeten, erkannte das zerknautschte

Zigarettenpäckchen unter dem Riemen und das UN-Zeichen und begriff sofort, was geschehen war. Der Ärmste hatte die Helme ausgetauscht, um sich noch einen Schuss Morphium zu sichern. Er schrie auf, aber seine Schreie gingen in dem Dröhnen der Motoren unter, als sie abhoben. Løken lag eine halbe Stunde schreiend da, bis sie den Golfplatz erreichten.«

»Den Golfplatz?«

»Das Lager. Wir nannten das so.«

»Dann waren Sie auch da?«

Sanphet nickte.

»Deshalb kennen Sie diese Geschichte so gut?«

»Ich war Freiwilliger beim Sanitätsdienst und nahm sie in Empfang.«

»Wie ging es weiter?«

»Løken steht dort vorne. Der andere ist nie wieder aufgewacht.«

»Überdosis?«

»An seinem Bauchschuss wäre er sicher nicht gestorben.«

Harry schüttelte den Kopf. »Und jetzt arbeiten Sie und Løken am gleichen Ort.«

»Zufall.«

»Wie groß ist die Wahrscheinlichkeit?«

»Die Welt ist klein«, sagte Sanphet.

»LM«, sagte Harry, ehe er austrank. Er murmelte, dass er noch mehr Flüssigkeit brauche, und machte sich auf die Suche nach Fräulein Ao.

»Vermissen Sie den Botschafter?«, fragte er, als er sie in der Küche fand. Sie legte Servietten um Gläser und befestigte sie mit Gummibändern.

Verwundert sah sie ihn an und nickte.

Harry hielt das leere Glas in seinen Händen.

»Wie lange waren Sie beide schon ein Liebespaar?«

Er sah, wie sich ihr kleiner, hübscher Mund öffnete und eine Antwort formte, auf die sich das Hirn noch gar nicht eingestellt hatte, sich wieder schloss und erneut öffnete, wie bei einem Goldfisch. Als die Wut ihre Augen erreichte und er fast schon eine Ohrfeige erwartete, verloschen die Funken in ihrem Blick wieder. Stattdessen füllten sich ihre Augen mit Tränen.

»Entschuldigen Sie«, sagte Harry, ohne betroffen zu klingen.

»Sie …«

»Es tut mir leid, aber wir müssen so etwas fragen.«

»Aber ich …«

Sie räusperte sich, hob und senkte die Schultern, als schüttle sie einen bösen Gedanken ab.

»Der Botschafter war verheiratet. Und ich …«

»Sie sind auch verheiratet?«

Harry fasste sie sanft unter den Arm und führte sie von der Küchentür weg. Sie drehte sich zu ihm um. Die Wut kehrte gerade in ihre Augen zurück.

»Hören Sie, Fräulein Ao, der Botschafter wurde in einem Motel gefunden. Sie wissen, was das bedeutet. Im Klartext heißt das, dass Sie nicht die Einzige waren, die er flachlegte.« Er sah sie an, um zu sehen, welche Wirkung seine Worte auf sie hatten.

»Wir ermitteln in einem Mordfall. Sie haben keinen Grund, diesem Mann gegenüber loyal zu sein, verstehen Sie?«

Sie wimmerte und ihm wurde bewusst, dass er ihren Arm geschüttelt hatte. Er ließ sie los. Sie sah ihn an. Ihre Pupillen waren groß und schwarz.

»Haben Sie Angst? Ist es das?«

Ihre Brust hob und senkte sich.

»Hilft es Ihnen, wenn ich Ihnen verspreche, dass niemand davon zu erfahren braucht, wenn es nichts mit dem Mord zu tun hat?«

»Wir waren kein Liebespaar!«

Harry sah sie an, doch das Einzige, was er sah, waren zwei schwarze Pupillen. Er wünschte sich, Nho wäre da.

»O.k. Was macht ein junges Mädchen wie Sie dann im

Auto eines verheirateten Botschafters? Außer ihre Asthmamedizin zu nehmen?«

Harry stellte sein leeres Glas auf das Tablett und ging. Die Plastikampulle lag im Glas. Es war eine idiotische Geste, aber Harry war bereit, idiotische Maßnahmen zu ergreifen, damit endlich etwas geschah. Irgendetwas.

Kapitel 17

Elizabeth Dorothea Crumley hatte schlechte Laune.

»Scheiße! Ein Ausländer mit einem Messer im Rücken in einem Motel, keine Fingerabdrücke und kein Verdächtiger, nicht mal eine winzige Spur! Nur Mafia, Empfangsdamen, Tonja Harding und Motelbesitzer. Hab ich was vergessen?«

»Kredithaie«, sagte Rangsan hinter seiner *Bangkok Post.*

»Die gehören auch zur Mafia«, brummte die Kommissarin.

»Aber nicht der Kredithai, dessen Dienste Botschafter Molnes genutzt hat«, sagte Rangsan.

»Wie meinst du das?«

Rangsan legte seine Zeitung hin.

»Harry, Sie erwähnten, der Fahrer habe gemeint, dass der Botschafter Schulden bei einem Kredithai hatte. Was macht ein Geldgeber, wenn sein Schuldner tot ist? Er versucht, sein Geld bei den Angehörigen einzutreiben, nicht wahr?«

Liz sah skeptisch aus.

»Warum? Spielschulden sind eine persönliche Sache, die haben eigentlich nichts mit der Familie zu tun.«

»Es gibt aber sicher noch Menschen, denen der Ruf eines Familiennamens etwas wert ist, und Kredithaie sind Geschäftsleute, sie versuchen natürlich, sich das Geld dort zu holen, wo sie es bekommen können.«

»Das hört sich aber ziemlich konstruiert an«, sagte Liz und rümpfte die Nase.

Rangsan griff wieder zu seiner Zeitung.

»Trotzdem habe ich die Telefonnummer von Thai Indo Travellers in den letzten drei Tagen dreimal auf der Liste der Anrufe bei Familie Molnes gefunden.«

Liz ließ ein leises Pfeifen hören, die anderen nickten.

»Was?«, fragte Harry, der merkte, dass er hier etwas nicht ganz mitbekommen hatte.

»Thai Indo Travellers ist nach außen ein Reisebüro«, erklärte Liz. »Im ersten Stock des Ladens betreiben sie aber noch ein anderes Geschäft, indem sie Menschen Geld leihen, die sonst nirgendwo etwas bekommen. Sie nehmen hohe Zinsen und haben ein effektives und brutales Eintreibesystem. Wir beobachten sie schon eine ganze Weile.«

»Und ihr habt nichts gegen sie in der Hand?«

»Vermutlich hätten wir das, wenn wir es wirklich mit allem Nachdruck darauf angelegt hätten. Aber wir glauben, dass die Konkurrenz, die den Markt übernehmen würde, noch schlimmer ist, wenn wir Thai Indo den Laden zumachen. Sie haben es geschafft, neben der Mafia zu existieren, und wenn wir richtig informiert sind, zahlen sie nicht einmal Schutzgeld. Sollte einer von denen den Botschafter ermordet haben, wäre es das erste Mal, dass sie über Leichen gehen.«

»Vielleicht war es an der Zeit, ein Exempel zu statuieren«, schlug Nho vor.

»Erst einen Mann töten und dann seine Familie anrufen, um das Geld einzutreiben? Hört sich das nicht ein bisschen seltsam an?«, fragte Harry.

»Warum? Wer auch immer erfahren sollte, was mit säumigen Zahlern passiert, hat es erfahren«, sagte Rangsan und blätterte langsam um. »Und wenn Sie darüber hinaus auch noch das Geld bekommen, ist es doch klasse.«

»In Ordnung«, sagte Liz. »Nho und Harry, ihr könnt denen mal einen Höflichkeitsbesuch abstatten. Und noch etwas, ich habe gerade mit der Spurensicherung gesprochen. Zu dem Waffenfett, das wir neben der Einstichstelle auf Molnes' Anzugjacke gefunden haben, fällt ihnen überhaupt nichts ein. Sie meinen, es wäre organisch, möglicherweise stammt es von irgendeinem Tier. O. k., das wär's, an die Arbeit.«

Rangsan kam auf dem Weg zum Fahrstuhl zu Harry und Nho.

»Seid vorsichtig, diese Typen sind gefährlich. Ich habe gehört, dass sie bei Leuten, die nicht zahlen wollen, schon mal zur Schraube greifen.«

»Schraube?«

»Sie nehmen sie im Boot mit, binden sie an einen Pfosten, legen den Rückwärtsgang ein und heben den Propeller aus dem Wasser, während sie langsam nach hinten gleiten. Könnt ihr euch das vorstellen?«

Harry konnte es sich vorstellen.

»Vor ein paar Jahren haben wir einen Kerl gefunden, der an einem Herzschlag gestorben war. Sein Gesicht war im wahrsten Sinne des Wortes abgezogen. Der sollte wohl als Warnung und Abschreckung für andere Schuldner so durch die Stadt laufen. Aber es war wohl zu viel für sein Herz, als er den Motor aufbrausen hörte und die rotierende Schraube auf sich zukommen sah.«

Nho nickte. »Nicht gut. Besser, man bezahlt.«

»Amazing Thailand« stand mit dicken Buchstaben über dem bunten Bild mit den thailändischen Tänzern. Das Plakat hing an der Wand des winzigen Reisebüros in der Sampeng Lane in Chinatown. Abgesehen von Harry, Nho und einem Mann und einer Frau, die hinter ihren Tresen saßen, war das spartanisch eingerichtete Büro leer. Der Mann trug eine Brille mit derart dicken Gläsern, dass es so aussah, als sähe er sie aus dem Inneren eines Goldfischglases heraus an.

Nho hatte ihm gerade die Polizeimarke gezeigt.

»Was sagt er?«

»Dass die Polizei immer willkommen ist und Spezialpreise für seine Reisen bekommt.«

»Bitte um eine Gratisreise in die erste Etage.«

Nho sagte ein paar Worte und das Goldfischglas hob den Telefonhörer ab.

»Herr Sorensen trinkt gerade noch seinen Tee aus«, sagte er auf Englisch.

Harry wollte etwas erwidern, doch ein warnender Blick von Nho brachte ihn zur Besinnung. Sie setzten sich hin und warteten. Nach ein paar Minuten deutete Harry auf den stillstehenden Deckenventilator. Das Goldfischglas schüttelte lächelnd den Kopf.

»Kaputt.«

Harry spürte, wie seine Kopfhaut zu jucken begann. Nach ein paar Minuten klingelte das Telefon des Goldfischglases und er bat sie, ihm zu folgen. Am Fuß der Treppe bat er sie, die Schuhe auszuziehen. Harry dachte an seine löchrigen, verschwitzten Tennissocken und meinte, dass es für alle das Beste sei, wenn er sie anbehielte, doch Nho schüttelte schwach den Kopf. Leise fluchend zog Harry sich die Schuhe aus und stampfte die Treppe hoch.

Das Goldfischglas klopfte an eine Tür, die gleich darauf so abrupt aufsprang, dass Harry zwei Schritte zurückwich. Ein muskulöser Fleischberg füllte den Türrahmen zur Gänze aus. Der Berg hatte zwei schmale Striche als Augen, einen schwarzen Seehundschnäuzer und einen kahl rasierten Schädel, wenn man von dem zottigen Haarbüschel absah, das an der Seite seines Kopfes herabhing. Der Kopf sah aus wie eine verfärbte Bowlingkugel, der Körper hatte weder Hals noch Schultern, nur einen ungeheuer dicken Nacken, der irgendwo an den Ohren begann und sich bis zu den gewaltigen Oberarmen zog, die wie angeschraubt am Körper hingen. Niemals zuvor in seinem Leben hatte Harry einen derart großen Menschen gesehen.

»Sein Name ist Woo«, flüsterte Nho ihm zu. »Freelance Gorilla. Sehr schlechter Ruf. Ein Chinese aus der Mandschurei. Die sind dort für ihre Stärke bekannt …«

Die Fensterläden waren zu, doch in dem halbdunklen Raum konnte Harry die Konturen eines Mannes hinter einem breiten Schreibtisch ausmachen. Ein Ventilator surrte an der Decke und von der Wand fauchte sie ein ausgestopfter Tigerkopf an. Eine Tür zu einem Balkon war geöffnet, so dass es sich so anhörte, als fahre der Straßenverkehr mitten durch den Raum. An der Türöffnung saß eine dritte Person. Woo presste sich in den letzten freien Stuhl im Zimmer. Harry und Nho blieben mitten im Raum stehen.

»Womit kann ich den Herren dienen?«

Die Stimme hinter dem Schreibtisch war tief und das Englisch klang beinahe nach Oxford. Er hob die Hand und ein Ring blitzte auf. Nho sah Harry an.

»Nun, Herr Sorensen, wir kommen von der Polizei …«

»Das weiß ich.«

»Sie haben Botschafter Molnes Geld geliehen. Er ist tot und Sie haben versucht, seine Frau anzurufen, um von ihr das Geld zu bekommen, das er Ihnen schuldete.«

»Wir haben keine Außenstände bei irgendeinem Botschafter. Außerdem betreiben wir keine derartigen … Kreditgeschäfte, Herr …«

»Hole. Sie lügen, Herr Sorensen.«

»Wiederholen Sie das noch einmal, Herr Hole?«

Sorensen hatte sich über den Tisch gebeugt. Er hatte die Züge eines Thailänders, doch Haut und Haare waren weiß wie Schnee und die Augen glänzten durchsichtig blau.

Nho zupfte Harry am Ärmel, doch der zog seinen Arm zurück und hielt Sorensens Blick stand. Er wusste, dass er soeben einen Schritt zu weit gegangen war, dass er gedroht hatte und die Spielregeln nun von Herrn Sorensen verlangten, nicht das Geringste einzugestehen, da er sonst sein Gesicht verlieren würde. Aber Harry stand in Socken da, schwitzte wie ein Schwein und pfiff auf Gesicht, Takt und Diplomatie.

»Sie sind hier in Chinatown, Herr Hole, nicht im *farang*-Land. Ich habe keine Unstimmigkeiten mit dem Polizeichef hier in Bangkok. Ich würde vorschlagen, dass Sie zuerst mit ihm reden, ehe Sie noch etwas sagen, und im Gegenzug werde ich versprechen, Ihr peinliches Auftreten zu vergessen.«

»Für gewöhnlich ist es die Polizei, die den Banditen das Miranda-Escobedo vorliest, nicht umgekehrt.«

Sorensens Zähne leuchteten weiß zwischen seinen nassen roten Lippen.

»O ja, *you have the right to remain silent* und so weiter. Nun, dieses Mal wird es wohl umgekehrt sein. Woo, begleitest du die Herrschaften hinaus? Gentlemen?«

»Sie treiben hier Geschäfte, die kein Tageslicht vertragen, und das Gleiche scheint ja wohl auch für Sie zu gelten, Herr Sorensen. Wenn ich Sie wäre, würde ich mir schleunigst eine Sonnencreme mit hohem Lichtschutzfaktor kaufen. Beim Freigang im Gefängnis gibt es die nämlich nicht.«

Sorensens Stimme klang noch eine Spur tiefer.

»Reizen Sie mich nicht, Herr Hole. Ich fürchte, meine Auslandsaufenthalte haben mir etwas von meinem thailändischen Langmut genommen.«

»Nach ein paar Jahren hinter den Mauern werden Sie den schon wieder gelernt haben.«

»Begleite Herrn Hole *nach draußen*, Woo.«

Der große Körper bewegte sich mit einer überraschenden Geschwindigkeit. Harry roch den sauren Dunst von Curry, und noch ehe er die Arme heben konnte, wurde er hochgehoben und zusammengedrückt wie ein Teddybär, den gerade jemand auf dem Tivoli gewonnen hat. Harry versuchte, sich zu befreien, doch die eiserne Umklammerung wurde bei jedem Ausatmen enger. Er fühlte sich wie in einer Schlinge und ihm wurde schwarz vor Augen, doch der Verkehrslärm nahm zu. Dann war er die Umklammerung endlich los und schwebte in der Luft. Als er die Augen wieder öffnete, erkannte er, dass er die Besinnung verloren haben musste, als habe er eine Sekunde geträumt. Er sah ein Schild mit chinesischen Zeichen, ein Bündel Leitungen zwischen zwei Telefonmasten, einen grauweißen Himmel und ein Gesicht, das zu ihm nach unten blickte. Dann kamen die Geräusche zurück und er hörte die Schimpftirade aus dem Mund dieses Gesichts sprudeln. Der Mann deutete auf den Balkon und auf das Dach des Tuk-Tuk-Rads, das einen hässlichen Knick bekommen hatte.

»Wie geht's, Harry?« Nho schob den Tuk-Tuk-Fahrer zur Seite.

Harry blickte an sich nach unten. Sein Rücken schmerzte und die löchrigen weißen Tennissocken vor dem schmutzigen grauen Asphalt hatten etwas unsagbar Trauriges.

»Tja. Ins Schrøder würde ich so nicht kommen. Hast du meine Schuhe mitgenommen?«

Harry war sich verflucht sicher, dass Nho sich beherrschen musste, um nicht zu grinsen.

»Sorensen hat mich gebeten, beim nächsten Mal einen Haftbefehl mitzubringen«, sagte Nho, als sie wieder im Auto saßen. »Jetzt haben wir wenigstens etwas gegen sie in der Hand: Gewalt gegen einen Beamten.«

Harry fuhr sich mit dem Finger über einen Kratzer auf seinem Bein. »Nicht gegen sie, bloß gegen diesen Fleischberg. Aber vielleicht kann der uns etwas sagen. Was habt ihr Thailänder eigentlich mit der Höhe? Laut Tonje Wiig bin ich innerhalb kürzester Zeit der dritte Norweger, der aus einem Fenster geworfen wurde.«

»Eine alte Mafiamethode, sie machen das lieber, als Leute zu erschießen. Die Polizei kann nicht ausschließen, dass es sich um einen Unfall handeln *könnte*, wenn sie jemanden unter einem Fenster finden. Ein bisschen Geld wechselt den Besitzer und die Sache wird zu den Akten gelegt, ohne dass eine konkrete Person angegangen werden könnte. Alle sind zufrieden. Einschusslöcher verkomplizieren die Dinge bloß.«

Sie blieben an einer roten Ampel stehen. Eine alte, gebeugte Chinesin saß auf einer Decke auf dem Bürgersteig und grinste sie mit verfaulten Zahnstummeln an. Ihr Gesicht schwamm in der blauen, zitternden Luft.

Kapitel 18

Es war Aunes Frau, die den Hörer abnahm.

»Es ist spät«, sagte sie schlaftrunken.

»Es ist früh«, berichtigte Harry sie. »Entschuldige, wenn es jetzt unpassend ist, aber ich wollte Oddgeir erreichen, ehe er zur Arbeit geht.«

»Wir wollten gerade aufstehen, Harry. Einen Augenblick, ich gebe ihn dir.«

»Harry? Was willst du?«

»Ich brauche deine Hilfe. Was ist ein Pädophiler?«

Harry hörte Oddgeir Aune grunzen und sich im Bett umdrehen.

»Ein Pädophiler? Das ist ja ein toller Start in den Tag. Kurz gefasst ist das eine Person, die sich sexuell von Minderjährigen angezogen fühlt.«

»Und etwas weniger kurz gefasst?«

»Es gibt noch vieles, das wir nicht wissen, aber wenn du einen Sexologen fragst, wird der vermutlich zwischen präferenzbedingten und situationsbedingten Pädophilen unterscheiden. Der klassische Mann mit der Bonbontüte im Park zählt zu den präferenzbedingten. Seine pädophile Veranlagung hat häufig ihren Ausgangspunkt in der Jugendzeit, ohne notwendigerweise irgendwelche äußerlichen Konflikte zu zeigen. Er identifiziert sich mit dem Kind, passt sein Verhalten an das kindliche Alter an und kann manchmal sogar die Rolle eines Pseudo-Elternteils einnehmen. Die sexuelle Handlung ist in der Regel vorher aufs Genaueste geplant und für ihn ist die sexuelle Handlung ein Versuch, sein Lebensproblem zu lösen. Sag mal, kriege ich diese Analysen bezahlt?«

»Und der situationsbedingte?«

»Das ist eine etwas diffusere Gruppe. Diese sind sexuell primär an anderen Erwachsenen interessiert und das Kind ist häufig ein Ersatz für jemanden, mit dem der Pädophile in Konflikt steht. Während der klassische Pädophile häufig Päderast ist, das heißt, sich für kleine Jungen interessiert, interessiert sich die andere Gruppe meistens für Mädchen. In dieser Gruppe findet man viele der Inzest-Übergriffe.«

»Sag mir lieber etwas über den Mann mit der Bonbontüte. Wie tickt der?«

»Wie du und ich, Harry, abgesehen von ein paar kleineren Ausnahmen.«

»Und die wären?«

»Zum einen ist es wichtig, nicht zu generalisieren, wir reden hier von Menschen. Zum anderen ist das nicht mein Spezialgebiet, Harry.«

»Du weißt mehr als ich.«

»Also, Pädophile haben häufig ein schlechtes Selbstbild und eine, wie man sagt, zerbrechliche Sexualität. Das heißt, dass sie unsicher sind und die Sexualität eines Erwachsenen nicht ertragen, dabei aber das Gefühl haben, zu kurz zu kommen. Nur in Gegenwart von Kindern haben sie den Eindruck, die Situation unter Kontrolle zu haben und ihre Lüste ausleben zu können.«

»Und die wären?«

»Das erstreckt sich ebenso weit wie die sexuellen Gelüste aller anderen. Von physisch harmlosem Schmusen bis zu Vergewaltigung und Mord. Das kommt ganz darauf an.«

»Und all das ist auf die Jugend und das Umfeld zurückzuführen?«

»Es ist nicht ungewöhnlich, dass die Täter als Kinder selbst sexuellen Übergriffen ausgesetzt waren. Wir erleben dasselbe bei Menschen, die als Kinder zu Hause Gewalt ausgesetzt waren. Die können selbst auch gewalttätig gegenüber ihren Ehepartnern und Kindern werden. Sie wiederholen das Muster ihrer eigenen Kindheit.«

»Warum?«

»Das hört sich verrückt an, aber vermutlich hat das was mit dem Rollenverständnis der Erwachsenen und ihrer Sicherheit zu tun, dass es das ist, was sie gewöhnt sind.«

»Wie entdeckt man so etwas?«

»Wie meinst du das?«

»Nach was für speziellen Kennzeichen soll ich suchen?«

Aune brummte.

»Tut mir leid, Harry, aber ich glaube nicht, dass die wirklich auffallen. In der Regel sind es Männer, sie leben oft allein und haben ein schlechtes soziales Netzwerk. Aber obgleich sie eine geschädigte Sexualität haben, können sie in anderen Lebensbereichen ausgezeichnet funktionieren. Du findest sie vermutlich überall.«

»Überall, was? Wie viele davon gibt es deiner Meinung nach in Norwegen?«

»Das ist eine vollkommen unmögliche Frage. Es kommt darauf an, wo man die Grenzen zieht. In Spanien rechnet man nur Kinder unter zwölf Jahren zu den Minderjährigen, wie soll man da zum Beispiel einen ephebophilen Mann bezeichnen, also einen, der sich nur von heranwachsenden Mädchen angezogen fühlt? Oder einen Mann, dem das Alter egal ist, solange sein Sexualpartner die physischen Eigenschaften eines Kindes hat, wie zum Beispiel einen haarlosen Körper und weiche Haut?«

»Verstehe. Sie kommen in allen möglichen Verkleidungen vor, sind zahlreich und überall zu finden.«

»Die Scham macht diese Menschen zu großartigen Maskenbildnern. Die meisten von ihnen üben sich ihr Leben lang darin, ihre Sehnsüchte vor anderen verborgen zu halten, ich kann dir deshalb nur sagen, dass es da draußen viel mehr davon gibt, als die Polizei wegen irgendwelcher Übergriffe festnimmt.«

»Auf jeden, der gefasst wird, kommen zehn andere.«

»Was hast du gesagt?«

»Nichts. Ich danke dir, Oddgeir. Übrigens, ich hab die Flasche zugemacht.«

»Oh, seit wie vielen Tagen?«
»Achtzig Stunden.«
»Hart?«
»Tja. Die Monster bleiben jedenfalls noch unterm Bett. Ich dachte, es würde schlimmer.«
»Es hat gerade erst begonnen. Denk dran, es kommen noch schlimmere Tage.«
»Ist das nicht immer so?«

Es war Abend und der Taxifahrer reichte ihm eine kleine, farbige Broschüre, als er darum bat, nach Patpong gefahren zu werden.
»Massage, sil? Gute Massage. Ich fahre Sie.«
In dem schwachen Licht sah er die Bilder der lächelnden Thai-Mädchen. Sie sahen ebenso unschuldig aus wie die Mädchen auf der Thai-Air-Reklame.
»Nein, danke, ich will bloß essen.« Harry gab die Broschüre zurück, obgleich sich dieser Vorschlag für seinen gepeinigten Rücken ganz wunderbar anhörte. Als Harry aus Neugier fragte, was das für eine Massage sei, machte der Taxifahrer das international bekannte Zeichen, indem er mit Daumen und Zeigefinger ein Loch formte, durch das er den anderen Zeigefinger steckte.
Liz hatte das Restaurant »Le Boucheron« in Patpong empfohlen und das Essen sah auch richtig gut aus, nur dass Harry nicht wirklich Appetit hatte. Er lächelte der Bedienung entschuldigend zu, als sie den Teller abräumte, und gab reichlich Trinkgeld, damit sie erkannte, dass er nicht unzufrieden war. Dann trat er hinaus ins hysterische Leben der Straßen von Patpong. Soi 1 war für den Verkehr gesperrt, war aber dafür umso voller mit Menschen, die wie ein brodelnder Fluss an den Verkaufsständen und Bars vorbeiströmten. Aus jeder Öffnung in den Wänden dröhnte Musik, verschwitzte Männer und Frauen jagten über die Bürgersteige und die Gerüche von Menschen, Kanalisation und Essen rangen um seine Aufmerksamkeit. Ein Vorhang wurde zur Seite gezogen, als er vorbeiging, und auf einer

Bühne sah er tanzende Mädchen in den obligatorischen Tangaslips und mit hochhackigen Schuhen.

»Kein Cover-Charge, neunzig Baht für die Drinks«, brüllte ihm jemand ins Ohr. Er ging weiter, doch irgendwie kam es ihm vor, als stehe er still, denn die Szene wiederholte sich auf der ganzen Länge der überfüllten Straßen wieder und wieder.

Er spürte ein pulsierendes Gefühl in seinem Bauch und konnte nicht sagen, ob es die Musik war, sein eigenes Herz oder das dumpfe Dröhnen von einer der Baumaschinen, die rund um die Uhr die Stützen für den neuen Freeway über die Silom Road in Bangkoks Erdreich hämmerten.

In einer Bar mit Außenausschank fing ein Mädchen in einem schreiend roten Seidenkleid seinen Blick auf und deutete auf den leeren Stuhl neben sich. Harry ging weiter, er hatte fast das Gefühl, berauscht zu sein. Er hörte das Dröhnen aus einer anderen offenen Bar. In einer Ecke hing ein Fernseher, in dem gerade ein Fußballspiel übertragen wurde, anscheinend war gerade ein Tor gefallen. »Blowing bubbles …«, sangen zwei Engländer mit rosa Nacken und prosteten sich zu.

»Komm rein, Blondie!«

Eine groß gewachsene, schlanke Frau klimperte ihm mit ihren langen Wimpern zu, drückte ihre großen, festen Brüste vor und überkreuzte die Beine, so dass ihre hautengen Hosen nichts der Fantasie überließen.

»Sie ist eine *katoy*«, sagte eine andere Stimme auf Norwegisch und er drehte sich um.

Es war Jens Brekke. Eine kleine Thailänderin in einem eng sitzenden Lederkleid hing an seinem Arm.

»Eigentlich wirklich bewundernswert, alles ist da: die Kurven, Brüste und Vagina. Manche Männer ziehen diese *katoys* tatsächlich richtigen Frauen vor. Und warum auch nicht?« Brekke präsentierte eine Reihe weißer Zähne in seinem braunen Kindergesicht.

»Das einzige Problem ist, dass sich so eine operativ geschaffene Vagina nicht selbst reinigt, wie bei wirklichen

Frauen. Wenn sie das mal hinkriegen, werde ich auch mal so eine *katoy* ausprobieren. Was meinen Sie, Kommissar?«

Harry warf einen Blick auf die große Frau, die ihnen mit einem deutlichen Schnauben den Rücken zugedreht hatte, als sie die Bezeichnung *katoy* vernommen hatte.

»Tja. Ich bin gar nicht auf die Idee gekommen, dass einige der Frauen hier keine echten Frauen sind.«

»Ein ungeübtes Auge kann sich da auch leicht täuschen lassen, aber Sie können das am Adamsapfel erkennen, in der Regel gelingt es ihnen nämlich nicht, den operativ zu entfernen. Außerdem sind sie für gewöhnlich einen Kopf zu groß, eine Spur zu herausfordernd gekleidet und flirten etwas zu aggressiv. Und sie sind zu schön. Meistens entlarvt sie das. Sie können sich nicht beherrschen, müssen mit allem übertreiben.«

Er ließ den Satz in der Luft hängen, als wollte er einen Hinweis geben, doch wenn dem so war, konnte Harry ihm nicht folgen.

»A propos, haben Sie es auch irgendwie übertrieben? Ich sehe, dass Sie hinken.«

»Übertriebener Glaube an westliche Konversationstechniken. Aber das geht vorbei.«

»Was? Der Glaube oder die Verletzung?«

Brekke sah Harry mit dem gleichen unscheinbaren Lächeln an, das ihm bereits auf der Beerdigung aufgefallen war. Als wäre es ein Spiel, das er mit Harry spielte. Harry hatte aber keine Lust auf irgendwelche Spielchen.

»Beides, hoffe ich. Ich war gerade auf dem Weg nach Hause.«

»Schon?« Das Neonlicht blinkte auf Brekkes verschwitzter Stirn. »Dann rechne ich damit, Sie morgen in guter Form zu sehen, Kommissar.«

Auf der Surawong Road gelang es Harry, ein Taxi anzuhalten.

»Massage, Sil?«

Kapitel 19

Als Nho Harry vor dem River Garden auflas, war die Sonne gerade aufgegangen und schien noch gnädig durch die niedrigen Häuser auf sie herab.

Sie erreichten Barclay Thailand noch vor acht Uhr und ein lächelnder Wachmann mit Jimi-Hendrix-Frisur und Walkman im Ohr ließ sie in die Garage unter dem Gebäude fahren. Nho fand schließlich einen freien Gästeparkplatz zwischen den BMWs und Mercedes direkt neben den Fahrstühlen.

Nho wollte am liebsten im Auto warten, da sich sein norwegischer Wortschatz auf das Wort »Danke« beschränkte, das ihm Harry in der Kaffeepause beigebracht hatte. Liz hatte halb spöttisch bemerkt, dass »danke« immer das erste Wort war, das ein weißer Mann den Eingeborenen beizubringen versucht.

Außerdem gefiel Nho die Nachbarschaft nicht, die Vielzahl der teuren Karossen musste Diebe anlocken. Und wenn die Tiefgarage auch mit einer Videoüberwachung ausgestattet war, vertraute er den Wachmännern nicht wirklich, die mit den Fingern den Takt der Musik schnippten, während sie die Schranke öffneten und schlossen.

Harry fuhr mit dem Fahrstuhl in die zehnte Etage und betrat die Rezeption von Barclay Thailand. Er stellte sich vor und blickte auf die Uhr. Er hatte fast erwartet, auf Brekke warten zu müssen, doch die Rezeptionsdame führte ihn zurück zum Fahrstuhl, zog eine Karte durch das Lesegerät und drückte auf den Buchstaben »P«, der, wie sie erklärte, für »Penthouse« stand. Dann schlüpfte sie wieder hinaus und Harry stieg allein zum Himmel empor.

Als sich die Fahrstuhltüren öffneten, sah er Brekke auf braun glänzendem Parkett stehen. Er lehnte sich an einen großen Mahagonitisch, einen Telefonhörer am Ohr und einen anderen über der Schulter hängend. Der Rest des Raumes bestand aus Glas. Die Wände, die Decke, der Salontisch, ja sogar die Stühle. »Lass uns noch einmal darüber sprechen, Tom. Sei vorsichtig, dass du im Laufe des Tages nicht selbst aufgefressen wirst. Und wie gesagt, mach einen großen Bogen um die Rupie.«

Er lächelte Harry entschuldigend zu, nahm den anderen Hörer, blickte auf den Ticker, der über den Bildschirm lief, sagte kurz und knapp »Ja« und legte auf.

»Was war das denn?«, fragte Harry.

»Das war mein Job.«

»Und das da?«

»Jetzt habe ich gerade einem Kunden eine Dollarschuld gesichert.«

»Hohe Summen?« Harry ließ seinen Blick über Bangkok schweifen, das halb verdeckt im Nebel unter ihnen lag.

»Kommt darauf an. Entspricht ungefähr einem durchschnittlichen norwegischen Gemeindebudget, denke ich.«

Eines der Telefone summte und Brekke drückte den Knopf der Sprechanlage: »Nimm du die Nachrichten entgegen, Shena, ich kann jetzt nicht.« Er ließ den Knopf los, ohne auf eine Bestätigung zu warten.

»Viel zu tun?«

Brekke lachte.

»Lesen Sie keine Zeitungen? Der Währungsmarkt in ganz Asien bricht zusammen. Hier beginnt jeder, sich in die Hose zu machen, und flieht Hals über Kopf in den Dollar. Jeden Tag gehen hier Banken und Finanzdienstleister in Konkurs, die Menschen fangen an, aus den Fenstern zu springen.«

»Nur Sie nicht?«, sagte Harry und rieb sich unbewusst den Rücken.

»Ich? Ich bin Banker, Finanzmakler, ich gehöre zu den Geiern.«

Er machte mit den Armen ein paar Flügelschläge und fletschte die Zähne. »Wir verdienen so oder so unser Geld, solange etwas läuft und die Menschen handeln. Show time is good time und im Moment ist show time, und zwar rund um die Uhr.«

»Sie sind also der Croupier bei diesem Spiel?«

»Yes! Gut gesagt, das muss ich mir merken. Und die anderen Idioten sind die Spieler.«

»Idioten?«

»Aber sicher.«

»Ich dachte, diese Trader wären relativ smarte Kerle?«

»Smart ja, aber trotzdem sind sie Idioten. Das ist ein ewiges Paradoxon, aber je smarter sie werden, desto hitziger spekulieren sie auf dem Valutamarkt. Dabei sollten sie besser als alle anderen wissen, dass man bei diesem Roulette auf lange Sicht kein Geld verdienen kann. Ich selbst bin relativ dumm, aber das habe ich immerhin verstanden.«

»Sie nehmen also nie selbst an diesem Roulette teil, Brekke?«

»Manchmal gehe ich Wetten ein.«

»Macht Sie das nicht auch zu einem der Idioten?«

Brekke streckte ihm eine Zigarrenbox entgegen, aber Harry lehnte ab.

»Klug von Ihnen. Schmecken nach Python. Ich rauche die nur, weil ich glaube, es zu müssen. Weil ich es mir leisten kann.« Er schüttelte den Kopf und schob sich eine Zigarre in den Mund. »Haben Sie *Casino* gesehen, Kommissar? Den Film mit Robert de Niro und Sharon Stone?«

Harry nickte.

»Erinnern Sie sich an die Szene, in der Joe Pesci von diesem einen einzigen Typen erzählt, den er kennt, der durch Gambling systematisch Geld verdient? Aber in Wirklichkeit ist das kein Gambling, das sind Wetten. Pferdewetten, Basketballspiele und so etwas. Das ist etwas ganz anderes als Roulette.«

Brekke stellte Harry einen Glasstuhl hin und setzte sich ihm gegenüber. »Spielen hat etwas mit Glück zu tun,

Wetten nicht. Beim Wetten kommt es auf zwei Dinge an: Psychologie und Information. Der Smarteste gewinnt. Nehmen Sie diesen Typen in *Casino*. Er braucht all seine Zeit, um Informationen zu sammeln, über die Stammtafeln der Pferde, wie sie in der letzten Woche trainiert haben, was für Futter sie bekommen haben, was der Jockey beim Aufstehen gewogen hat – all die Informationen, die sich die anderen nicht beschaffen wollen oder können. Dann setzt er alles zusammen, verschafft sich ein Bild, welche Quoten die einzelnen Pferde bringen, und passt auf, was die anderen Spieler machen. Bekommt ein Pferd zu hohe Quoten, setzt er darauf, ob er nun an Sieg glaubt, oder nicht. Auf lange Sicht verdient er so Geld. Und die anderen verlieren.«

»So einfach ist das?«

Brekke streckte eine Hand abwehrend hoch und blickte auf die Uhr.

»Ich wusste, dass ein japanischer Investor der Asahi Bank gestern Abend nach Patpong wollte. Ich habe ihn schließlich auf der Soi 4 gefunden. Ich habe ihn abgefüllt und ihm bis drei Uhr in der Nacht alle Informationen aus der Nase gezogen, dann habe ich ihn meinem Mädchen überlassen und bin nach Hause gegangen. Heute Morgen war ich um sechs im Büro und habe seitdem Baht gekauft. Er kommt jetzt bald wieder ins Geschäft und soll für vier Milliarden Kronen Baht kaufen. Dann werde ich wieder verkaufen.«

»Das hört sich nach viel Geld an, aber fast auch ein bisschen ungesetzlich.«

»Fast, Harry. Aber nur fast.« Brekke war jetzt in seinem Element, er hörte sich an wie ein kleiner Junge, der sein neues Spielzeug zeigen will. »Das ist keine Frage der Moral. Wenn Sie im Sturm spielen wollen, müssen Sie die ganze Zeit über an der Grenze zum Abseits stehen. Man muss unablässig versuchen, die Regeln ein wenig zu strecken.«

»Und wer die Regeln am weitesten zu beugen versteht, gewinnt?«

»Als Maradona sein Handtor gegen England machte,

akzeptierten die Menschen das als einen Teil des Spiels. Alles, was der Schiedsrichter nicht sieht, geht irgendwie in Ordnung.«

Brekke streckte einen Finger hoch.

»Aber wie man es auch dreht und wendet, man muss ein gewisses Risiko eingehen und seinen Einsatz machen. Manchmal verliert man, aber wenn die Quote gut ist, verdient man auf lange Sicht Geld.«

Brekke drückte die Zigarre aus und schnitt eine Grimasse.

»Heute war es dieser Japaner, der bestimmt hat, was ich tun soll, aber wissen Sie, was das Beste ist? Wenn Sie das Spiel selbst steuern. Zum Beispiel können Sie unmittelbar vor der Bekanntgabe der Teuerungsrate in den USA ein Gerücht streuen, dass der Vorsitzende der US-Notenbank in einem privaten Gespräch gesagt hat, die Zinsen müssten angehoben werden. Die Gegner verwirren. So kann man die wirklich großen Gewinne einfahren. Das ist verflucht noch mal besser als Sex.«

Brekke lachte und stampfte begeistert mit den Füßen auf den Boden.

»Der Devisenhandel ist die Mutter aller Märkte, Harry, die Formel 1. Das ist ebenso berauschend wie gefährlich. Ich weiß, dass es pervers ist, aber ich bin einer dieser Kontrollfreaks, die wissen müssen, dass es ihre eigene Schuld ist, wenn sie den Karren in den Dreck fahren.«

Harry sah sich um. Ein verrückter Professor in einem Glaskäfig.

»Und wenn Sie bei einer Geschwindigkeitskontrolle geschnappt werden?«

»Solange ich Geld verdiene und mich innerhalb meiner Grenzen bewege, sind alle zufrieden. Außerdem hält mich das auf dem Spitzenplatz der Firmeneinkünfte. Sehen Sie das Büro hier oben? Früher hat hier der Chef von Barclay Thailand gesessen. Sie fragen sich vielleicht, warum hier ein ganz normaler Broker wie ich sitzt? Weil es nur eines gibt, was in einer Firma wie unserer zählt: wie viel Geld man verdient. Alles andere ist Staffage. Auch die Chefs, das sind nur die Administratoren, die von uns, die im Markt sind, abhängig sind, um ihre Jobs und ihre Gehälter zu behalten. Mein Chef ist jetzt in ein nettes Büro eine Etage weiter unten gezogen, weil ich damit gedroht habe, zu einem Konkurrenten zu gehen und alle meine Kunden mitzunehmen, wenn ich nicht einen höheren Bonus bekomme – und eben dieses Büro.«

Er knöpfte die Weste auf und hängte sie über einen der Glasstühle.

»Genug von mir. Wie kann ich Ihnen helfen, Harry?«

»Ich frage mich, was Sie und der Botschafter an seinem Todestag am Telefon besprochen haben.«

»Er hat mich angerufen, um sich unser Treffen bestätigen zu lassen. Und das habe ich getan.«

»Und dann?«

»Er kam gegen vier Uhr nachmittags hierher, wie abgesprochen. Fünf nach vielleicht. Shena an der Rezeption weiß den genauen Zeitpunkt, er war erst dort, um sich einzuschreiben.«

»Worüber haben Sie gesprochen?«

»Geld. Er hatte etwas Geld, das er anlegen wollte.«

Nicht ein Muskel seines Gesichts verriet, ob er log. »Wir haben hier bis fünf Uhr gesessen. Dann habe ich ihn nach unten in die Garage begleitet, wo sein Wagen stand.«

»Er stand da, wo wir jetzt stehen?«

»Wenn Sie auf dem Gästeparkplatz der Garage geparkt haben, ja.«

»Und danach haben Sie ihn nicht mehr gesehen?«

»Stimmt.«

»Danke, das war's«, sagte Harry.

»Himmel, das war aber ein weiter Weg für so wenig.«

»Es handelt sich, wie gesagt, bloß um eine Routineuntersuchung.«

»Ja ja, er ist doch an Herzversagen gestorben, nicht wahr?« Jens Brekke hatte wieder einen Anflug von einem Lächeln auf den Lippen.

»Sieht so aus«, sagte Harry.

»Ich bin ein Freund der Familie«, sagte Jens. »Niemand sagt etwas, aber ich verstehe die Zeichen. Nur, damit das ausgesprochen ist.«

Als Harry sich erhob, glitt die Fahrstuhltür auf und die Empfangsdame kam mit einem Tablett mit Gläsern und zwei Flaschen herein.

»Noch ein bisschen Wasser, bevor Sie gehen, Harry? Ich bekomme das einmal im Monat per Luftfracht.«

Er goss die Gläser mit Farris-Mineralwasser aus Larvik voll.

»Übrigens, Harry, die Uhrzeit, die Sie gestern für dieses Telefonat genannt haben, stimmt nicht.«

Er öffnete eine Tür in der Wand und Harry erblickte etwas, das wie ein Bankautomat aussah. Brekke tippte eine Zahl ein.

»Es war 13 Uhr 13, nicht 13 Uhr 15. Das hat vielleicht nichts zu sagen, aber ich dachte, Sie wollten es vielleicht ganz genau wissen.«

»Wir haben die Zeit vom Telefonbetreiber genannt bekommen. Warum glauben Sie, dass Ihre Zeit die richtige ist?«

»Sie *ist* richtig.« Ein Aufblitzen weißer Zähne. »Dieses Aufzeichnungsgerät registriert alle meine Telefongespräche. Es hat eine halbe Million Kronen gekostet und hat eine satellitengesteuerte Uhr. Glauben Sie mir, die geht richtig.«

Harry zog die Augenbrauen hoch. »Wer um alles in der Welt bezahlt eine halbe Million Kronen für ein Tonbandgerät?«

»Mehr Menschen, als Sie glauben. Unter anderem die meisten Valutamakler. Hat man einen Streit mit einem Gegenpart, ob man am Telefon Kaufen oder Verkaufen gesagt hat, werden eine halbe Million Kronen schnell zu Peanuts. Das Aufzeichnungsgerät vermerkt jedes Gespräch automatisch mit einem digitalen Zeitcode.«

Er hielt ein Band hoch, das wie eine VHS-Kassette aussah.

»Der Zeitcode kann nicht manipuliert werden, und ist ein Gespräch einmal aufgezeichnet, kann man die Aufzeichnung nicht verändern, ohne den Zeitcode zu zerstören. Das Einzige, was man tun kann, ist, das Band zu verstecken, aber dann könnten die anderen bemerken, dass die Aufnahme für den entsprechenden Zeitraum fehlt. Der Grund für diese Gründlichkeit ist, dass diese Bänder als Beweismittel in einem eventuellen Rechtsstreit zugelassen sind.«

»Wollen Sie damit sagen, dass Sie eine Aufnahme Ihres Gespräches mit Botschafter Molnes haben?«

»Aber sicher ...«

»Könnten wir ...«

»Einen kleinen Augenblick, bitte.«

Es war seltsam, die höchst lebendige Stimme eines Mannes zu hören, den man gerade tot mit einem Messer im Rücken gesehen hat.

»Dann um drei«, sagte der Botschafter.

Es klang tonlos, fast traurig. Dann legte er auf.

Kapitel 20

»Wie geht's dem Rücken?«, fragte Liz besorgt, als Harry zur Morgenbesprechung ins Büro gehumpelt kam.

»Besser«, log er und setzte sich quer auf den Stuhl.

Nho reichte ihm eine Zigarette, doch Rangsan räusperte sich hinter seiner Zeitung, so dass Harry sie nicht anzündete.

»Es gibt ein paar Neuigkeiten, die dich vielleicht in bessere Laune versetzen«, sagte Liz.

»Ich *habe* gute Laune.«

»Zum einen haben wir uns entschlossen, Woo festzunehmen. Mal sehen, was wir aus ihm herausbekommen können, wenn wir ihm mit drei Jahren für einen tätlichen Angriff auf einen Polizeibeamten im Dienst drohen. Herr Sorensen behauptet, Woo seit ein paar Tagen nicht gesehen zu haben, er sei nur ein freier Mitarbeiter. Wir haben keine Adresse von ihm, aber wir wissen, dass er gewöhnlich in einem Restaurant neben dem Ratchadamnoen, der Boxarena, isst. Dort werden hohe Einsätze gemacht und die Kredithaie hängen da gerne rum, um neue Kunden zu akquirieren und andere zu überwachen, die bei ihnen Schulden haben. Die zweite gute Nachricht ist, dass Sunthorn sich in den Hotels umgehört hat, die, wie wir glauben, Prostituierte anbieten. Der Botschafter scheint in einem davon Stammgast gewesen zu sein. Sie erinnerten sich an das Auto, wegen des Diplomatenkennzeichens. Sie sagten, er hätte eine Frau bei sich gehabt.«

»Gut.«

Liz war etwas enttäuscht über Harrys müde Reaktion.

»Gut?«

»Er hat Fräulein Ao mit ins Hotel genommen und sie flachgelegt, na und? Sie wollte ihn wohl nicht zu sich nach Hause einladen. Wenn ich das richtig sehe, haben wir dadurch lediglich ein Motiv für Hilde Molnes, ihren Mann zu erdrosseln, oder für den Freund von Ao, wenn sie denn einen hat.«

»Und Fräulein Ao kann ein Motiv gehabt haben, falls Molnes genug von ihr hatte«, sagte Nho.

»Viele gute Vorschläge«, sagte Liz. »Wo fangen wir an?«

Fräulein Ao saß im Sitzungszimmer der Botschaft und sah Harry und Nho mit rotgeweinten Augen an. Sie hatte die Hotelbesuche glatt geleugnet und erzählt, dass sie mit ihrer Schwester und Mutter zusammenwohne, am Mordabend aber nicht zu Hause gewesen sei. Sie habe niemanden getroffen, den sie kannte, sagte sie, und sei spät nach Hause gekommen, irgendwann nach Mitternacht. Erst als Nho sie gefragt hatte, wo sie gewesen war, hatte sie begonnen zu weinen.

»Es ist besser, wenn Sie es uns jetzt sagen, Fräulein Ao«, sagte Harry und zog die Gardine zum Flur zu. »Sie haben uns schon einmal die Unwahrheit gesagt. Jetzt wird es langsam ernst. Sie behaupten, am Mordabend außer Haus gewesen zu sein, ohne jemanden getroffen zu haben, der das bestätigen kann.«

»Meine Mutter und meine Schwester ...«

»Können bezeugen, dass Sie irgendwann nach Mitternacht nach Hause gekommen sind. Das hilft Ihnen nicht, Fräulein Ao.«

Tränen rannen über ihr süßes Puppengesicht. Harry seufzte.

»Wir müssen Sie festnehmen«, sagte er. »Wenn Sie sich nicht doch anders entscheiden und uns sagen, wo Sie gewesen sind.«

Sie schüttelte den Kopf und Harry und Nho sahen einander an. Nho zuckte mit den Schultern und fasste sie sanft unter den Arm, doch sie presste ihren Kopf schluchzend auf die Tischplatte. Im gleichen Moment klopfte es leise an der Tür. Harry öffnete sie einen Spalt. Es war Sanphet.

»Herr Sanphet, wir …«

Der Chauffeur legte einen Finger auf die Lippen. »Ich weiß«, flüsterte er und gab Harry ein Zeichen, auf den Flur zu kommen.

Harry schloss die Tür hinter sich. »Ja?«

»Sie wollen Fräulein Ao verhören. Sie fragen sie, wo sie zum Zeitpunkt des Mordes gewesen ist.«

Harry antwortete nicht. Sanphet räusperte sich und streckte seinen Rücken durch.

»Ich habe gelogen. Fräulein Ao war im Botschaftswagen.«

»Ach ja?«, sagte Harry leicht verwundert.

»Mehrmals.«

»Sie wussten also über sie und den Botschafter Bescheid?«

»Nicht der Botschafter.«

Es dauerte ein paar Sekunden, ehe bei Harry der Groschen fiel, er starrte den alten Mann fassungslos an.

»Sie, Sanphet? Sie und Fräulein Ao?«

»Das ist eine lange Geschichte und ich befürchte, Sie werden nicht alles verstehen.« Er sah Harry prüfend an. »Fräulein Ao war an dem Abend, an dem der Botschafter starb, bei mir. Sie wird das niemals aussagen, denn es könnte uns beiden die Arbeit kosten. Kontakte zwischen den Angestellten werden nicht geduldet.«

Harry fuhr sich immer wieder mit der Hand über die Haare.

»Ich weiß, was Sie denken, Herr Kommissar. Ich bin ein alter Mann und sie ist noch ein junges Mädchen.«

»Tja. Ja, ich fürchte, ich verstehe das nicht ganz.«

Sanphet lächelte milde.

»Ihre Mutter und ich haben uns einmal geliebt, vor langer, langer Zeit, lange bevor Ao auf die Welt kam. In Thailand gibt es etwas, das wir *phîi* nennen. Sie können das vielleicht mit Seniorität übersetzen, dass eine ältere Person über einer jüngeren steht. Aber das beinhaltet noch mehr als das. Das bedeutet auch, dass der ältere Mensch eine Verantwortung für den jüngeren hat. Fräulein Ao hat die Arbeit hier auf meine Empfehlung hin bekommen und sie ist eine warme, dankbare Frau.«

»Dankbar?«, rutschte Harry heraus. »Wie alt war sie …« Er hielt inne. »Was sagt ihre Mutter dazu?«

Sanphet lächelte traurig.

»Sie ist so alt wie ich und versteht. Ich habe mir Fräulein Ao nur für eine kurze Weile geliehen. Bis sie den Mann findet, mit dem sie eine Familie gründen will. Das ist nichts Ungewöhnliches …«

Harry atmete mit einem Stöhnen aus. »Sie sind also ihr Alibi? Und Sie wissen, dass es nicht Fräulein Ao war, die der Botschafter immer mit in diese Hotels nahm?«

»Wenn der Botschafter wirklich in irgendwelchen Hotels abstieg, dann nicht mit Ao.«

Harry hob einen Finger.

»Sie haben uns schon einmal angelogen und ich könnte Sie wegen Behinderung einer Mordermittlung anzeigen. Wenn Sie uns noch etwas zu sagen haben, dann tun Sie das jetzt.«

Die alten braunen Augen sahen Harry an, ohne zu blinzeln. »Ich habe Herrn Molnes gemocht. Er war ein Freund. Ich hoffe, sein Mörder wird bestraft. Und niemand anderes.«

Harry wollte etwas sagen, schluckte es aber herunter.

Kapitel 21

Die Sonne war burgunderrot geworden mit orangefarbenen Streifen. Sie balancierte ganz oben auf der grauen Skyline Bangkoks wie ein neuer Planet, der unangemeldet am Himmel aufgetaucht war.

»Hier haben wir also das Boxzentrum Ratchadamnoen«, sagte Liz, als der Toyota mit Harry, Nho und Sunthorn vor den grauen Ziegelbau kurvte. Über die Gesichter der wenigen melancholisch aussehenden Schwarzmarkthändler huschte ein Hoffnungsschimmer, doch Liz winkte sie weg. »Es sieht vielleicht nicht gerade beeindruckend aus, aber das hier ist Bangkoks Version des großen Traums. Hier hat jeder die Chance, zu einem Gott zu werden, wenn seine Füße und Hände denn schnell genug sind. Hallo, Ricki!«

Einer der Türsteher kam zum Wagen und Liz sprühte auf einmal vor Charme. Eine solche Wandlung hatte Harry ihr nicht zugetraut. Nach einem schnellen Gespräch und reichlich Gelächter drehte sie sich lächelnd zu den anderen um:

»Lasst uns diesen Woo jetzt schnell festnehmen. Ich habe mir und unserem Touristen gerade Plätze am Ring gesichert. Ivan bestreitet heute Abend den siebten Kampf, das kann lustig werden.«

Das Restaurant war ganz eindeutig eines der einfacheren Kategorie – Resopal, Fliegen und ein einsamer Ventilator, der den Essensdunst aus der Küche in den Gastraum beförderte. Über dem Tresen hingen die Porträts der thailändischen Königsfamilie.

Nur an einem der Tische saßen Menschen und Woo

war nirgends zu sehen. Nho und Sunthorn setzten sich neben der Tür an zwei getrennte Tische, während Liz und Harry ganz hinten im Lokal Platz nahmen. Harry bestellte eine Frühlingsrolle und zur Sicherheit eine desinfizierende Cola.

»Rick war mein Trainer, als ich selber noch aktive Thaiboxerin war«, erklärte Liz. »Ich wog beinahe doppelt so viel wie meine männlichen Sparringspartner und war drei Köpfe größer, kriegte aber trotzdem jedes Mal eine Abreibung verpasst. Hier unten kriegen sie das Thaiboxen mit der Muttermilch eingeflößt. Aber es gefiel ihnen nicht, eine Frau zu schlagen, sagten sie. Wobei ich nicht sagen kann, dass ich das jemals bemerkt hätte.«

»Was hat es mit diesem Königsgetue auf sich?«, fragte Harry und deutete zum Tresen. »Mir kommt es so vor, als würde ich dieses Bild überall sehen.«

»Tja, eine Nation braucht doch ihre Helden. Das Königshaus hatte keinen großen Platz im Herzen der Menschen, bis es dem König im Zweiten Weltkrieg gelang, sich erst mit den Japanern zu verbünden, und dann, als diese in die Defensive gerieten, mit den Amerikanern. Er hat der Nation vermutlich ein Blutbad erspart.«

Harry hob die Teetasse und prostete dem Bild zu. »Hört sich nach einem gerissenen Kerl an.«

»Du solltest wissen, Harry, dass es zwei Dinge gibt, über die man in Thailand keine Witze macht ...«

»Die Königsfamilie und Buddha. Danke, das habe ich schon mitbekommen.«

Die Tür ging auf.

»Aber hallo«, flüsterte Liz und zog die haarlosen Augenbrauen hoch. »Meistens kommen sie einem in Realität kleiner vor.«

Harry drehte sich nicht um. Sie hatten geplant, zu warten, bis Woo sein Essen bekommen hatte. Ein Mann mit Essstäbchen in der Hand braucht in der Regel länger, um zu einer eventuellen Waffe zu greifen.

»Er hat sich gesetzt«, sagte Liz. »Mein Gott, den sollte man ja allein schon für sein Aussehen einsperren. Wir sollten uns wohl freuen, wenn wir ihn lang genug behalten können, um ihm ein paar Fragen zu stellen.«

»Wie meinst du das? Der Typ hat doch einen Polizisten aus dem Fenster im ersten Stock geworfen.«

»Ich weiß, ich warne dich aber trotzdem vor zu hohen Erwartungen. Dieser ›Koch‹ Woo ist nicht irgendjemand. Er arbeitet für einen der Clans und die haben gute Anwälte. Wir rechnen damit, dass er gut ein Dutzend Menschen um die Ecke gebracht und zehn Mal so viele verstümmelt hat, aber trotzdem haben wir nicht einmal einen Fliegenschiss auf seiner Akte.«

»Der ›Koch‹?« Harry stürzte sich auf die glühend heiße Frühlingsrolle, die ihm gerade serviert worden war.

»Den Spitznamen hat er vor ein paar Jahren bekommen. Wir haben eins von Woos Opfern auf den Tisch bekommen, ich bearbeitete den Fall und war anwesend, als sie mit der Obduktion begannen. Die Leiche hatte ein paar Tage draußen gelegen und war derart aufgedunsen, dass sie wie ein blauschwarzer Fußball aussah. Das Gas ist giftig, weshalb uns der Gerichtsmediziner aus dem Raum schickte und selbst eine Gasmaske aufsetzte, ehe er den ersten Schnitt ansetzte. Ich habe am Fenster gestanden und zugesehen. Die Haut am Bauch flatterte, als er den Leichnam öffnete, und man konnte den Grünschimmer des Gases erkennen, als es herausströmte.«

Harry legte die Frühlingsrolle mit beleidigter Miene zurück auf den Teller, aber Liz bemerkte nichts.

»Aber der eigentliche Schock war, dass es in ihm vor Leben nur so wimmelte. Der Pathologe schrak zurück zur Wand, als die schwarzen Viecher aus dem Magen krochen, hinunter auf den Boden und auf ihren raschen Beinen in der Ecke des Raumes verschwanden.«

Sie machte mit den Fingern ein Horn auf ihrer Stirn. »Teufelskäfer.«

»Käfer?« Harry schnitt eine Grimasse. »Ich dachte, die würden nicht in Leichen gehen.«

»Der Tote hatte ein Plastikröhrchen im Rachen, als wir ihn fanden.«

»Er ...«

»In Chinatown sind gegrillte Käfer eine Delikatesse. Woo hatte den Armen zwangsernährt.«

»Nur das Grillen weggelassen?«

Harry schob den Teller von sich weg.

»Fantastische Geschöpfe, diese Insekten«, sagte Liz. »Kannst du dir vorstellen, wie diese Käfer im Magen überlebt haben können, bei all dem giftigen Gas und so?«

»Nein, und am liebsten würde ich auch nicht daran denken.«

»Zu scharf?«

Es vergingen ein paar Sekunden, bis Harry begriff, dass sie das Essen meinte. Er hatte den Teller an den Rand des Tisches geschoben.

»Du wirst dich dran gewöhnen, Harry, es kommt nur darauf an, langsam zu steigern. Wusstest du, dass es mehr als dreihundert traditionelle Gerichte in der Thaiküche gibt? Ich würde dir raten, ein paar Rezepte mitzunehmen, um deiner Lebensgefährtin in der Küche zu imponieren, wenn du nach Hause kommst.«

Harry hustete.

»Oder deiner Mutter«, sagte Liz.

Harry schüttelte den Kopf. »Tut mir leid, aber damit kann ich auch nicht dienen.«

»Nein, *mir* tut es leid«, sagte sie und ihr Redestrom verebbte abrupt. Das Essen für Woo war unterwegs.

Sie zog ihre schwarze Dienstwaffe aus dem Halfter und entsicherte sie.

»Smith & Wesson 650«, sagte Harry. »Was für eine Wumme.«

»Halt dich hinter mir«, sagte Liz und stand auf.

Woo verzog nicht eine Miene, als er den Kopf hob und in die Mündung der Waffe blickte. Er hielt die Essstäbchen in der linken Hand, die rechte lag versteckt auf seinem Schoß. Liz fauchte ihm etwas auf Thailändisch zu, aber er tat so, als höre er sie nicht. Ohne den Kopf zu bewegen, ging sein Blick durch den Raum. Er registrierte Nho und Sunthorn, ehe sein Blick an Harry hängen blieb. Ein schwaches Lächeln kräuselte seine Lippen.

Liz rief noch einmal und Harry spürte, wie sich seine Nackenhaare aufstellten. Der Hahn der Waffe hob sich und Woos rechte Hand kam an der Tischkante zum Vorschein. Leer. Harry hörte Liz' Atem durch die Zähne zischen. Woos Blick ruhte noch immer auf Harry, während ihm Nho und Sunthorn die Handschellen anlegten. Als sie ihn abführten, sah es aus wie eine Zirkusnummer mit einem Muskelmann und seinen Zwergen.

Liz schob die Pistole zurück ins Halfter. »Ich glaube, er mag dich nicht«, sagte sie und deutete auf die Essstäbchen, die senkrecht im Reis steckten.

»Ach ja?«

»Das ist ein altes thailändisches Zeichen, dass er deinen Tod wünscht.«

»Dann muss er sich hinten anstellen.« Harry dachte daran, dass er nach einer Waffe fragen sollte.

»Wir sollten aufbrechen. Vielleicht kriegen wir ja noch ein bisschen Action mit, ehe wir ins Bett gehen«, sagte Liz.

Auf dem Weg in die Boxhalle hallten ihnen die Schreie einer ekstatischen Menschenmenge und einer dreiköpfigen Kapelle entgegen, die sich anhörte wie ein Schulorchester auf Acid.

Zwei Boxer mit bunten Stirnbändern und Stofffetzen um beide Arme hatten gerade den Ring betreten.

»Der da mit den blauen Hosen ist unser Mann, Ivan«, sagte Liz. Vor der Halle hatte sie Harry um das gesamte Geld erleichtert, das in seinen Hosentaschen steckte, und damit den Buchmacher beglückt.

Sie suchten sich ihre Plätze in der ersten Reihe hinter dem Ringrichter und Liz schmatzte zufrieden. Sie wechselte ein paar Worte mit ihrem Nebenmann. »Dachte ich mir doch«, sagte sie. »Wir haben noch nichts verpasst. Wenn man wirklich gute Kämpfe sehen will, muss man an einem Dienstag kommen. Oder donnerstags ins Lumphini gehen. Sonst sind das nur … Ach, du verstehst schon.«

»Eine Suppenpaarung. So nennen wir das in Norwegen. Wenn zwei schlechte Eisschnellläufer gegeneinander antreten.«

»Suppe?«

»Ja, dann geht man und holt sich eine heiße Suppe.«

Liz' Augen wurden beim Lachen zu zwei schmalen, glitzernden Schlitzen. Harry hatte bemerkt, dass ihm das Lachen der Kommissarin gefiel.

Die zwei Boxer hatten ihre Stirnbänder abgenommen, gingen im Ring herum und vollführten eine Art Ritual, indem sie die Köpfe auf die Eckpfosten legten, in die Knie gingen und dann ein paar tänzelnde Schritte machten.

»Man nennt das *ram muay*«, sagte Liz. »Er tanzt zu Ehren seines persönlichen *khruu*, Guru und Schutzheiligen des Thaiboxens.«

Die Musik stoppte und Ivan ging in seine Ecke. Die Trainer steckten die Köpfe zusammen und legten die Handflächen aneinander.

»Sie beten«, sagte Liz.

»Hat er das nötig?«, fragte Harry besorgt. Er glaubte, eine recht ansehnliche Summe in den Taschen gehabt zu haben.

»Nicht, wenn er seinem Namen alle Ehre macht.«

»Ivan?«

»Alle Boxer dürfen sich ihren Namen selbst wählen. Ivan hat sich nach Ivan Hippolyte benannt, einem Niederländer, der 1995 einen Kampf im Boxzentrum Lumphini gewonnen hat.«

»Nur einen Kampf?«

»Er ist der einzige Ausländer, der im Lumphini gewonnen hat. Jemals.«

Harry wandte sich zur Seite, um zu erkennen, ob ihr Gesicht eine gewisse Zweideutigkeit zum Ausdruck brachte, doch da ertönte der Gong und der Kampf begann.

Die Boxer näherten sich einander vorsichtig, hielten vorerst respektvollen Abstand und umkreisten einander. Ein Schwinger wurde einfach pariert und ein Kontertritt endete in der Luft. Die Musik wurde wieder lauter und wurde von den Anfeuerungsrufen des Publikums unterstützt.

»Die müssen sich erst mal warmlaufen«, rief Liz.

Dann stürzten sie sich aufeinander. Blitzschnell und in einem Wirbel aus Armen und Beinen. Es ging so schnell, dass Harry kaum etwas sah, doch Liz stöhnte. Ivan blutete bereits aus der Nase.

»Er hat einen Ellbogen abbekommen«, sagte sie.

»Ellbogen? Hat der Ringrichter das denn nicht gesehen?«

Liz lächelte.

»Es ist nicht verboten, mit dem Ellbogen zu schlagen. Eher im Gegenteil. Schläge mit den Händen oder Füßen geben Punkte, aber in der Regel sind es die Ellbogen oder Knie, die zum K.o. führen.«

»Vermutlich weil sie keine so gute Tritttechnik haben wie die Leute, die Karate machen.«

»Damit wäre ich vorsichtig, Harry. Vor ein paar Jahren schickte Hongkong seine fünf besten Kung-Fu-Kämpfer nach Bangkok, um abzuklären, welcher Stil effektiver ist. Das Aufwärmen und die Zeremonien dauerten etwas über eine Stunde, aber die fünf Kämpfe dauerten zusammen nur sechseinhalb Minuten. Dann waren fünf Rettungswagen auf dem Weg in die Klinik. Und rate mal, wer da drin lag.«

»Das müssen wir heute Abend wohl nicht befürchten.« Harry gähnte demonstrativ. »Das ist ja ... Ach du große Scheiße!«

Ivan hatte den Nacken seines Gegners zu fassen bekommen und in einer blitzschnellen Bewegung drückte er den Kopf nach unten, während sein rechtes Knie wie ein Katapult nach oben schoss. Der Gegner kippte nach hinten, bekam aber mit den Armen die Seile zu fassen, so dass er direkt vor Harry und Liz hängen blieb. Blut spritzte, als sei irgendwo ein Rohrbruch, und klatschte auf den

Boden. Harry hörte hinter sich Menschen protestieren und bemerkte, dass er aufgestanden war. Liz zog ihn zurück auf den Stuhl.

»Super!«, rief sie. »Hast du gesehen, wie schnell Ivan war? Ich habe doch gesagt, dass das lustig wird, oder?«

Der Boxer mit den roten Hosen hatte den Kopf zur Seite gedreht, so dass Harry ihn im Profil sah. Er konnte sehen, wie sich die Haut an seinem Auge bewegte, während dahinter das Blut zusammenströmte. Es sah aus wie eine Luftmatratze, die aufgepumpt wurde.

Harry hatte ein seltsames, quälendes Déjà-vu, als Ivan zu seinem hilflosen Gegner trat, der sicher kaum mehr wusste, dass er sich in einem Boxring befand. Ivan nahm sich Zeit, studierte seinen Widersacher in etwa so wie ein Gourmet, der sich fragt, ob er bei seinem Hähnchen mit Keule oder Brüstchen anfangen soll. Im Hintergrund konnte Harry den Ringrichter erkennen. Er hatte den Kopf etwas zur Seite gelegt und seine Arme hingen schlaff nach unten. Harry erkannte, dass dieser Mann nicht vorhatte, einzugreifen, und er spürte, wie sein Herz gegen seine Rippen hämmerte. Die Drei-Mann-Kapelle spielte jetzt nicht mehr wie bei einem Karnevalsumzug, sie bliesen und trommelten in voller Ekstase.

»Stopp«, dachte Harry und hörte im gleichen Augenblick seine eigene Stimme: »Jetzt schlag ihn doch nieder!«

Ivan schlug zu.

Harry zählte nicht mit. Er sah nicht, wie der Ringrichter Ivans Hand in die Höhe reckte oder die Verbeugung des Siegers in alle vier Himmelsrichtungen. Er starrte auf den feuchten, rissigen Zementboden vor seinen Füßen, auf dem sich ein kleines Insekt von einem roten Blutstropfen zu befreien versuchte. Gefangen in einem Wirbel aus Geschehnissen und Zufälligkeiten und bis zum Knie in Blut watend. Er war zurück in einem anderen Land, einer anderen Zeit und erwachte erst, als ihn eine Hand zwischen den Schulterblättern traf.

»Wir haben gewonnen«, heulte ihm Liz ins Ohr.

Sie standen gerade in der Schlange und warteten beim Buchmacher auf ihr Geld, als Harry eine bekannte Stimme Norwegisch reden hörte:

»Etwas sagt mir, dass der Kommissar sein Geld gut eingesetzt und nicht einfach nur auf sein Glück vertraut hat. In diesem Fall, mein Glückwunsch.«

»Nun«, sagte Harry und drehte sich um. »Hauptkommissarin Crumley behauptet von sich, eine Expertin zu sein, also ist das vermutlich nicht weit von der Wahrheit entfernt.«

Er stellte Jens Brekke der Kommissarin vor.

»Und Sie haben auch gewettet?«, fragte Liz.

»Ein Freund von mir hat mir gesteckt, dass der Gegner von Ivan ein wenig erkältet war. Eine unangenehme Krankheit. Schon erstaunlich, was das für Auswirkungen haben kann, nicht wahr, Miss Crumley?« Brekke grinste breit und wandte sich an Harry:

»Ich habe mich entschlossen, so dreist zu sein und Sie zu fragen, ob Sie mir nicht aus einer kleinen Klemme helfen können, Hole. Ich habe Molnes' Tochter mit hierher genommen und sollte sie eigentlich jetzt nach Hause fahren, aber einer meiner wichtigsten Kunden hat mich gerade auf dem Handy angerufen. Ich muss ins Büro. Dort herrscht das blanke Chaos, der Dollar steigt zum Himmel und er muss noch ein paar Lastwagen voll Baht loswerden.«

Harry sah in die Richtung, in die Brekke genickt hatte. Versteckt hinter ein paar Männern, die aus dem Stadion hasteten, stand Runa Molnes in einem langärmeligen Adidas-T-Shirt an die Wand gelehnt. Sie sah in eine andere Richtung.

»Als ich Sie sah, kam mir in den Sinn, dass Sie ja in der Botschaftswohnung unten am Fluss wohnen. Es wäre kein großer Umweg, wenn Sie gemeinsam ein Taxi nehmen würden. Ich habe es ihrer Mutter versprochen und so weiter ...«

Brekke wedelte mit der Hand, um anzudeuten, dass diese Art von mütterlicher Sorge natürlich übertrieben war, aber dass es dennoch wohl das Beste sei, auf diese Wünsche einzugehen.

Harry sah auf die Uhr.

»Natürlich macht er das«, sagte Liz. »Armes Mädchen. Und es ist verständlich, dass ihre Mutter zurzeit etwas ängstlich ist.«

»Natürlich«, sagte Harry und rang sich ein Lächeln ab.

»Wunderbar«, erwiderte Brekke. »Ach ja, und noch etwas. Wären Sie so freundlich, auch meinen Gewinn abzuholen? Der sollte für die Taxikosten reichen. Wenn etwas überbleibt, gibt es doch sicher irgendeinen Polizeifonds für Witwen oder so etwas.«

Er gab Liz die Quittung und verschwand. Mit großen Augen blickte sie auf die Zahlen.

»Fragt sich nur, ob es wirklich so viele Witwen gibt«, sagte sie.

Kapitel 22

Rune Molnes war nicht gerade froh darüber, nach Hause gebracht zu werden.

»Danke, ich komme schon zurecht«, sagte sie. »Bangkok ist in etwa so gefährlich wie das Zentrum von Ørsta an einem Montagabend.«

Harry, der noch nie an einem Montagabend in Ørsta gewesen war, hielt ein Taxi an und machte ihr die Tür auf. Widerwillig stieg sie ein, murmelte eine Adresse und starrte aus dem Fenster.

»Ich habe ihm gesagt, dass er zum River Garden fahren soll«, sagte sie nach einer Weile. »Dort müssen Sie doch hin, oder?«

»Mein liebes Fräulein, ich glaube, die Anweisung lautete, Sie zuerst nach Hause zu bringen.«

»Fräulein?« Sie lachte und sah ihn mit den schwarzen Augen ihrer Mutter an. Ihre fast zusammengewachsenen Augenbrauen verliehen ihr ein elfenartiges Aussehen.

»Sie hören sich an wie meine Tante. Wie alt sind Sie eigentlich?«

»Man ist immer so alt, wie man sich fühlt«, sagte Harry. »Und dann müsste ich wohl so um die sechzig sein.«

Sie sah ihn jetzt neugierig an.

»Ich habe Durst«, sagte sie plötzlich. »Spendieren Sie mir was zu trinken, dann dürfen Sie mich anschließend nach Hause bringen.«

Harry hatte die Adresse von Molnes aus seinem Kalender von der Sparkasse herausgesucht, den er jedes Jahr von seinem Vater zu Weihnachten bekam, und versuchte nun, den Fahrer auf sich aufmerksam zu machen.

»Vergessen Sie's«, sagte sie. »Ich werde auf River Garden bestehen und er wird glauben, dass Sie nur versuchen, mich abzuschleppen, und mir beistehen. Wollen Sie eine Szene?«

Harry tippte dem Fahrer auf die Schulter und Runa begann zu schreien, so dass der Fahrer auf die Bremse stieg und Harry sich den Kopf anschlug. Der Fahrer drehte sich um und Runa machte sich bereit, noch einmal zu schreien. Harry hob abwehrend die Hände.

»O.k., o.k. Wohin dann? Patpong liegt wohl auf dem Weg?«

»Patpong?« Sie verdrehte die Augen. »Sie *sind* alt. Dahin gehen doch nur alte Säcke und Touristen. Lassen Sie uns zum Siam Square fahren.«

Sie wechselte ein paar Worte mit dem Fahrer, die sich für Harry wie fehlerfreies Thailändisch anhörten.

»Haben Sie eine Freundin?«, fragte sie, als sie nach erneuter Androhung einer Szene ein Bier vor sich auf dem Tisch hatte.

Sie saßen in einem großen Straßencafé am oberen Ende einer monumentalen Treppe, die voller junger Menschen war – Studenten, dachte Harry –, die ihre Aufmerksamkeit dem zähfließenden Verkehr und den anderen auf der Treppe widmeten. Sie hatte einen misstrauischen Blick auf Harrys Orangensaft geworfen, aber vermutlich war sie bei ihrem familiären Hintergrund Enthaltsamkeit gewohnt. Oder auch nicht. Harry hatte den Verdacht, dass nicht jede der ungeschriebenen Parteiregeln im Hause Molnes eingehalten wurde.

»Nein«, antwortete Harry und fügte dann hinzu: »Warum zum Teufel wollen das alle wissen?«

»›Zum Teufel‹? So schlimm ist es also?« Sie machte es sich auf dem Stuhl bequem. »Das fragen doch wohl nur die Mädchen?«

Er brummte amüsiert. »Versuchen Sie, mich verlegen zu machen? Erzählen Sie mir lieber von Ihren Lovern.«

»Von welchem?« Sie hielt die linke Hand im Schoß verborgen und hob mit der rechten das Bierglas. Mit einem neckischen Lächeln legte sie den Kopf in den Nacken, sah ihn aber weiter an.

»Ich bin keine Jungfrau mehr, wenn Sie das meinen.«

Harry hätte vor Überraschung fast den Orangensaft über den Tisch gespuckt.

»Warum sollte ich?«, fragte sie und führte das Bierglas an die Lippen.

Nein, warum solltest du das, dachte Harry und sah die Haut an ihrem Kehlkopf zucken, als sie schluckte. Ihm fiel ein, was Jens Brekke über Adamsäpfel gesagt hatte, dass man die in der Regel nicht operativ entfernen konnte.

»Sind Sie schockiert?« Sie stellte das Glas ab und machte plötzlich ein ganz ernstes Gesicht.

»Warum sollte ich?« Es klang wie ein Echo und er beeilte sich hinzuzufügen: »Ich habe wohl auch in Ihrem Alter angefangen.«

»Ja, aber nicht mit dreizehn«, sagte sie.

Harry holte tief Luft, dachte nach und ließ die Luft langsam wieder durch die Zähne entweichen. Er hätte das Thema jetzt beenden können.

»Ja dann. Und wie alt war er?«

»Das ist ein Geheimnis.« Sie hatte jetzt wieder diesen herausfordernden Gesichtsausdruck. »Erzählen Sie mir lieber, warum Sie keine Geliebte haben.«

Beinahe hätte er es gesagt, aus einer Laune heraus, möglicherweise, um sich für den Schock zu rächen, den sie ihm versetzt hatte. Ihr gesagt, dass die beiden Frauen, die er – und das konnte er beschwören – aus vollem Herzen geliebt hatte, beide tot waren. Die eine von eigener Hand, die andere durch die Hand eines Mörders.

»Das ist eine lange Geschichte«, sagte er. »Ich habe sie verloren.«

»Sie? Sind es mehrere? Vermutlich haben sie deshalb Schluss gemacht, Sie haben es wohl zu wild getrieben, nicht wahr?«

Harry hörte den kindlichen Eifer in ihrer Stimme und in

ihrem Lachen. Er brachte es nicht über sich, sie zu fragen, was für eine Beziehung sie zu Jens Brekke hatte.

»Nein«, sagte er. »Ich habe einfach nicht gut genug aufgepasst.«

»Jetzt sehen Sie ganz ernst aus.«

»Tut mir leid.«

Sie blieben einen Moment wortlos sitzen. Sie fingerte an dem Etikett ihrer Bierflasche herum. Sah zu Harry auf. Schien sich zu entscheiden. Das Etikett löste sich.

»Kommen Sie«, sagte sie und nahm seine Hand. »Ich will Ihnen was zeigen.«

Sie gingen die Treppe zwischen den Studenten hindurch nach unten und kamen auf eine schmale Fußgängerbrücke, die über die breite Avenue führte. In der Mitte der Brücke blieb sie stehen.

»Sehen Sie mal«, sagte sie. »Ist das nicht schön?«

Er sah den Verkehr, der auf sie zurollte und unter ihnen verschwand. Die Straße erstreckte sich so weit, wie er sehen konnte, und die Lichter der Autos, Motorräder und Tuk-Tuks waren wie ein Fluss aus Lava, der weit dort hinten in einem gelben Streifen erstarrte.

»Es sieht aus wie eine sich windende Schlange mit einem hellen Muster auf dem Rücken, sehen Sie?«

Sie beugte sich über die Brüstung. »Wissen Sie, was komisch ist? Ich weiß, dass es hier in der Stadt Menschen gibt, die ohne Skrupel für das bisschen töten würden, was ich heute Abend in der Tasche habe. Und trotzdem habe ich hier unten nie wirklich Angst gehabt. In Norwegen sind wir an den Wochenenden immer hinauf in unsere Hütte gefahren. Ich kenne dieses Sommerhäuschen und sämtliche Wege auswendig. Und in den Ferien ging es immer nach Ørsta, wo jeder jeden kennt und ein Ladendiebstahl am nächsten Tag eine Doppelseite in der Zeitung kriegt. Und trotzdem fühle ich mich hier am sichersten. Hier, wo es überall Menschen gibt und ich keinen davon kenne, ist das nicht seltsam?«

Harry wusste nicht, was er sagen sollte.

»Wenn ich wählen könnte, würde ich für den Rest meines Lebens hier wohnen bleiben. Und dann würde ich mindestens einmal pro Woche an diesen Ort kommen und einfach nur hier stehen und die Aussicht genießen.«

»Die Aussicht auf den Verkehr?«

»Verkehr. Ich liebe Verkehr.« Sie drehte sich plötzlich zu ihm um. Ihre Augen waren traurig. »Sie etwa nicht?«

Harry schüttelte den Kopf. Sie drehte den Kopf wieder zur Straße.

»Schade. Schätzen Sie mal, wie viele Autos jetzt gerade auf den Straßen von Bangkok unterwegs sind? Drei Millionen. Und jeden Tag kommen tausend Autos dazu. Ein Autofahrer in Bangkok verbringt im Durchschnitt zwischen zwei und drei Stunden täglich im Auto. Haben Sie schon mal was von Comfort 100 gehört? Die bekommt man an den Tankstellen, das sind solche Beutel, in die man pinkeln kann, wenn man im Stau steckt. Glauben Sie, dass die Eskimos ein Wort für Verkehr haben? Oder die Maori?«

Harry zuckte mit den Schultern.

»Denken Sie doch mal, was die alles verpassen«, sagte sie. »Wenn man an Orten wohnt, wo man nicht in Menschenmassen baden kann wie hier. Strecken Sie die Hand hoch ...«

Sie nahm seine Hand und reckte sie in die Höhe.

»Spüren Sie das? Wie das vibriert? Das ist die Energie von all den Menschen um uns herum. Sie ist in der Luft. Wenn Sie glauben, Sie sterben, und meinen, dass Sie niemand retten kann, können Sie einfach nach draußen gehen, die Arme in die Luft strecken und ein bisschen von dieser Energie aufsaugen. Sie können das ewige Leben erlangen. Das ist wahr!«

Ihre Augen strahlten, ihr ganzes Gesicht strahlte und sie legte Harrys Hand an ihre Wange.

»Ich kann spüren, dass Sie ein langes Leben haben werden. Sehr lang. Noch länger als meins.«

»Sagen Sie so etwas nicht«, sagte Harry. Ihre Haut brannte auf seiner Handfläche. »Das bringt Unglück.«

»Lieber Unglück als gar kein Glück. Das hat Papa immer gesagt.«

Er nahm die Hand herunter.

»Wollen Sie denn kein ewiges Leben?«, flüsterte sie.

Er schloss die Augen und wusste, dass sein Hirn in diesem Moment ein Bild von sich und ihr knipste, auf einer Fußgängerbrücke voller eiliger Menschen und einem lichtschimmernden Lindwurm unter ihnen. Wie wenn man ein Bild von Orten macht, die man besucht, wohl wissend, dass man nicht lange bleiben wird. Er hatte Erfahrung darin, eine schwerelose Nacht im Frognerbad, eine andere Nacht in Sydney, als eine rote Haarmähne im Wind flatterte, und ein kalter Februarnachmittag am Flughafen Fornebu, als Søs im Blitzlichtgewitter der auf ihn wartenden Pressefotografen stand. Er wusste, dass er diese Bilder immer wieder würde wachrufen können, was auch geschah, sie würden nicht verbleichen, sondern mit den Jahren immer mehr Tiefe und Geschmack gewinnen.

Im gleichen Moment spürte er einen Tropfen auf dem Gesicht. Und dann noch einen. Er blickte verwundert nach oben.

»Irgendjemand hat mir gesagt, dass es vor Mai nicht regnet«, sagte er.

»Mango-Schauer«, sagte Runa und wandte das Gesicht zum Himmel. »Das kommt manchmal vor. Das bedeutet, dass die Mangos reif sind. Jetzt wird es gleich wie aus Eimern schütten. Kommen Sie schnell …«

Kapitel 23

Harry war kurz vorm Einschlafen. Die Geräusche waren nicht mehr so aufdringlich und außerdem hatte er zu bemerken begonnen, dass es eine Art Rhythmus im Verkehr gab, eine Art Vorhersagbarkeit. In der ersten Nacht war er noch von einem plötzlichen Hupen aufgewacht, während er nach ein paar Nächten vermutlich dann aufwachen würde, wenn es nicht mehr hupte. Das Knattern eines defekten Auspuffs tauchte nicht zufällig auf, es hatte seinen festen Platz in dem vermeintlichen Chaos. Es dauerte lediglich eine gewisse Zeit, sich damit vertraut zu machen, wie mit dem Rollen eines Schiffes auf einer Überfahrt.

Er hatte sich für den nächsten Tag mit Runa in einem Café an der Universität verabredet, um ihr ein paar Fragen über ihren Vater zu stellen. Das Wasser hatte beim Verlassen des Taxis am Abend noch immer aus ihren Haaren getropft.

Zum ersten Mal seit langem träumte er von Birgitta. Von ihren Haaren, die an der blassen Haut klebten. Aber sie lächelte und war am Leben.

Der Anwalt brauchte vier Stunden, um Woo aus der Untersuchungshaft zu holen.

»Dr. Ling, er arbeitet für Sorensen«, sagte Liz seufzend bei der morgendlichen Besprechung. »Nho konnte Woo gerade noch fragen, wo er in der Mordnacht gewesen war, dann war Schluss.«

»Und was konnte der wandelnde Lügendetektor der Antwort entnehmen?«, fragte Harry.

»Nichts«, sagte Nho. »Er hatte keine Lust, uns irgendetwas zu sagen.«

»Nichts? Scheiße, und ich dachte, ihr wärt hier unten so vertraut mit Foltermethoden mit Wasser und Elektroschocks.«

»Wäre jemand so freundlich, mir zu sagen, dass es auch gute Neuigkeiten gibt?«

Zeitungspapier knisterte.

»Ich habe gestern noch einmal im Maradiz Hotel angerufen. Der Erste, mit dem ich gesprochen habe, sagte bloß, es sei ein *farang* gewesen, der regelmäßig mit Diplomatenfahrzeug und dieser Frau gekommen sei. Der, mit dem ich heute Morgen gesprochen habe, sagte, es sei eine Weiße gewesen und dass sie miteinander in einer Sprache gesprochen hätten, bei der es sich vermutlich um Deutsch oder Holländisch gehandelt habe.«

»Norwegisch«, sagte Harry.

»Ich habe versucht, eine Personenbeschreibung der zwei zu bekommen, aber ihr wisst, wie das ist ...«

Nho und Sunthorn blickten grinsend zu Boden. Niemand sagte etwas.

»Was ist?«, fauchte Harry.

»Wir sehen alle gleich aus«, seufzte Liz. »Sunthorn, geh mit ein paar Bildern hinüber und frag, ob sie den Botschafter und seine Frau erkennen.«

Harry rümpfte die Nase.

»Mann und Frau, die sich für zweihundert Dollar ein paar Kilometer von ihrer Wohnung entfernt ein Liebesnest suchen? Klingt das nicht ein bisschen pervers?«

»Nach dem, was mir der Typ heute gesagt hat, haben sie dort die Wochenenden verbracht«, sagte Rangsan. »Ich habe ein paar Daten.«

»Ich setze meinen Gewinn von gestern, dass es nicht seine Frau war«, sagte Harry.

»Vielleicht nicht«, sagte Liz. »Aber es ist so oder so nicht sonderlich wahrscheinlich, dass uns das wirklich weiterbringt.«

Sie beendete die Besprechung mit der Nachricht, dass sie heute die Papierarbeit machen konnten, die liegen geblieben war, als man dem Mord an dem norwegischen Botschafter höchste Priorität eingeräumt hatte. Als die anderen gegangen waren, setzte Harry sich.

»Wir sind also wieder auf Start?«, fragte er.

»Wir waren wohl nie wirklich woanders«, sagte Liz. »Vielleicht bekommt ihr ja, was ihr wollt.«

»Was wir wollen?«

»Ich habe heute Morgen mit dem Polizeichef geredet. Er hat gestern mit einem Herrn Torhus gesprochen, der sich erkundigt hat, wie lange wir denn noch an dem Fall arbeiten wollten. Die norwegischen Behörden erbäten einen Abschluss der Sache bis Ende der Woche, wenn wir nichts Konkretes hätten. Der Polizeichef hat ihm gesagt, dass dieser Fall der thailändischen Gerichtsbarkeit untersteht und wir Mordfälle nicht einfach so zu den Akten legen. Aber etwas später bekam er einen Anruf von unserem eigenen Justizministerium. Es war sicher gut, dass wir die Sightseeing-Tour unternommen haben, als wir noch die Zeit dazu hatten, Harry. Es sieht so aus, als könntest du schon für Freitag deine Heimreise planen. Außer natürlich, wir finden etwas Konkretes.«

»Harry!«

Tonje Wiig kam ihm in der Eingangshalle entgegen, sie hatte hektische rote Flecken auf den Wangen und ein derart rotes Lächeln, dass Harry sie verdächtigte, unmittelbar zuvor frischen Lippenstift aufgelegt zu haben.

»Wir brauchen Tee«, sagte sie. »Ao!«

Ao hatte ihn bei seinem Kommen mit stiller Furcht angesehen, und obgleich er sich beeilt hatte, ihr zu versichern, dass er nicht ihretwegen gekommen war, bemerkte er ihren Blick – wie eine Antilope an einem Wasserloch, die immer mit Löwen in Sichtweite trinken muss. Sie drehte ihnen den Rücken zu und ging.

»Ein hübsches Mädchen«, sagte Tonje und musterte Harry.

»Reizend«, sagte er. »Jung.«

Tonje schien mit der Antwort zufrieden und führte ihn in ihr Büro.

»Ich habe gestern Abend versucht, dich telefonisch zu erreichen«, sagte sie, »aber du warst wohl nicht zu Hause.«

Harry sah, dass sie auf seine Frage wartete, warum sie ihn angerufen hatte, aber er ließ es bleiben. Ao kam mit dem Tee herein und er wartete, bis sie wieder gegangen war.

»Ich brauche ein paar Informationen«, sagte er.

»Ja?«

»Da du während der Abwesenheiten des Botschafters chargée d'affaires warst, gehe ich davon aus, dass du eine Übersicht hast, wann er weg war.«

»Natürlich.«

Er las ihr vier Daten vor, die sie mit ihrem eigenen Kalender verglich. Der Botschafter war an all diesen Terminen verreist gewesen. Dreimal nach Chang Mai und einmal nach Vietnam. Harry notierte langsam, während er Anlauf zum nächsten Satz nahm.

»Kannte der Botschafter neben seiner Frau noch andere Norwegerinnen in Bangkok?«

»Nein ...«, sagte Tonje. »Nicht, dass ich wüsste. Ja, abgesehen von mir natürlich.«

Harry wartete, bis sie ihre Teetasse abgestellt hatte, ehe er fragte: »Was sagst du, wenn ich dir sage, dass ich glaube, du und der Botschafter hattet ein Verhältnis miteinander?«

Tonje Wiigs Kinn sackte nach unten. Sie war ein Ausstellungsstück für die norwegische Zahnmedizin.

»Du liebe Güte!«, sagte sie ohne jede Ironie. Harry räusperte sich.

»Ich glaube, dass der Botschafter und du diese Tage, von denen wir gerade gesprochen haben, im Maradiz Hotel verbracht habt. Sollte das der Fall sein, muss ich dich bitten, euer Verhältnis zuzugeben und mir zu sagen, wo du an dem Tag warst, an dem er zu Tode gekommen ist.«

Es war überraschend zu sehen, dass eine derart blasse Person wie Tonje Wiig noch weißer werden konnte.

»Sollte ich einen Anwalt hinzuziehen?«, fragte sie schließlich.

»Nicht, wenn du nichts zu verbergen hast.«

Er sah, dass sich in ihrem Augenwinkel eine Träne gebildet hatte.

»Ich habe nichts zu verbergen«, sagte sie.

»Dann kannst du mit mir reden.«

Vorsichtig drückte sie sich eine Serviette ans Auge, um ihre Mascara nicht zu verwischen.

»Manchmal hatte ich wirklich Lust, ihn umzubringen, wissen Sie.«

Harry nahm zur Kenntnis, dass sie ihn jetzt wieder siezte, und wartete geduldig.

»So sehr, dass ich mich beinahe gefreut habe, als ich von seinem Tod erfahren habe.«

Er hörte, dass die Worte jetzt aus ihr herauswollten. Jetzt kam es darauf an, nichts Dummes zu sagen oder zu tun, das ihren Redestrom stoppen würde. Ein Geständnis kommt selten von allein.

»Weil er seine Frau nicht verlassen wollte?«

»Nein!« Sie schüttelte den Kopf. »Sie missverstehen mich. Weil er mir alles kaputtgemacht hat! Alles, was ...«

Das erste Schluchzen klang so zart, dass Harry erkannte, dass er auf etwas gestoßen war. Sie riss sich zusammen, trocknete sich beide Augen und räusperte sich:

»Es war eine politische Ernennung, er war überhaupt nicht qualifiziert für diese Arbeit. Ich hatte bereits Signale erhalten, dass ich eine mögliche Kandidatin für die Botschafterstellung war, als ich die Nachricht von seiner Ernennung bekam. Sie schickten ihn in aller Eile hier runter, als könnten sie ihn nicht schnell genug aus Norwegen wegbekommen. Ich musste die Schlüssel des Botschafterbüros an jemanden abtreten, der nicht einmal den Unterschied zwischen einem Botschaftsrat und einem Attaché kannte. Und ein Verhältnis hatten wir niemals, das wäre für mich ein vollkommen absurder Gedanke gewesen, verstehen Sie das nicht?«

»Was geschah dann?«

»Als ich gerufen wurde, um ihn zu identifizieren, habe ich das mit der Ernennung plötzlich vergessen, ich dachte nicht einmal daran, dass sich mir jetzt eine neue Chance bot. Ich musste nur immer daran denken, was für ein netter und freundlicher Mann er war. Das war er wirklich!«

Sie sagte das so, als habe Harry protestiert.

»Obwohl er als Botschafter nicht viel getaugt hat, meine ich. Und wissen Sie, seither habe ich mir ziemlich viele Gedanken gemacht. Dass ich hier im Leben vielleicht nicht immer die richtigen Prioritäten gesetzt habe. Dass es Dinge gibt, die wichtiger sind als Karriere und Arbeit. Vielleicht werde ich mich nicht einmal um den Botschafterposten bewerben. Wir werden sehen. Es gibt so viel zu bedenken. Ja, nein, ich kann das noch nicht sicher sagen.«

Sie schniefte ein paar Mal und schien sich wieder gefangen zu haben. »Es ist sehr ungewöhnlich, dass ein Botschaftsrat in der gleichen Botschaft zum Botschafter ernannt wird, wissen Sie. Soweit ich weiß, ist das bis jetzt noch nicht vorgekommen.«

Sie klappte einen Handspiegel auf und überprüfte, ob ihr Make-up nicht verschmiert war, dann sagte sie wie zu sich selbst: »Aber irgendwann muss ja mal das erste Mal sein.«

Als Harry im Taxi saß und zurück zum Präsidium fuhr, entschloss er sich, Tonje Wiig von der Liste der Verdächtigen zu streichen. Teils, weil sie ihn überzeugt hatte, teils, weil sie beweisen konnte, dass sie sich an den Tagen, die der Botschafter im Maradiz Hotel zugebracht hatte, an anderen Orten aufgehalten hatte. Tonje hatte auch bestätigt, dass nur wenige Norwegerinnen mit ständigem Wohnsitz in Bangkok in Betracht kamen. Deshalb traf es ihn wie ein Fausthieb in den Magen, als er plötzlich auf den unvorstellbaren Gedanken kam. Weil er eben gar nicht so unvorstellbar war.

Das Mädchen, das durch die Tür des Hard Rock Café kam, war ein anderes als das, das er im Garten und auf der Beerdigung gesehen hatte, mit der abwesenden, verschlossenen Körpersprache und dem magersüchtigen, trotzigen Gesichtsausdruck. Runa setzte ein strahlendes Lächeln auf, als sie ihn mit einer leeren Colaflasche und einer Zeitung vor sich sitzen sah. Sie trug ein kurzärmliges, geblümtes Kleid. Wie eine perfekte Illusionistin hielt sie die Prothese so, dass man sie kaum bemerkte.

»Sie haben gewartet«, konstatierte sie hingerissen.

»Es ist schwer, den Verkehr zu berechnen«, sagte er. »Ich wollte nicht zu spät kommen.«

Sie setzte sich und bestellte einen Eistee.

»Gestern, Ihre Mutter ...«

»Schlief schon«, sagte sie kurz. So kurz, dass Harry schwante, es könnte sich dabei um eine Warnung handeln. Doch er hatte nicht mehr die Zeit, all die Umwege mitzugehen.

»Mit anderen Worten, betrunken?«

Sie sah zu ihm auf. Ihr fröhliches Lächeln war verdunstet.

»Wollen Sie über meine Mutter reden?«

»Unter anderem. Wie war die Beziehung Ihrer Eltern?«

»Warum fragen Sie das nicht meine Mutter?«

»Weil ich glaube, dass Sie die schlechtere Lügnerin sind«, antwortete er aufrichtig.

»Ach ja? Wenn das so ist, dann war ihre Beziehung fantastisch.« Der trotzige Ausdruck war in ihr Gesicht zurückgekehrt.

»So schlecht?«

Sie rutschte voller Unbehagen auf dem Stuhl herum.

»Tut mir leid, Runa, aber das ist mein Job.«

Sie zuckte mit den Schultern. »Meine Mutter und ich kommen nicht sonderlich gut miteinander aus. Während Papa und ich die dicksten Freunde waren. Ich glaube, sie war eifersüchtig.«

»Auf wen von Ihnen?«

»Auf uns beide. Auf ihn. Ich weiß es nicht.«

»Warum auf ihn?«

»Er brauchte sie nicht. Sie war Luft für ihn ...«

»Kam es vor, dass Ihr Vater Sie mit in ein Hotel genommen hat, Runa? Ins Maradiz, zum Beispiel?«

Er bemerkte ihren verdutzten Gesichtsausdruck. »Wie meinen Sie das? Warum sollte er das tun?«

Er starrte auf die Zeitung, die auf dem Tisch lag, zwang sich aber, seinen Blick wieder zu heben.

»Bah!«, platzte sie wütend heraus und warf den Löffel in ihr Teeglas, so dass es spritzte. »Sie reden vielleicht ein komisches Zeug. Auf was wollen Sie hinaus?«

»O.k., Runa, ich verstehe, dass das schwierig ist, aber ich glaube, Ihr Vater hat Sachen gemacht, die er bereuen sollte.«

»Papa? Papa bereute ständig irgendetwas. Er bereute etwas, übernahm die Schuld und hörte sich die Klagen an und ... Aber die Hexe wollte ihn nicht in Frieden lassen. Sie hat ihn die ganze Zeit über erniedrigt, du bist dies nicht und du bist das nicht, du hast mich in diese Sache hineingezogen und so weiter. Sie dachte, ich würde das nicht mitbekommen, aber das habe ich. Jedes Wort. Dass sie nicht dazu geschaffen sei, mit einem Eunuchen zu leben, dass sie eine Vollblutfrau sei. Ich habe gesagt, er solle sie verlassen, aber er blieb. Wegen mir. Das hat er nicht gesagt, aber ich weiß, dass ich der Grund war.«

Harry hatte das Gefühl, in den letzten zwei Tagen in einem Fluss aus Tränen geschwommen zu sein, doch dieses Mal kamen keine.

»Was ich zu sagen versuche«, sagte er und senkte den Kopf, um ihren Blick einzufangen, »ist, dass Ihr Vater nicht die gleichen sexuellen Gelüste hatte wie andere.«

»Sind Sie deshalb so schrecklich gestresst? Glauben Sie, ich hätte nicht gewusst, dass mein Vater vom andern Ufer war?«

Harry widersetzte sich dem Drang, seinen Mund aufzusperren.

»Was genau meinen Sie damit?«, fragte er.

»Schwul, homosexuell, ein warmer Bruder, Arschficker. Ich bin das Resultat eines der seltenen Male, die die Hexe mit meinem Papa Geschlechtsverkehr hatte. Er fand das eklig.«

»Hat er das *so* gesagt?«

»Er war natürlich viel zu sachlich, um es so auszudrücken. Aber ich wusste das. Ich war seine beste Freundin. Und *das* hat er gesagt. Manchmal sah es so aus, als sei ich die einzige. ›Du und die Pferde, ihr seid das Einzige, was ich liebe‹, hat er mir einmal gesagt. Ich und die Pferde, klasse, oder? Ich glaube, er hatte in der Studentenzeit einen Geliebten – also einen Jungen, ehe er Mutter traf. Aber der Typ hat ihn verlassen und wollte sich nicht zu der Beziehung bekennen. Was in Ordnung war, denn das hätte Papa auch nicht gewollt. Das ist lange her, damals waren die Dinge noch anders.«

Sie sagte das mit der unerschütterlichen Sicherheit eines Teenagers. Harry nahm sein Glas und trank langsam. Er musste Zeit gewinnen, das Gespräch war nicht so gelaufen, wie er es erwartet hatte.

»Wollen Sie wissen, wer im Maradiz Hotel war?«, fragte sie.

Er nickte bloß als Antwort.

»Mutter und ihr Lover.«

Kapitel 24

Weiße gefrorene Zweige reckten sich in den blassen Winterhimmel über dem Schlosspark. Dagfinn Torhus stand am Fenster und betrachtete einen Mann, der fröstelnd die Haakon VIIs gate emporging und dabei versuchte, seinen Kopf zwischen die Schultern zu ziehen. Das Telefon klingelte. Torhus sah auf die Uhr, es war Zeit zum Mittagessen. Er sah dem Mann nach, bis er hinter der U-Bahn-Station verschwand, nahm den Hörer ab und meldete sich. Es rauschte und krächzte, bevor ihn die Stimme erreichte.

»Ich gebe Ihnen noch eine Chance, Torhus. Wenn Sie die nicht nutzen, werde ich dafür sorgen, dass das Auswärtige Amt Ihre Stelle schneller ausschreibt, als Sie auch nur sagen können *Norwegischer Polizist von Verwaltungschef des Auswärtigen Amtes bewusst in die Irre geführt* oder *Botschafter Molnes Opfer eines Schwulen-Mordes?* Hört sich beides nach brauchbaren Zeitungsüberschriften an, nicht wahr?«

Torhus setzte sich.

»Wo sind Sie, Hole?«, fragte er, weil ihm nichts Besseres einfiel.

»Ich hatte gerade ein langes Gespräch mit Bjarne Møller. Ich habe ihn auf fünfzehn verschiedene Arten gefragt, was dieser Atle Molnes überhaupt in Bangkok verloren hatte. Denn alles, was ich bisher ermittelt habe, deutet darauf hin, dass dieser Mann eigentlich überhaupt nicht hier sein durfte. Ich habe ihm nichts entlocken können, wohl aber herausgehört, dass es etwas zu entlocken gibt. Er unterliegt der Schweigepflicht, das habe ich verstanden, und er hat mich an Sie verwiesen. Meine Frage kennen Sie schon vom letzten Mal. Was wissen Sie, was ich nicht weiß? Nur zu Ihrer Information, neben mir befinden sich ein Fax und ein Zettel mit den Nummern der Redaktionen von *Aftenposten*, *Dagbladet* und *VG*.«

Torhus' Stimme transportierte die winterliche Kälte bis nach Bangkok. »Die drucken keine wilden Behauptungen von einem besoffenen Polizisten, Hole.«

»Wenn es ein besoffener Promi-Polizist ist, dann schon.«

Torhus gab keine Antwort.

»Ach ja, ich glaube, sie werden die Sache auch in der *Sunnmørsposten* bringen.«

»Sie unterliegen der Schweigepflicht«, sagte Torhus dünn. »Man wird Sie dafür vor Gericht stellen.«

Hole lachte.

»Pest oder Cholera, was? Zu wissen, was ich weiß, ohne weiter in diese Richtung zu ermitteln, wäre ein Dienstvergehen. Das ist auch strafbar, wissen Sie? Irgendwie habe ich das Gefühl, dass ich weniger zu verlieren habe als Sie, wenn ich die Schweigepflicht verletze.«

»Welche Garantie …«, begann Torhus, wurde aber vom Knacken in der Leitung unterbrochen. »Hallo?«

»Ich bin noch da.«

»Welche Garantie habe ich, dass Sie das, was ich Ihnen sage, für sich behalten?«

»Keine.« Das Echo schien seine Antwort dreimal unterstreichen zu wollen.

Es wurde still.

»Vertrauen Sie mir«, sagte Harry.

Torhus schnaubte. »Warum sollte ich?«

»Weil Sie keine andere Wahl haben.«

Der Verwaltungschef sah auf die Uhr. Er würde zu spät zum Mittagessen kommen. Die Roastbeef-Sandwiches waren in der Kantine sicher bereits aus, aber das machte eigentlich nichts, da er den Appetit verloren hatte.

»Das darf nicht herauskommen«, sagte er. »Das meine ich ernst.«

»Es geht wirklich nicht in erster Linie darum, die Sache an die Öffentlichkeit zu bringen.«

»O.k., Hole, wie viele Skandale innerhalb der Christlichen Volkspartei sind Ihnen schon zu Ohren gekommen?«

»Nicht viele.«

»Eben. Über Jahre hinweg war das die kleine, nette Partei, für die sich eigentlich nie wirklich jemand interessiert hat. Während sich die Presse auf die Machtelite in der Arbeiterpartei und die Emporkömmlinge der Fortschrittspartei stürzte, konnten die Abgeordneten der Christlichen Volkspartei im Großen und Ganzen ein unbehelligtes Leben führen. Durch den Regierungswechsel ist jetzt alles anders. Als man die Karten für die Regierung neu mischte, wurde schnell klar, dass Atle Molnes trotz seiner eindeutigen Qualitäten und seiner langen Laufbahn im Storting als Staatsrat nicht in Frage kam. Die Möglichkeit, dass sein Privatleben an die Öffentlichkeit gezerrt werden könnte, beinhaltete ein Risiko, das eine christliche Partei mit ethischen Grundsätzen nicht eingehen durfte. Man kann die Ernennung von homosexuellen Pfarrern nicht verbieten, wenn man selbst homosexuelle Staatsräte stellt. Ich glaube, sogar Molnes hat das eingesehen. Aber als die Namen des neuen Kabinetts veröffentlicht wurden, reagierten einige der Pressevertreter. Warum hatte Atle Molnes kein Amt bekommen? Nachdem er vor einiger Zeit zurückgetreten war, damit der Ministerpräsident auch Parteivorsitzender werden konnte, wurde er von den meisten als die Nummer zwei betrachtet, oder mindestens als die Nummer drei oder vier. Man begann, Fragen zu stellen, und es kam Leben in die Homo-Gerüchte, die zum ersten Mal aufgekommen waren, als er sich als Parteivorsitzender zurückgezogen hatte. Wir wissen zwar, dass es im Storting einige homosexuelle Abgeordnete gibt, weshalb Sie sich vielleicht fragen mögen, warum das dann so wichtig war. Nun, das Interessante an dieser Sache ist, dass Molnes nicht nur ein Kandidat der Christlichen Volkspartei, sondern auch ein enger Freund des Ministerpräsidenten war, dass sie zusammen studiert und sich sogar eine Wohnung geteilt haben. Und es war nur eine Frage der Zeit, bis die Presse sich darauf stürzen würde. Molnes gehörte zwar nicht zur Regierung, aber es hätte trotzdem nicht lange gedauert, bis er zu einer Belastung für den Ministerpräsidenten geworden wäre. Es war allen bekannt, dass der Ministerpräsident und Molnes von Anfang an die wichtigsten politischen Vertrauten waren, und wer hätte ihm die Behauptung geglaubt, er habe all die Jahre nichts von den sexuellen Neigungen seines Freundes gewusst? Was hätten dann all die Wähler und Wählerinnen gesagt, die den Ministerpräsidenten aufgrund seiner klaren Haltung zu außerehelichen Lebensgemeinschaften und anderen Schweinereien unterstützt hatten? Wenn er selbst eine Schlange an seinem Busen nährte, um es mit den Worten der Bibel zu sagen. Wie hätte sich das auf das Vertrauen ausgewirkt, das man ihm entgegenbrachte? Die persönliche Popularität des Ministerpräsidenten war bis dahin die wichtigste Garantie für die Fortsetzung der Minderheitsregierung, und was man am wenigsten brauchen konnte, war ein Skandal. Es war klar, dass Molnes so schnell wie möglich außer Landes musste. Eine Stellung als Botschafter im Ausland war der beste Weg, denn dann konnte man den Ministerpräsidenten nicht beschuldigen, einen langjährigen, treuen Parteigenossen kaltgestellt zu haben. Zu dem Zeitpunkt wurde ich damals kontaktiert. Wir haben rasch gehandelt. Die Botschafterstellung in Bangkok war formell noch nicht besetzt und damit war er weit genug weg, um von der Presse in Ruhe gelassen zu werden.«

Torhus hielt inne.

»Mein Gott«, sagte Harry nach einer Weile.

»Ganz meine Meinung«, sagte Torhus.

»Wussten Sie, dass seine Frau einen Geliebten hat?«

Torhus kicherte leise.

»Nein, aber Sie müssten mir eine verdammt hohe Quote versprechen, damit ich darauf wette, dass sie keinen hat.«

»Warum?«

»Zum einen, weil ich annehme, dass ein homosexueller

Mann bereit ist, ein Auge zuzudrücken. Zum anderen, weil es irgendwie zur Kultur des Auswärtigen Dienstes zu gehören scheint, außereheliche Verbindungen einzugehen. Ja, manchmal entstehen so sogar neue Ehen. Hier im Auswärtigen Amt kann man sich kaum bewegen, ohne auf Exehepartner, Exgeliebte oder aktuelle Lebensabschnittspartner zu stoßen. Das Amt ist berüchtigt für seine Inzucht, was das angeht, sind wir noch schlimmer als das Norwegische Fernsehen NRK.«

Torhus kicherte weiter.

»Der Liebhaber gehört nicht zum Auswärtigen Dienst«, sagte Harry. »Es ist ein Norweger, ein richtiger lokaler Gecko hier unten, ein Big-time-Währungsmakler. Jens Brekke. Zuerst dachte ich, er hätte etwas mit der Tochter des Hauses, aber dann zeigte sich, dass es um Hilde Molnes ging. Sie haben sich fast unmittelbar nach der Ankunft der Familie hier unten getroffen, nach Ansicht der Tochter ist das mehr als eine flüchtige Beziehung. Es scheint ziemlich ernst zu sein und die Tochter rechnet damit, dass sie früher oder später zusammenziehen werden.«

»Das ist mir neu.«

»Auf jeden Fall gibt das der Frau ein mögliches Motiv. Und ihrem Liebhaber.«

»Weil Molnes ihnen im Weg war?«

»Nein, im Gegenteil. Laut ihrer Tochter war es Hilde Molnes, die sich in all diesen Jahren dagegen gewehrt hat, ihren Mann gehen zu lassen. Nachdem er seine politischen Ambitionen zurückgeschraubt hatte, brauchte er wohl den trügerischen Schutz nicht mehr, den ihm diese scheinbar funktionierende Ehe gab. Vermutlich hat sie das Sorgerecht für die Tochter als Druckmittel verwendet. Das macht man dann doch so, oder? Nein, das Motiv ist sicher weniger edel. Der Familie Molnes soll doch halb Ørsta gehören.«

»Stimmt.«

»Ich habe Møller gebeten zu überprüfen, ob es ein Testament gibt und ob Atle Molnes im Besitz von Familienaktien oder anderen Wertpapieren war.«

»Nun, das ist wirklich nicht mein Fachgebiet, Hole, aber verkomplizieren Sie jetzt die Sache nicht ein wenig? Es kann doch auch einfach irgendein Verrückter gewesen sein, der beim Botschafter angeklopft und ihn erstochen hat?«

»Vielleicht. Haben Sie grundsätzlich etwas dagegen, dass es sich bei diesem Verrückten um einen Norweger handelt?«

»Wie meinen Sie das?«

»Reine Lustmörder stechen ihren Opfern nicht ein Messer in den Rücken und beseitigen dann alle Spuren am Tatort. Die wirklich Verrückten lassen etwas am Tatort zurück, damit sie mit der Polizei Katz und Maus spielen können. In diesem Fall haben wir nichts – gar nichts. Glauben Sie mir, wir haben es hier mit einem genauestens geplanten Mord zu tun, und zwar nicht von irgendeinem verspielten Täter, sondern von jemandem, der die Tat hinter sich bringen und dann darauf waren wollte, dass der Fall aufgrund fehlender Beweise zu den Akten gelegt wird. Aber wer weiß – vielleicht bedarf es einer ebenso großen Verrücktheit, einen solchen Mord zu begehen. Und die einzigen Verrückten, die mir in dieser Sache bis jetzt über den Weg gelaufen sind, sprachen Norwegisch.«

Kapitel 25

Harry fand auf der Soi 1 in Patpong schließlich den Eingang zwischen zwei Stripbars. Er ging die Treppen hoch und kam in einen halbdunklen Raum, unter dessen Decke sich langsam ein gigantischer Ventilator drehte. Harry zog unter den gewaltigen Rotorblättern unwillkürlich den Hals ein. Er hatte bereits bemerkt, dass die Tür- und Deckenhöhen hier unten nicht für seine 190 Zentimeter berechnet waren.

Hilde Molnes saß an einem Tisch ganz hinten im Restaurant. Aufgrund ihrer Sonnenbrille, die sie vermutlich aufgesetzt hatte, um die Anonymität zu wahren, hatte sie, wie er annahm, wohl jeder im Lokal schon bemerkt.

»Ich mag eigentlich keinen Reisschnaps«, sagte sie und leerte das Glas. »Außer Mekong. Darf ich Ihnen ein Gläschen anbieten, Herr Kommissar?«

Harry schüttelte den Kopf. Sie schnippte mit den Fingern und bekam ihr Glas aufgefüllt.

»Sie kennen mich hier«, sagte sie. »Sie hören von sich aus auf, wenn sie der Ansicht sind, ich habe genug. Und dann habe ich in der Regel auch genug.« Sie lachte heiser.

»Ich hoffe, es ist für Sie in Ordnung, dass wir uns hier treffen. Zu Hause ist es im Moment so ... traurig. Was wollen Sie mit mir besprechen, Herr Kommissar?«

Sie sprach die Worte mit der etwas zu deutlichen Betonung aus, die Personen kennzeichnet, die aus Gewohnheit zu verbergen suchen, dass sie getrunken haben.

»Wir haben soeben bestätigt bekommen, dass Sie und Jens Brekke regelmäßige Gäste im Hotel Maradiz waren.«

»Sieh mal einer an!«, sagte Hilde Molnes. »Endlich jemand, der seine Arbeit macht. Wenn Sie hier mit dem Kellner reden, wird der Ihnen sagen, dass Jens Brekke und ich auch hier *regelmäßige* Gäste sind.« Sie spuckte die Worte beinahe aus. »Dunkel, anonym, keine anderen Norweger hier und überdies das beste *plaa lòt* der Stadt. Mögen Sie Aal, Herr Hole? Salzwasseraal?«

Harry dachte an den Mann, den sie bei Drøbak aus dem Meer gezogen hatten. Er hatte ein paar Tage im Wasser gelegen und sein blasses Leichengesicht hatte sie mit der Verwunderung eines Kindes angeblickt. Irgendetwas hatte seine Augenlider aufgefressen. Doch was wirklich ihre Aufmerksamkeit eingenommen hatte, war der Aal. Sein Schwanz ragte aus dem Mund des Mannes und schwang wie eine schwarze Peitsche hin und her. Harry roch noch immer den Salzgeruch der Luft, es musste also ein Salzwasseraal gewesen sein.

»Mein Großvater hat fast nichts anderes gegessen«, sagte sie. »Von der Vorkriegszeit bis zu seinem Tod. Er hat sie in sich hineingestopft und konnte nie genug kriegen.«

»Ich habe auch ein paar Informationen bezüglich des Testaments.«

»Wissen Sie, warum er so viel Aal gegessen hat? Himmel, wie sollen Sie das denn wissen! Er war Fischer, aber damals vor dem Krieg wollten die Leute in Ørsta keinen Aal essen. Und wissen Sie, warum?«

Wie bereits im Garten sah er ein schmerzhaftes Zucken über Hilde Molnes' Gesicht huschen.

»Frau Molnes …«

»Ich habe Sie gefragt, warum?«

Harry schüttelte den Kopf.

Hilde Molnes senkte die Stimme und klopfte bei jedem Wort mit ihrem rot lackierten Fingernagel auf die Tischdecke:

»Tja, ein Kutter hatte damals im Winter Schiffbruch erlitten, bei klarem Winter und Windstille und nur wenige hundert Meter von der Küste entfernt, aber es war so kalt, dass sich keiner der neun Mann an Bord retten konnte. An der Unglücksstelle verläuft ein Graben im Meeresboden, so dass keiner der Schiffbrüchigen jemals gefunden wurde. Anschließend behaupteten die Menschen, dass so viele Aale in den Fjord gekommen seien. Wissen Sie, es heißt Aale fräßen die Schiffbrüchigen. Viele der Toten hatten in Ørsta Verwandte, so dass der Verkauf von Aal plötzlich vollkommen stagnierte. Die Menschen scheuten sich sogar davor, mit einem Aal in der Tasche auf dem Weg nach Hause gesehen zu werden. Großvater erkannte damals, dass es sich lohnte, alle anderen Fische zu verkaufen und den Aal selber zu essen. Ein echter Sunnmører, wissen Sie …«

Sie nahm das Glas vom Tablett und stellte es auf den Tisch. Ein dunkler Ring breitete sich auf der Tischdecke aus.

»Da ist er wohl auf den Geschmack gekommen. ›Es waren nur neun Mann‹, beteuerte Großvater und meinte, das könne nicht der Grund für all die Aale sein. ›Vielleicht habe ich einen oder zwei gegessen, die sich an einem der Ärmsten gelabt haben, na wenn schon. Ich habe jedenfalls keinen Unterschied geschmeckt!‹ Keinen Unterschied, das war gut, nicht wahr?«

Es klang wie das Echo von irgendetwas.

»Was glauben Sie, Hole? Haben die Aale die Schiffbrüchigen gefressen?«

Harry kratzte sich hinter dem Ohr. »Nun, es wird auch behauptet, dass Makrelen Menschenfresser seien. Ich weiß nicht. Ich kann mir schon vorstellen, dass sie alle einen winzigen Bissen nehmen, also, die Fische, meine ich.«

Hilde Molnes hob triumphierend ihr Glas. »Wissen Sie, genau das Gleiche glaube ich auch! Sie holen sich alle ihren Teil!«

Harry ließ sie austrinken.

»Ein Kollege von mir aus Oslo hat gerade mit dem Anwalt Ihres Mannes gesprochen, Bjørn Hardeid aus Ålesund. Wie Sie vielleicht wissen, können Anwälte der Schweigepflicht entbunden werden, wenn ihre Klienten gestorben sind und sie der Meinung sind, dass die Informationen dem Ruf ihres Klienten nicht schaden.«

»Nein, das wusste ich nicht.«

»Nun, Bjørn Hardeid wollte nichts sagen. Deshalb hat mein Kollege Atle Molnes' Bruder angerufen, aber auch aus dem war nicht viel herauszubekommen. Ganz besonders schweigsam wurde er, als mein Kollege die Vermutung äußerte, dass Atle Molnes gar nicht über so große Teile des Familienvermögens verfügte wie allgemein angenommen.«

»Wie kommen Sie auf diese Idee?«

»Ein Mann, der nicht in der Lage ist, Spielschulden in Höhe von 750 000 Kronen zu begleichen, muss nicht wirklich arm sein, aber er hat vermutlich keinen Zugriff auf 25 Prozent eines Familienvermögens von beinahe 200 Millionen Kronen.«

»Wie ...«

»Mein Kollege hat über das Brønnøysund-Register telefonisch die Bilanzen der Molnes Møbel AS abgefragt. Das in der Buchhaltung ausgewiesene Eigenkapital ist natürlich geringer, aber er hat herausgefunden, dass die Gesellschaft auf der SMB-Liste der Osloer Börse notiert ist, und hat deshalb einen Broker angerufen und gebeten, ihm den Börsenwert zu berechnen. Die Molnes Holding, ein Familienbetrieb, hat vier Aktionäre – drei Brüder und eine Schwester. Alle Geschwister sind Vorstandsmitglieder der Molnes Møbel AS und es gibt keine Hinweise auf einen Aktienverkauf, seit die Aktien von Molnes senior auf die Holdinggesellschaft übertragen worden sind. Wenn Ihr Mann also nicht seinen Anteil auf eines seiner Geschwister übertragen hat, sollte er gut und gerne über ...«

Harry warf einen Blick auf seinen Notizblock, auf dem er das Telefonat mitgeschrieben hatte.

»... fünfzig Millionen verfügen.«

»Sie sind wirklich gründlich vorgegangen, das muss ich sagen.«

»Ich verstehe nicht die Hälfte von dem, was ich gerade

erzählt habe, ich weiß nur, dass jemand das Geld Ihres Mannes zurückhält, und ich würde gerne wissen, warum.«

Hilde Molnes sah ihn über ihr Glas hinweg an. »Wollen Sie das wirklich wissen?«

»Warum nicht?«

»Ich bin mir nicht sicher, ob sich derjenige, der Sie geschickt hat, vorgestellt hat, dass Sie derart tief ins ... Privatleben des Botschafters eindringen.«

»Was das angeht, weiß ich ohnehin schon zu viel, Frau Molnes.«

»Sie wissen, dass ...«

»Ja.«

»Ah ja...«

Sie machte eine Pause und trank ihren Mekong aus. Der Kellner brachte Nachschub, aber sie wehrte ab.

»Wenn der Kommissar dann auch noch erfährt, dass die Familie Molnes seit Generationen die Gebetsbänke der Inneren Mission füllt und Mitglied der Christlichen Volkspartei ist, kann er sich den Rest vielleicht denken.«

»Vielleicht. Aber ich würde es begrüßen, wenn Sie es mir sagen würden.«

Sie schauderte, als nähme sie erst jetzt den scheußlichen Geschmack des Reisschnapses wahr.

»Atles Vater hat das so festgelegt. Als die Gerüchte im Zusammenhang mit der Wahl des Parteivorsitzenden publik wurden, hat Atle seinem Vater alles erzählt. Eine Woche später hat sein Vater sein Testament geändert. Jetzt steht darin, dass Atles Anteil am Familienvermögen auf seinen Namen eingetragen ist, dass das Dispositionsrecht aber Runa hat, die damals gerade auf die Welt gekommen war. Dieses Verfügungsrecht tritt mit ihrem dreiundzwanzigsten Geburtstag in Kraft.«

»Und wer hat bis dahin Zugriff auf die Gelder?«

»Niemand. Was lediglich bedeutet, dass das Geld weiter in der Firma bleibt.«

»Und was jetzt, da Ihr Mann tot ist?«

»In einem solchen Fall«, sagte Hilde Molnes und fuhr

mit dem Finger über den Rand des Glases, »erbt Runa alles. Und das Verfügungsrecht wird auf denjenigen übertragen, der das Sorgerecht bis zu ihrem dreiundzwanzigsten Lebensjahr hat.«

»Wenn ich Sie richtig verstanden habe, bedeutet das, dass die Gelder jetzt freigegeben sind und dass Sie darüber verfügen können.«

»Das sieht so aus, ja. Bis Runa dreiundzwanzig wird.«

»Was genau bedeutet ein solches Verfügungsrecht?«

Hilde Molnes zuckte mit den Schultern. »Darüber habe ich mir wirklich noch keine Gedanken gemacht. Ich habe das erst vor ein paar Tagen erfahren. Von Anwalt Hardeid.«

»Sie wussten also vorher nichts von der Klausel, dass das Verfügungsrecht auf Sie übertragen wird?«

»Vielleicht ist das mal erwähnt worden, ich habe ja mal die verschiedensten Papiere unterschrieben, aber das alles sind schrecklich komplizierte Sachen, finden Sie nicht auch? Außerdem war mir das damals überhaupt nicht wichtig.«

»Nicht?«, fragte Harry obenhin. »Ich dachte, Sie hätten eben etwas über den Menschenschlag aus Sunnmøre gesagt?«

Sie lächelte blass. »Ich war immer ein schlechter Sunnmøring.«

Harry sah sie an. Hatte sie sich betrunkener gestellt, als sie war? Er kratzte sich am Kinn.

»Jens Brekke und Sie, wie lange kennen Sie sich schon?«

»Sie meinen wohl, wie lange wir schon miteinander schlafen?«

»Ja, wenn Sie so wollen.«

»Also, alles schön der Reihe nach. Mal nachdenken …« Hilde Molnes zog die Augenbrauen zusammen und blinzelte an die Decke. Sie versuchte, ihr Kinn auf die Hand zu stützen, aber es glitt ab und er erkannte, dass er sich geirrt hatte. Sie war voll wie eine Haubitze.

»Wir haben uns auf einem Willkommensempfang getroffen, der zwei Tage nach Atles Ankunft hier in Bangkok veranstaltet wurde. Der Empfang begann um acht Uhr abends und die gesamte norwegische Gemeinde war eingeladen. Das Ganze fand im Garten vor der Botschafterwohnung statt. Er hat mich in der Garage gefickt, das muss so zwei, drei Stunden später gewesen sein. Ich drücke das so passiv aus, weil ich zu diesem Zeitpunkt vermutlich bereits so voll war, dass er meine Mithilfe kaum brauchte. Oder mein Einverständnis. Aber das hatte er beim nächsten Mal. Oder danach, ich weiß nicht mehr genau. Auf jeden Fall lernten wir uns nach ein paar Runden kennen und das wollten Sie doch wissen, oder? Ja, und seither kennen wir uns. Und mittlerweile ziemlich gut. Reicht Ihnen das, Kommissar?«

Harry spürte, dass er irritiert war. Vielleicht lag das an der Art, wie sie ihre eigene Gleichgültigkeit und Selbstverachtung zur Schau stellte. Sie gab ihm auf jeden Fall keinen Grund, die Glacéhandschuhe anzubehalten.

»Sie haben ausgesagt, dass Sie an dem Tag, an dem Ihr Mann ermordet wurde, zu Hause waren. Wo genau waren Sie von fünf Uhr nachmittags bis Sie die Nachricht erhielten, dass er tot aufgefunden worden war?«

»Ich erinnere mich nicht!«

Sie krächzte, es klang wie der Schrei eines Raben in einem morgendlich stillen Wald, und Harry bemerkte, dass sie die Aufmerksamkeit der anderen Gäste auf sich zogen. Einen Moment lang sah es so aus, als wolle sie vom Stuhl fallen, doch dann fand sie das Gleichgewicht wieder.

»Keine Angst, Kommissar. Ich habe nämlich ein Alibi, so heißt das doch, oder? Ja, ja, ein wunderbares Alibi. Das kann ich Ihnen sagen. Meine Tochter wird Ihnen sicher voller Wonne bestätigen, dass ich an diesem Abend kaum mehr in der Lage gewesen bin, mich selbstständig zu bewegen. Ich weiß noch, dass ich mir nach dem Essen eine Flasche Gin geöffnet habe, und ich schätze, dass ich irgendwann eingeschlafen bin, dann wieder aufgewacht, weitergetrunken, eingeschlafen, aufgewacht und so weiter. Sie verstehen sicher.«

Harry verstand.

»Wollen Sie sonst noch etwas wissen, Kommissar Hole?«

Sie zog die Vokale in seinem Namen in die Länge, nicht sehr, aber genug, ihn zu provozieren.

»Nur, ob Sie Ihren Mann getötet haben, Frau Molnes.«

Mit einer verblüffend raschen und geschmeidigen Bewegung ergriff sie ihr Glas, und noch ehe er sie stoppen konnte, hörte er es an seinem Ohr vorbeizischen und hinter sich an der Wand zerspringen. Sie schnitt eine Grimasse.

»Sie mögen mir das jetzt vielleicht nicht glauben, aber ich war Torschützenkönigin in der B-Jugend der Damenhandballriege von Ørsta.« Ihre Stimme war ruhig, als hätte sie das gerade Geschehene bereits hinter sich gelassen. Harry blickte in die entsetzten Gesichter, die sich ihnen zugewandt hatten.

»Damals war ich sechzehn, das muss schrecklich lange her sein. Ich war das hübscheste Mädchen in … Aber das habe ich Ihnen sicher bereits erzählt. Und ich hatte Kurven, nicht so wie jetzt. Zusammen mit einer Freundin bin ich immer ganz versehentlich und nur mit einem winzigen Handtuch in der Hand in die Umkleide des Schiedsrichters gegangen. Entschuldigt haben wir das immer damit, dass wir uns nach dem Duschen in der Tür geirrt haben. Alles für die Mannschaft natürlich. Aber ich glaube nicht, dass sich das wirklich auf das Pfeifen ausgewirkt hat. Die haben sich sicher gefragt, was wir vor dem Spiel unter der Dusche wollten.«

Plötzlich stand sie vom Tisch auf und schrie: »Ørstajungs hei, Ørstajungs hei, Ørstajungs hei, hei, hei!« Dann ließ sie sich wieder auf den Stuhl fallen. Es war still geworden im Lokal.

»Unser Kampfruf, das geht nicht mit ›Ørstamädchen‹, verstehen Sie? Wegen des Rhythmus, aber wer weiß, vielleicht wollten wir auch nur im Mittelpunkt stehen.«

Harry stützte sie unter dem Arm und half ihr die Treppe hinunter. Er nannte dem Taxifahrer die Adresse, gab ihm einen Fünfdollarschein und bat ihn, dafür zu sorgen, dass sie auch ins Haus kam. Er verstand anscheinend nicht viel von dem, was Harry sagte, schien aber die Bedeutung seiner Worte zu kapieren.

Auf der Soi 2 unweit vom Silom Hotel ging er in eine Bar. Es war beinahe leer am Tresen und auf der Bühne standen ein paar Go-Go-Girls, die an diesem Abend noch nicht freigekauft worden waren und diesbezüglich scheinbar auch keine großen Hoffnungen mehr hatten. Es sah aus, als wären sie mit dem Abwasch beschäftigt, wenn sie pflichtbewusst ihre Beine schüttelten, während ihre Brüste zu »When Susannah Cries« auf und ab hüpften. Harry konnte nicht sagen, was trauriger aussah.

Jemand stellte ein Bier vor ihn hin, das er nicht bestellt hatte. Er ließ es unangetastet stehen, bezahlte und rief vom Telefon neben der Herrentoilette im Präsidium an. Er sah keine Tür für Damen.

Kapitel 26

Eine leichte Brise strich durch seine kurzen Haare. Harry stand auf einem Mauervorsprung am Rand des Daches und blickte über die Stadt. Wenn er die Augen zusammenkniff, verwandelte sich das Bild in einen zusammenhängenden Lichterteppich, der glitzerte und blinkte.

»Komm da runter«, sagte eine Stimme hinter ihm. »Du machst mich nervös.«

Liz saß mit einer Bierdose in der Hand auf einem Klappstuhl. Harry war zurück zum Präsidium gefahren und traf sie begraben unter einem Stapel von Berichten an, die sie lesen sollte. Es war fast Mitternacht und sie sah ein, dass es für diesen Tag an der Zeit war, die Segel zu streichen. Sie schloss das Büro ab und dann fuhren sie mit dem Fahrstuhl gemeinsam in die zwölfte Etage. Die Tür zur Dachterrasse war verschlossen, weshalb sie aus einem Fenster kletterten und über die Feuerleiter nach oben stiegen.

Das Horn eines Schiffes heulte plötzlich durch den Verkehrslärm.

»Hast du das gehört?«, fragte Liz. »Als ich klein war, hat mein Vater immer gesagt, dass man in Bangkok hören konnte, wie sich die Elefanten zuriefen, wenn sie auf die Schiffe gebracht wurden. Sie kamen aus Malaysia, denn die Wälder in Borneo waren abgeholzt. Die Tiere waren an Deck der Schiffe festgekettet, die sich auf dem Weg zu den Wäldern im Norden Thailands befanden. Als ich hierher kam, glaubte ich lange, dass diese Geräusche von den Elefanten kommen.«

Das Echo erstarb.

»Frau Molnes hat ein Motiv, aber ist das gut genug?«,

fragte Harry und sprang nach unten. »Würdest du jemanden töten, um sechs Jahre lang über fünfzig Millionen Kronen zu verfügen?«

»Kommt darauf an, wen ich töten müsste«, sagte Liz. »Ich kenne ein paar Leute, die ich gut für weniger beseitigen könnte.«

»Ich meine: Sind fünfzig Millionen über sechs Jahre das Gleiche wie fünf Millionen über sechzig Jahre?«

»Negativ.«

»Eben. Verflucht!«

»Hättest du gerne, dass sie es ist? Frau Molnes?«

»Am liebsten gar keiner. Ich will bloß, dass wir den Mörder finden, damit ich zurück in die Hölle zu Hause kann.«

Liz rülpste beeindruckend laut, nickte sich anerkennend zu und stellte die Bierdose ab:

»Arme Tochter. Runa heißt die, oder? Stell dir mal vor, die Mutter würde verurteilt, den Vater wegen des Geldes ermordet zu haben.«

»Ich weiß, aber sie ist zum Glück ein toughes Mädchen.«

»Bist du dir da so sicher?«

Er zuckte mit den Schultern und streckte einen Arm zum Himmel.

»Was machst du?«, fragte sie.

»Denken.«

»Ich meine das mit der Hand, was soll das?«

»Energie. Ich nehme die Energie all dieser Menschen auf. Das soll einem irgendwie ewiges Leben geben. Glaubst du an so etwas?«

»Den Glauben an das ewige Leben habe ich schon mit sechzehn verloren, Harry.«

Harry drehte sich um, konnte ihr Gesicht im Dunkel der Nacht aber nicht erkennen.

»Dein Vater?«, fragte er.

Er konnte den scharfen Umriss ihres Kopfes nicken sehen.

»Jau. Er trug die Welt auf seinen Schultern. Mein Vater. Nur schade, dass sie so schwer war.«

»Wie …« Er hielt inne.

Es knackte, als sie die Bierdose zusammendrückte.

»Das ist nur eine weitere Geschichte über einen Vietnam-Veteranen, Harry. Wir haben ihn in der Garage gefunden, in voller Uniform und mit der Dienstwaffe neben sich. Er hatte einen langen Brief geschrieben, nicht an uns, sondern an die U.S. Army. Darin stand, dass er es nicht ertragen konnte, vor der Verantwortung davongelaufen zu sein. Er hatte das bereits erkannt, als er in der Tür des Helikopters gestanden hatte, der 1973 vom Dach der amerikanischen Botschaft in Saigon abhob und er unter sich sah, wie die verzweifelten Südvietnamesen die Botschaft stürmten, um Schutz vor den Truppen zu suchen, die auf dem Weg in die Stadt waren. Er schrieb, dass er ebenso verantwortlich sei wie die Militärpolizei, die die anstürmenden Massen mit ihren Gewehrkolben abzuhalten versuchte. Sie hatten ihnen allen versprochen, den Krieg zu gewinnen, sie hatten ihnen die Demokratie versprochen. Als Offizier erachtete er es als seine Mitverantwortung, dass das amerikanische Heer die Priorität darauf legte, seine eigenen Leute zu evakuieren auf Kosten der Vietnamesen, die mit ihnen gekämpft hatten. Vater widmete Letzteren seinen militärischen Einsatz und bedauerte, dieser Verantwortung nicht gewachsen gewesen zu sein. Zum Schluss fügte er noch liebe Grüße für Mutter und mich an und meinte, wir sollten versuchen, ihn so schnell wie möglich zu vergessen.«

Harry spürte das Verlangen nach einer Zigarette.

»Das war eine verdammt große Verantwortung, die er da auf sich genommen hat«, sagte er.

»Ja, aber ich glaube, manchmal ist es leichter, die Verantwortung für die Toten auf sich zu nehmen als für die Lebenden. Wir anderen müssen für sie sorgen, Harry. Für die Lebenden. Es ist trotz allem diese Verantwortung, die uns antreibt.«

Verantwortung. Wenn es in den letzten Jahren etwas

gegeben hatte, das er zu begraben versucht hatte, dann die Verantwortung. Ob es nun für die Lebenden oder die Toten war, sich selbst oder andere. Sie führte nur zu Schuldgefühlen und wurde nie wirklich belohnt. Nein, er konnte nicht sagen, dass ihn die Verantwortung antrieb. Vielleicht hatte Torhus recht, vielleicht waren seine Motive, der Gerechtigkeit zum Zuge zu verhelfen, doch nicht ganz so edel. Vielleicht war es nur ein dummer Ehrgeiz, der ihn daran hinderte, zu akzeptieren, dass der Fall zu den Akten gelegt wurde, und der ihn antrieb, irgendjemanden dingfest zu machen, wer auch immer es war, nur damit ein Urteil gefällt und der Fall als gelöst abgeschlossen werden konnte. Waren ihm all die Zeitungsartikel und das Schulterklopfen, das er nach seiner Rückkehr aus Australien eingeheimst hatte, wirklich so egal, wie er geglaubt hatte? War die Idee, alles und jeden zu missachten, um sich möglichst bald wieder der Søs-Sache zu widmen, bloß ein Vorwand? Weil es ihm so verflucht wichtig geworden war, Erfolg zu haben?

Einen Moment lang war es beinahe still, es hörte sich an, als hole Bangkok Luft. Dann durchschnitt die gleiche Schiffshupe noch einmal die Luft. Klagend. Es klang nach einem sehr einsamen Elefanten, fand Harry. Und dann begannen auch die Autos wieder zu hupen.

Es lag ein Zettel auf seiner Fußmatte, als er wieder zu seiner Wohnung kam. »Bin am Schwimmbecken. Runa.«

Harry hatte bemerkt, dass auf dem Etagenplan neben der Ziffer 5 »Pool« stand, und als er dort oben aus dem Fahrstuhl stieg, nahm er tatsächlich auch Chlorgeruch war. Hinter der Ecke des Flures lag eine Terrasse mit einem Schwimmbecken, rings umgeben von Hauswänden mit Balkonen. Das Wasser glitzerte schwach im Mondschein. Er hockte sich am Rand hin und steckte seine Hand ins Wasser.

»Sie fühlen sich darin wie zu Hause, nicht wahr?«

Runa antwortete nicht, machte eine kräftige Beinbewegung und schwamm an ihm vorbei, ehe sie erneut untertauchte. Ihre Kleider und die Armprothese lagen in einem Haufen auf einer Liege.

»Wissen Sie, wie spät es ist?«, fragte er.

Sie tauchte direkt unter ihm auf, legte ihre Hand um seinen Nacken, zog die Knie an und stieß sich am Beckenrand sanft ab. Er war total unvorbereitet, verlor die Balance und seine Hände stießen auf glatte, nackte Haut, als er mit ihr unter sich ins Wasser glitt. Sie machten kein Geräusch, schoben bloß das Wasser wie eine schwere, warme Decke zur Seite und versanken darunter. Es gluckste und kitzelte in Harrys Ohren und sein Kopf begann sich zu weiten. Sie erreichten den Boden, er stieß sich mit den Beinen ab und brachte sie beide an die Oberfläche.

»Sie sind verrückt«, prustete er.

Sie lachte leise und schwamm mit raschen Zügen von ihm weg.

Er lag mit tropfenden Kleidern am Beckenrand, als sie aus dem Becken stieg. Als er die Augen öffnete, hielt sie das Poolnetz in den Händen, um eine große Libelle einzufangen, die auf der Wasseroberfläche trieb.

»Das ist ein Wunder«, sagte Harry. »Ich dachte wirklich, die einzigen Insekten, die in dieser Stadt überleben, seien die Kakerlaken.«

»Ein paar von den Guten überleben immer«, sagte sie und hob das Netz vorsichtig an. Sie löste die Libelle aus den Maschen und diese schwirrte mit einem tiefen Brummen davon.

»Gehören Kakerlaken denn nicht zu den Guten?«

»Bäh, die sind doch eklig!«

»Deshalb müssen sie doch nicht schlecht sein.«

»Vielleicht nicht. Aber ich glaube nicht, dass die wirklich gut sind. Die sind einfach nur da.«

»Sind einfach bloß da«, wiederholte Harry, nicht sarkastisch, sondern nachdenklich.

»Die sind so geschaffen. So, dass wir Lust bekommen, sie zu zertreten. Sonst gäbe es viel zu viele davon.«

»Interessante Theorie.«

»Hören Sie mal«, flüsterte sie. »Alle schlafen.«

»Bangkok schläft nie.«

»Doch, hören Sie hin. Das sind die Geräusche des Schlafs.«

Das Poolnetz war an einem hohlen Aluminiumrohr befestigt, durch das Runa nun hindurchblies. Es klang wie ein Didgeridoo. Er hörte genau hin. Sie hatte recht.

Sie kam zum Duschen mit zu ihm nach oben. Er stand bereits auf dem Flur und hatte den Knopf des Fahrstuhls gedrückt, als sie, ein Handtuch um den Körper gewickelt, aus dem Bad kam.

»Ihre Kleider liegen auf dem Bett«, sagte er und schloss die Tür.

Anschließend standen sie beide auf dem Flur und warteten auf den Fahrstuhl. Eine leuchtend rote Zahl begann über der Tür einen Countdown.

»Wann fahren Sie?«, fragte sie.

»Bald. Wenn nichts Neues auftaucht.«

»Ich weiß, dass Sie heute am frühen Abend Mutter treffen wollten.«

Harry schob die Hände in die Hosentaschen und sah auf seine Zehennägel. Sie hatte gesagt, er solle sie schneiden. Die Türen des Fahrstuhls öffneten sich und er stellte sich in die Öffnung.

»Ihre Mutter behauptet, zu Hause gewesen zu sein, als Ihr Vater starb. Dass Sie das bezeugen könnten.«

Sie stöhnte. »Mal ehrlich, wollen Sie wirklich, dass ich Ihnen darauf eine Antwort gebe?«

»Vielleicht nicht«, sagte er. Er trat einen Schritt zurück und sie sahen einander an, während sie darauf warteten, dass sich der Fahrstuhl schloss.

»Was glauben Sie, wer hat es getan?«, fragte er schließlich.

Sie sah ihn noch immer an, als sich die Türen langsam aufeinander zubewegten.

Kapitel 27

Mitten in Jimis Gitarrensolo in »All Along The Watchtower« verschwand plötzlich die Musik und Jim Love zuckte zusammen, als er begriff, dass ihm gerade jemand den Kopfhörer abgenommen hatte.

Er drehte sich auf seinem Stuhl um und ein groß gewachsener, blonder Kerl, der definitiv die Sonnencreme vergessen hatte, überragte ihn in dem engen Wachhäuschen. Die Augen lagen versteckt hinter einer Pilotensonnenbrille fragwürdiger Qualität. Jim hatte einen Blick für so etwas, seine eigene hatte ihn einen Wochenlohn gekostet.

»Hallo«, sagte der Große. »Ich habe gefragt, ob Sie Englisch sprechen.«

Der Kerl sprach mit einem undefinierbaren Akzent und Jim antwortete in seinem Brooklyner Slang:

»Auf jeden Fall besser als Thai. Womit kann ich Ihnen helfen? Zu welcher Firma wollen Sie?«

»Ich will heute zu keiner Firma. Ich will mit Ihnen sprechen.«

»Mit mir? Sie sind doch kein Kontrolleur vom Sicherheitsdienst, oder? Wenn ja, das mit dem Walkman kann ich erklären …«

»Ich komme nicht vom Sicherheitsdienst. Ich bin von der Polizei. Mein Name ist Hole. Mein Kollege, Nho …«

Er trat einen Schritt zur Seite und hinter ihm in der Tür kam ein Thailänder mit dem üblichen Crew-Haarschnitt und einem frisch gebügelten weißen Hemd zum Vorschein. Weswegen Jim nicht einen Augenblick bezweifelte, dass der Ausweis, den der Mann ihm entgegenstreckte, echt war. Er kniff die Augen zusammen.

»Polizei, was …? Sagen Sie mal, gehen Sie alle zum gleichen Friseur? Kommt denn niemand auf die Idee, mal etwas Neues zu probieren? So was zum Beispiel.« Jim zeigte auf seinen eigenen Globus aus Haaren und lachte laut.

Der Große verzog sein Gesicht zu einem Lächeln. »Es sieht nicht so aus, als hätte es der Retro-Look der Siebziger schon bis ins Präsidium geschafft, nein.«

»Was für ein Look?«

»Vergessen Sie's. Kann Sie jemand vertreten und können wir irgendwo reden?«

Jim erklärte, dass er vor vier Jahren mit ein paar Freunden in den Ferien nach Thailand gekommen sei. Sie hätten sich Motorräder geliehen und seien nach Norden gefahren und in einem kleinen Ort am Ufer des Mekong dicht an der Grenze zu Laos sei einer von ihnen so dumm gewesen, etwas Opium zu kaufen und in seine Gepäcktasche zu tun. Auf dem Rückweg seien sie in eine Polizeikontrolle geraten und auf dieser staubigen Landstraße mitten in Thailand sei ihnen plötzlich bewusst geworden, dass einem ihrer Freunde ein außergewöhnlich langer Aufenthalt im Gefängnis bevorstand.

»Laut Gesetzestext können die sogar Leute hinrichten, die diesen Scheiß schmuggeln, wussten Sie das? Und wir anderen drei, die nichts mit der Sache zu tun hatten, dachten natürlich, dass wir jetzt wegen Beihilfe oder so etwas auch in Schwierigkeiten geraten würden. Verflucht, Mann, aber als schwarzer Amerikaner passe ich verdammt gut in das Bild des typischen Heroinschmugglers, nicht wahr? Wir jammerten und flehten und kapierten das Ganze nicht, bis einer der Polizisten erwähnte, dass sie die Strafe auch in eine Geldbuße umwandeln könnten. Also schaufelten wir zusammen, was wir an Kohle hatten, und sie beschlagnahmten das Opium und ließen uns weiterfahren. Verdammt, waren wir froh. Das Problem war bloß, dass das irgendwie das Geld war, das wir für den Rückflug in die Staaten brauchten. Also …«

Jim beschrieb lang und breit, wie das eine zum anderen geführt hatte, dass er sich eine Zeit lang als Guide für amerikanische Touristen durchgeschlagen, dann aber Probleme mit der Aufenthaltsgenehmigung bekommen habe, und dass er sich danach möglichst unauffällig verhalten habe, während er von einem thailändischen Mädchen versorgt wurde, das er kennengelernt habe, und dass er sich dann, als die anderen ihren Rückflug antraten, zum Bleiben entschieden habe. Nach einigem Hin und Her habe er schließlich eine Arbeitserlaubnis erhalten, weil ihm ein Job als Parkplatzwachmann angeboten worden war – man brauchte englischsprachiges Personal für die Gebäude, in denen die internationalen Firmen lagen.

Jim redete wie ein Wasserfall, so dass Harry ihn schließlich stoppen musste.

»Verflucht, ich hoffe nur, Ihr Thaikumpel spricht kein Englisch«, sagte Jim und blickte nervös zu Nho. »Die Jungs, die wir da oben bezahlt haben …«

»Ganz ruhig, Jim. Wir sind wegen einer anderen Sache hier. Ein dunkelblauer Mercedes mit Diplomatenkennzeichen soll am 3. Januar gegen vier Uhr hier gewesen sein. Klingelt da bei Ihnen irgendetwas?«

Jims Unterkiefer sackte nach unten. »Wenn Sie mich gefragt hätten, welchen Jimi-Hendrix-Song ich da gehört habe, hätte ich Ihnen vielleicht antworten können, Mann. Aber Autos, die hier rein- und rausfahren …« Er breitete in einer resignierten Geste die Arme aus.

»Als wir hier waren, haben wir ein Ticket bekommen. Können Sie da nichts überprüfen, Registrierungsnummer oder so etwas?«

Jim schüttelte den Kopf. »Damit sind wir nicht so genau. Der größte Teil der Garage wird videoüberwacht, so dass wir, sollte etwas geschehen, nachträglich nachsehen können.«

»Nachträglich? Wollen Sie damit sagen, dass das aufgezeichnet wird?«

»Ja, klar.«

»Ich habe keine Monitore gesehen.«

»Weil es keine Monitore gibt. Es gibt hier sechs Parketagen, so dass wir gar nicht die Kapazität hätten, alle zu überwachen. Mann, die meisten Diebe hauen doch ab, wenn sie eine Kamera sehen und glauben, beobachtet zu werden. Damit haben wir ja schon das meiste erreicht. Und sollte doch jemand so dreist sein und etwas aus einem Wagen klauen, haben wir die ganze Sache auf Film, so dass Jungs wie ihr direkt loslegen können.«

»Wie lange bewahren Sie diese Videos auf?«

»Zehn Tage. Die meisten sollten bis dahin bemerkt haben, ob etwas in ihrem Auto fehlt, danach überspielen wir die Bänder wieder.«

»Das heißt, Sie haben den 3. Januar von 16.00 bis 17.00 Uhr auf Video?«

Jim warf einen Blick auf den Wandkalender.

»Klar.«

Sie gingen eine Treppe nach unten und kamen in einen warmen, feuchten Keller. Jim schaltete eine einsame Glühbirne ein und schloss einen der Stahlschränke auf, der an der Wand stand. Die Videobänder waren sorgsam nebeneinander aufgereiht.

»Das sind einige Bänder, wenn Sie das ganze Parkhaus überprüfen wollen.«

»Der Gästeparkplatz reicht«, sagte Harry.

Jim suchte. Jede Kamera schien ein Brett zu haben und die Daten waren mit Bleistift auf die Rückseite der Kassetten geschrieben worden. Jim zog eine Kassette heraus.

»Showtime.«

Er öffnete einen anderen Schrank, in dem ein Videorecorder und ein Monitor standen, schob die Kassette hinein und nach ein paar Sekunden erschien ein Schwarzweiß-Bild auf dem Bildschirm. Harry erkannte den Gästeparkplatz gleich wieder, die Aufnahme war ganz offensichtlich mit der Kamera gemacht worden, die ihm beim letzten Mal aufgefallen war. Ein Code unten in der Ecke zeigte den Monat, den Tag und die Uhrzeit. Sie spulten vor bis 15 Uhr 50. Kein Diplomatenfahrzeug war auf dem

Bild zu sehen. Sie warteten. Es war wie ein Standbild, nichts geschah.

»Wir können den Schnellvorlauf nehmen«, sagte Jim.

Abgesehen davon, dass die Uhr in der Ecke schneller lief, war kein Unterschied zu bemerken. Es wurde Viertel nach fünf. Ein paar Wagen rasten vorbei und hinterließen nasse Spuren auf dem Beton. Es wurde 17 Uhr 40 und sie sahen, wie die Spuren langsam trockneten und verschwanden, aber noch immer keine Spur vom Mercedes des Botschafters. Bei 17 Uhr 50 bat Harry ihn, den Recorder auszuschalten.

»Es hätte ein Diplomatenfahrzeug auf dem Gästeparkplatz stehen sollen«, sagte Harry.

»Tut mir leid«, sagte Jim. »Sieht so aus, als hätten Sie eine falsche Information bekommen.«

»Kann er woanders geparkt haben?«

»Natürlich. Aber alle ohne festen Platz werden über diesen Weg an der Kamera vorbeidirigiert, dann hätten wir das Auto also wenigstens vorbeifahren sehen.«

»Wir würden gern noch ein anderes Video sehen«, sagte Harry.

»Ja, welches denn?«

Nho durchwühlte seine Taschen. »Wissen Sie, welchen Parkplatz das Auto mit diesem Kennzeichen hat?«, fragte er und reichte ihm einen Zettel. Jim starrte misstrauisch darauf.

»Mann, Sie sprechen ja doch Englisch.«

»Es handelt sich um einen roten Porsche«, sagte Nho.

Jim gab ihm den Zettel zurück. »Das muss ich gar nicht überprüfen. Es gibt keinen Porsche auf einem fest vermieteten Platz.«

»*Faen!*«, rutschte es Harry heraus.

»Wie bitte?«, fragte Jim grinsend.

»Ein norwegisches Schimpfwort, das Sie nicht wirklich lernen wollen.«

Sie gingen wieder hinaus an die Sonne.

»Ich kann Ihnen für wenig Geld eine ordentliche besorgen«, sagte Jim und deutete auf Harrys Sonnenbrille.

»Nein, danke.«

»Oder brauchen Sie sonst etwas?« Jim zwinkerte ihm lachend zu. Er hatte bereits begonnen, mit den Fingern zu schnippen, er freute sich wohl auf seinen Walkman.

»He, Kommissar!«, rief er ihm nach, als sie gingen. Harry drehte sich um. *»Fa-an!«*

Sie konnten sein Lachen bis zu ihrem Auto hören.

»Also, was wissen wir?«, fragte Liz und legte die Füße auf den Schreibtisch.

»Wir wissen, dass Brekke lügt«, sagte Harry. »Er hat behauptet, den Botschafter nach ihrem Treffen in die Garage begleitet zu haben, wo dessen Auto stand.«

»Warum sollte er gerade in diesem Punkt lügen?«

»Am Telefon sagt der Botschafter bloß, dass er eine Bestätigung möchte, dass sie sich um 16 Uhr treffen. Es steht außer Zweifel, dass der Botschafter im Büro war. Wir haben mit der Empfangsdame gesprochen und sie hat das bestätigt. Sie kann ebenfalls bestätigen, dass sie das Büro gemeinsam verlassen haben, denn Brekke kam bei ihr vorbei und gab ihr einen Auftrag. Sie weiß das noch so genau, weil es gegen 17 Uhr war und sie selbst Feierabend machen wollte.«

»Gut, dass sich wenigstens einer an etwas erinnert.«

»Aber was Brekke und der Botschafter danach gemacht haben, wissen wir nicht.«

»Wo war das Auto? Ich kann nicht glauben, dass er das Risiko eingegangen ist, es in der Gegend von Bangkok irgendwo am Straßenrand zu parken«, sagte Liz.

»Vielleicht hatten sie vereinbart, noch an einen anderen Ort zu fahren, so dass der Botschafter jemanden gebeten hat, auf sein Auto aufzupassen, während er oben war und Brekke geholt hat«, schlug Nho vor.

Rangsan räusperte sich leise und blätterte um:

»An einem Ort, an dem es nur so wimmelt von kleinen Ganoven, die auf nichts anderes warten?«

»Das denke ich auch«, sagte Liz. »Es ist unlogisch, dass

er nicht in die Tiefgarage gefahren ist, das ist am einfachsten und am sichersten. Da hätte er buchstäblich neben dem Fahrstuhl parken können.«

Ihr kleiner Finger rotierte in ihrem Ohr und sie bekam einen ekstatischen Gesichtsausdruck.

»Eine andere Sache ist, dass ich mich frage, worauf wir damit eigentlich hinauswollen«, sagte sie.

Harry breitete resignierend die Arme aus.

»Ich hatte gehofft, wir könnten beweisen, dass Brekke das Büro für diesen Tag verlassen hat, als er gemeinsam mit dem Botschafter gegen 17 Uhr gegangen und mit ihm in dessen Wagen weggefahren ist. Dass die Videoaufzeichnung zeigt, wie sein eigener roter Porsche die Nacht über in der Garage stand. Ich hatte nicht gedacht, dass Brekke nicht mit dem Auto zur Arbeit fährt.«

»Lass uns die Autos mal kurz vergessen«, sagte Liz. »Was wir wissen, ist, dass Brekke lügt. Und was tun wir da?« Sie schnippte gegen Rangsans Zeitung.

»Das Alibi überprüfen«, kam es von der Rückseite.

Kapitel 28

Werden Menschen verhaftet, sind ihre Reaktionen ebenso unterschiedlich wie unvorhersagbar.

Harry glaubte, die meisten Varianten bereits gesehen zu haben, und war deshalb nicht sonderlich überrascht, als er den Grauschimmer in Jens Brekkes sonnengebräuntem Gesicht wahrnahm und bemerkte, dass seine Augen flackerten wie bei einem in die Enge getriebenen Tier. Die Körpersprache veränderte sich, so dass selbst der maßgeschneiderte Armani-Anzug nicht mehr richtig saß. Brekke hielt den Kopf hoch, er sah aber dennoch aus, als wäre er irgendwie zusammengeschrumpft.

Dabei war Brekke gar nicht festgenommen, sondern bloß zum Verhör vorgeladen worden, doch für jemanden, der niemals zuvor von zwei bewaffneten Beamten abgeholt worden war, die nicht einmal fragten, ob ihm der Zeitpunkt passte, waren solche Unterschiede rein akademischer Natur. Als Harry den Mann im Verhörraum sah, erschien ihm der Gedanke, dass Brekke jemanden kaltblütig erstochen haben sollte, absurd. Doch diesen Gedanken hatte er schon einmal gehabt und sich geirrt.

»Wir sind gezwungen, das Verhör auf Englisch zu führen«, sagte Harry und setzte sich vor ihn hin. »Es wird auf Band aufgezeichnet.« Er zeigte auf das Mikrofon vor sich.

»O. k.« Brekke versuchte zu lächeln. Es sah aus, als ziehe jemand mit eisernen Klauen an seinen Mundwinkeln.

»Ich musste darum kämpfen, dieses Verhör führen zu dürfen«, sagte Harry. »Da es aufgezeichnet wird, sollte es streng genommen von der thailändischen Polizei geführt werden, aber da Sie norwegischer Staatsbürger sind, hat der Polizeichef eingewilligt.«

»Danke.«

»Nun ja, ich weiß nicht, ob Sie sich dafür bedanken sollten. Hat man Sie darüber informiert, dass Sie das Recht haben, einen Anwalt hinzuzuziehen?«

»Ja.«

Harry wollte fragen, wieso er diese Möglichkeit nicht nutze, ließ es aber bleiben. Warum sollte er ihm die Gelegenheit geben, sich anders zu entscheiden? Das thailändische Rechtssystem ähnelte dem norwegischen, weshalb es keinen Grund für die Annahme gab, dass die Anwälte anders waren. Und wenn das stimmte, bestünde ihre erste Amtshandlung sicher darin, ihrem Klienten einzureden, die Aussage zu verweigern. Aber es war alles nach Vorschrift gelaufen, so dass er loslegen durfte.

Harry signalisierte, dass das Aufnahmegerät gestartet werden konnte. Nho kam herein und las ein paar Formalitäten vor, die am Anfang des Bandes erwähnt werden mussten. Dann verschwand er wieder.

»Stimmt es, dass Sie ein Verhältnis mit Hilde Molnes haben, der Frau des ermordeten Atle Molnes?«

»Was?« Zwei entsetzte, weit aufgerissene Augen starrten ihn von der anderen Seite des Tisches aus an.

»Ich habe mit Frau Molnes gesprochen und schlage Ihnen vor, die Wahrheit zu sagen.«

Es folgte eine Pause.

»Ja.«

»Etwas lauter, bitte.«

»Ja!«

»Wie lange besteht diese Beziehung bereits?«

»Ich weiß nicht. Lange.«

»Seit dem Willkommensempfang für den Botschafter vor anderthalb Jahren?«

»Tja ...«

»Tja?«

»Ja, das kann stimmen.«

»Wussten Sie, dass Frau Molnes über ein größeres Vermögen verfügen würde, wenn ihr Mann sterben sollte?«

»Vermögen?«

»Drücke ich mich unklar aus?«

Brekke blies die Luft durch die Lippen, dass es zischte. »Das ist mir neu. Ich hatte das Gefühl, dass ihre finanziellen Mittel relativ begrenzt waren.«

»Ach ja? Als ich zuletzt mit Ihnen gesprochen habe, sagten Sie mir, dass es bei dem Gespräch, das Sie am 3. Januar mit Molnes in Ihrem Büro geführt hätten, um die Anlage von Geldern ging. Wir wissen des Weiteren, dass Molnes größere Schulden hatte. Für mich passt das nicht zusammen.«

Eine erneute Pause folgte. Brekke wollte etwas sagen, hielt sich aber zurück.

»Ich habe gelogen«, sagte er schließlich.

»Sie erhalten jetzt eine Chance, die Wahrheit zu sagen.«

»Er kam zu mir, um mit mir über das Verhältnis zu Hilde ... seiner Frau zu sprechen. Er wollte, dass das ein Ende hatte.«

»Ein durchaus verständliches Anliegen, oder?«

Brekke zuckte mit den Schultern. »Ich weiß nicht, wie viel Sie über Molnes wissen.«

»Gehen Sie mal davon aus, dass wir nichts wissen.«

»Lassen Sie es mich so ausdrücken: Seine sexuellen Vorlieben passten nicht wirklich zu einer Ehe.«

Er sah auf. Harry nickte und gab ihm ein Zeichen, weiterzureden.

»Er war aber nicht aus Eifersucht so erpicht darauf, dass wir uns nicht mehr trafen. Es war bloß aus Rücksicht auf gewisse Gerüchte, die angeblich in Norwegen kursierten. Er sagte, dass es diesen Gerüchten nur neue Nahrung geben würde, wenn das Verhältnis publik wurde, und dass das dann nicht nur ihm, sondern ganz unverschuldet auch anderen Menschen in wichtigen Positionen schaden würde. Ich habe versucht, ihn auszufragen, aber mehr wollte er nicht sagen.«

»Womit hat er gedroht?«

»Gedroht? Wie meinen Sie das?«

»Er hat Sie doch wohl nicht bloß freundlich gebeten, sich von einer Frau zu trennen, die Sie, wie ich annehme, gern haben?«

»Doch, doch, wirklich. Ich glaub sogar, dass er dieses Wort benutzt hat.«

»Welches Wort?«

»Freundlichst.« Brekke faltete die Hände vor sich auf dem Tisch. »Er war ein seltsamer Mann. Freundlichst.« Er lächelte blass.

»Ja, ich gehe davon aus, dass Sie dieses Wort in Ihrer Branche nicht allzu oft zu hören bekommen.«

»Sie in Ihrer wohl auch nicht, oder?«

Harry blickte kurz auf, aber in Brekkes Blick lag keine Herausforderung.

»Konnten Sie sich auf etwas einigen?«

»Nein. Ich habe gesagt, ich müsse darüber nachdenken. Was sollte ich sagen? Der Mann sah aus, als wäre er den Tränen nahe.«

»Haben Sie in Erwägung gezogen, das Verhältnis zu beenden?«

Brekke zog die Augenbrauen zusammen, als sei das ein neuer Gedanke für ihn.

»Nein, ich ... es würde mir wirklich sehr schwerfallen, sie nicht mehr zu sehen.«

»Sie haben mir gesagt, dass Sie nach dem Treffen gemeinsam mit dem Botschafter in die Tiefgarage gegangen sind, wo sein Wagen stand. Wollen Sie diese Aussage jetzt ändern?«

»Nein ...« Brekke sah ihn verwundert an.

»Wir haben die Videoaufzeichnung für diesen Tag überprüft, von 15 Uhr 50 bis 17 Uhr 15. Der Wagen des Botschafters stand nicht auf dem Gästeparkplatz. Wollen Sie Ihre Aussage ändern?«

»Ändern ...?« Brekke starrte ihn ungläubig an. »Nein, aber mein Gott, wir sind aus dem Aufzug gekommen und haben seinen Wagen da stehen sehen. Wir müssen doch beide auf der Aufzeichnung sein. Ich erinnere mich sogar noch daran, dass wir noch ein paar Worte gewechselt haben, ehe er in den Wagen stieg. Ich habe dem Botschafter versprochen, Hilde nichts von unserem Gespräch zu sagen.«

»Wir können aber beweisen, dass das nicht so war. Zum letzten Mal, wollen Sie Ihre Aussage ändern?«

»Nein!«

Harry hörte in Brekkes Stimme eine Entschlossenheit, die zu Beginn des Verhörs nicht da gewesen war.

»Was haben Sie gemacht, nachdem Sie, wie Sie behaupten, den Botschafter in die Tiefgarage begleitet haben?«

Brekke erklärte, dass er wieder nach oben ins Büro gegangen sei, um einige Zwischenberichte fertig zu machen und dass er bis etwa um Mitternacht da gewesen und dann mit einem Taxi nach Hause gefahren sei. Harry fragte, ob jemand während dieser Zeit zu ihm gekommen sei oder angerufen habe, aber Brekke erklärte ihm, dass niemand ohne den Kartencode in sein Büro kommen konnte und dass er das Telefon abgestellt hatte, um in Ruhe arbeiten zu können. Das tue er öfter, wenn er an Berichten sitze.

»Es gibt niemanden, der Ihnen ein Alibi geben kann? Niemand, der Sie nach Hause kommen sah, zum Beispiel?«

»Ben, der Wachmann bei mir zu Hause. Der erinnert sich vielleicht. In der Regel bemerkt er es, wenn ich spät abends im Anzug nach Hause komme.«

»Ein Wachmann, der Sie gegen Mitternacht nach Haus kommen sah, das ist alles?«

Brekke versuchte nachzudenken.

»Ich fürchte, ja.«

»O.k.«, sagte Harry. »Jetzt werden andere weitermachen. Wollen Sie etwas zu trinken? Kaffee? Wasser?«

»Nein, danke.«

Harry stand auf, um zu gehen.

»Harry?«

Er drehte sich um. »Es ist besser, wenn Sie mich Hole nennen. Oder Kommissar.«

»O.k. Bin ich in Schwierigkeiten?« Er fragte das auf Norwegisch.

Harry kniff die Augen zusammen. Brekke war ein trauriger Anblick, er saß so zusammengesunken da wie ein Kleidersack.

»Wenn ich Sie wäre, würde ich jetzt, glaube ich, meinen Anwalt anrufen.«

»Ich verstehe. Danke.«

Harry blieb in der Tür stehen. »Ach ja, wie war das mit dem Versprechen, dass Sie dem Botschafter in der Tiefgarage gegeben haben, haben Sie das gehalten?«

Brekke warf ihm einen beinahe entschuldigenden Blick zu. »Idiotisch. Ich hatte schon vor, das Hilde zu erzählen, ich meine, das musste ich ja. Aber als ich erfuhr, dass er tot war, da ... Ja, er war so ein seltsamer Mann und irgendwie dachte ich, dass ich dieses Versprechen halten sollte. Es hatte jetzt ja auch keine praktische Bedeutung mehr.«

»Einen Moment, ich schalte mein Telefon auf Lautsprecher.«

»Hallo?«

»Wir hören dich, Harry, leg los.«

Bjarne Møller, Dagfinn Torhus und die Polizeipräsidentin hörten sich Harrys telefonischen Bericht an, ohne ihn zu unterbrechen.

Anschließend ergriff Torhus das Wort.

»Wir haben also einen Norweger, der unter Mordverdacht in Untersuchungshaft sitzt. Die Frage ist, wie lange können wir das vor den Medien geheim halten?«

Die Polizeipräsidentin räusperte sich. »Da der Presse der Mord bisher nicht bekannt ist, steht die Polizei auch noch nicht unter dem Druck, einen Mörder finden zu müssen. Ich werde anschließend ein Telefonat führen. Ich denke, wir haben noch ein paar Tage, insbesondere da Sie gegen Brekke ja vorläufig nicht mehr in der Hand haben als ein

Motiv und eine Falschaussage. Wenn Sie ihn gehen lassen müssen, ist es vielleicht besser, wenn niemand von der Festnahme erfährt.«

»Harry, hörst du mich?« Jetzt sprach Møller wieder. Es kam ein sphärisches Rauschen, das er als eine Bestätigung auffasste. »Ist der Kerl schuldig, Harry? Hat er es getan?«

Erneut rauschte es als Antwort und Møller nahm den Hörer des Apparates im Büro der Polizeipräsidentin ab.

»Was hast du gesagt, Harry? ...au? Genau. Tja, wir werden das hier besprechen und halten Kontakt mit dir.«

Er legte auf.

»Was hat er gesagt?«

»Dass er es nicht weiß.«

Als Harry in seine Wohnung kam, war es spät. Im Le Boucheron war es voll gewesen, so dass er in einem Restaurant auf der Soi 4 in Patpong gegessen hatte, der Schwulenstraße. Während des Hauptgerichts war ein Mann an seinen Tisch gekommen, hatte höflich gefragt, ob er einen geblasen bekommen wollte, und hatte sich nach Harrys Kopfschütteln diskret wieder zurückgezogen.

Harry stieg in der fünften Etage aus dem Fahrstuhl. Es war niemand da und die Lichter am Pool waren aus. Er zog seine Kleider aus und sprang ins Becken. Das Wasser umschloss ihn kühl. Er schwamm ein paar Bahnen und spürte den Widerstand des Wassers. Runa hatte gesagt, dass kein Becken dem anderen gleiche, dass jedes Wasser seine Eigenheiten habe, eine spezielle Konsistenz, Farbe, einen besonderen Geruch. In diesem Becken sei es die Vanille, hatte sie gesagt. Süßlich und etwas zäh. Er atmete ein, roch aber nur das Chlor und Bangkok. Er drehte sich auf den Rücken und schloss die Augen. Das Geräusch seines eigenen Atems unter Wasser gab ihm das Gefühl, in einem kleinen Raum eingesperrt zu sein. Er öffnete die Augen. In einer der Wohnungen wurde ein Licht gelöscht. Ein Satellit bewegte sich langsam zwischen zwei Sternen. Ein Motorrad mit einem Loch im Schalldämpfer versuchte davonzukommen. Dann glitt sein Blick wieder zurück zur Wohnung. Er zählte die Etagen noch einmal. Er schluckte Wasser. Es war seine Wohnung, in der das Licht gelöscht worden war.

Harry war blitzschnell aus dem Wasser, zog sich die Hose an und sah sich vergeblich nach etwas um, das er als Waffe benutzen konnte. Er nahm den Poolkescher, der an der Wand stand, rannte die wenigen Meter zum Aufzug und drückte den Knopf. Die Türen des Aufzugs glitten zur Seite, er trat hinein und nahm einen schwachen Currygeruch wahr. Dann war es, als hätte man ihm eine Sekunde aus seinem Leben geschnitten, und als er wieder zu sich kam, lag er auf dem Rücken auf dem kalten Steinboden. Der Schlag hatte ihn glücklicherweise nur an der Stirn getroffen, doch eine riesige Gestalt stand über ihm, und Harry erkannte sofort, dass seine Chancen schlecht standen. Er schlug mit dem Kescher und traf die Beine etwas oberhalb der Knie, aber der leichte Aluminiumschaft zeigte wenig Wirkung. Es gelang Harry, dem ersten Tritt auszuweichen und sich hinzuknien, doch der andere Tritt traf ihn an der Schulter und schleuderte ihn herum. Sein Rücken schmerzte, doch das setzte die Adrenalinproduktion in Gang, und mit einem Schmerzensschrei sprang er auf. Im Lichtschein des geöffneten Fahrstuhls sah er einen Zopf auf einem kahl rasierten Schädel tanzen. Da schnellte ein Arm nach vorne, traf ihn über dem Auge und ließ ihn nach hinten in Richtung Becken taumeln. Die Gestalt kam ihm nach und Harry deutete einen Schlag mit links an, ehe er seine Rechte dorthin schlug, wo er das Gesicht vermutete. Es war, als hätte er auf Granit geschlagen und sich dabei selbst mehr verletzt als sein Gegenüber. Harry duckte sich und schwang den Kopf zur Seite, spürte den Luftzug eines Schlages und die stechende Angst in seiner Brust. Er tastete nach seinem Gürtel, fand die Handschellen und bekam sie mit drei Fingern zu fassen. Er wartete, bis die Gestalt näher kam, setzte alles darauf, dass kein Haken kommen würde, und duckte sich. Dann schlug er zu, holte mit Hüfte und

Schulter aus und legte sein ganzes Körpergewicht dahinter, als er mit rasender Verzweiflung seine eisenbewehrten Knöchel durch das Dunkel nach vorne wuchtete, bis sie knirschend auf Fleisch und Knochen trafen und irgendetwas nachgab. Er schlug noch einmal zu und spürte, wie sich das Eisen durch die Haut bohrte. Blut sickerte warm und zäh zwischen seine Finger. Er wusste nicht, ob es sein Blut oder das des anderen war, hob aber die Faust, um noch einmal zuzuschlagen, zunehmend entsetzt darüber, dass der andere noch immer nicht zu Boden gegangen war. Da hörte er das leise, kehlige Lachen und eine LKW-Ladung Beton traf seinen Kopf. All das Schwarze wurde noch schwärzer und oben oder unten gab es nicht mehr.

Kapitel 29

Harry wachte vom Wasser auf, holte automatisch Luft und wurde im nächsten Augenblick unter Wasser gedrückt. Er setzte sich zur Wehr, doch es nützte nichts. Das Wasser verstärkte das metallische Klicken eines Schlosses und der Arm, der ihn festgehalten hatte, verschwand plötzlich. Er öffnete die Augen, alles um ihn herum war türkisblau und unter sich erkannte er die Fliesen des Pools. Er trat mit den Beinen, doch ein Rucken am Handgelenk erzählte ihm, was ihm sein Hirn gegen all sein Leugnen bereits zu erklären versucht hatte. Dass er ertrinken würde. Dass Woo ihn mit seinen eigenen Handschellen an den Abfluss am Boden des Pools gekettet hatte.

Er blickte nach oben. Der Mond schien durch einen Filter aus Wasser auf ihn herab. Er streckte den freien Arm nach oben aus dem Wasser. Verflucht, das Becken war hier nur einen Meter tief! Harry zog die Beine unter sich und versuchte sich zu erheben, er drückte mit all seiner Kraft und die Handschellen schnitten sich in seinen Daumen, doch es fehlten noch immer zwanzig Zentimeter, bis sein Mund die Wasseroberfläche erreichte. Er registrierte, dass sich der Schatten oben am Becken entfernte. Verflucht! Nur keine Panik, dachte er, Panik verbraucht eine Unmenge Sauerstoff.

Er ließ sich zu Boden sinken und untersuchte das Abflussgitter mit den Fingern. Es war aus Stahl und saß bombenfest, selbst wenn er mit beiden Armen riss und zerrte, lockerte es sich nicht. Wie lange konnte er die Luft anhalten? Eine Minute? Zwei? Seine Muskeln schmerzten bereits, er spürte ein Knacken in seinen Schläfen und rote

Sterne tanzten vor seinen Augen. Erneut versuchte er, sich loszureißen, wohl wissend, dass die physische Anstrengung den Sauerstoff nur noch rascher aufzehrte. Sein Mund war trocken vor Angst, sein Hirn sandte Bilder, von denen er wusste, dass es Halluzinationen waren, zu wenig Brennstoff, zu wenig Wasser. Ein absurder Gedanke kam ihm – wenn er so viel trank, wie er konnte, würde der Wasserspiegel vielleicht so weit sinken, dass er den Kopf über die Oberfläche brachte? Er schlug mit der freien Hand auf den Beckenrand, doch niemand konnte ihn hören, denn obgleich die Welt hier unter Wasser vollkommen still war, brüllte Bangkok dort oben unbeeindruckt seinen Hundertjahresschrei und übertönte alle Geräusche. Und wenn ihn jemand gehört hätte? Das Einzige, was sie tun konnten, war, ihn in den Tod zu begleiten. Eine brennende Hitze legte sich um seinen Kopf und er machte sich bereit, das zu versuchen, was alle Ertrinkenden früher oder später versuchen mussten: Wasser einatmen. Seine freie Hand berührte Metall. Den Poolkescher. Er lag auf dem Rand. Harry packte ihn und zog ihn zu sich. Runa hatte Didgeridoo gespielt. Hohl. Luft. Er legte den Mund um das Ende des Aluminiumrohrs und holte Luft. Er bekam Wasser in den Mund, schluckte, wäre beinahe erstickt, spürte tote, vertrocknete Insekten auf der Zunge und biss, gegen den Hustenreiz ankämpfend, auf das Aluminium. Warum heißt es nur Sauerstoff? Es ist doch nicht sauer, es ist süß, selbst in Bangkok ist die Luft süß wie Honig. Er atmete Abfall und lose Aluminiumspäne, die sich auf die Schleimhaut in seinem Hals setzten, spürte es aber nicht. Er atmete ein und aus mit einer Intensität, als wäre er einen Marathon gelaufen.

Sein Hirn hatte wieder begonnen zu funktionieren. Deshalb wusste er, dass es nur eine Hinauszögerung war. Im Blut verwandelte sich der Sauerstoff in Kohlendioxid, das Abgas des eigenen Körpers, und das Rohr war zu lang, um dieses tödliche Gas hinauszublasen. Deshalb atmete er die ausgeatmete Luft wieder ein, wieder und wieder, in einer Mischung mit immer weniger Sauerstoff und immer mehr todbringendem CO_2. Man nannte das Hyperkapnie und er würde bald daran sterben. Das Schlimmste war, dass er so schnell atmete, das würde den Prozess nur beschleunigen. Mit der Zeit würde er schläfrig werden, das Hirn würde die Lust verlieren, weiterzuatmen, er würde immer weniger Luft holen und schließlich ganz zu atmen aufhören.

Wie einsam, dachte Harry. Festgekettet. Wie die Elefanten auf den Flussschiffen. Er blies mit all seiner Kraft in das Rohr.

Anne Verk wohnte seit drei Jahren in Bangkok. Ihr Mann war der Chef von Shell Thailand, sie waren kinderlos, durchschnittlich unglücklich und würden noch ein paar Jahre miteinander auskommen. Danach würde sie zurück nach Holland ziehen, ihr Studium abschließen und nach einem neuen Mann Ausschau halten. Aus reiner Langeweile hatte sie sich als ehrenamtliche Empire-Lehrerin beworben und die Stelle zu ihrer Überraschung auch bekommen. Das Empire war ein Projekt, das den zahllosen jungen Prostituierten Unterricht anbot, vor allem in Englisch. Anne Verk brachte ihnen bei, was sie in ihrem Alltag in den Bars brauchten, deshalb kamen sie. Sie hockten hinter ihren Pulten, lächelnde, schüchterne junge Mädchen, die kicherten, wenn sie sie bat, ihr nachzusprechen. »Darf ich Ihnen diese Zigarre anzünden, Sir?« oder »Ich bin noch Jungfrau. Sie sind aber ein stattlicher Herr, Sir. Wollen Sie einen Drink kaufen?«

Heute hatte eines der Mädchen ein neues rotes Kleid getragen, auf das sie sichtlich stolz war. Es war, wie sie ihren Mitschülerinnen auf gestottertem Englisch erklärte, im Robertson Department Store gekauft … Manchmal war es schwer, sich vorzustellen, dass diese Mädchen als Huren in einem von Bangkoks härtesten Vierteln arbeiteten.

Wie die meisten Niederländer sprach sie ausgesprochen gut Englisch, so dass sie an einem Abend in der Woche auch einige der anderen Lehrer unterrichtete. Sie stieg im fünften Stock aus dem Fahrstuhl. Es war ein ausnehmend harter Abend gewesen mit heftigen Streitereien über die Unterrichtsmethoden und sie sehnte sich danach, in ihrer zweihundert Quadratmeter großen Wohnung die Schuhe auszuziehen, als sie die seltsamen heiseren Töne hörte. Sie glaubte zuerst, die Geräusche kämen vom Fluss, doch dann erkannte sie, dass sie vom Pool kamen. Sie fand den Lichtschalter und brauchte ein paar Sekunden, um den Anblick des Mannes unter Wasser und des herausragenden Poolkeschers aufzunehmen und zu verstehen. Dann rannte sie.

Harry sah das Licht angehen und die Gestalt, die am Beckenrand stand. Dann verschwand sie. Sie sah aus wie eine Frau. Hatte sie Panik bekommen? Harry spürte die ersten Anzeichen von Hyperkapnie. Theoretisch sollte es beinahe angenehm sein, als würde man in Narkoseschlaf gleiten, doch er spürte die Angst wie Gletscherwasser durch seine Adern rinnen. Er versuchte, sich zu konzentrieren, ruhig zu atmen, nicht zu viel und nicht zu wenig, aber es wurde immer schwieriger.

Er bemerkte deshalb nicht, dass der Wasserstand zu sinken begonnen hatte, und als die Frau ins Becken sprang und ihn anhob, war er sich sicher, dass sie ein Engel war, der gekommen war, ihn zu holen.

Den Rest der Nacht hatte Harry vor allem Kopfschmerzen. Er saß auf einem Stuhl in seiner Wohnung, ein Arzt kam, nahm eine Blutprobe und erklärte ihm, was er für ein Glück gehabt hatte. Als bräuchte er jemanden, der ihm das erklärte. Später stand Liz neben ihm und notierte sich, was geschehen war.

»Was wollte er in der Wohnung?«, fragte sie.

»Keine Ahnung. Mir Angst einjagen, vielleicht?«

»Hat er etwas mitgenommen?«

Er sah sich um.

»Nicht, wenn meine Zahnbürste noch im Bad ist.«

»Blödmann! Wie fühlst du dich?«

»Wie bei einem Kater.«

»Ich gebe sofort die Fahndung raus.«

»Vergiss es. Sieh zu, dass du nach Hause kommst und ein bisschen Schlaf bekommst.«

»Wie großzügig du plötzlich bist.«

»Ich spiele gut, nicht wahr?« Er rieb sich das Gesicht mit den Händen.

»Damit sollte man nicht spaßen, Harry. Bist du dir im Klaren darüber, dass du eine CO_2-Vergiftung hast?«

»Die ist laut Arzt auch nicht schlimmer als bei jedem durchschnittlichen Einwohner von Bangkok. Wirklich, Liz. Geh nach Hause, ich kann jetzt nicht mehr mit dir reden. Ich bin morgen wieder fit.«

»Du nimmst dir morgen frei.«

»Wie du willst. Aber geh jetzt.«

Harry schluckte die Pillen, die ihm der Arzt gegeben hatte, schlief traumlos und erwachte erst, als Liz ihn im Laufe des Vormittags anrief, um sich zu erkundigen, wie es ihm ging. Er grunzte eine Antwort.

»Ich will dich heute nicht sehen«, sagte sie.

»Ich liebe dich auch«, sagte er, legte auf und erhob sich, um sich anzuziehen.

Es war der bislang wärmste Tag des Jahres und im Präsidium stöhnten alle um die Wette. Selbst in Liz' Büro konnte die Klimaanlage nicht mehr Schritt halten. Harrys Nase hatte sich zu schälen begonnen und sah aus wie eine Variante vom Rentier Rudolf. Seine dritte Literflasche Wasser war auch schon wieder halb leer.

»Wenn das die kalte Jahreszeit ist, wie ist dann die ...«

»Bitte, Harry, ja?« Liz war nicht der Meinung, dass die Hitze erträglicher wurde, wenn man darüber sprach.

»Was ist mit Woo, Nho? Irgendeine Spur?«

»Fehlanzeige. Ich hatte ein sehr ernstes Gespräch mit Herrn Sorensen von Indo Thai Travellers. Er behauptet, nicht zu wissen, wo Woo ist, und dass er nicht mehr in der Firma arbeite.«

Liz seufzte. »Und wir haben noch immer keine Ahnung, was er in Harrys Wohnung wollte. Wirklich nett. Was ist mit Brekke?«

Sunthorn hatte den Wachmann in Brekkes Apartmenthaus befragt. Er erinnerte sich wirklich, dass der Norweger an diesem Abend irgendwann nach Mitternacht nach Hause gekommen war, konnte aber keine genaue Uhrzeit nennen.

Liz teilte ihnen mit, dass die Kriminaltechnik bereits Brekkes Wohnung und sein Büro auf den Kopf stellten. Sie untersuchten insbesondere die Kleider und Schuhe, um zu überprüfen, ob sie nicht Blut, Haare, Fasern oder sonst irgendetwas fanden, das Brekke mit dem Toten oder mit dem Tatort in Verbindung bringen konnte.

»In der Zwischenzeit«, sagte Rangsan, »hab ich ein paar Sachen über die Bilder zu sagen, die wir in Molnes' Aktenkoffer gefunden haben.«

Er heftete drei vergrößerte Bilder an eine Tafel neben der Tür. Obgleich diese Bilder Harry lang genug durch den Kopf gekreist waren und etwas von ihrer unmittelbar schockierenden Wirkung verloren hatten, spürte er seinen Magen protestieren.

»Wir haben die zur Sitte geschickt, um deren Meinung einzuholen. Es ist ihnen nicht gelungen, die Bilder mit irgendwelchen bekannten Kinderpornoringen in Verbindung zu bringen.« Rangsan drehte eines der Bilder um. »Zum einen sind die Bilder auf einem deutschen Fotopapier entwickelt worden, das in Thailand nicht verkauft wird. Zum anderen sind diese Bilder ein wenig unscharf und erinnern auf den ersten Blick an private Amateurfotos, die nicht für einen größeren Kreis bestimmt sind. Die Kriminaltechnik hat mit einem Fotoexperten gesprochen, der der Meinung ist, dass die Aufnahmen mit einem Teleobjektiv aus großer Distanz gemacht worden sind, vermutlich von außerhalb des Hauses. Das hier hält er für die Sprosse eine Fensters.«

Rangsan deutete auf einen grauen Schatten am Bildrand. »Dass die Bilder trotzdem einigermaßen professionell sind, kann darauf hindeuten, dass es sich um eine neue Nische innerhalb des Kinderpornomarktes handelt, die befriedigt werden soll, nämlich die Spanner.«

»Ja und?«

»In den USA verdient die Pornobranche ein Heidengeld mit sogenannten privaten Amateuraufnahmen, die eigentlich von professionellen Akteuren und Fotografen stammen. Diese lassen es bewusst amateurmäßig aussehen, indem sie eine einfache Ausrüstung verwenden und möglichst natürlich aussehende Fotomodelle verwenden. Es hat sich gezeigt, dass die Menschen mehr zu zahlen bereit sind, wenn sie glauben, authentische Aufnahmen aus den Schlafzimmern der Leute zu bekommen. Das Gleiche gilt für Bilder und Videos, die den Anschein erwecken, als wären sie ohne das Wissen und die Zustimmung der Hauptdarsteller von der anderen Straßenseite aus aufgenommen worden. Letztere appellieren insbesondere an die Spanner, also an Menschen, die sich daran aufgeilen, anderen unbemerkt zuzusehen. Wir glauben, dass unsere Bilder in diese Kategorie gehören.«

»Oder«, sagte Harry. »Es ist möglich, dass diese Bilder nicht zum Verteilen bestimmt waren, sondern um jemanden zu erpressen.«

Rangsan schüttelte den Kopf. »Daran haben wir auch gedacht, aber dann sollte der Erwachsene auf dem Foto identifizierbar sein. Das Typische an Kinderpornos, die verkauft werden sollen, ist eben, dass die Gesichter der Täter nicht zu erkennen sind, wie eben hier.«

Er deutete auf die drei Bilder. Man konnte den Hintern und den unteren Teil des Rückens einer Person erkennen. Abgesehen von einem roten Oberteil, auf dem der untere Teil der Ziffern 2 und 0 zu erkennen war, war die Person nackt.

»Und wenn es doch Erpressung sein sollte, der Fotograf das Gesicht aber einfach nicht auf den Film gebracht hat«, fragte Harry, »oder er dem Erpressungsopfer die Bilder bloß gezeigt hat, auf denen er nicht identifiziert werden konnte?«

»Hört auf!« Liz wedelte mit der Hand. »Was willst du damit sagen, Harry? Dass der Mann auf dem Bild Molnes ist?«

»Das ist eine Theorie. Dass er erpresst worden ist, aber aufgrund seiner Spielschulden nicht zahlen konnte.«

»Und wenn schon?«, fragte Rangsan. »Das gibt den Erpressern doch kein Motiv, Molnes zu ermorden.«

»Vielleicht hat er dem Erpresser damit gedroht, ihn der Polizei zu melden.«

»Um den Erpresser anzuzeigen und dann selbst wegen Pädophilie angeklagt zu werden?« Rangsan verdrehte die Augen und Sunthorn und Nho versuchten erfolglos, ihr Lächeln zu unterdrücken.

Harry streckte die Arme nach oben.

»Wie gesagt, das ist bloß eine mögliche Theorie und ich habe nichts dagegen, sie fallen zu lassen. Die andere ist, dass Molnes der Erpresser ist ...«

»... und Brekke der Täter.« Liz stützte ihr Kinn auf die Hand und starrte nachdenklich in die Luft. »Nun, Molnes brauchte Geld und das gäbe Brekke ein Motiv für den Mord. Aber das hatte er ja ohnehin, das bringt uns also auch nicht weiter. Was meinst du, Rangsan, kann man ausschließen, dass der Mann auf dem Foto Brekke ist?«

Er schüttelte den Kopf.

»Die Bilder sind so unscharf, dass wir nichts ausschließen können, außer Brekke hat bestimmte, ganz eigene Merkmale.«

»Wer meldet sich freiwillig, um den Arsch von Brekke zu inspizieren?«, fragte Liz und erntete Gelächter.

Sunthorn räusperte sich diskret: »Wenn Brekke Molnes wegen der Bilder ermordet hat, warum hat er sie dann liegen lassen?«

Es wurde einen Moment lang still.

»Habe nur ich das Gefühl, dass wir hier bloß rumschwafeln?«, fragte Liz schließlich.

Die Klimaanlage gurgelte und Harry dachte, dass der Tag genauso lang wie heiß werden würde.

Harry blieb in der geöffneten Terrassentür der Botschafterwohnung stehen, die zum Garten führte.

»Harry?« Runa blinzelte das Wasser aus ihren Augen und stieg aus dem Pool.

»Hallo«, grüßte er. »Ihre Mutter schläft?«

Sie zuckte mit den Schultern.

»Wir haben Jens Brekke festgenommen.«

Er wartete darauf, dass sie etwas sagen würde, dass sie fragte, warum, aber sie schwieg. Er seufzte: »Ich will Sie mit diesen Dingen nicht quälen, Runa. Aber ich stecke einfach mitten drin in dieser Sache und das tun Sie auch, weshalb ich denke, dass es das Beste wäre, wenn wir uns gegenseitig helfen würden.«

»Na dann«, sagte sie. Harry versuchte, aus ihrem Tonfall schlau zu werden. Er entschloss sich, direkt zur Sache zu kommen.

»Ich muss versuchen, etwas mehr über ihn herauszufinden, was für ein Typ er ist, ob er der ist, für den er sich ausgibt, und so weiter. Ich wollte mit seinem Verhältnis zu Ihrer Mutter anfangen. Ich meine, das ist schließlich ein ganz schöner Altersunterschied …«

»Sie fragen sich, ob er sie ausgenutzt hat?«

»In der Art, ja.«

»Möglicherweise hat meine Mutter ihn ausgenutzt, aber umgekehrt?«

Harry setzte sich auf einen der Stühle unter der Weide, während sie stehen blieb.

»Mutter mag es nicht, dass ich in der Nähe bin, wenn sie zusammen sind, so dass ich ihn eigentlich nie richtig kennengelernt habe.«

»Sie kennen ihn besser als ich.«

»Wirklich? Hm. Er wirkt ja ziemlich glatt, aber vielleicht

macht das auch nur den Anschein. Er versucht auf jeden Fall, nett zu mir zu sein, so war es zum Beispiel seine Idee, mich mit zum Thaiboxen zu nehmen. Ich glaube, er hält mich für sportinteressiert, weil ich Kunstspringen mache. Ob er sie ausnutzt? Ich weiß nicht. Tut mir leid, das hilft Ihnen sicher nicht weiter, aber ich weiß nicht, wie Männer in diesem Alter denken, ihr zeigt ja nicht gerade viele Gefühle ...«

Harry schob sich die Sonnenbrille auf der Nase zurecht. »Danke, das ist schon einiges, Runa. Können Sie Ihre Mutter bitten, mich anzurufen, wenn sie aufwacht?«

Sie stellte sich mit dem Rücken zum Wasser an den Beckenrand, sprang ab und zeichnete mit durchgedrücktem Rücken und nach hinten geneigtem Kopf eine weitere Parabel für ihn in die Luft. Er sah die Blasen zur Oberfläche steigen, als er sich umdrehte, um zu gehen.

Brekkes Chef bei Barclay Thailand hatte eine Glatze und Sorgenfalten im Gesicht. Er hustete und hustete und bat Harry dreimal, seinen Namen zu wiederholen. Harry sah sich im Büro um und stellte fest, dass Brekke nicht gelogen hatte: Es war kleiner als seins.

»Brekke ist einer unserer tüchtigsten Broker«, sagte der Chef. »Er hat ein gutes Zahlengedächtnis.«

»Ah ja.«

»Gerissenheit, ja, das ist sein Job.«

»O.k.«

»Es heißt, er könne manchmal brutal sein, aber keiner unserer Klienten hat ihn jemals beschuldigt, unfair gewesen zu sein.«

»Wie ist er als Person?«

»Habe ich Ihnen das nicht gerade gesagt?«

Vom Präsidium aus rief Harry Tore Bø an, den Chef der Valutaabteilung der DnB. Er erwähnte, dass Brekke ein kurzes Verhältnis mit einer Sekretärin der Abteilung gehabt habe, das dann aber ganz plötzlich beendet gewesen sei, vermutlich auf ihre Initiative. Er meinte, das könne einer der Gründe dafür sein, warum Brekke kurz darauf gekündigt und die Stelle in Bangkok angenommen habe.

»Natürlich neben der Wechselprämie und dem höheren Gehalt«, hatte er hinzugefügt.

Nach dem Lunch fuhren Harry und Nho mit dem Fahrstuhl ins zweite Obergeschoss hinunter, wo Brekke in einem Aufenthaltsraum festgehalten wurde und darauf wartete, ins Untersuchungsgefängnis nach Pratunam überführt zu werden.

Brekke trug noch immer den Anzug, den er bei seiner Festnahme getragen hatte, aber er hatte sein Hemd oben aufgeknöpft und die Ärmel hochgekrempelt, so dass er nicht mehr wie ein Banker aussah. Seine verschwitzten Haare klebten ihm an der Stirn und er starrte irgendwie verwundert auf seine vor ihm auf dem Tisch liegenden Hände.

»Das ist Herr Nho, ein Kollege von mir«, sagte Harry.

Brekke blickte auf, lächelte tapfer und nickte.

»Ich habe eigentlich nur eine Frage«, sagte Nho. »Haben Sie den Botschafter am Montag, den 3. Januar gegen 17 Uhr in die Tiefgarage begleitet, wo sein Wagen stand?«

Brekke sah Harry an, dann Nho.

»Ja«, sagte er.

Nho blickte Harry an und nickte.

»Danke«, sagte Harry. »Das war alles.«

Kapitel 30

Der Verkehr war nur im Schneckentempo gekrochen, Harry hatte Kopfschmerzen und die Klimaanlage pfiff besorgniserregend. Nho hatte vor der Schranke von Barclay Thailand gehalten, die Scheibe nach unten gelassen und von einem plattgesichtigen Thailänder mit einem frisch gebügelten Hemd zu hören bekommen, dass Jim Love nicht in der Arbeit war.

Nho hatte seine Polizeimarke gezeigt und erklärt, dass sie sich gerne eine der Videokassetten ansehen würden, doch der Wachmann schüttelte missbilligend den Kopf und sagte, dass sie dafür den Sicherheitsdienst anrufen müssten. Nho drehte sich zu Harry um und zuckte mit den Schultern.

»Erklär ihm, dass es um Mord geht«, sagte Harry.

»Das habe ich getan.«

»Dann müssen wir es ihm genauer erklären.«

Harry stieg aus dem Wagen. Hitze und Feuchtigkeit schlugen ihm ins Gesicht, als würde man den Deckel von einem Topf mit kochendem Wasser nehmen. Er streckte sich, ging langsam um den Wagen herum und fühlte bereits ein aufkeimendes Schwindelgefühl. Der Wachmann zog die Stirn in Falten, als sich ihm knapp zwei Meter rot gesprenkelter *farang* näherten und dabei eine Hand auf den Pistolengurt legten.

Harry baute sich vor ihm auf, zeigte die Zähne und packte mit der linken Hand seinen Gürtel. Der Wachmann rief etwas, kam aber nicht mehr dazu, sich zu wehren, ehe Harry den Gürtel herausgezogen und seine rechte Hand hinter den Hosenbund geschoben hatte. Der Wachmann hob vom Boden ab, als Harry anzog. Die Unterhose ging mit einem reißenden Laut entzwei. Nho rief etwas, aber es war zu spät. Harry hielt bereits triumphierend eine weiße Boxershorts am ausgestreckten Arm. Im nächsten Augenblick segelte sie über das Wachhäuschen in die Büsche. Dann ging er langsam wieder um das Auto herum und setzte sich.

»Ein alter Trick aus dem Gymnasium«, sagte er Nho, der ihn mit weit aufgerissenen Augen anstarrte. »Die weiteren Verhandlungen kannst du jetzt führen. Verflucht, ist das warm ...«

Nho sprang aus dem Wagen und nach einer kurzen Besprechung steckte er den Kopf nickend durch die Tür. Harry folgte den beiden in den Kellerraum, wobei der Wachmann ihm wütende Blicke zuwarf und misstrauisch darauf achtete, immer einen gewissen Abstand zu ihm zu halten.

Die Mechanik des Videorecorders summte und Harry zündete sich eine Zigarette an. Er bildete sich ein, dass das Nikotin in gewissen Situationen die Gedanken stimulierte. Zum Beispiel dann, wenn man Lust auf eine Zigarette hatte.

»So, so«, sagte Harry. »Du meinst also, Brekke sagt die Wahrheit?«

»Das meinst du doch auch«, sagte Nho. »Sonst hättest du mich doch nicht da mit runtergenommen.«

»Richtig.« Der Rauch brannte Harry in den Augen. »Und hier siehst du jetzt, warum ich glaube, dass er die Wahrheit sagt.«

Nho starrte auf die Bilder, musste aber aufgeben und den Kopf schütteln.

»Diese Kassette ist von Montag, dem zehnten Januar«, sagte Harry, »gegen zehn Uhr abends.«

»Falsch«, sagte Nho. »Das ist die gleiche Aufnahme, die wir zuletzt gesehen haben, vom Mordtag, dem dritten Januar. Das Datum steht sogar da unten in der Ecke.«

Harry blies einen Rauchring, doch es zog, so dass er sich sofort auflöste.

»Es ist die gleiche Aufnahme, aber das Datum war die

ganze Zeit über falsch. Ich tippe darauf, unser unterhosenfreier Freund hier kann uns bestätigen, dass man Datum und Uhrzeit der Aufnahme leicht umprogrammieren kann, so dass sie sich in der Bildecke verändern.«

Nho sah den Wachmann an, der nickend mit den Schultern zuckte.

»Aber das erklärt nicht, warum du weißt, wann diese Aufnahme gemacht wurde«, sagte Nho.

Harry machte eine Kopfbewegung in Richtung Bildschirm. »Ich bin darauf gekommen, als ich heute Morgen vom Verkehrslärm auf der Taksin Bridge nah bei meiner Wohnung geweckt wurde. »Dass da zu wenig Verkehr war. Das ist eine Tiefgarage mit sechs Etagen in einem belebten Geschäftshaus, es soll zwischen vier und fünf sein und wir sehen *zwei* Autos in einer Stunde?«

Harry schnippte die Asche von der Zigarette. »Das Nächste, woran ich dachte, sind die hier.«

Er stand auf und zeigte auf die schwarzen Streifen auf dem Zement. »Spuren von nassen Reifen. Bei beiden Autos. Wann gab es in Bangkok zuletzt nasse Straßen?«

»Vor zwei Monaten, wenn nicht länger.«

»Falsch. Vor vier Tagen, am zehnten Januar zwischen zehn und halb elf Uhr abends, gab es einen Mango-Schauer. Ich weiß das, denn ich bin ziemlich nass geworden.«

»He, das stimmt«, sagte Nho. Er runzelte die Stirn. »Aber diese Videogeräte sollen doch kontinuierlich aufzeichnen. Wenn diese Aufnahme nicht von dritten Januar stammt, sondern vom zehnten, muss das ja heißen, dass die Kassette, die eigentlich zu diesem Zeitpunkt im Gerät gewesen sein sollte, aus dem Recorder genommen worden ist.«

Harry bat den Wachmann, die Kassette herauszusuchen, auf der der zehnte Januar stand, und dreißig Sekunden später konnten sie konstatieren, dass die Aufnahme auf dieser Kassette um 21.30 Uhr stoppte. Danach folgte ein fünf Sekunden andauernder Schneesturm, ehe sich das Bild wieder stabilisierte.

»Hier wurde die Kassette aus dem Recorder genommen«, sagte Harry. »Was wir jetzt sehen, war vorher schon auf dem Band.«

Er zeigte auf das Datum. »Erster Januar 5 Uhr 25.«

Harry bat den Wachmann, das Bild anzuhalten. Sie blieben sitzen und starrten auf den Bildschirm, während Harry seine Zigarette zu Ende rauchte.

Nho legte die Handflächen vor den Mund. »Jemand hat also eine Kassette fabriziert, damit es so aussieht, als wäre der Wagen des Botschafters nicht in der Garage gewesen. Aber warum?«

Harry antwortete nicht. Er sah auf die Uhrzeit. 5 Uhr 25, fünfunddreißig Minuten, bevor das neue Jahr in Oslo ankam. Wo war er gewesen? Was hatte er gemacht? Hatte er im Schrøder gesessen? Nein, die hatten sicher geschlossen gehabt. Vermutlich hatte er geschlafen. An Raketen konnte er sich auf jeden Fall nicht erinnern.

Der Sicherheitsdienst konnte bestätigen, dass Jim Love am zehnten Januar Nachtschicht gehabt hatte, und sie gaben ihnen ohne mit der Wimper zu zucken seine Adresse und Telefonnummer. Nho rief an, um herauszufinden, ob bei Love zu Hause jemand ans Telefon ging, aber vergebens.

»Schick eine Streife vorbei und lass es überprüfen«, sagte Liz. Sie schien erleichtert zu sein, endlich eine Spur zu haben.

Sunthorn kam ins Büro und reichte ihr eine Mappe.

»Jim Love hat keine Akte«, sagte er. »Aber Maisan, einer der Fahnder der Drogenpolizei, konnte mit seiner Beschreibung etwas anfangen. Wenn es der gleiche Kerl ist, ist er mehrmals im Miss Duyen's beobachtet worden.«

»Was heißt das?«, fragte Harry.

»Das heißt, dass er bei der Opiumsache, über die er gesprochen hat, vielleicht doch nicht so unschuldig war«, sagte Nho.

»Miss Duyen's ist ein Opiumcafé in Chinatown«, erklärte Liz.

»Opiumcafé? Ist das nicht … äh, verboten?«

»Natürlich.«

»Sorry, dumme Frage«, sagte Harry. »Ich dachte wirklich, die Polizei bekämpfe so etwas.«

»Ich weiß nicht, wie ihr das da macht, wo du herkommst, Harry, aber hier versuchen wir das Ganze möglichst pragmatisch anzugehen. Wir können das Miss Duyen's gut schließen, doch dann eröffnet eine Woche später irgendwo anders ein Opiumcafé. Oder die armen Kerle machen auf offener Straße weiter. Der Vorteil am Miss Duyen's ist, dass wir den Überblick haben, dass unsere Fahnder kommen und gehen können, wie sie wollen, und dass diejenigen, die sich entschieden haben, sich ihre Hirne vom Opium zerstören zu lassen, das in einigermaßen anständiger Umgebung tun.«

Jemand hustete.

»Und dass Miss Duyen sicher auch gut dafür bezahlt«, wurde hinter der *Bangkok Post* gemurmelt.

Liz tat so, als hätte sie es nicht gehört.

»Da er nicht auf der Arbeit aufgetaucht und auch nicht zu Hause ist, tippe ich, dass er auf einer von Miss Duyen's Bambusmatten liegt. Ich schlage vor, dass du mit Harry mal dahin fährst, Nho. Red mit Maisan, der kann euch helfen. Ist sicher interessant für unseren Touristen, ein bisschen was zu sehen zu bekommen.«

Maisan und Harry gingen in eine enge Straße, durch die ein glühend heißer Wind den Abfall an den ärmlichen Hauswänden entlangblies. Nho war im Auto sitzen geblieben, da Maisan fand, dass er schon von weitem als Polizist zu erkennen war. Außerdem fürchtete er, man könnte im Miss Duyen's misstrauisch werden, wenn sie gleich zu dritt kamen.

»Opium rauchen ist keine soziale Angelegenheit«, erklärte Maisan mit breitem amerikanischen Akzent. Harry fragte sich, ob das in Kombination mit dem Doors-T-Shirt für einen verdeckten Ermittler nicht ein bisschen zu dick aufgetragen war. Maisan blieb vor einem offenen schmiedeeisernen Tor stehen, das als Tür fungierte, versuchte, die Zigarettenkippe mit seinem hohen Stiefelabsatz in den Asphalt zu drehen, und ging gebückt hinein.

Nach der Sonne draußen auf der Straße war es drinnen so dunkel, dass Harry zu Beginn nichts sehen konnte, aber er hörte leise, murmelnde Stimmen und folgte zwei Rücken vor sich, die sich nach hinten in den Raum entfernten.

»*Faen!*« Harry schlug sich die Stirn an einem Türrahmen an und drehte sich um, als er ein bekanntes Lachen hörte. Im Dunkel an der Wand glaubte er eine gewaltige Gestalt sitzen zu sehen, aber es war möglich, dass er sich irrte. Er hastete weiter, um die zwei vor sich nicht zu verlieren. Sie gingen über eine Treppe nach unten und Harry eilte hinterher. Ein paar Geldscheine wechselten den Besitzer und die Tür ging so weit auf, dass sie hineinschlüpfen konnten.

Drinnen roch es nach Erde, Urin, Rauch und süßlichem Opium.

Harrys vage Vorstellung von einer Opiumhöhle stammte aus einem Sergio-Leone-Film, in dem Robert De Niro in gelblichem schmeichelnden Licht auf dicken Kissen lag und von Frauen in Seidensarongs verwöhnt wurde. In seiner Erinnerung hatte das Ganze eine fast sakrale Stimmung gehabt. Abgesehen davon, dass das Licht auch hier gedämpft war, gemahnte hier wenig an Hollywood. Der Staub in der Luft machte einem das Atmen schwer, und abgesehen von ein paar alkovenartigen Betten an den Wänden, lagen die Menschen auf Decken und Bambusmatten auf dem hart gestampften Lehmboden.

Das Dunkel und die staubige Luft, die von leisem Husten und Räuspern erfüllt war, ließen Harry zuerst nur an eine Handvoll Menschen im Raum glauben, doch nachdem er sich an das Dunkel gewöhnt hatte, erkannte er, dass es ein großer, offener Raum war, indem sich bestimmt mehrere Hundert Menschen aufhielten, fast alles Männer. Abgesehen vom Husten war es seltsam still. Die meisten sahen aus, als schliefen sie, andere bewegten sich langsam. Er sah einen alten Mann mit beiden Händen die Pfeife umklammern, während er die Luft derart heftig einzog, dass sich die faltige Haut über seinen Wangenknochen straffte.

Der Wahnsinn war organisiert, sie lagen ordentlich in Reihen, eingeteilt in Quadrate, zwischen denen man hindurchgehen konnte, in etwa wie auf einem Friedhof. Harry folgte Maisan auf und ab durch die Reihen, sah sich Gesichter an und versuchte, den Atem anzuhalten.

»Siehst du deinen Typ irgendwo?«, flüsterte der Fahnder.

Harry schüttelte den Kopf. »Es ist verflucht dunkel hier unten.«

Maisan grinste. »Sie haben eine Zeit lang versucht, hier unten Neonröhren aufzuhängen, um das Stehlen zu unterbinden. Aber da sind die Menschen nicht mehr gekommen. Die meisten hier sind selber Diebe.«

Maisan verschwand nach hinten in den Raum. Nach einer Weile tauchte er wieder aus dem Halbdunkel auf und zeigte auf den Ausgang. »Ich habe erfahren, dass der Schwarze ab und zu ins Yupa House geht, gleich hier die Straße runter. Manche nehmen ihr Opium zum Rauchen dahin mit. Der Inhaber lässt sie da in Frieden.«

Gerade als sich Harrys Pupillen genug geweitet hatten, um im Dunkeln zu sehen, wurden sie wieder von der gewaltigen Zahnarztlampe eingefangen, die draußen noch immer treu am Himmel hing. Er setzte sofort seine Sonnenbrille auf.

»Du, ich kenne einen Ort, wo man billige …«

»Nein, danke, die hier ist gut.«

Sie holten Nho. Im Yupa House würden sie einen thailändischen Polizeiausweis brauchen, um Einblick in das Gästebuch zu bekommen, und Maisan hatte keine Lust, sich in dieser Gegend zu erkennen zu geben.

»Danke«, sagte Harry.

»Seid vorsichtig«, sagte Maisan und verschwand in den Schatten.

Kapitel 31

Der Portier des Yupa House sah aus wie das Spiegelbild in einem dieser Jahrmarktspiegel, die die Menschen dünner aussehen lassen. Zwischen schmalen, abfallenden Schultern saß ein längliches Gesicht auf einem Raubvogelhals. Er hatte schüttere Haare, schräg nach unten gezogene Augen und einen dünnen Ziegenbart. Er war sehr korrekt und höflich und in seinem schwarzen Anzug erinnerte er Harry an einen Bestattungsunternehmer.

Er versicherte Harry und Nho, dass niemand mit dem Namen Love im Hause sei. Als sie ihn beschrieben, lächelte er nur noch breiter und schüttelte den Kopf. Über dem Tresen hing ein Schild, auf dem die einfache Hausordnung des Hotels stand: keine Waffen, keine übel riechenden Objekte und kein Rauchen im Bett.

»Entschuldigen Sie uns einen Augenblick«, sagte Harry zum Portier und nahm Nho mit zum Eingang.

»Und?«

»Schwierig«, sagte Nho. »Er ist Vietnamese.«

»Ja und?«

»Weißt du nicht, was Nguyen Cao Ky im Vietnamkrieg über seine Landsleute gesagt hat? Er meinte, Vietnamesen seien geborene Lügner, es liege in ihren Genen, da sie über Generationen gelernt hätten, dass ihnen die Wahrheit nichts anderes bringt als Unglück.«

»Willst du damit sagen, dass er lügt?«

»Nur, dass ich keine Ahnung habe. Er ist gut.«

Harry drehte sich um, trat noch einmal an den Empfangstisch und bat um den Generalhauptschlüssel. Der Portier lächelte unsicher.

Harry hob seine Stimme ein ganz klein bisschen an, buchstabierte das Wort *master key* und lächelte mit zusammengebissenen Zähnen.

»Wir werden das Haus durchsuchen, Zimmer für Zimmer. Verstehen Sie? Sollten wir Unregelmäßigkeiten finden, sind wir natürlich gezwungen, das Hotel für weitere Ermittlungen zu schließen, aber auf solche Probleme werden wir hier ja sicher nicht stoßen.«

Der Portier schüttelte den Kopf und hatte plötzlich große Probleme, Englisch zu verstehen.

»Ich habe gesagt, dass wir wohl kaum auf so etwas stoßen werden, schließlich hängt hinter Ihnen ein Schild, auf dem steht, dass das Rauchen im Bett verboten ist.«

Harry riss das Schild herunter und knallte es auf den Tisch.

Der Vietnamese blickte lange auf die Hausordnung. Etwas bewegte sich unter der Haut seines Raubvogelhalses.

»In Zimmer 304 wohnt ein Mann mit Namen Jones«, sagte er. »Vielleicht ist er das.«

Harry drehte sich lächelnd zu Nho um, der mit den Schultern zuckte.

»Ist Herr Jones auf seinem Zimmer?«

»Er hat das Zimmer seit dem Einchecken nicht verlassen.«

Der Portier ging mit ihnen nach oben. Sie klopften an, doch es antwortete niemand. Nho gab dem Portier ein Zeichen, die Tür aufzuschließen, und zog eine 35-Millimeter-Beretta aus seinem Beinhalfter, die er lud und entsicherte. Der Kopf des Portiers begann leicht zu zucken, wie bei einem Huhn. Er drehte den Schlüssel herum und trat eilig ein paar Schritte zurück. Harry schob die Tür vorsichtig auf. Die Gardinen waren vorgezogen, so dass es im Zimmer fast dunkel war. Er tastete mit der Hand an der Innenseite die Wand entlang und schaltete das Licht ein. Auf dem Bett lag Jim Love, reglos, mit geschlossenen Augen und Kopfhörern auf den Ohren. Ein Ventilator brummte und drehte sich unter der Decke und versetzte die Gardinen in sanfte Bewegung. Die Wasserpfeife stand auf einem niedrigen Tischchen neben dem Bett.

»Jim Love!«, rief Harry, aber Jim Love reagierte nicht.

Entweder er schläft oder sein Walkman ist derart laut aufgedreht, dachte Harry und ließ seinen Blick durch das Zimmer schweifen, um sich zu versichern, dass Jim allein war. Erst als er sah, wie eine Fliege unbekümmert aus Jims rechtem Nasenloch kroch, begriff Harry, dass er nicht mehr atmete. Harry trat ans Bett und legte seine Hand auf Jims Stirn. Sie fühlte sich an wie kalter Marmor.

Harry saß auf einem unbequemen Stuhl des Hotelzimmers und wartete. Er summte ein Lied, kam aber nicht darauf, was es war.

Der Arzt kam und stellte fest, dass Love seit mindestens zwölf Stunden tot war. Das allerdings hätte Harry ihm auch schon vorher sagen können. Und als der Arzt auf die Frage, wie lange sie auf den Obduktionsbericht warten müssten, nur mit den Schultern zuckte, wusste Harry, dass die Antwort die gleiche war: mindestens zwölf Stunden.

Alle außer Rangsan trafen sich am Abend in Liz' Büro. Die gute Laune, die die Kommissarin noch am Morgen gehabt hatte, war wie weggeblasen.

»Sagt mir, dass wir irgendetwas haben«, bat sie drohend.

»Die Spurensicherung hat viel gefunden«, sagte Nho. »Sie waren zu dritt da und haben eine Masse Fingerabdrücke, Haare und Fasern gefunden. Sie meinten, im Yupa House könne seit mindestens einem halben Jahr nicht mehr geputzt worden sein.«

Sunthorn und Harry lachten, doch Liz sah sie nur mürrisch an.

»Keine Spuren, die mit dem Mord zu tun haben könnten?«

»Wir wissen noch nicht, ob es ein Mord war«, sagte Harry.

»Klar, verflucht«, fauchte Liz. »Leute, die im Verdacht

stehen, an einem Mord beteiligt gewesen zu sein, sterben nicht zufällig ein paar Stunden, bevor wir sie haben, an einer Überdosis.«

»Wer für den Galgen bestimmt ist, ertrinkt nicht«, sagte Harry.

»Was?«

»Ich meine nur, dass du recht hast.«

Nho fügte hinzu, dass eine tödliche Überdosis bei Opiumrauchern höchst ungewöhnlich ist. In der Regel verloren sie das Bewusstsein, ehe sie so viel konsumieren konnten. Die Tür ging auf und Rangsan kam herein.

»Es gibt Neuigkeiten«, sagte er und nahm sich die Zeitung. »Sie haben die Todesursache herausgefunden.«

»Ich dachte, das Obduktionsergebnis käme frühestens morgen früh«, sagte Nho.

»Nicht nötig. In der Kriminaltechnik haben sie Blausäure auf dem Opium gefunden, eine dünne Schicht, die irgendjemand aufgetragen haben muss. Der Kerl muss nach dem ersten Lungenzug gestorben sein.«

Es wurde einen Moment lang still am Tisch.

»Schaff mir Maisan her!« Liz war wieder in der Spur. »Wir müssen herausfinden, wo Love das Opium herhatte.«

»Ich wäre nicht zu optimistisch«, warnte Rangsan. »Maisan hat mit Loves üblichem Dealer gesprochen, doch der hatte ihn schon seit einiger Zeit nicht mehr gesehen.«

»O. k.«, sagte Harry. »Aber jetzt ist auf jeden Fall klar, dass jemand ganz bewusst versucht hat, Brekke wie den Mörder aussehen zu lassen.«

»Das hilft uns nicht weiter«, sagte Liz.

»Ich weiß nicht« erwiderte Harry. »Es ist nicht sicher, dass Brekke ganz zufällig als Sündenbock auserkoren wurde, vielleicht hatte der Mörder ein Motiv dafür, ihm die Schuld zu geben, irgendeine noch nicht beglichene Rechnung.«

»Und jetzt?«

»Wenn wir Brekke freilassen, kommen die Dinge vielleicht in Bewegung. Vielleicht können wir den Mörder aus der Deckung locken.«

»Sorry«, sagte Liz. Sie starrte auf die Tischplatte. »Wir bleiben bei Brekke.«

»Was?« Harry traute seinen Ohren nicht.

»Befehl vom Polizeichef.«

»Aber …«

»So ist es.«

»Außerdem haben wir ein neues Indiz, das in Richtung Norwegen deutet«, sagte Rangsan. »Die Kriminaltechnik hat eine Probe des Messerfetts an die norwegischen Kollegen geschickt, um zu sehen, was die davon halten. Sie fanden heraus, dass es sich um Rentierfett handelt, und das gibt es hier in Thailand nicht so häufig. Einer von der Kriminaltechnik hat vorgeschlagen, den Weihnachtsmann zu verhaften.« Nho und Sunthorn kicherten.

»Aber dann haben die in Oslo gesagt, dass Rentierfett üblicherweise von den Samen verwendet wird, um den Stahl ihrer Messer zu schützen.«

»Thailändisches Messer und norwegisches Fett«, sagte Liz. »Das wird ja immer interessanter.«

Sie stand abrupt auf. »Gute Nacht! Ich hoffe, euch alle morgen früh wieder ausgeruht hier zu sehen.«

Harry hielt sie am Fahrstuhl auf und bat um eine Erklärung.

»Hör mal, Harry, wir sind hier in Thailand, und da gelten etwas andere Regeln. Unser Polizeichef hat sich ein bisschen eingemischt und Oslo gegenüber behauptet, dass wir den Mörder haben. Er hält Brekke für den Täter, und als ich ihn über die letzten Entwicklungen im Fall unterrichtet habe, wurde er reichlich wütend und bestand darauf, Brekke so lange in Untersuchungshaft zu belassen, bis er wenigstens ein Alibi vorweisen kann.«

»Aber …«

»Es geht um das Gesicht, Harry. Das Gesicht. Du darfst nicht vergessen, dass man in Thailand so erzogen wird, nie einen Fehler einzugestehen.«

»Und wenn alle wissen, wer den Fehler gemacht hat?«

»Dann helfen alle mit, damit es nicht wie ein Fehler aussieht.«

Glücklicherweise schlossen sich die Aufzugtüren hinter Liz, ehe Harry sagen konnte, was er davon hielt. Stattdessen fiel ihm ein, welches Lied er da die ganze Zeit im Ohr gehabt hatte. »All Along The Watchtower«. Und jetzt erinnerte er sich auch an die Textzeile: »There must be some way out of here, said the joker to the thief.«

Wenn es nur so wäre.

Draußen vor seiner Wohnung lag ein Brief und er erkannte Runas Namen auf der Rückseite.

Er knöpfte sein Hemd auf. Der Schweiß lag wie eine dünne Ölschicht auf seiner Brust und seinem Bauch. Er versuchte, sich daran zu erinnern, wie es mit siebzehn gewesen war. War er verliebt gewesen? Bestimmt.

Er legte den Brief ungeöffnet in seine Nachttischschublade, denn so wollte er ihn zurückgeben. Dann legte er sich aufs Bett und eine halbe Million Autos und die Klimaanlage versuchten, ihn in den Schlaf zu lullen.

Er dachte an Birgitta. Die Schwedin, die er in Australien getroffen hatte und die beteuert hatte, ihn zu lieben. Was hatte Aune gesagt? Dass er »Angst habe, sich an andere Menschen zu binden«. Der letzte Gedanke, an den er sich erinnerte, war, dass man für jede Befreiung büßen musste. Und umgekehrt.

Kapitel 32

Jens Brekke sah so aus, als hätte er seit der letzten Begegnung mit Harry nicht mehr geschlafen. Die Augen waren blutunterlaufen und er bewegte die Hände ziellos auf dem Tisch vor sich.

»Sie erinnern sich also nicht an den farbigen Wachmann mit der Afrofrisur?«, fragte Harry.

Brekke schüttelte den Kopf. »Wie gesagt, ich habe die Tiefgarage nie benutzt.«

»Vergessen wir Jim Love vorläufig«, sagte Harry. »Konzentrieren wir uns lieber darauf, wer versucht haben könnte, Sie in den Knast zu bringen.«

»Wie meinen Sie das?«

»Jemand hat reichlich viele Mühen auf sich genommen, um Ihr Alibi kaputtzumachen.«

Jens zog die Augenbrauen hoch, so dass sie fast unter dem Haaransatz verschwanden.

»Am zehnten Januar hat jemand die Videokassette vom dritten Januar in den Recorder geschoben und die Szenen überspielt, in denen wir hätten sehen sollen, wie Sie den Botschafter zu seinem Wagen begleiteten.«

Jens' Augenbrauen senkten sich wieder und formten ein M. »Häh?«

»Denken Sie nach.«

»Sie meinen, ich soll Feinde haben?«

»Vielleicht, vielleicht waren Sie aber auch nur ein praktischer Sündenbock.«

Jens rieb sich den Nacken. »Feinde? Da fällt mir keiner ein, nicht wirklich.« Seine Miene hellte sich plötzlich auf. »Aber das muss doch heißen, dass ich hier rauskomme.«

»Sorry, aber Sie sind noch nicht außer Verdacht.«

»Ja, aber, Sie haben doch gerade gesagt, dass Sie …«

»Der Polizeichef will Sie nicht entlassen, ehe wir nicht ein Alibi haben. Deshalb bitte ich Sie, gut nachzudenken. Gibt es jemanden, irgendjemanden, der Sie gesehen hat, nachdem Sie sich vom Botschafter verabschiedet hatten und bevor Sie nach Hause kamen? Jemanden in der Tiefgarage, als Sie das Büro verließen oder als Sie das Taxi nahmen, waren Sie vielleicht an irgendeinem Kiosk, irgendetwas?«

Jens legte den Kopf in die Hände. Harry zündete sich eine Zigarette an.

»Scheiße, Harry! Sie haben mich mit diesem Videozeugs völlig verwirrt, ich kann mich nicht konzentrieren.«

Jens stöhnte und schlug mit der flachen Hand auf den Tisch. »Wissen Sie, was heute Nacht geschehen ist? Ich habe geträumt, dass ich den Botschafter getötet habe. Dass wir durch den Haupteingang spazierten und mit seinem Auto in ein Motel fuhren, wo ich ihm ein dickes Schlachtermesser in den Rücken rammte. Ich versuchte, mich dagegen zu wehren, ich war nicht Herr über meinen eigenen Körper, ich war irgendwie eingesperrt in einem Roboter und der stach wieder und wieder zu, und ich …«

Er hielt inne.

Harry sagte nichts, er ließ ihm die Zeit, die er brauchte.

»Harry, ich ertrage es einfach nicht, eingesperrt zu sein«, sagte Jens. »Ich konnte das noch nie. Mein Vater …«

Er schluckte und ballte die rechte Hand zur Faust. Harry sah seine Knöchel weiß werden. Jens flüsterte fast, als er fortfuhr: »Wenn jemand mit einem vorformulierten Geständnis zu mir kommen und mir sagen würde, dass ich gehen dürfte, wenn ich meinen Namen daruntersetzte – ich weiß nicht, was ich tun würde.«

Harry erhob sich. »Versuchen Sie, sich zu erinnern. Jetzt, da der Videobeweis entkräftet ist, können Sie vielleicht wieder klar denken.«

Er ging zur Tür.

»Harry?«

Harry fragte sich, warum die Menschen immer so redselig wurden, sobald man ihnen den Rücken zudrehte.

»Ja?«

»Warum halten Sie mich für unschuldig, wenn alle anderen vom Gegenteil überzeugt sind?«

Harry antwortete, ohne sich umzudrehen: »In erster Linie weil wir nicht die Spur eines Beweises gegen Sie haben, nur ein fehlendes Alibi und ein ziemlich wackliges Motiv.«

»Und in zweiter Linie?«

Harry lächelte und neigte den Kopf: »Weil ich von Anfang an der Meinung war, dass Sie ein Drecksack sind.«

»Und?«

»Meine Menschenkenntnis ist extrem schlecht. Einen schönen Tag noch.«

Bjarne Møller öffnete ein Auge, blinzelte auf die Uhr auf seinem Nachttischchen und fragte sich, wer zum Teufel um sechs Uhr morgens auf die Idee kommen konnte, ihn anzurufen.

»Ich weiß, wie spät es ist«, sagte Harry, ehe Møller überhaupt etwas sagen konnte. »Hör mal, es gibt hier einen Typen, den du für mich überprüfen musst. Ich hab noch nichts Konkretes, es ist bloß so ein Gefühl.«

»Gefühl?« Møllers Stimme hörte sich wie ein Stück Pappe an, das gegen die Fahrradspeichen schlug.

»Ja, ich könnte darauf wetten. Ich glaube, wir suchen einen Norweger, und da gibt es nur eine begrenzte Auswahl.«

Møller räusperte sich und holte einen Eimer voll Schleim hoch. »Warum einen Norweger?«

»Nun. Auf Molnes' Jacke haben wir Spuren von Rentierfett gefunden, vermutlich von dem Messer. Und der Einstichwinkel zeigt, dass der Täter eine ziemlich große Person gewesen sein muss. Die Thailänder sind eher klein, wie du vielleicht weißt.«

»O.k., Hole, aber hättest du damit nicht ein paar Stunden warten können?«

»Natürlich«, sagte Harry. Es entstand eine Pause.

»Und warum hast du es dann nicht getan?«

»Weil hier unten fünf Ermittler und ein Polizeichef darauf warten, dass du in die Gänge kommst, Chef!«

Møller rief zwei Stunden später zurück.

»Hole, wie bist du darauf gekommen, genau diesen Typen überprüfen zu lassen?«

»Tja. Ich dachte mir, dass jemand, der Rentierfett für ein Messer benutzt, in Nordnorwegen gewesen sein muss. Und dann habe ich mich an zwei Freunde erinnert, die ihren Militärdienst in Lappland verrichtet haben und sich da oben riesige samische Messer gekauft haben. Ivar Løken war viele Jahre in der Verteidigung und er war in Vardø stationiert. Außerdem habe ich so ein Gefühl, dass er weiß, wie man mit Messern umgeht.«

»Das kann wohl stimmen«, sagte Møller. »Was weißt du sonst noch über ihn?«

»Nicht viel. Tonje Wiig meint, er sei hier unten bis zu seiner Pensionierung auf eine Art Abstellgleis geschoben worden.«

»Tja, im Strafregister haben wir nichts über ihn.« Møller hielt inne.

»Aber?«

»Wir hatten hier trotzdem eine Akte über ihn.«

»Wie meinst du das?«

»Sein Name taucht auf dem Bildschirm auf, aber ich konnte die Datei nicht öffnen. Eine Stunde später habe ich einen Anruf vom Oberkommando der Landesverteidigung in Husby erhalten, die mich ausgefragt haben, warum ich versucht hätte, die Datei zu öffnen.«

»Mein Gott.«

»Sie baten mich, einen schriftlichen Antrag zu stellen, wenn ich Informationen über Ivar Løken bekommen wollte.«

»Vergiss es.«

»Habe ich bereits, Harry, da kommen wir ohnehin nicht weiter.«

»Hast du mit Hammervoll von der Sitte gesprochen?«

»Ja.«

»Und?«

»Es gibt natürlich kein Archiv über pädophile Norweger in Thailand.«

»Dachte ich mir. Dieser Scheißdatenschutz!«

»Das hat damit nichts zu tun.«

»Nicht?«

»Wir haben vor ein paar Jahren eine Art Liste begonnen, konnten die aber unmöglich ständig aktualisieren. Es sind einfach zu viele.«

Als Harry Tonje Wiig angerufen und um ein möglichst baldiges Treffen gebeten hatte, hatte sie darauf bestanden, sich in der Suthor's Lounge im Oriental Hotel auf eine Tasse Tee zu treffen.

»Alle gehen dahin«, sagte sie.

Harry fand heraus, dass mit »alle« weiße, gut situierte und gut gekleidete Menschen gemeint waren.

»Willkommen im besten Hotel der Welt, Harry«, zwitscherte sie aus der Tiefe ihres Sessels in der Lobby.

Sie trug ein blaues Baumwollkleid und hielt einen Strohhut in den Händen, der, wie all die anderen, die die Lobby bevölkerten, an die gute alte, sorgenfreie Kolonialzeit erinnerte.

Sie gingen in die Autorenloge, bekamen ihren Tee und nickten den anderen Weißen höflich zu, die anscheinend der Meinung waren, allein die Rasse sei schon ein Grund zu grüßen. Harry klirrte nervös mit dem Porzellan.

»Möglicherweise nicht gerade der richtige Ort für dich, Harry?« Tonje gelang es, an ihrem Tee zu nippen und ihm gleichzeitig ein schelmisches Lächeln zuzuwerfen.

»Ich frage mich gerade, warum ich Amerikanern in Golfkleidern zunicke.«

Sie lachte ihr trillerndes Lachen. »Ach, das bisschen kultivierte Umgebung wird dir schon nicht schaden.«

»Seit wann sind karierte Hosen kultiviert?«

»Na ja, dann eben kultivierte Menschen.«

Harry stellte fest, dass Frederikstad nicht viel für die Frau getan hatte, die vor ihm saß. Er dachte an Sanphet, den alten Thailänder, der sich ein frisch gebügeltes Hemd und eine lange Hose angezogen hatte, als er Besuch bekam, und der draußen in der glühenden Sonne gesessen hatte, damit niemand darunter zu leiden hatte, wie einfach er wohnte. Das war kultivierter als alles, was er bisher von den Ausländern in Bangkok zu sehen bekommen hatte.

Harry fragte, was Tonje über Pädophile wusste.

»Bloß dass Thailand sie in Massen anzieht. Wie du dich vielleicht erinnerst, wurde im letzten Jahr in Pattaya ein Norweger buchstäblich mit heruntergelassenen Hosen gefasst. In der norwegischen Presse gab es ein nett arrangiertes Bild mit drei kleinen Jungs, die ihn der Polizei meldeten. Das Gesicht des Mannes war unkenntlich gemacht worden, die Gesichter der Kinder nicht. In der englischsprachigen Ausgabe der *Pattaya Mail* war es genau umgekehrt. Außerdem nannten sie im Lead den vollen Namen des Mannes und sprachen danach nur noch von dem ›Norweger‹.« Tonje schüttelte den Kopf.

»Die Menschen hier unten, die bis dato noch nichts von Norwegen gehört hatten, wussten plötzlich, dass Oslo die Hauptstadt ist, weil dort geschrieben stand, dass die norwegischen Behörden darum baten, den Mann in einen Flieger nach Oslo zu setzen. Jeder hier fragte sich, warum die ihn zurückhaben wollten. Hier unten würde er wenigstens einige Jahre eingesperrt werden.«

»Wenn die Strafen hier so streng sind, warum gibt es dann so viele Pädophile in Thailand?«

»Die Behörden wollen, dass Thailand den Ruf loswird, ein Eldorado für Pädophile zu sein, das schadet dem Teil des Tourismus, der nichts mit Sex zu tun hat. Aber innerhalb der Polizei genießt diese Art von Ermittlungen nicht gerade Priorität, weil jede Festnahme von Ausländern immer zu ungeheurem Aufruhr führt. Die Pädophilen kommen größtenteils aus den reichen Ländern Europas, aus Japan oder den USA, die gleich ihre ganze Maschinerie in Gang setzen, um die Auslieferung zu erwirken, und das heißt dann, dass ständig irgendwelche Botschafter über die Polizeiflure rennen, es reihenweise Anschuldigungen wegen Bestechung gibt und so weiter.«

»Mit dem Resultat, dass die Behörden gegeneinander arbeiten?«

Tonjes Gesicht öffnete sich zu einem strahlenden Lächeln, das, wie Harry verstand, nicht ihm galt, sondern einem von »allen«, der hinter seinem Rücken passierte.

»Sowohl als auch«, antwortete sie. »Manche ziehen am gleichen Strang. Die Behörden in Schweden und Dänemark haben zum Beispiel mit den thailändischen Behörden vereinbart, eigene Polizisten stationieren zu dürfen, die in Fällen ermitteln, in denen schwedische und dänische Pädophile involviert sind. Damit verbunden waren Gesetzesänderungen, die dazu führten, dass dänische und schwedische Bürger jetzt auch in ihrem Heimatland für Übergriffe gegen Kinder verurteilt werden können, die sie in Thailand begangen haben.«

»Und Norwegen?«

Tonje zuckte mit den Schultern. »Wir haben kein Abkommen mit Thailand. Ich weiß, dass die norwegische Polizei eine solche Vereinbarung angestrebt hat, aber ich glaube nicht, dass sich die norwegischen Behörden wirklich darüber im Klaren sind, was da in Pattaya und Bangkok abgeht. Hast du Kinder bemerkt, die Kaugummis verkaufen?«

Harry nickte. Es wimmelte von ihnen rund um die Go-Go-Bars in Patpong.

»Das ist der sogenannte geheime Code. Das Kaugummi bedeutet, dass sie zu verkaufen sind.«

Harry dachte schaudernd daran, dass er von einem kleinen Jungen mit nackten Beinen, der ihn mit seinen schwarzen Augen ängstlich angestarrt hatte, ein Päckchen Wrigley's gekauft hatte und dass er bloß gedacht hatte, der Kleine fürchte sich, weil dort so viele lärmende Menschen waren.

»Kannst du mir ein bisschen mehr über die Fotoleidenschaft von Ivar Løken sagen? Hast du mal eines seiner Bilder gesehen?«

»Nein, aber ich habe seine Ausrüstung gesehen, und die war wirklich beeindruckend.«

Ihre Wangen röteten sich leicht, als sie begriff, warum Harry unwillkürlich lächeln musste.

»Und diese Reisen quer durch Indochina, weißt du sicher, dass er wirklich dort war?«

»Na ja, warum sollte er diesbezüglich lügen?«

»Hast du keine Idee?«

Sie verschränkte die Arme vor der Brust, als wäre ihr plötzlich kalt geworden. »Eigentlich nicht. Hat dir der Tee geschmeckt?«

»Ich muss dich um einen Gefallen bitten, Tonje.«

»Ah ja?«

»Eine Einladung zum Essen.«

Sie blickte überrascht auf.

»Wenn du Zeit hast«, fügte er hinzu.

Sie brauchte eine Weile, um ihren Gesichtsausdruck zu verändern, doch zu guter Letzt gelang ihr wieder ihr schelmisches Lächeln. »Mein Terminkalender steht dir zur Verfügung, Harry. Wann immer du willst.«

»Schön.« Harry zog die Luft durch die Zähne. »Dann frage ich mich, ob du Ivar Løken für heute Abend zwischen sieben und zehn zum Essen einladen könntest.«

Sie hatte genug Übung, um ihre strahlende Fassade aufrechtzuerhalten, so dass es nicht allzu peinlich wurde. Nachdem er ihr den Hintergrund erklärt hatte, sagte sie sogar zu. Harry schepperte noch einmal mit dem Porzellan, behauptete dann, gehen zu müssen, und machte einen plumpen, plötzlichen Abgang.

Kapitel 33

Jeder kann in ein Haus einbrechen, man muss nur in Schlosshöhe ein Brecheisen in die Tür schieben und sich dann mit aller Macht dagegenstemmen, bis Holz splittert. Doch beim Einbrechen das Gewicht auf das »Ein« und nicht auf das »Brechen« zu legen, so dass derjenige, der in dem Haus wohnt, niemals bemerkt, dass er ungebetene Gäste gehabt hat, ist eine wahre Kunst. Eine Kunst, die Sunthorn bis zur Perfektion beherrschte, wie sich zeigen sollte.

Ivar Løken wohnte in einem Apartmenthaus auf der anderen Seite der Phra-Pinklao-Brücke und Sunthorn und Harry saßen schon eine Stunde wartend im Wagen, bis sie ihn endlich gehen sahen. Sie warteten zehn Minuten, bis sie sich sicher waren, dass Løken nicht wieder zurückkam, um irgendetwas Vergessenes zu holen.

Die Wachleute am Empfang schoben eine ruhige Kugel. Die zwei Männer in Uniform, die sich an der Einfahrt zur Tiefgarage unterhielten, blickten kurz auf, sahen einen Weißen und einen leidlich gut gekleideten Thailänder zum Fahrstuhl gehen und redeten weiter.

Als Harry und Sunthorn vor Løkens Wohnung in der 12. Etage standen, fischte Sunthorn zwei haarnadelartige Dietriche aus seiner Tasche, nahm einen in jede Hand, schob sie ins Schloss und zog sie fast sofort wieder heraus.

»Ganz ruhig«, flüsterte Harry. »Lassen Sie sich nicht stressen, wir haben alle Zeit der Welt. Versuchen Sie einen anderen Dietrich.«

»Ich habe keine anderen.«

Sunthorn lächelte und stieß die Tür auf.

Harry traute seinen Augen nicht. Vielleicht war es doch

kein Spaß gewesen, was Nho über Sunthorns Broterwerb angedeutet hatte, bevor dieser bei der Polizei angefangen hatte. Aber sollte er zuvor noch nichts auf dem Kerbholz gehabt haben, dann hatte er es jetzt, dachte Harry, als er sich die Schuhe auszog und in die stockdunkle Wohnung trat. Liz hatte erklärt, dass sie die Unterschrift eines Staatsanwalts brauchten, um einen Durchsuchungsbefehl zu bekommen, und dass sie dafür den Polizeichef informieren müsste. Was, wie sie meinte, schwierig werden könnte, da er ausdrücklich darauf bestanden hatte, alle Ermittlungen auf Jens Brekke zu konzentrieren. Harry hatte angedeutet, dass er ja nicht dem Polizeichef unterstand und dass er die Wohnung Løkens ein wenig im Auge behalten wollte, falls irgendetwas geschah. Sie hatte die Andeutungen verstanden und gesagt, dass sie möglichst wenig darüber wissen wolle, Sunthorn aber eine wirklich angenehme Gesellschaft sei.

»Warten Sie unten im Auto«, flüsterte Harry Sunthorn zu. »Wenn Løken auftaucht, rufen Sie vom Handy aus Løkens Nummer an und lassen es dreimal klingeln, o. k.?«

Sunthorn nickte und war auch schon verschwunden.

Harry schaltete das Licht ein, nachdem er sich versichert hatte, dass es keine Fenster zur Straße gab, suchte das Telefon und überprüfte das Freizeichen. Dann sah er sich um. Es war eine Junggesellenwohnung, ohne jeglichen Nippes und Wärme. Drei nackte Wände, die vierte mit einem Regal verstellt, in dem neben einem bescheidenen Reisefernseher die Bücher kreuz und quer standen. Das natürliche Zentrum des großen, offenen Raumes war ein massiver Holztisch auf Böcken und eine Lampe, wie er sie schon an den Zeichenbrettern von Architekten gesehen hatte.

In einer Ecke lagen zwei offene Fototaschen und an die Wand gelehnt ein Kamerastativ. Der Tisch war überfüllt mit Papierstreifen, vermutlich abgeschnittene Bildränder, denn mitten auf dem Tisch lagen zwei Scheren, eine große und eine kleine.

Zwei Kameras, eine Leica und eine Nikon F5 mit Teleobjektiv, starrten Harry blind an. Neben den Kameras lag ein Nachtsichtgerät. Harry hatte so etwas schon einmal gesehen, es war ein israelisches Fabrikat, das sie selbst schon einmal bei einigen Observierungen benutzt hatten. Batterien verstärkten das wenige einfallende Licht, so dass man sogar dort noch etwas sehen konnte, wo man mit bloßem Auge nur stockfinstere Nacht ausmachte.

Die andere Tür der Wohnung führte ins Schlafzimmer. Das Bett war ungemacht, woraus er schloss, dass Løken zu den wenigen Ausländern in Bangkok gehörte, die keine Haushaltshilfe hatten. Das kostete nicht viel und Harry hatte herausgehört, dass es von einem Ausländer fast erwartet wurde, auf diese Weise zum wirtschaftlichen Wohlergehen des Landes beizutragen.

Neben dem Schlafzimmer befand sich das Bad.

Er schaltete das Licht ein und erkannte sofort, warum Løken keine Putzfrau hatte.

Das Bad fungierte ganz offensichtlich als Dunkelkammer, es stank nach Chemikalien und die Wände waren dicht behängt mit Schwarz-weiß-Fotos. An einer Schur über der Badewanne hingen einige Bilder zum Trocknen. Sie zeigten einen Mann von der Seite, brustabwärts, und Harry konnte jetzt erkennen, dass es nicht der Fensterrahmen gewesen war, der verhinderte, dass ihn das Bild ganz zeigte, sondern dass der obere Teil des Fensters aus einem säuberlich ausgeführten Glasmosaik mit Lotus- und Buddhamotiven bestand.

Ein Junge, der kaum älter als zehn Jahre sein konnte, machte es ihm mit dem Mund, und die Kamera hatte sich so nah herangezoomt, dass er den Blick des Jungen erkennen konnte. Er war ausdruckslos, abwesend und vermutlich auf nichts Konkretes gerichtet. Er trug ein T-Shirt mit dem wohlbekannten Nike-Slogan.

»Just do it«, murmelte Harry vor sich hin. Er versuchte sich vorzustellen, was dem Jungen in diesem Moment durch den Kopf ging.

Abgesehen von dem T-Shirt war der Junge nackt. Harry sah sich das grobkörnige Bild noch genauer an. Der Mann hatte eine Hand auf die Hüfte gestemmt, die andere lag hinter dem Kopf des Jungen. Harry sah hinter dem Glasmosaik den Schatten eines Profils, aber es war unmöglich, irgendwelche Gesichtszüge auszumachen. Er hatte plötzlich das Gefühl, dass das kleine, stinkende Badezimmer zusammenschrumpfte und die Bilder auf ihn zukamen. Harry gab dem Impuls nach und riss die Bilder teils aus Wut, teils aus Verzweiflung von der Wand. Seine Schläfen pochten. Er sah sein eigenes Gesicht im Spiegel aufblitzen, ehe er mit einem Stapel Bilder unter dem Arm, von Schwindel gepackt, rücklings aus dem Bad taumelte. Er setzte sich auf einen Stuhl.

»Scheißamateur!«, rief er, als er wieder richtig atmen konnte.

Das war vollkommen gegen den Plan. Da sie keinen Durchsuchungsbefehl hatten, wollten sie keine Spuren hinterlassen, sondern nur herausfinden, was sich in der Wohnung befand, um dann später, sollten sie etwas finden, mit einem Durchsuchungsbefehl zurückkehren zu können.

Harry versuchte, einen Fleck an der Wand zu finden, auf den er starren konnte, und sich selbst zu überzeugen, dass es notwendig war, konkrete Beweise mitzunehmen, um diesen Dickschädel von Polizeichef zu überzeugen. Wenn sie schnell waren, konnten sie vielleicht noch heute Abend einen Staatsanwalt finden und mit den nötigen Papieren bereitstehen, wenn Løken nach dem Essen zurückkam. Während er hin und her überlegte, nahm er das Nachtsichtgerät, schaltete es ein und sah aus dem Fenster. Es ging auf einen Hinterhof hinaus und unbewusst hielt er nach einem Fenster mit Fensterrahmen und Glasmosaik Ausschau, doch er sah nur die weiß gekalkten Wände im grünlichen Licht des Nachtsichtgeräts.

Harry sah auf die Uhr. Er war zu der Erkenntnis gelangt, dass er die Bilder wieder aufhängen musste. Der Polizeichef musste sich mit seinem Wort begnügen. Im gleichen Moment gefror ihm das Blut in den Adern.

Er hatte ein Geräusch gehört. Das heißt, tausend Geräusche, aber eines dieser tausend passte nicht in die mittlerweile wohlbekannte Kakophonie der Straße. Außerdem kam es aus dem Flur hinter der Eingangstür. Ein glattes Klicken. Öl und Metall. Als er den Luftzug spürte und erkannte, dass jemand die Tür geöffnet hatte, dachte er zuerst an Sunthorn, bis ihm klar wurde, dass derjenige, der hereingekommen war, so leise wie nur möglich vorgegangen war. Von seinem Platz aus konnte er die Tür nicht sehen und er hielt den Atem an, während sein Hirn in rasender Eile die Bibliothek der Laute durchging. Ein Tonexperte in Australien hatte ihm erklärt, dass die Membran im Ohr den Druckunterschied einer Million verschiedener Frequenzen heraushören kann. Und dieses Geräusch stammte nicht von einer Türklinke, die nach unten gedrückt, sondern von einer frisch geölten Pistole, die geladen wurde.

Harry stand wie ein lebendes Ziel hinten im Raum vor der weißen Wand und der Lichtschalter war auf der anderen Seite, dicht bei der Tür. Er nahm die große Schere vom Tisch, bückte sich und folgte dem Kabel der Architektenlampe bis zur Steckdose in der Wand. Dann riss er das Kabel heraus und rammte an seiner Stelle die Schere mit voller Wucht durch das harte Plastik.

Ein blauer Funken schoss aus dem Kontakt, gefolgt von einem leisen Knallen. Dann wurde es stockdunkel.

Der elektrische Schlag lähmte seinen Arm und mit dem Gestank von verbranntem Plastik und Metall in der Nase sank er stöhnend an der Wand zu Boden.

Er lauschte, aber das Einzige, was er hörte, waren der Verkehr und das Klopfen seines eigenen Herzens. Es hämmerte so stark, dass er es spüren konnte. Es war, als würde man in vollem Galopp auf einem Pferd sitzen. Von der Tür her hörte er, wie etwas vorsichtig zu Boden gestellt wurde, er begriff, dass sich der Betreffende die Schuhe ausgezogen hatte. Er hatte noch immer die Schere in der Hand. War dort ein Schatten, der sich bewegte? Es war unmöglich zu sagen, denn es war so dunkel, dass sogar die weißen Wände verschwunden waren. Die Schlafzimmertür knirschte, gefolgt von einem Klicken. Harry entnahm daraus, dass der andere versucht hatte, das Licht wieder einzuschalten, doch durch den Kurzschluss waren die Sicherungen in der ganzen Wohnung herausgeflogen. Auf jeden Fall verriet ihm das, dass sich die Person in der Wohnung auskannte. Doch wenn es Løken gewesen wäre, hätte Sunthorn angerufen. Oder nicht? Das Bild von Sunthorn am Autofenster mit einem kleinen Loch gleich hinter dem Ohr geisterte ihm durch den Kopf.

Er fragte sich, ob er versuchen sollte, sich zur Tür zu schleichen, doch etwas sagte ihm, dass der andere genau darauf wartete. Wenn er die Tür öffnete, würde sich seine Silhouette wie eine der Schießscheiben in der Schützenhalle von Økern abzeichnen. Scheiße! Vermutlich saß er jetzt irgendwo auf dem Boden und zielte auf die Tür.

Wenn er nur Sunthorn ein Zeichen geben könnte! Im gleichen Moment registrierte Harry, dass er noch immer das Nachtsichtgerät um den Hals hängen hatte. Er setzte es vor die Augen, sah aber nur einen grünen Brei, als hätte jemand die Linsen mit Rotz verschmiert. Er drehte die Scharfeinstellung bis zum Anschlag. Noch immer sah er nicht scharf, aber jetzt konnte er den Umriss einer Person an der Wand auf der anderen Seite des Tisches ausmachen.

Harry konzentrierte sich, packte die Tischplatte mit beiden Händen und schob sie wie einen Rammbock vor sich her. Er hörte ein Stöhnen und das Knallen, als die Pistole zu Boden fiel, dann rutschte er über den Tisch und bekam etwas zu fassen, dass sich wie ein Kopf anfühlte. Er legte seinen Arm um den Hals und drückte zu.

»Polizei«, rief er und der andere erstarrte, als Harry ihm die Breitseite des kalten Stahls der Schere an die warme Gesichtshaut drückte. Eine Weile saßen sie so da, ineinander verhakt, zwei fremde Männer in völligem Dunkel, beide nach Atem ringend wie nach einem Marathonlauf.

»Hole?«, stöhnte der andere

Harry bemerkte, dass er in seiner Panik Norwegisch gesprochen hatte.

»Es wäre nett, wenn Sie mich jetzt loslassen würden. Ich bin Ivar Løken und werde friedlich bleiben.«

Kapitel 34

Løken zündete eine Kerze an, während Harry seine Pistole studierte, die Sonderanfertigung einer Glock 31. Er hatte das Magazin herausgenommen und in seine Tasche gesteckt. Die Waffe war trotzdem noch schwerer als alle anderen, die Harry jemals in den Händen gehalten hatte.

»Die Pistole habe ich mir beschafft, als ich in Korea stationiert war«, sagte Løken.

»Ah ja, Korea. Was haben Sie da gemacht?«

Løken legte die Streichhölzer in eine Schublade und setzte sich schräg gegenüber von Harry an den Tisch.

»Norwegen hatte da unten ein Feldlazarett unter der Regie der Vereinten Nationen und ich war ein junger Fähnrich auf der Suche nach dem Abenteuer. Nach dem Frieden 1953 habe ich weiter für die UN gearbeitet, für das neu eingerichtete Hochkommissariat für Flüchtlinge. Sie kamen über die Grenze Nordkoreas geströmt und die Zustände waren ziemlich gesetzlos. Ich habe mit der da unter dem Kopfkissen geschlafen.« Er zeigte auf die Pistole.

»Mein Gott. Und was haben Sie danach gemacht?«

»Bangladesch und Vietnam. Hunger, Krieg und Boatpeople. Danach kam mir das Leben in Norwegen unglaublich trivial vor, so dass ich es nur ein paar Jahre zu Hause ausgehalten habe, dann musste ich wieder weg. Sie verstehen.«

Harry verstand nicht. Er wusste auch nicht, was er von dem mageren Mann halten sollte, der vor ihm saß. Er sah wie ein alter Häuptling aus, mit Adlernase und tiefliegenden, intensiven Augen. Sein Haar war weiß, das Gesicht braun und faltig. Außerdem schien er trotz der Situation, in der sie sich befanden, vollkommen entspannt zu sein, was Harry extra wachsam sein ließ.

»Warum sind Sie zurückgekommen? Und wie sind Sie an meinem Kollegen vorbeigekommen?«

Der weißhaarige Norweger lächelte ein Wolfslächeln und ein Goldzahn blitzte in dem flackernden Kerzenlicht auf.

»Das Auto, in dem Sie gesessen haben, passt nicht ganz in die Gegend, sonst gibt es hier nur Tuk-Tuks, Taxis und alte Wracks, die am Straßenrand parken. Ich habe zwei Personen in einem Auto gesehen, beide mit etwas zu geraden Rücken. Also bin ich um die Ecke ins Café gegangen, so dass ich Sie beobachten konnte. Nach einer Weile sah ich das Licht im Wagen angehen und Sie stiegen aus. Ich habe damit gerechnet, dass einer von Ihnen Wache halten würde, und habe gewartet, bis Ihr Kollege wieder nach draußen kam. Dann ging ich nach draußen, rief mir ein Taxi und ließ mich in die Tiefgarage fahren, von wo aus ich mit dem Aufzug nach oben gefahren bin. Das mit dem Kurzschluss war ein guter, kleiner Trick ...«

»Und normale Leute achten nicht auf am Straßenrand geparkte Autos. Außer sie sind trainiert darauf oder superwachsam.«

»Nun. Tonje Wiig wird wohl so bald keinen Oscar bekommen.«

»Also, woran arbeiten Sie hier unten *wirklich*?«

Løken deutete mit der Hand zu den Fotografien und seiner Ausrüstung, die jetzt am Boden lag.

»Leben Sie davon, ... solche Bilder zu machen?«, fragte Harry.

»Jau.«

Harry spürte seinen Puls schneller schlagen.

»Wissen Sie, für wie lange Sie dafür hier unten in den Knast wandern? Ich habe hier genug, um Sie für zehn Jahre hinter Schloss und Riegel zu bringen, denke ich.«

Løken lachte kurz und trocken. »Halten Sie mich für

dumm, Kommissar? Sie hätten hier nicht einbrechen müssen, wenn Sie einen Durchsuchungsbefehl hätten. Wenn ich wirklich ein Risiko eingegangen wäre, für das, was sich in meiner Wohnung befindet, verhaftet zu werden, so haben Sie und Ihr Kollege mir gerade einen Freifahrtschein verpasst. Kein Richter wird jemals Beweise akzeptieren, die auf diese Weise beschafft wurden, das ist nicht nur gegen die Spielregeln, sondern richtig gesetzeswidrig. Vielleicht dürfen Sie selbst sich auf einen verlängerten Aufenthalt hier unten freuen, Hole?«

Harry schlug mit der Pistole zu. Es war, als hätte man einen Hahn aufgedreht – das Blut schoss aus Løkens Nase.

Løken reagierte nicht. Er sah bloß an sich herab und beobachtete, wie sich sein geblümtes Hemd und seine weiße Hose rot färbten.

»Das ist echte Thaiseide, wissen Sie«, sagte er. »Nicht billig.«

Sein Gewaltausbruch hätte ihn beruhigen sollen, doch stattdessen spürte Harry seine Wut nur weiter aufwallen.

»Sie können es sich wohl leisten, Sie Scheißpäderast. Ich gehe mal davon aus, dass man Sie gut bezahlt für diesen Mist.« Harry trat gegen die Bilder am Boden.

»Na ja, ich weiß nicht«, sagte Løken und presste sich ein weißes Taschentuch gegen die Nase. »Normaler Beamtentarif, plus Auslandszulagen.«

»Wovon reden Sie?«

Wieder blitzte ein Goldzahn auf. Harry spürte, dass er den Schaft der Pistole derart fest umklammerte, dass seine Hand zu schmerzen begann. Er war froh, das Magazin entfernt zu haben.

»Es gibt ein paar Dinge, die Sie nicht wissen, Hole. Sie hätten das vielleicht früher erfahren sollen, aber Ihre Polizeipräsidentin hielt das für überflüssig, weil es nichts mit Ihrem Mordfall zu tun hat. Aber jetzt bin ich ja enttarnt, so dass Sie eigentlich auch den Rest erfahren können. Die Polizeipräsidentin und Dagfinn Torhus haben mich über die Bilder informiert, die Sie im Koffer von Molnes gefunden haben, und Sie haben jetzt natürlich erkannt, dass diese Bilder von mir stammen.« Er breitete die Arme aus. »Diese und die anderen Bilder, die Sie hier sehen, sind Teil einer Ermittlung in einem Fall von Pädophilie, der aus bestimmten Gründen bislang unter Geheimhaltung steht. Ich überwache diese Person jetzt seit mehr als sechs Monaten. Die Bilder sind das Beweismaterial.«

Harry brauchte nicht nachzudenken. Er wusste, dass das stimmte. Alles fiel an seinen Platz, als hätte er es die ganze Zeit über gewusst. Die Heimlichtuerei um Løkens Job, die Fotoausrüstung, das Nachtsichtgerät, die angeblichen Fahrten nach Vietnam und Laos, das alles passte zusammen. Und der blutende Mann vor ihm war plötzlich kein Feind mehr, sondern ein Kollege, ein Alliierter, dem er allen Ernstes das Nasenbein hatte brechen wollen.

Er nickte langsam und legte die Pistole auf den Tisch.

»O.k., ich glaube Ihnen. Warum diese Geheimhaltung?«

»Wissen Sie etwas über das Abkommen, das es mit Schweden und Dänemark gibt, um Übergriffe auf Kinder, die hier unten geschehen, direkt untersuchen zu können?«

Harry nickte.

»Tja, Norwegen steht in Verhandlungen mit den thailändischen Behörden, aber ein solches Abkommen gibt es bis jetzt noch nicht. Bis dahin betreibe ich ein höchst inoffizielles Geschäft. Wir haben genug, um ihn einzubuchten, müssen aber trotzdem warten. Wenn wir ihn jetzt festnehmen, müssten wir eingestehen, unerlaubte Ermittlungen auf thailändischem Boden durchgeführt zu haben, und das ist politisch inakzeptabel.«

»Also, für wen arbeiten Sie?«

Løken drehte die Handflächen nach oben. »Für die Botschaft.«

»Das weiß ich, aber von wem erhalten Sie Ihre Befehle? Wer steht dahinter? Wie sieht es mit dem Parlament aus, ist das unterrichtet?«

»Sind Sie sich wirklich sicher, dass Sie das alles wissen wollen, Hole?«

Seine intensiven Augen begegneten Harrys Blick. Er wollte etwas sagen, hielt aber inne und schüttelte den Kopf.

»Sagen Sie mir lieber, wer der Mann auf dem Foto ist.«

»Das kann ich nicht. Tut mir leid, Hole.«

»Ist das Atle Molnes?«

Løken blickte auf die Tischplatte und begann zu lächeln. »Nein, das ist nicht der Botschafter. Er war es, der die Initiative für die Ermittlungen gestartet hat.«

»Ist es …«

»Wie gesagt, ich darf Ihnen das jetzt nicht sagen. Wenn sich herausstellen sollte, dass unsere Fälle irgendwie miteinander zu tun haben, dann vielleicht, aber das müssen dann unsere Vorgesetzten entscheiden.«

Er stand auf. »Ich bin müde.«

»Wie ist es gelaufen?«, fragte Sunthorn, als Harry sich in den Wagen setzte.

Harry bat um eine Zigarette, zündete sie an und zog den Rauch begierig in seine Lungen.

»Nichts gefunden. Das war wohl nichts. Ich tippe, der Typ ist sauber.«

Harry saß in seiner Wohnung.

Er hatte fast eine halbe Stunde mit Søs telefoniert. Das heißt, es war größtenteils sie gewesen, die geredet hatte. Es ist unglaublich, wie viel in einem Menschenleben im Laufe nur einer Woche geschehen kann. Aber sie hatte auch erzählt, dass sie Papa angerufen hatte und am Sonntag zu ihm zum Essen sollte. Fleischbällchen. Søs wollte kochen und hoffte, dass Papa ein wenig reden würde. Das war auch Harrys Hoffnung.

Dann blätterte er sein Notizbuch durch und rief eine andere Nummer an.

»Hallo?«, kam es vom anderen Ende.

Er hielt den Atem an.

»Hallo?«, wiederholte die Stimme.

Harry legte auf. Runas Stimme hatte beinahe schon etwas Flehendes gehabt. Er hatte wirklich keine Ahnung, warum er sie angerufen hatte. Ein paar Sekunden später meldete sich sein Telefon. Er nahm den Hörer ab und erwartete, ihre Stimme zu hören. Es war Jens Brekke.

»Es ist mir eingefallen«, sagte er. Seine Stimme klang lebhaft. »Als ich mit dem Fahrstuhl aus der Tiefgarage nach oben ins Büro gefahren bin, stieg im Erdgeschoss ein junges Mädchen zu. Sie hat den Fahrstuhl in der fünften Etage wieder verlassen. Und ich glaube, sie erinnert sich an mich.«

»Warum sollte sie das tun?«

Ein nervöses Lachen war zu hören. »Weil ich sie eingeladen habe, mit mir auszugehen.«

»Sie haben sie eingeladen?«

»Ja. Sie ist eine der Frauen, die für McEllis arbeiten, ich habe sie schon ein paar Mal gesehen. Wir waren allein im Fahrstuhl und sie lächelte mich derart süß an, dass es mir einfach rausgerutscht ist.«

Es entstand eine Pause.

»Und das fällt Ihnen erst jetzt ein?«

»Nein, aber mir ist erst jetzt wieder klar geworden, dass das war, nachdem ich mit dem Botschafter nach unten gefahren bin. Aus irgendeinem Grund dachte ich immer, dass wäre am Tag davor gewesen. Doch dann fiel mir ein, dass sie im Erdgeschoss zugestiegen ist, und das muss ja heißen, dass ich von unten gekommen bin. Und ich bin ja sonst nie in der Tiefgarage.«

»Was hat sie geantwortet?«

»Sie hat ja gesagt, weshalb ich die Sache sofort wieder bereut habe. Es war nur eine Art Flirt, deshalb habe ich um ihre Karte gebeten und gesagt, dass ich mich melden würde, damit wir einen Termin ausmachen könnten. Natürlich ist da nichts draus geworden, aber ich denke doch, dass sie sich an mich erinnern wird.«

»Haben Sie ihre Karte noch?« Harry war vollkommen perplex.

»Ja, ist das nicht wunderbar?«

Harry dachte nach. »Passen Sie mal auf, Jens. Das alles ist schön und gut, aber so leicht ist die Sache nicht. Sie haben damit noch immer kein Alibi. Theoretisch hätten Sie mit dem Fahrstuhl gleich wieder nach unten fahren können. Sie könnten zum Beispiel nur etwas geholt haben, was Sie im Büro vergessen hatten, nicht wahr?«

»Oh.« Er hörte sich betroffen an. »Aber ...«

Jens verstummte und Harry hörte einen Seufzer.

»Verflucht Harry, Sie haben recht.«

Kapitel 35

Harry schrak aus dem Schlaf auf. Durch das monotone Rauschen, das von der Taksin-Brücke herüberklang, hörte er das Brüllen eines Bootes, das auf dem Chao Praya startete. Eine Flöte pfiff und das Licht brannte in seinen Augen. Er richtete sich auf, legte den Kopf in die Hände und wartete darauf, dass das Pfeifen aufhörte, als ihm endlich klar wurde, dass es das Klingeln des Telefons war. Widerwillig nahm er den Hörer ab.

»Habe ich Sie geweckt?« Es war wieder Jens.

»Schon in Ordnung«, sagte Harry.

»Ich bin ein Idiot. Ich bin so dumm, dass ich mich fast nicht traue, Ihnen das zu erzählen.«

»Dann lassen Sie's.«

Es wurde still, nur das Klicken einer Münze war zu hören, die in den Automaten gesteckt wurde.

»Ich hab einen Scherz gemacht, los, erzählen Sie.«

»O.k., Harry. Ich habe die ganze Nacht wach gelegen und nachgedacht. Ich habe versucht, mich daran zu erinnern, was genau ich an diesem Abend im Büro gemacht habe. Wissen Sie, bei manchen Transaktionen, die Monate zurückliegen, kann ich mich noch an die Stellen hinter dem Komma erinnern, aber ich bin nicht in der Lage, mich an einfache Fakten zu erinnern, wenn ich unter dem Verdacht, einen Mord begangen zu haben, im Gefängnis sitze. Können Sie das verstehen?«

»Das ist vermutlich gerade deshalb so. Haben wir darüber nicht schon einmal geredet?«

»O.k., aber jetzt ist auf jeden Fall etwas geschehen. Sie erinnern sich, dass ich ausgesagt habe, das Telefon an diesem

Abend abgeschaltet zu haben, nicht wahr? Ich lag da und dachte, was für eine Scheiße das war, denn wenn es eingeschaltet gewesen wäre und jemand angerufen hätte, dann hätte ich dieses Gespräch ja auf Band und damit einen Beweis. Da kann man die Zeitangabe ja auch nicht verstellen, wie es der Wachmann bei diesem Video gemacht hat.«

»Auf was wollen Sie hinaus?«

»Mir ist eingefallen, dass ich selbst ja trotzdem nach draußen telefonieren kann, auch wenn das Telefon abgestellt ist. Ich habe deshalb unsere Empfangsdame gebeten, das Band abzuhören. Und wissen Sie was? Sie hat ein Gespräch gefunden und dann habe ich mich an alles erinnert. Um acht Uhr habe ich meine Schwester in Oslo angerufen. Das versuchen Sie mal zu toppen.«

Harry dachte nicht einmal daran, es zu versuchen.

»Ihre Schwester kann Ihnen ein Alibi geben und Sie können sich nicht daran erinnern?«

»Nein. Und wissen Sie, warum? Weil sie nicht zu Hause war. Ich habe ihr bloß eine Nachricht auf dem Anrufbeantworter hinterlassen.«

»Und daran konnten Sie sich nicht erinnern?«, wiederholte Harry.

»Mensch, Harry, so was vergisst man doch, kaum dass man aufgelegt hat, oder? Erinnern Sie sich etwa an alle Telefonate, bei denen Sie niemanden erreicht haben?«

Harry musste einräumen, dass er recht hatte.

»Haben Sie mit Ihrem Anwalt gesprochen?«

»Heute noch nicht. Ich wollte das zuerst Ihnen mitteilen.«

»O.k., Jens. Rufen Sie jetzt Ihren Anwalt an, ich werde jemanden in Ihr Büro schicken, um die Sache zu überprüfen.«

»Diese Aufnahmegeräte sind vor Gericht als Beweismittel zugelassen, wissen Sie.« Seine Stimme klang angestrengt.

»Beruhigen Sie sich, Jens. Jetzt dauert es nicht mehr lange. Jetzt müssen sie Sie entlassen.«

Es knackte im Hörer, als Brekke ausatmete. »Bitte, sagen Sie das noch einmal, Harry.«

»Jetzt wird man Sie entlassen müssen.«

Jens lachte ein seltsames, trockenes Lachen. »Wenn das so ist, sind Sie auf ein Essen eingeladen, Kommissar.«

»Lieber nicht.«

»Warum nicht?«

»Ich bin Polizist.«

»Nennen Sie es ein Verhör.«

»Nein, ich glaube eher nicht, Jens.«

»Wie Sie wollen.«

Es kam ein Knallen unten von der Straße, vielleicht ein Chinaböller oder ein geplatzter Reifen.

»Ich werde darüber nachdenken.«

Harry legte auf, ging ins Bad und blickte in den Spiegel. Er fragte sich selbst, wie es möglich war, dass er noch immer so blass war, obgleich er sich schon so lange in dieser tropischen Gegend aufhielt. Er war nie ein großer Freund von Sonne gewesen, aber es hatte nie so lange gedauert, bis er Farbe bekam. Vielleicht hatte sein Lebenswandel im letzten Jahr der Pigmentproduktion ein Ende gesetzt? Wohl kaum. Er spritzte sich kaltes Wasser ins Gesicht, dachte an die braun gebrannten Säufer im Schrøder und warf noch einmal einen Blick in den Spiegel. Na ja, die Sonne hatte ihm wenigstens eine Portweinnase geschenkt.

»Zurück auf Los«, sagte Liz. »Brekke hat ein Alibi und diesen Løken können wir fürs Erste abschreiben.«

Sie kippte den Stuhl nach hinten und sah an die Decke.

»Irgendwelche Vorschläge, Leute? Falls nicht, ist die Sitzung beendet. Macht, was ihr wollt, aber mir fehlen noch immer ein paar Berichte. Morgen früh sind die auf meinem Schreibtisch.«

Die Anwesenden schlurften aus dem Raum. Harry blieb sitzen.

»Na?«, fragte Liz.

»Nichts«, sagte er und die nicht angezündete Zigarette

wippte in seinem Mundwinkel auf und ab. Die Hauptkommissarin hatte in ihrem Büro ein definitives Rauchverbot ausgesprochen.

»Ich spüre doch, dass du was hast.«

Harry zog die Mundwinkel hoch. »Das wollte ich nur wissen, Frau Hauptkommissarin. Dass du spürst, dass da was ist.«

Sie hatte eine ernste Falte zwischen den Augenbrauen. »Versprich mir, es mir zu sagen, wenn du mir etwas zu erzählen hast.«

Harry nahm die Zigarette aus dem Mund und schob sie wieder ins Päckchen.

»Ja«, sagte er und stand auf. »Das werde ich.«

Kapitel 36

Jens saß zurückgelehnt auf dem Stuhl und lächelte ihn breit an. Rote Wangen leuchteten über seiner Fliege. Harry musste unwillkürlich an einen kleinen Jungen auf seiner eigenen Geburtstagsfeier denken.

»Ich bin fast froh darüber, eine Weile eingesperrt gewesen zu sein, dass verhilft einem, die einfachen Dinge mehr zu schätzen. Wie zum Beispiel eine Flasche Dom Perignon 1985.«

Er schnippte mit den Fingern und ein Kellner kam zum Tisch geeilt, nahm die tropfende Champagnerflasche aus dem Kühler und schenkte nach.

»Ich liebe es, wenn sie das tun. Man fühlt sich dann beinahe wie ein Übermensch. Oder was meinen Sie, Harry?«

Harry fingerte an dem Glas vor sich herum. »Geht so, nicht ganz mein Ding.«

»Wir sind unterschiedlich, Harry.«

Jens stellte das mit einem breiten Grinsen fest. Er füllte seinen Anzug jetzt wieder aus. Wenn er nicht einen anderen, beinahe identischen Anzug trug, Harry war sich nicht sicher.

»Manche Menschen brauchen den Luxus wie andere die Luft zum Atmen«, sagte Jens. »Für mich sind ein teurer Wagen, schöne Kleider und ein bisschen Verwöhntwerden einfach notwendig, damit ich mich wohl fühle, um zu spüren, dass ich existiere. Können Sie das verstehen?«

Harry schüttelte den Kopf.

»Na ja.« Jens hielt das Champagnerglas am Stiel umfasst. »Ich bin der Dekadente von uns beiden. Sie sollten Ihrem ersten Eindruck treu bleiben, Harry, ich bin ein Drecksack.

Und solange es auf dieser Welt einen Platz für Drecksäcke wie mich gibt, werde ich so weitermachen. Prost!«

Er behielt den Champagner eine Weile im Mund, ehe er schluckte. Dann fletschte er die Zähne und stöhnte voller Wohlbehagen. Harry musste lächeln und nahm sein eigenes Glas, doch Jens sah ihn missbilligend an.

»Wasser? Ist es nicht an der Zeit, dass auch Sie Ihr Leben zu genießen beginnen, Harry? Es kann doch unmöglich nötig sein, so streng zu sich selbst zu sein?«

»Manchmal ist es das.«

»Unsinn. Im Grunde sind doch alle Menschen Hedonisten, manche brauchen nur ein bisschen länger, um das zu kapieren. Haben Sie eine Frau?«

»Nein.«

»Wäre es nicht an der Zeit?«

»Bestimmt. Aber ich sehe nicht ganz, was das damit zu tun haben soll, das Leben zu genießen.«

»Wie wahr.« Jens blickte in sein Glas. »Habe ich Ihnen von meiner Schwester erzählt?«

»Von der, die Sie angerufen haben?«

»Ja, sie ist ledig, wissen Sie.«

Harry lachte. »Sie müssen mir nicht dankbar sein, Jens. Abgesehen von Ihrer Festnahme habe ich nicht viel getan.«

»Ich mache keine Witze. Sie ist eine tolle Frau. Verlagsredakteurin, aber ich glaube, sie arbeitet viel zu viel, um Zeit zu haben, sich einen Mann zu suchen. Außerdem verschreckt sie alle gleich. Sie ist genau wie Sie, streng, eigenwillig, mit viel Durchsetzungsvermögen. Haben Sie eigentlich bemerkt, dass das auch all die norwegischen Miss Irgendwas bei ihren Interviews von sich behaupten, dass sie Durchsetzungsvermögen haben? So ein Scheiß, die reinste Inflation.«

Jens sah nachdenklich aus.

»Meine Schwester hat an dem Tag, an dem sie mündig wurde, den Mädchennamen ihrer Mutter angenommen. Ich sage nicht von ungefähr mündig, ich meine das genau so.«

»Ich bin mir nicht so sicher, ob sie und ich wirklich ein gutes Paar abgeben würden.«

»Warum nicht?«

»Nun. Vermutlich weil ich ein Feigling bin. Das, wonach ich Ausschau halte, ist ein selbstloses Mädchen in irgendeinem Pflegeberuf, das so schön ist, dass es niemand bis jetzt gewagt hat, ihr das zu sagen.«

Jens lachte. »Dann können Sie ruhig meine Schwester heiraten. Es macht nichts, wenn Sie sie nicht mögen, sie arbeitet so viel, dass Sie sie ohnehin nicht viel sehen werden.«

»Warum haben Sie sie dann zu Hause und nicht auf der Arbeit angerufen? Es war in Norwegen doch zwei Uhr nachmittags, als Sie angerufen haben.«

Jens schüttelte den Kopf. »Sagen Sie es niemandem, aber ich kann mir diese Zeitunterschiede einfach nicht merken. Ob ich Stunden abziehen oder hinzuzählen muss, meine ich. Das ist wirklich peinlich, mein Vater hält mich schon für präsenil, er sagt, das hätte ich von meiner Mutter.«

Dann beeilte er sich, Harry zu versichern, dass bei seiner Schwester keinerlei Symptome davon aufgetreten seien, eher im Gegenteil.

»Es reicht, Jens, sagen Sie mir lieber, wie es Ihnen geht, haben Sie sich schon Gedanken über die Ehe gemacht?«

»Psst, nicht so laut, ich bekomme allein schon bei dem Gedanken einen Herzinfarkt. Ehe ...« Jens schauderte. »Das Problem ist, dass ich einerseits nicht für die Monogamie geschaffen, andererseits aber ein Romantiker bin. Wenn ich erst verheiratet bin, darf ich es ja mit keiner anderen mehr treiben, verstehen Sie? Und der Gedanke daran, ein Leben lang mit keiner anderen Frau mehr Sex zu haben, ist ziemlich überwältigend, finden Sie nicht auch?«

Harry versuchte, dem in sich nachzuspüren.

»Zum Beispiel diese Sache mit dem Mädchen im Fahrstuhl. Dass ich sie eingeladen habe. Wissen Sie, wieso? Die reinste Panik, ganz sicher. Nur um mir selbst zu beweisen, dass ich noch in der Lage bin, mich auch noch für andere Frauen zu interessieren. Ziemlich bescheuert eigentlich. Hilde ist …«

Jens suchte nach den richtigen Worten.

»Sie hat etwas, was ich bei sonst niemandem gefunden habe. Und ich habe gesucht, das können Sie mir glauben. Ich weiß nicht, ob ich wirklich erklären kann, was es ist, aber ich will das auf keinen Fall verlieren, denn ich weiß, dass ich es so schnell nicht wieder finde.«

Harry dachte, dass das auch kein besserer Grund war als all die anderen, die er schon gehört hatte. Jens fingerte an seinem Glas herum und grinste schief.

»Dieser Gefängnisaufenthalt zeigt bei mir eindeutig Wirkung, es sieht mir wirklich nicht ähnlich, über so etwas zu sprechen. Versprechen Sie mir, dass Sie das keinem Ihrer Kumpel erzählen.«

Der Kellner kam an ihren Tisch und gab ihnen ein Zeichen.

»Kommen Sie, es hat schon begonnen«, sagte Jens.

»Was hat begonnen?«

Der Kellner führte sie durch das Restaurant, dann durch die Küche und über eine enge Treppe nach oben. Waschzuber standen übereinandergestapelt im Flur und eine alte Frau saß auf einem Stuhl und grinste sie mit schwarzen Zähnen an.

»Betelnüsse«, sagte Jens. »Schreckliche Angewohnheit. Sie kauen die, bis ihnen das Hirn verfault und die Zähne ausfallen.«

Hinter einer Tür hörte Harry brüllende Männerstimmen. Der Kellner öffnete und dann waren sie auf einem großen Dachboden ohne Fenster. Zwanzig, dreißig Männer bildeten einen dichten Kreis. Hände gestikulierten und zeigten, während geknickte Geldscheine gezählt und in irrsinniger Geschwindigkeit weitergegeben wurden. Die meisten Männer waren Weiße, manche trugen helle Baumwollanzüge. Harry glaubte, ein Gesicht aus der Autorenloge im Hotel Oriental wiederzuerkennen.

»Hahnenkampf«, erklärte Jens. »Private Veranstaltung.«

»Warum?« Harry musste bei all dem Lärm rufen. »Ich meine gelesen zu haben, dass Hahnenkämpfe in Thailand noch erlaubt sind.«

»Im Prinzip schon. Die Behörden haben eine modifizierte Variante des Hahnenkampfes genehmigt, bei der unter anderem die Sporen auf der Rückseite der Füße eingewickelt werden, damit sie sich nicht töten können. Und es gibt ein Zeitlimit, keinen Kampf mehr auf Leben und Tod, bis einer am Boden liegt. Hier findet alles noch nach alten Regeln statt. Und es gibt keine Beschränkung, wie viel man setzen darf. Sollen wir näher herangehen?«

Harry überragte die Männer vor sich und blickte in den Kreis. Zwei Hähne, beide braunrot und orange, umkreisten sich mit wackelnden Köpfen und schienen sich auffällig wenig für einander zu interessieren.

»Wie wollen die die zwei dazu bringen, gegeneinander zu kämpfen?«, fragte Harry.

»Keine Sorge. Diese zwei Hähne hassen sich mehr, als wir zwei das jemals schaffen würden.«

»Warum?«

Jens sah ihn an. »Sie stehen im gleichen Ring. Und sie sind Hähne.«

Dann gingen sie, wie auf ein Signal, aufeinander los. Das Einzige, was Harry erkennen konnte, waren flatternde Flügel und umherfliegende Halme. Die Männer brüllten vor Aufregung und einige begannen, auf und ab zu springen. Es breitete sich ein seltsamer bittersüßer Geruch nach Adrenalin und Schweiß im Raum aus.

»Sehen Sie den mit dem geteilten Kamm?«, fragte Jens.

Harry sah nichts.

»Das ist der Sieger.«

»Wie sehen Sie das?«

»Ich sehe es nicht. Ich weiß es. Ich wusste das schon vorher.«

»Wie …?«

»Fragen Sie nicht.« Jens lächelte.

Die Schreie verstummten abrupt. Ein Hahn lag im Ring. Jemand stöhnte, ein Mann in einem grauen Leinenanzug schleuderte seinen Hut wütend zu Boden. Harry betrachtete den sterbenden Hahn. Ein Muskel unter den Federn zuckte, dann blieb er regungslos liegen. Es war absurd, es hatte wie ein Spiel ausgesehen, wie eine Masse aus Federn, Beinen und Geschrei.

Eine blutige Feder segelte an seinem Gesicht vorbei. Der Hahn wurde von einem Thailänder in weiten Hosen aus dem Ring genommen. Er sah aus, als wäre er den Tränen nah. Der andere Hahn stolzierte wieder herum. Jetzt sah Harry den geteilten Hahnenkamm.

Der Kellner kam mit einem Bündel Scheine zu Jens. Einige der anderen Männer sahen ihn an, manche nickten, doch niemand sagte etwas.

»Kommt es auch mal vor, dass Sie verlieren?«, fragte Harry, als sie wieder am Fenster des Restaurants saßen. Jens hatte sich eine Zigarre angezündet und einen Cognac bestellt, einen alten Richard Hennessy 40%, bei dem der Kellner zweimal nachfragen musste. Es war unglaublich, dass dieser Jens derselbe Mann war, den Harry tags zuvor am Telefon getröstet hatte.

»Wissen Sie, warum Spielen eine Krankheit ist und kein Beruf, Harry? Weil die Spieler das Risiko lieben. Sie leben und atmen für das Gefühl zitternder Ungewissheit.«

Er blies den Rauch in dicken Ringen aus.

»Mit mir ist es umgekehrt, ich bin bereit, die extremsten Herausforderungen anzunehmen, um das Risiko zu minimieren. Was ich heute Abend gewonnen habe, deckt gerade meine Unkosten und meinen eigenen Arbeitsaufwand, und der war nicht klein, glauben Sie mir.«

»Aber verlieren Sie nie?«

»Es wirft einen ganz guten Ertrag ab.«

»Guten Ertrag? Sie meinen wohl, dass die Spieler früher oder später ihren gesamten Besitz verpfänden müssen?«

»In der Art, ja.«

»Aber verliert das Spiel nicht etwas von seinem Reiz, wenn man das Ergebnis vorher schon kennt?«

»Reiz?« Jens hielt das Geldbündel in die Höhe. »Ich finde das hier reizend genug. Es verhilft mir dazu.« Er machte eine ausladende Handbewegung.

»Ich bin ein einfacher Mann.« Er studierte die Glut seiner Zigarre. »Oder nennen wir es beim Namen. Ich bin ein bisschen klein.«

Er lachte plötzlich laut und wiehernd. Harry musste lächeln.

Jens sah auf die Uhr und sprang auf.

»Die USA öffnet. Verdammte Turbulenzen. Wir sehen uns. Denken Sie an die Sache mit meiner Schwester.«

Er war aus der Tür und Harry blieb sitzen, rauchte eine Zigarette und dachte an seine Schwester. Dann fuhr er mit einem Taxi nach Patpong. Er wusste nicht, nach was er Ausschau hielt, aber er ging in eine Go-Go-Bar, hätte beinahe ein Bier bestellt und ging rasch wieder nach draußen. Im Le Boucheron aß er Froschschenkel und der Besitzer kam an seinen Tisch und erklärte ihm in sehr schlechtem Englisch, dass er sich zurück in die Normandie sehnte. Harry sagte, sein Großvater sei am D-Day dabei gewesen. Das stimmte nicht ganz, aber es brachte den Franzosen wenigstens in bessere Laune.

Harry bezahlte und ging in eine andere Bar. Ein Mädchen in lächerlich hohen Schuhen setzte sich neben ihn, sah ihn mit großen, braunen Augen an und fragte ihn, ob sie ihm einen blasen solle. Verflucht, natürlich will ich das, dachte Harry und schüttelte den Kopf. Er registrierte, dass im Fernsehen über dem verspiegelten Regal der Bar ein Spiel von Manchester United lief. Im Spiegel konnte er auch die Mädchen beobachten, die auf der kleinen intimen Bühne direkt hinter ihm tanzten. Sie hatten sich kleine, papierene Goldsterne angeklebt, die gerade eben ihre Brustwarzen bedeckten, so dass die Bar nicht das Gesetz der verbotenen Nacktheit brach. Und auf den winzigen Höschen trug jedes Mädchen eine Nummer, nach der die Polizei nicht fragte, sondern die, wie alle wussten, Missverständnisse vermeiden sollte, wenn ein Kunde eines der Barmädchen freikaufen wollte. Harry hatte sie bereits bemerkt. Nummer zwanzig. Dim stand ganz am Rand der vier tanzenden Mädchen und ihr müder Blick schweifte wie ein Radar über die Reihe der Männer an der Bar. Manchmal huschte ein flüchtiges Lächeln über ihre Lippen, doch ohne dass dadurch in ihren Augen Leben aufkam. Sie schien Kontakt zu einem dünnen Mann in einer Art Tropenuniform bekommen zu haben. Ein Deutscher, dachte Harry, ohne zu wissen, warum. Er blickte auf ihre sich langsam hin und her bewegenden Hüften, ihre glänzenden schwarzen Haare, die über ihren Rücken tanzten, wenn sie sich umdrehte, und ihre glatte, glühende Haut, die wie von innen angestrahlt zu leuchten schien. Ohne diese Augen wäre sie schön gewesen, dachte Harry.

Eine kurze Sekunde begegneten sich ihre Blicke im Spiegel und Harry hatte sofort ein beklemmendes Gefühl. Sie schien ihn nicht erkannt zu haben, doch er richtete seinen Blick zum Fernsehschirm, der den Rücken eines Spielers zeigte, der eingewechselt werden sollte. Die gleiche Nummer. »Solskjær« stand oben auf dem Trikot. Harry wachte wie aus einem Traum auf.

»Verdammt!«, rief er und stieß sein Glas um, so dass die Cola auf den Schoß der standhaften Kurtisane spritzte. Harry bahnte sich einen Weg nach draußen, während er ihre wütende Stimme hinter sich rufen hörte: *»You not my friend!«*

Als er Ivar Løken nicht erreichte, rief er Tonje Wiig an.

»Harry, ich habe versucht, dich zu erreichen!«, sagte sie, »Løken ist gestern nicht gekommen und heute Morgen hat er bei der Arbeit gesagt, er habe sich im Restaurant geirrt und an einem falschen Ort auf mich gewartet. Was geht da eigentlich vor?«

»Ein andermal«, sagte Harry. »Weißt du, wo Løken jetzt ist?«

»Nein. Oder doch, warte, heute ist Mittwoch. Er und ein paar andere Botschaftsmitarbeiter sind auf einer Fortbildung beim FCCT. Das ist der Club der Auslandskorrespondenten in Bangkok, aber da sind auch viele andere Ex-pats Mitglieder.«

»Ex-pats?«

»Oh, entschuldige Harry. *Ex-patriots*. Ausländer, die sich hier niedergelassen haben und die hier arbeiten.«

»Mit anderen Worten, Einwanderer.«

Sie lachte kurz. »So nennen wir uns eigentlich nicht gerade.«

»Wann hat das Treffen da begonnen?«, fragte Harry.

»Neun nach sieben.«

»Neun nach?«

»Das ist so eine buddhistische Sitte. Neun ist eine Glückszahl.«

»Jesses.«

»Das ist noch gar nichts, du solltest mal sehen, was alles passiert, wenn hier unten wichtige Sachen stattfinden sollen. Ehe sie aus Hongkong hierher kamen, um das BERTS-Abkommen zu unterzeichnen, waren vier Seher zwei Wochen damit beschäftigt, das günstigste Datum und die beste Uhrzeit für die Unterzeichnung herauszufinden. Ich will ja nichts Schlechtes über die Asiaten sagen, sie sind wirklich fleißig und nett, aber in mancher Hinsicht kann man schon merken, dass sie den Urwald noch nicht so richtig verlassen haben.«

»Interessant, aber ich sollte …«

»Ich muss jetzt los, Harry, können wir den Rest nicht ein andermal besprechen?«

Harry schüttelte den Kopf über all das Übel in der Welt, als er auflegte. So gesehen schien eine Glückszahl nicht sonderlich absurd zu sein.

Er rief im Präsidium an und erreichte Rangsan, der ihm die Privatnummer des Professors im Benchamabophit-Museum gab.

Kapitel 37

Zwei grün gekleidete Männer stürmten durch die Büsche, einer von ihnen gebeugt mit einem verwundeten Kameraden über der Schulter. Sie brachten ihn hinter einem umgestürzten Baum in Deckung, während sie selbst ihre Gewehre zückten, anlegten und auf das Dickicht vor ihnen feuerten. Eine trockene Stimme verkündete, dass dies Bilder des hoffnungslosen Kampfes von Ost-Timor gegen das Terrorregime von Präsident Suharto waren.

Auf dem Podium raschelte ein Mann nervös mit seinen Papieren. Er war landauf, landab gereist, um über sein Land zu sprechen, und dieser Abend war ein bedeutender Moment für ihn. Es waren nicht sonderlich viele Menschen im Foreign Correspondents Club Thailand, vielleicht vierzig bis fünfzig Personen, aber sie waren wichtig, gemeinsam konnten sie seine Botschaft an Millionen von Lesern weitergeben. Den Film, den er zeigte, hatte er schon hundert Mal gesehen und er wusste, dass er in genau zwei Minuten ins Rampenlicht treten musste.

Ivar Løken zuckte unwillkürlich zusammen, als er eine Hand auf seiner Schulter spürte und ihm eine Stimme zuflüsterte: »Wir müssen miteinander reden. Jetzt.«

Im Halbdunkel erkannte er Holes Gesicht. Er stand auf und verließ mit ihm den Raum, während ein Guerillasoldat, dessen eine Gesichtshälfte zu einer steifen Maske verbrannt war, auf der Leinwand erklärte, warum er die letzten acht Jahre seines Lebens im indonesischen Dschungel verbracht hatte.

»Wie haben Sie mich gefunden?«, fragte er, als sie draußen waren.

»Ich habe mit Tonje Wiig gesprochen. Kommen Sie oft hierher?«

»Was heißt oft? Es ist mir wichtig, informiert zu sein. Außerdem treffe ich hier Menschen, mit denen es sich lohnt zu reden.«

»Zum Beispiel Leute von der dänischen und schwedischen Botschaft?«

Ein Goldzahn blitzte auf.

»Wie gesagt, es ist mir wichtig, informiert zu sein. Was liegt an?«

»Alles.«

»Ach ja?«

»Ich weiß, auf wen Sie es abgesehen haben. Und ich weiß, dass die Fälle miteinander zu tun haben.«

Løkens Lächeln verschwand.

»Das Merkwürdige ist, dass ich an einem meiner ersten Tage hier nur einen Steinwurf von dem Ort entfernt war, an dem Sie saßen und ihn überwachten.«

»Was Sie nicht sagen?« Es war schwer zu beurteilen, ob in Løkens Stimme Sarkasmus mitklang.

»Hauptkommissarin Crumley hat eine Sightseeing-Tour mit mir gemacht, den Fluss hinauf. Sie hat mir das Haus eines Norwegers gezeigt, der einen ganzen Tempel von Burma nach Bangkok hat schaffen lassen. Sie kennen doch Ove Klipra, nicht wahr?«

Løken antwortete nicht.

»Nun, die Zusammenhänge wurden mir auch erst gestern Abend bei dem Fußballspiel klar.«

»Fußballspiel?«

»Der berühmteste Norweger der Welt spielt zufälligerweise in Klipras Lieblingsmannschaft.«

»Ja und?«

»Wissen Sie, welche Nummer Ole Gunnar Solskjærs Trikot hat?«

»Nein, warum zum Teufel sollte ich so etwas wissen?«

»Nun, kleine Jungs überall auf der Welt wissen das und sein Trikot können Sie von Cape Town bis Vancouver in jedem Sportgeschäft kriegen. Manchmal kaufen das auch Erwachsene.«

Løken nickte, während er Harry nicht aus den Augen ließ. »Nummer zwanzig«, sagte er.

»Wie auf dem Bild. Und damit sind mir auch noch ein paar andere Dinge klar geworden. Der Schaft des Messers, das wir in Molnes' Rücken gefunden haben, hat ein spezielles Glasmosaik, und ein Professor der Kunstgeschichte konnte uns sagen, dass das ein sehr altes Messer aus dem Norden Thailands ist. Vermutlich hergestellt vom Volk der Shan. Ich habe ihn gestern Abend noch einmal gesprochen. Er hat mir erzählt, dass dieses Volk auch in Teilen Burmas lebte, wo sie unter anderem Tempel gebaut haben. Eine Besonderheit dieser Tempel sei es, dass die Fenster und Türen mit ähnlichen Glasmosaiken ausgeschmückt sind wie das Messer. Ich bin auf dem Weg hierher bei dem Professor vorbeigefahren und habe ihm eines Ihrer Bilder gezeigt. Er hatte keinen Zweifel, dass es das Fenster eines Shan-Tempels zeigte, Løken.«

Sie konnten hören, dass der Redner jetzt begonnen hatte. Die Stimme schnitt metallisch durch die Lautsprecher.

»Gute Arbeit, Hole. Und was jetzt?«

»Jetzt erzählen Sie mir mal ausführlich, was da hinter den Kulissen so vor sich geht, und dann übernehme ich die weiteren Ermittlungen.«

Løken lachte laut. »Sie machen Witze?«

Harry machte keine Witze.

»Ein interessanter Vorschlag, Hole, aber ich glaube nicht, dass das geht. Meine Vorgesetzten ...«

»Ich glaube nicht, dass ›Vorschlag‹ das richtige Wort ist, Løken. Nennen wir es ein Ultimatum.«

Løken lachte noch lauter. »Sie haben Mut, das muss man Ihnen lassen. Aber was lässt Sie glauben, Sie seien in der Position, mir ein Ultimatum stellen zu können?«

»Die Tatsache, dass Sie Ihrerseits eine verflucht schlechte Position haben, wenn ich meinem thailändischen Polizeichef berichte, was hier vor sich geht.«

»Die werden Sie feuern, Hole.«

»Weswegen? In erster Linie habe ich den Auftrag, hier unten in einem Mordfall zu ermitteln, und nicht, den Arsch von irgendeinem Bürokraten in Oslo zu retten. Ich persönlich habe nichts dagegen, dass Sie hier unten versuchen, einen Päderasten einzubuchten, aber dafür bin ich nicht verantwortlich. Und wenn man im Storting erfährt, dass man über diese unerlaubten Ermittlungen nicht unterrichtet worden ist, glaube ich eher, dass da ein paar andere Köpfe rollen werden und nicht meiner. Wie ich die Sache sehe, laufe ich eher Gefahr, arbeitslos zu werden, wenn ich mich mitschuldig mache, indem ich all diese Informationen für mich behalte. Zigarette?«

Harry hielt ihm ein gerade geöffnetes Päckchen Camel hin. Løken schüttelte den Kopf, entschied sich dann aber doch anders. Harry gab ihm und sich Feuer. Dann setzten sie sich auf zwei Stühle, die an der Wand standen. Aus dem Café war lauter Applaus zu hören.

»Warum lassen Sie das alles nicht einfach bleiben, Hole? Sie haben doch längst verstanden, dass es bei Ihrem Auftrag hier unten nicht darum ging, einen Fall zu lösen. Also warum hängen Sie Ihr Fähnchen nicht einfach in den Wind und ersparen sich und uns anderen eine Menge Arbeit?«

Harry inhalierte tief und atmete langsam aus. Der größte Teil des Rauchs blieb in ihm.

»Diesen Herbst habe ich wieder begonnen, Camel zu rauchen«, sagte Harry und klopfte sich auf die Tasche. »Ich hatte einmal eine Freundin, die Camel geraucht hat. Ich durfte mir von ihr keine Zigaretten schnorren, sie meinte, das könne zu einer schlechten Angewohnheit werden. Wir waren auf einer Interrail-Tour und im Zug zwischen Pamplona und Cannes bemerkte ich, dass ich keine Zigaretten mehr hatte. Sie meinte, das solle mir eine Lehre sein. Es war eine fast zehnstündige Fahrt und schließlich musste ich in andere Abteile gehen und mir von den Leuten dort Zigaretten schnorren, während sie ihre Camel paffte. Komisch, was?«

Er hielt die Zigarette hoch und blies in die Glut.

»Nun, als wir endlich in Cannes waren, habe ich mir weiter bei Fremden Zigaretten geschnorrt. Anfangs fand sie das noch spaßig. Als ich aber anfing, in Paris im Restaurant von Tisch zu Tisch zu gehen, gefiel ihr das weniger, so dass sie mir von ihren welche anbot. Das habe ich aber abgelehnt. Als wir in Amsterdam Bekannte aus Norwegen trafen und ich sie um Zigaretten bat, obgleich ihr Päckchen auf dem Tisch lag, fand sie mich kindisch. Sie kaufte mir ein Päckchen, meinte, das sei kein Schnorren, aber ich ließ es im Hotelzimmer liegen. Als wir zurück in Oslo waren und ich da so weitermachte, sagte sie, ich sei krank.«

»Hat diese Geschichte auch einen Schluss?«

»Aber ja doch. Sie hörte mit dem Rauchen auf.«

Løken amüsierte sich. »Ein Happy End also.«

»Etwa gleichzeitig ist sie mit einem Musiker nach England gezogen.«

Løken verschluckte sich an etwas.

»Dann sind Sie vielleicht etwas zu weit gegangen?«

»Natürlich.«

»Aber viel gelernt haben Sie daraus nicht?«

»Nein.«

Sie rauchten schweigend weiter.

»Verstehe«, sagte Løken und drückte seine Zigarette aus. Die Menschen hatten begonnen, den Saal zu verlassen.

»Gehen wir irgendwo ein Bier trinken, dann erzähle ich Ihnen die ganze Geschichte.«

»Ove Klipra baut Straßen. Abgesehen davon wissen wir nicht viel über ihn. Wir haben Kenntnis davon, dass er als 25-Jähriger mit einem Ingenieursvordiplom und einem schlechten Ruf nach Thailand gegangen und seinen Namen von Pedersen in Klipra geändert hat, nach dem Namen des Stadtteils in Ålesund, in dem er aufgewachsen ist.«

Sie saßen auf einem tiefen Ledersofa und vor ihnen standen eine Stereoanlage, ein Fernseher und ein Tisch mit einem Bier, einer Flasche Wasser, zwei Mikrofonen und einem Songheft. Harry hatte erst geglaubt, Løken mache einen Witz, als er vorschlug, zum Karaoke zu gehen, doch dann hatte er erklärt, warum. Man konnte auf Stundenbasis schalldichte Räume mieten, ohne einen Namen anzugeben, bestellte, was man zu trinken haben wollte, und wurde den Rest der Zeit in Frieden gelassen. Außerdem waren genug Menschen dort, um unbemerkt kommen und gehen zu können. Es war wirklich der ultimative Ort für geheime Treffen und es schien auch nicht das erste Mal zu sein, dass Løken dort war.

»Inwiefern ein schlechter Ruf?«, fragte Harry.

»Als wir begannen, der Sache nachzugehen, stellte sich heraus, dass es ein paar Vorfälle mit minderjährigen Jungen in Ålesund gegeben hatte. Es gab keine Anzeigen, aber die Leute redeten und er hielt es für besser wegzuziehen. Als er hierher kam, ließ er eine Ingenieurgesellschaft registrieren, druckte Visitenkarten, auf denen er sich mit einem Doktortitel schmückte, und begann, an Türen zu klopfen, um bekanntzugeben, dass er Erfahrungen im Straßenbau habe. Damals, vor zwanzig Jahren, gab es eigentlich nur zwei Möglichkeiten, in Thailand an Straßenbauprojekte zu kommen: entweder man war mit jemandem in der Regierung verwandt oder reich genug, eine solche Person zu bestechen. Klipra war weder das eine noch das andere und alles sprach gegen ihn. Aber er lernte zwei Sachen und die legten die Grundlage für das gesamte Vermögen, auf dem er jetzt sitzt, da können Sie ganz sicher sein: Thailändisch und die Kunst des Schmeichelns. Das mit der Kriecherei habe nicht ich erfunden, damit hat er selbst vor einigen Norwegern hier unten geprahlt. Er behauptet, er habe derart gut lächeln gelernt, dass es selbst für einige hier in Thailand zu viel des Guten geworden sei. Außerdem soll er ein gemeinsames Interesse mit einigen Politikern gehabt haben, mit denen er sich umgeben hat: das Interesse an kleinen Jungen. Es ist nicht sicher, dass es ein Nachteil war, dieses Laster mit ihnen zu teilen, als die Aufträge für den Ausbau des sogenannten Hopewell Bangkok Elevated Road and Train Systems vergeben wurden.«

»Straßen und Schienenwege?«

»Genau. Sie haben bestimmt die Riesenmetallträger bemerkt, die überall in der Stadt in den Boden gerammt werden?«

Harry nickte.

»Bis jetzt sind es sechstausend Träger, aber es werden noch mehr. Und die sind nicht nur für die Autobahn, denn darüber soll auch noch der neue Zug fahren. Die Rede ist von fünfzig Kilometern topmoderner Autobahn und sechzig Kilometern Gleise für insgesamt 25 Milliarden Kronen, die diese Stadt davor bewahren sollen, sich selbst zu ersticken. Verstehen Sie? Dieses Projekt ist vermutlich das größte Verkehrsprojekt, das es jemals gegeben hat, der Messias aus Asphalt und Schwellen.«

»Und Klipra hat da seine Finger im Spiel?«

»Niemand scheint wirklich zu wissen, wer da mit von der Partie ist und wer nicht. Klar ist nur, dass sich der ursprüngliche Hauptunternehmer aus Hongkong zurückgezogen hat und dass man das Budget und den Zeitplan vermutlich vergessen kann.«

»Budgetüberschreitung? Ich bin schockiert!«, sagte Harry trocken.

»Aber das bedeutet auf jeden Fall, dass es für die anderen mehr zu tun gibt, und mein Tipp ist, dass Klipra bei diesem Projekt schon schwer dabei ist. Wenn einige aussteigen, müssen die Politiker akzeptieren, dass die anderen ihre Angebote korrigieren. Wenn Klipra die finanziellen Möglichkeiten hat, den Teil des Kuchens zu schlucken, auf den er es abgesehen hat, kann er schnell zum mächtigsten Bauunternehmer der ganzen Region werden.«

»Ja, aber was hat das mit den Übergriffen auf Kinder zu tun?«

»Nur, dass mächtige Männer eine ganz eigene Fähigkeit haben, die Paragraphen der Gesetze zu ihren Gunsten auszulegen. Ich habe keinen Grund, an der Integrität der jetzigen Regierung zu zweifeln, aber es erhöht sicher nicht die Chancen für eine Auslieferung, wenn der Mann politischen Einfluss hat und eine Festnahme dazu auch noch das ganze Verkehrsprojekt verzögern würde.«

»Was haben Sie dann vor?«

»Die Dinge sind am Laufen. Nach dem Norweger, der im letzten Jahr in Pattaya festgenommen wurde, sind die Politiker zu Hause aufgewacht und man arbeitet an einem ähnlichen Abkommen, wie es mit Dänemark und Schweden bereits existiert. Wenn das so weit ist, warten wir noch ein bisschen, verhaften Klipra und erklären den thailändischen Behörden, dass die Bilder selbstverständlich nach Unterzeichnung des Abkommens zustande gekommen sind.«

»Und dann verurteilt man ihn wegen Unzucht mit Minderjährigen?«

»Plus Mord, vielleicht.«

Harry zuckte auf seinem Stuhl zusammen.

»Meinen Sie etwa, Sie seien der Einzige, der das Messer mit Klipra in Zusammenhang gebracht hat, Herr Kommissar?«, fragte Løken, während er versuchte, sich seine Pfeife anzuzünden.

»Was wissen Sie über das Messer?«

»Ich habe Tonje Wiig begleitet, als sie im Motel war, um den Botschafter zu identifizieren. Ich konnte ein paar Fotos machen.«

»Vor den Augen einer ganzen Schar von Polizisten?«

»Also, die Kamera war schon ziemlich klein. Sie findet Platz in einer Armbanduhr wie dieser hier.« Løken lächelte. »Kann man natürlich nicht in einem normalen Laden kaufen.«

»Und dann haben Sie das Glasmosaik auf dem Messer mit Klipras Haus in Verbindung gebracht?«

»Ich war in Kontakt mit jemandem, der an dem Verkauf des Tempels an Klipra beteiligt war, einem *pongyi* vom Mahasi-Zentrum in Rangun. Das Messer war ein Teil des Tempel-Interieurs, das ebenfalls Bestandteil des Verkaufs war. Nach Aussage des Mönches werden von diesen Messern immer Zwillingspaare hergestellt. Es soll noch ein vollständig identisches Messer geben.«

»Moment mal«, sagte Harry. »Wenn Sie diesen Mönch kontaktiert haben, müssen Sie doch schon vorher geahnt haben, dass das Messer etwas mit burmesischen Tempeln zu tun haben könnte?«

Løken zuckte mit den Schultern.

»Kommen Sie«, sagte Harry. »Sie sind doch selbst kein Kunsthistoriker. Wir brauchten einen Professor, nur um festzustellen, dass das was mit irgendeinem Shan-Volk zu tun hat. Sie haben Klipra schon verdächtigt, bevor Sie gefragt haben.«

Løken verbrannte sich einen Finger und warf das abgebrannte Streichholz verärgert zu Boden.

»Ich hatte Grund zu der Annahme, dass der Mord etwas mit Klipra zu tun hatte. Ich saß nämlich am Mordtag in einer Wohnung schräg gegenüber von Klipras Haus.«

»Und?«

»Atle Molnes tauchte gegen sieben Uhr dort auf. Etwa gegen acht fuhr er gemeinsam mit Klipra in seinem Wagen davon.«

»Sind Sie sicher, dass das die beiden waren? Ich habe den Wagen gesehen und der hat wie die meisten Diplomatenfahrzeuge getönte undurchsichtige Scheiben.«

»Ich habe Klipra durch die Kameralinse beobachtet, als der Wagen kam. Er parkte in der Garage, von wo aus eine Tür direkt ins Haus führt. Erst habe ich nur gesehen, wie Klipra aufstand und zur Tür ging. Dann dauerte es eine Weile, ohne dass ich jemanden sehen konnte, aber dann sah ich den Botschafter durch das Zimmer gehen. Das Nächste war dann, dass der Wagen wieder wegfuhr und Klipra verschwunden war.«

»Sie können sich nicht sicher sein, dass es der Botschafter war«, stellte Harry fest.

»Warum nicht?«

»Weil Sie ihn von Ihrem Beobachtungspunkt aus nur

vom Rücken abwärts sehen können, da der Rest vom Mosaik verdeckt wird.«

Løken lachte.

»Tja, aber das ist mehr als genug«, sagte er und es gelang ihm endlich, seine Pfeife anzuzünden. Er paffte vergnügt. »Denn es gibt nur eine Person in ganz Thailand, die solche Anzüge trägt.«

Unter anderen Umständen hätte ihm Harry vielleicht ein Grinsen spendiert, doch in diesem Moment kreisten einfach zu viele Fragen in seinem Kopf.

»Warum waren Torhus und die Polizeipräsidentin in Oslo darüber nicht informiert?«

»Wer sagt, dass die nicht informiert waren?«

Harry spürte einen Druck irgendwo hinter seinen Augen. Er sah sich nach etwas um, was er kaputtschmeißen könnte.

Kapitel 38

Bjarne Møller stand am Fenster und blickte nach draußen. Es sah nicht so aus, als wollte die Kälte sie in nächster Zukunft aus ihren Klauen entlassen. Die Jungs fanden das großartig, wenn sie mit vor Frost schmerzenden Fingerkuppen und roten Wangen zum Abendessen nach Hause kamen und sich darüber stritten, wer mit seinen Skiern den weitesten Sprung gemacht hatte.

Die Zeit verging so schnell, es schien ihm gar nicht so lange her zu sein, dass er sie zwischen seinen Beinen festgehalten und mit ihnen die Hügel am Grefsenkollen hinuntergepflügt war. Gestern war er zu ihnen ins Zimmer gegangen und hatte sie gefragt, ob er ihnen etwas vorlesen solle, doch sie hatten ihn nur seltsam angesehen.

Trine hatte gesagt, er wirke müde. War er das? Vielleicht. Es gab so viel zu bedenken, vielleicht mehr, als er sich beim Antritt seiner Stelle als Dezernatsleiter vorgestellt hatte. Wenn es nicht um irgendwelche Berichte, Sitzungen oder Budgets ging, stand einer seiner Leute mit einem Problem vor seiner Tür, das er nicht lösen konnte – dass eine Frau die Scheidung wollte, dass die Raten für das Haus zu hoch wurden oder dass die Nerven begannen, verrückt zu spielen.

Die Polizeiarbeit, auf die er sich gefreut hatte, als er diesen Job annahm, das Leiten von Ermittlungen, war fast zur Nebensache geworden. Und er hatte sich noch immer nicht abgefunden mit dem versteckten Aufgabenbereich, dem Text zwischen den Zeilen, den Karrierespielchen. Manchmal fragte er sich, ob er nicht weitermachen hätte sollen wie vorher, aber er wusste, dass Trine auf die zusätzlichen Besoldungsstufen Wert legte. Und die Jungs wollten Sprungski. Und es war vielleicht auch an der Zeit, dass sie den PC bekamen, den sie schon so lange forderten. Kleine Schneeflocken wirbelten an die Scheibe. Er war wirklich ein verdammt guter Polizist gewesen.

Das Telefon klingelte.

»Møller.«

»Hier ist Hole, hast du das wirklich die ganze Zeit gewusst?«

»Hallo Harry, bist du das?«

»Hast du gewusst, dass ich ganz speziell ausgesucht wurde, weil sie sicher sein wollten, dass bei diesen Nachforschungen nichts herauskommt?«

Møller senkte seine Stimme. Er hatte die Sprungski und den PC vergessen. »Moment mal, ich glaube, ich verstehe nicht richtig, von was du redest.«

»Ich will nur von dir hören, dass du nicht wusstest, dass ein paar Leute in Oslo von Anfang an einen Verdacht hatten, wer diesen Mord begangen haben konnte.«

»O.k., Harry, ich hatte keine Ahnung davon ... das heißt, ich *habe* nicht die geringste Ahnung, von was du da redest.«

»Die Polizeipräsidentin und Dagfinn Torhus wussten seit dem Mord, dass eine halbe Stunde vor Molnes' Ankunft im Motel ein Norweger namens Ove Klipra gemeinsam mit dem Botschafter in dessen Auto von Kliprás Haus weggefahren war. Sie wissen ferner, dass Klipra ein verdammt gutes Motiv hatte, den Botschafter zu töten.«

Møller ließ sich auf seinen Stuhl fallen.

»Und das wäre?«

»Klipra ist einer der reichsten Männer Bangkoks und der Botschafter war in Geldnot. Auf seine Initiative hin gab es höchst illegale Ermittlungen gegen Klipra wegen Kindesmissbrauchs, und als er gefunden wurde, hatte er Bilder von Klipra mit einem Jungen in seinem Aktenkoffer. Es ist wirklich nicht so wahnsinnig schwer, sich vorzustellen, warum er bei Klipra war. Es muss Molnes gelungen sein, Klipra zu überzeugen, dass er allein hinter der Sache stand und selbst die Fotos gemacht hat. Vermutlich hat er ihm dann einen Preis für die ›Negative‹ genannt, so nennt man das doch, oder? Natürlich war es unmöglich herauszufinden, wie viele Abzüge es von den Bildern gab. Ebenso wenig fällt es schwer, sich vorzustellen, dass Klipra begriffen hat, dass ein spielsüchtiger Erpresser wie der Botschafter garantiert irgendwann wieder vor seiner Tür stehen würde. Wieder und wieder. Vielleicht hat Klipra eine Tour mit dem Wagen vorgeschlagen, ist dann bei einer Bank ausgestiegen und hat Molnes gebeten, im Motel auf ihn zu warten, bis er das Geld hatte. Als Klipra dann kam, brauchte er nicht nach dem Zimmer zu suchen, schließlich sah er den Wagen des Botschafters davor, nicht wahr? Mein Gott, der Typ hat sogar dieses Messer zu Klipra zurückverfolgt.«

»Welcher Typ?«

»Løken. Ivar Løken. Ein alter Ex-Nachrichtendienstler, der schon einige Jahre hier unten operiert. Angestellt bei der UN, er behauptet, für irgendein Flüchtlingsprogramm zu arbeiten, aber das kannst du vergessen. Ich denke, der kriegt einen Großteil seines Lohns von der NATO oder so. Der beobachtet Klipra seit Monaten.«

»Wusste der Botschafter das denn nicht? Ich dachte, du hättest gesagt, die Initiative für diese Ermittlungen seien vom Botschafter ausgegangen.«

»Wie meinst du das?«

»Du behauptest doch, der Botschafter sei dahin gefahren, um Klipra zu erpressen, und das, obwohl er wusste, dass dieser Agent sie beobachtet?«

»Natürlich wusste er das, er hat von Løken Kopien von den Bildern bekommen. Und wenn schon? Es ist doch nichts Ungewöhnliches dabei, dass der Botschafter dem reichsten Norweger Bangkoks einen Höflichkeitsbesuch abstattet, oder?«

»Vielleicht nicht. Was hat dieser Løken sonst noch erzählt?«

»Er hat was über den eigentlichen Grund gesagt, warum ich hierher geschickt wurde.«

»Und der wäre?«

»Warte einen Moment.«

Møller hörte, wie sich eine Hand über den Hörer legte, gefolgt von wütenden Ausrufen auf Norwegisch und Englisch. Dann war Harry wieder da.

»Tut mir leid, Møller, aber wir sitzen hier fast übereinander, mein Nebenmann hatte seinen Stuhl auf dem Telefonkabel. Wo waren wir?«

»Der Grund, warum du ausgesucht wurdest.«

»Ja. Alle, die von Løkens Ermittlungen wussten, gingen ein ziemliches Risiko ein. Wenn das rauskommt, ist hier die Kacke am Dampfen, dann rollen Köpfe, nicht wahr? Als nun der Botschafter ermordet aufgefunden worden war und sie eine ziemlich klare Vorstellung davon hatten, wer das getan haben konnte, mussten sie dafür sorgen, dass die Mordermittlungen nicht ihr ganzes Spiel aufdeckten. Sie mussten einen goldenen Mittelweg finden, etwas *tun*, aber nicht so viel, dass Staub aufgewirbelt wurde. Wenn sie einen norwegischen Beamten schickten, konnte man sie nicht der Untätigkeit anklagen. Mir ist zu Ohren gekommen, dass sie kein Team schicken wollten, weil die Thailänder das nicht gerne gesehen hätten.«

Harrys Lachen mischte sich mit einem anderen Gespräch, das irgendwo zwischen Erde und Satellit dahin schwirrte.

»Stattdessen haben sie den Polizisten ausgewählt, bei dem sie fast sicher waren, dass er da unten nichts finden würde. Dagfinn Torhus hat sich ein bisschen umgehört und den perfekten Kandidaten gefunden, einen, der ihnen bestimmt keine Schwierigkeiten machte. Weil er vermutlich die Abende über einer Kiste Bier verbringen und die Tage verkatert vor sich hin dämmern würde. Harry Hole war perfekt, weil er so gerade eben funktioniert, aber mehr auch nicht. Sollte jemand fragen, konnten sie die Wahl damit erklären, dass der Betreffende gute Noten für eine ähnliche Arbeit in Australien bekommen hatte. Doch damit nicht genug, sein

Dezernatsleiter Møller hat sich sogar für ihn eingesetzt und der sollte es ja am besten wissen, nicht wahr?«

Møller gefiel überhaupt nicht, was er hörte. Insbesondere deshalb nicht, weil er jetzt alles verstand, den Blick der Polizeipräsidentin quer über den Tisch, als die Frage aufkam, die kaum merkbar hochgezogenen Augenbrauen. Es war ein Befehl gewesen.

»Aber warum sollten Torhus und der Polizeichef ihre Jobs riskieren, bloß um einen armen Päderasten zu fangen?«

»Gute Frage.«

Es wurde still. Keiner von beiden wagte laut zu sagen, was er dachte.

»Also, was passiert jetzt, Harry?«

»Jetzt folgt die Operation *save ass.*«

»Und das heißt?«

»Das heißt, dass jetzt keiner den Schwarzen Peter haben will. Løken nicht und ich auch nicht. Wir haben uns abgesprochen, vorläufig den Mund zu halten und Klipra gemeinsam hochgehen zu lassen. Ich rechne damit, dass du die Sache anschließend gerne übernehmen würdest, Chef? Geh am besten direkt über das Parlament. Du hast auch einen Arsch zu retten, denke ich.«

Møller dachte nach. Er war sich nicht ganz sicher, ob er gerettet werden wollte. Schlimmstenfalls würden sie ihn eben wieder mit normaler Polizeiarbeit betrauen.

»Das ist schweres Geschütz, Harry. Ich muss nachdenken, ich ruf dich zurück, o.k.?«

»O.k.«

Sie hatten schwache Signale eines anderen Gesprächs im Weltraum erhalten, das gleichzeitig verstummte. Eine Weile saßen sie da und lauschten dem Sternenstaub.

»Harry?«

»Ja?«

»Lassen wir das mit dem Denken. Ich bin dabei.«

»Damit habe ich eigentlich gerechnet, Chef.«

»Ruf mich an, wenn ihr ihn festgenommen habt.«

»O ja, das habe ich vergessen zu sagen. Klipra ist seit

dem Mord an dem Botschafter nicht mehr gesehen worden.«

Dann kam so ein Tag, an dem Harry überhaupt nichts tat.

Malte Kreise aufs Papier und versuchte zu erkennen, ob sie sich glichen.

Jens rief an und erkundigte sich, wie die Ermittlungen liefen. Harry sagte, das seien Staatsgeheimnisse, und Jens verstand das, meinte aber, dass er besser schlafen würde, wenn er wüsste, dass sie einen Hauptverdächtigen hatten. Dann erzählte er einen Witz, den er gerade am Telefon gehört hatte, über einen Gynäkologen, der zu einem Kollegen sagte, dass eine seiner Patientinnen eine Klitoris in der Größe eines gepökelten Eisbeins habe. »So groß?«, fragte der Kollege. »Nein«, antwortete der Gynäkologe, »so salzig.«

Jens entschuldigte sich dafür, dass im Finanzmilieu nur schweinische Witze kursierten.

Anschließend versuchte Harry, Nho den Witz zu erzählen, aber ob es nun an Nhos oder an Harrys Englisch lag, auf jeden Fall wurde das Ganze nur peinlich.

Dann ging er zu Liz und fragte sie, ob es in Ordnung sei, wenn er einfach einen Moment bei ihr sitzen würde. Nach einer Weile hatte sie genug von seiner schweigenden Nähe und bat ihn zu gehen.

Er aß wieder im Le Boucheron. Der Franzose redete mit ihm Französisch und Harry antwortete lächelnd auf Norwegisch.

Es war beinahe elf Uhr, als er nach Hause kam.

»Sie haben Besuch«, sagte der Wachmann am Empfang.

Harry fuhr mit dem Fahrstuhl nach oben, legte sich am Beckenrand auf den Rücken und hörte das rhythmische, leise Platschen von Runas Schwimmzügen.

»Sie müssen nach Hause gehen«, sagte er nach einer Weile. Sie antwortete nicht und er stand auf und ging die Treppe zu seiner Wohnung hoch.

Kapitel 39

Løken reichte Harry das Nachtsichtgerät.

»Alles klar«, sagte er. »Ich kenne die Routine. Der Wachmann setzt sich jetzt ins Häuschen unten an der Einfahrt. Die nächste Runde macht der erst in zwanzig Minuten.«

Sie saßen auf einem Dachboden in einem Haus, das etwa hundert Meter von Klipras Anwesen entfernt stand. Die Fenster waren vernagelt, doch zwischen zwei Brettern gab es Platz genug für das Sichtgerät. Oder einen Fotoapparat. Zwischen dem Dachboden und Klipras drachenkopfgeschmücktem Teakhaus lagen eine Reihe niedriger Schuppen, eine Straße und eine hohe, weiße Mauer mit Stacheldraht.

»Kein Problem«, sagte Harry.

»Das einzige Problem in dieser Stadt ist, dass überall Menschen sind. Ständig. Wir müssen also herumgehen und hinter dem Schuppen da über die Mauer steigen.«

Er deutete hin und Harry blickte durch das Sichtgerät.

Løken hatte ihn gebeten, enge, dunkle, unauffällige Kleidung zu tragen. Er hatte sich für eine schwarze Jeans und das alte schwarze Joy-Division-T-Shirt entschieden. Beim Anziehen hatte er an Kristin denken müssen, dass Joy Division das Einzige war, das er ihr hatte schmackhaft machen können. Vielleicht war damit ja aufgewogen, dass sie mit dem Camelrauchen aufgehört hatte.

»Legen wir los«, sagte Løken.

Draußen stand die Luft und der Staub schwebte frei über der Schotterstraße. Ein Gruppe Jugendlicher spielte *takraw*, sie standen im Kreis und hielten mit den Füßen einen kleinen Gummiball in der Luft, so dass ihnen die beiden schwarz gekleideten *farangs* nicht auffielen. Sie gingen über die Straße, verschwanden zwischen den Schuppen und erreichten unbehelligt die Mauer. Der diesige Abendhimmel reflektierte das schmutziggelbe Licht von Millionen kleiner und großer Leuchtreklamen, die es in Bangkok an einem Abend wie diesem nicht dunkel werden ließen. Løken warf seinen kleinen Rucksack über die Mauer und entrollte eine schmale, dünne Gummimatte, die er über den Stacheldraht warf.

»Sie zuerst«, sagte er, stellte sich mit dem Rücken zur Wand und machte eine Räuberleiter.

»Und Sie?«

»Machen Sie sich über mich keine Gedanken, los.«

Er half Harry hoch, so dass dieser eine der Stahlstangen oben auf der Mauer zu fassen bekam. Er schwang einen Fuß über die Matte und hörte die Stacheln unter seinem Schritt am Gummi kratzen, als er das andere Bein herüberzog. Dabei versuchte er, nicht an die Geschichte von dem Jungen zu denken, der beim Jahrmarkt im Romsdal die Fahnenstange heruntergerutscht war, ohne an den Haken zu denken, an dem das Seil befestigt wurde. Sein Großvater hatte immer behauptet, seine Kastrationsschreie seien quer über den Fjord zu hören gewesen.

Løken stand neben ihm.

»Oh, das ging aber schnell«, flüsterte Harry.

»Die Seniorengymnastik des Tages.«

Mit dem Rentner vor sich rannte Harry geduckt über den Rasen an der Hauswand entlang, bis sie an der Ecke stehen blieben. Løken nahm das Nachtsichtgerät und wartete, bis er sicher sein konnte, dass der Wachmann in eine andere Richtung sah.

»Jetzt!«

Harry rannte und versuchte sich einzubilden, er sei unsichtbar. Es war nicht weit bis zur Garage, aber es war hell und nichts verdeckte die Sicht zum Wachhäuschen. Løken folgte ihm auf dem Fuß.

Harry hatte gemeint, es gäbe nicht so viele Varianten, in

ein Haus einzubrechen, aber Løken hatte darauf bestanden, alles bis ins kleinste Detail zu planen. Als er betont hatte, dass sie das letzte kritische Stück eng beieinander laufen mussten, hatte sich Harry gefragt, ob es nicht besser sei, einer nach dem anderen die freie Fläche zu überqueren, während der andere Wache hielt.

»Was wollen Sie denn bewachen?«, hatte Løken irritiert gefragt. »Wir werden schon merken, wenn wir entdeckt werden. Wenn wir nacheinander laufen, ist die Chance, entdeckt zu werden, doppelt so groß. Sagen Sie mal, lernen Sie heute gar nichts mehr auf der Polizeischule?« Harry hatte beim restlichen Plan keine Einwände mehr.

Ein weißer Lincoln Continental thronte in der Garage, aus der tatsächlich eine Seitentür ins Haus führte. Løken hatte gemeint, das Schloss dieser Tür sei leichter zu öffnen als das der Haustür, außerdem könnten sie hier von der Einfahrt aus nicht gesehen werden.

Er holte den Dietrich heraus und begann zu arbeiten.

»Nehmen Sie die Zeit?«, flüsterte er und Harry nickte. Laut Plan waren es noch sechzehn Minuten bis zur nächsten Runde des Wachmanns.

Nach zwölf Minuten spürte Harry, wie es ihn am ganzen Körper zu jucken begann. Nach dreizehn Minuten wünschte er sich, dass Sunthorn ganz zufällig vorbeikam. Nach vierzehn Minuten sah er ein, dass sie die Operation abbrechen mussten. »Lassen Sie uns abhauen!«, flüsterte er.

»Nur noch einen kleinen Moment«, keuchte Løken über das Schloss gebeugt.

»Wir haben keine Zeit mehr.«

»Nur noch ein paar Sekunden.«

»Nein, jetzt!«, fauchte Harry durch zusammengebissene Zähne.

Løken antwortete nicht. Harry atmete ein und legte seine Hand auf Løkens Schulter. Løken drehte sich zu ihm um und ihre Blicke begegneten sich. Ein Goldzahn blitzte auf. »Offen«, flüsterte Løken.

Die Tür glitt lautlos auf. Sie schlichen hinein und schlossen sie leise wieder. Im gleichen Moment hörten sie Schritte in der Garage, dann sahen sie das Licht einer Taschenlampe durch das Fenster scheinen, und plötzlich rüttelte jemand brutal am Türgriff. Sie standen mit dem Rücken zur Wand. Harry hielt die Luft an und spürte sein Herz schlagen und das Blut durch seinen Körper pumpen. Dann entfernten sich die Schritte.

Harry konnte kaum leise sprechen. »Zwanzig Minuten, haben Sie gesagt!«

Løken zuckte mit den Schultern. »Ein paar Minuten mehr oder weniger.«

Harry zählte, während er durch den offenen Mund atmete.

Sie schalteten ihre Taschenlampen ein und wollten ins Haus gehen, als es unter Harrys Schuhen knirschte.

»Was ist das?« Er leuchtete zum Boden. Auf dem Parkett lagen kleine, weiße Klümpchen.

Løken leuchtete an die weiß gekalkte Wand.

»Also wirklich, Klipra hat gemogelt. Dieses Haus sollte angeblich ausschließlich aus Teak gebaut sein. Jetzt verliere ich aber wirklich den Respekt vor diesem Kerl«, sagte er sarkastisch. »Los, Harry, die Uhr tickt.«

Sie durchsuchten das Haus rasch und systematisch, wobei Løken die Anweisungen gab. Harry konzentrierte sich darauf, das zu tun, was ihm gesagt wurde, in Erinnerung zu behalten, wo die Dinge gelegen hatten, ehe er sie aufnahm, keine Fingerabdrücke auf den weißen Türen zu hinterlassen und darauf zu achten, dass an den Schubladen und Schränken, die er öffnete, keine Klebestreifen befestigt waren. Nach fast drei Stunden setzten sie sich an den Küchentisch. Løken hatte ein paar Kinderpornoblätter und einen Revolver gefunden, mit dem anscheinend schon einige Jahre lang nicht mehr geschossen worden war. Er fotografierte beides.

»Der Kerl hat sich Hals über Kopf davongemacht,« sagte er. »Oben im Schlafzimmer stehen zwei leere Koffer, die Kulturtasche ist im Bad und die Kleiderschränke sind randvoll.«

»Vielleicht hatte er noch einen dritten Koffer?«, schlug Harry vor.

In Løkens Blick lagen Abscheu und Überlegenheit. So hätte er vermutlich auch einen dienstwilligen, aber nicht besonders hellen Rekruten angesehen, dachte Harry.

»Kein Mann hat zwei Kulturtaschen, Hole.«

Rekrut, dachte Harry.

»Ein Raum steht noch aus«, sagte Løken, »das Büro in der ersten Etage ist verschlossen und das Schloss ist irgendein deutsches Ungetüm, das sich nicht öffnen lässt.« Er zog ein Brecheisen aus seinem Rucksack.

»Ich hatte gehofft, wir würden das nicht brauchen«, sagte er. »Da wird hinterher ein ziemlich großes Loch in der Tür sein.«

»Das macht nichts«, sagte Harry. »Ich glaube, ich habe seine Pantoffeln ohnehin ins falsche Fach gestellt.«

Løken amüsierte sich.

Sie setzten das Brecheisen nicht am Schloss, sondern an den Scharnieren an. Harry reagierte zu spät und die schwere Tür fiel mit einem Krachen im Raum zu Boden. Sie blieben ein paar Sekunden stocksteif stehen und warteten auf die Rufe der Wachen.

»Glauben Sie, dass die was gehört haben?«, fragte Harry.

»Nein. In dieser Stadt gibt es so viele Dezibel pro Einwohner, dass ein Krachen mehr oder weniger kaum auffällt.«

Die Lichtkegel ihrer Taschenlampen huschten wie gelbe Kakerlaken über die Wände.

An der Wand über dem Schreibtisch hing das rot-weiße Banner von Manchester United über einem gerahmten Bild der Mannschaft. Darunter ein Stadtwappen in rot-weiß mit einem geschnitzten Segelboot.

Das Licht verharrte auf einer Fotografie. Sie zeigte einen breit grinsenden Mann mit solidem Doppelkinn und leicht vortretenden, lachenden Augen. Ove Klipra sah aus wie ein Mann, dem das Lachen leicht fiel. Er hatte blonde Locken, mit denen der Wind spielte. Möglicherweise war das Bild an Bord eines Bootes aufgenommen worden.

»Er sieht nicht gerade so aus, wie man sich einen Pädophilen vorstellt«, sagte Harry.

»Das tun Pädophile selten«, erwiderte Løken, Harry warf ihm einen Blick zu, aber er wurde vom Licht geblendet. »Was ist das?«

Harry drehte sich um. Løken leuchtete auf eine graue Metallbox in der Ecke. Harry erkannte sie sofort.

»Tja, das kann ich Ihnen sagen«, tönte Harry, froh darüber, endlich auch etwas beitragen zu können. »Das ist ein Aufnahmegerät für eine halbe Million Kronen. Genau so eins habe ich im Büro von Brekke gesehen. Das nimmt Telefongespräche auf und weder Aufnahme noch Zeitcode können manipuliert werden, so dass diese Aufnahmen sogar vor Gericht Gültigkeit haben. Wichtig, wenn man telefonisch Aufträge in Millionenhöhe bekommt.«

»Wichtig, wenn man mit Menschen der korruptesten Branche in einem der korruptesten Länder der Welt zu tun hat«, ergänzte Løken.

Harry blätterte rasch die Papiere durch, die auf dem Schreibtisch lagen. Er sah Briefköpfe japanischer und amerikanischer Firmen, Vereinbarungen, Verträge, Entwürfe und Änderungsentwürfe. BERTS war in einigen davon genannt. Eine geheftete Broschüre mit der Aufschrift »Barclay Thailand« fiel ihm ins Auge. Es handelte sich anscheinend um die Analyse einer Firma mit Namen Phuridell. Dann bewegte er den Lichtkegel weiter. Und erstarrte, als das Licht etwas an der Wand einfing.

»Bingo! Sehen Sie mal, Løken, das muss das Zwillingsmesser sein, von dem Sie gesprochen haben.«

Løken antwortete nicht, er hatte ihm den Rücken zugewandt.

»Haben Sie gehört, was ich gesagt ...«

»Wir müssen raus, Harry. Sofort.«

Harry drehte sich um und sah, dass Løkens Lampe auf eine kleine Box an der Wand deutete, an der ein rotes Licht blinkte. Im gleichen Moment kam es ihm so vor, als stoße jemand eine Stricknadel in sein Ohr. Das hochfrequente Heulen war derart laut, dass er augenblicklich halb taub wurde.

»Alarm mit Zeitverzögerung!«, rief Løken und rannte bereits. »Licht aus!«

Harry taumelte hinter ihm her die dunkle Treppe hinunter. Sie hasteten zur Seitentür der Garage. Løken stoppte Harry, als er die Hand auf die Türklinke legte.

»Moment!«

Draußen waren Stimmen und das Klirren von Schlüsseln zu hören.

»Die stehen vor der Haustür«, sagte Løken.

»Dann lassen Sie uns verschwinden!«

»Nein, die sehen uns von da, wenn wir jetzt rausgehen«, flüsterte Løken. »Wir schlüpfen durch die Tür, wenn die hereinkommen, o.k.?«

Harry nickte. Ein Streifen Mondlicht fiel, blau verfärbt vom Glasmosaik des Fensters über der Tür, auf das Parkett vor ihnen.

»Was machen Sie da?«

Harry hatte sich hingekniet. Mit den Händen sammelte er die Kalkklumpen ein, die auf dem Boden lagen. Løken hielt die Tür auf und Harry huschte nach draußen. Im nächsten Augenblick rannten sie geduckt über den Rasen, während das hysterische Heulen der Alarmanlage hinter ihnen immer schwächer wurde.

»*Close call*«, sagte Løken, als sie auf der anderen Seite der Mauer standen. Harry sah ihn an. Das Mondlicht blinkte auf seinem Goldzahn. Løken war nicht einmal außer Atem.

Kapitel 40

Eine Leitung hatte bis in die Wand hineingebrannt, als Harry die Schere in die Steckdose gerammt hatte, weshalb sie wieder im flackernden Licht einer Kerze dasaßen. Løken hatte gerade den Verschluss von einer Flasche Jim Beam aufgedreht.

»Warum rümpfen Sie die Nase, Hole? Mögen Sie den Geruch nicht?«

»Mit dem Geruch ist alles in Ordnung.«

»Und mit dem Geschmack?«

»Mit dem Geschmack auch, Jim und ich sind alte Freunde.«

»Aha.« Løken goss sich einen kräftigen Drink ein. »Und jetzt sind Sie nicht mehr so gut aufeinander zu sprechen?«

»Man sagt, er habe einen ziemlich schlechten Einfluss auf mich.«

»Und wer erfreut Sie jetzt mit seiner Gesellschaft?«

Harry hob die Colaflasche an. »Der amerikanische Kulturimperialismus.«

»Wirklich trocken?«

»Im Herbst habe ich eine Menge Bier getrunken.«

Løken brummte warm und beruhigend.

»Das ist also die Erklärung. Ich habe mich schon gefragt, warum in aller Welt Torhus Sie ausgesucht hat.«

Harry kapierte, dass das ein verstecktes Kompliment war, Løken war also der Meinung, man hätte einen größeren Idioten finden können. Seine Fähigkeiten als Polizist waren nicht der Grund.

Harry nickte in Richtung Flasche. »Betäubt das die Übelkeit?«

Løken sah ihn fragend an.

»Können Sie die Arbeit damit für eine Weile vergessen? Ich meine die Jungen, die Bilder, diesen ganzen Scheiß?«

Løken kippte den Drink hinunter und goss sich nach. Er nahm einen Schluck, stellte das Glas ab und lehnte sich zurück.

»Ich habe eine ganz bestimmte Qualifikation für diesen Job, Harry.«

Harry hatte eine vage Ahnung, wie er das meinte.

»Ich weiß, wie diese Leute denken, was sie machen, was ihnen einen Kick gibt, welchen Verlockungen sie widerstehen können und welchen nicht.« Er nahm seine Pfeife. »Ich verstehe sie, solange ich denken kann.«

Harry wusste nicht, was er sagen sollte. Er schwieg.

»Sagten Sie trocken? Können Sie das gut, Hole? Abstand halten? Wie in der Geschichte mit den Zigaretten, dass Sie einen Entschluss fassen und dann daran festhalten, was auch immer passiert?«

»Tja, na ja, ich denke schon«, sagte Harry. »Das Problem ist bloß, dass die Entschlüsse nicht immer so gut sind.«

Løken gab erneut ein amüsiertes Brummen von sich. Harry dachte an einen alten Freund, der in ähnlicher Weise gebrummt hatte. Er hatte ihn in Sydney begraben, doch er war Harry noch lange danach jede Nacht besuchen gekommen.

»Dann haben wir etwas gemeinsam«, sagte Løken. »Ich habe nie in meinem Leben Hand an ein Kind gelegt. Ich habe davon geträumt, darüber fantasiert und geheult, aber ich habe es nie getan. Können Sie das fassen?«

Harry schluckte. Widerstrebende Gefühle rasten ihm durch den Kopf.

»Ich weiß nicht, wie alt ich war, als mich mein Stiefvater zum ersten Mal vergewaltigte, aber ich tippe, dass ich nicht älter war als fünf. Mit dreizehn habe ich ihm mit einer Axt ins Bein geschlagen. Ich habe eine Pulsader getroffen, so dass er einen Schock bekam und fast gestorben wäre. Er überlebte, landete aber im Rollstuhl. Er sagte, es sei ein Unfall gewesen, die Axt sei abgerutscht, als er Holz gehackt hatte. Er meinte wohl, wir wären quitt.«

Løken hob das Glas und blickte missbilligend in die braune Flüssigkeit.

»Das kommt Ihnen sicher verflucht paradox vor«, sagte er. »Dass Kinder, die sexuell missbraucht worden sind, selbst mit der größten statistischen Wahrscheinlichkeit zu Tätern an Kindern werden.«

Harry schnitt eine Grimasse.

»Es stimmt«, sagte Løken. »Pädophile wissen oft nur zu gut, welches Leid sie den Kindern antun, viele der Täter haben selbst Angst, Verwirrung und Schuldgefühle erlebt. Wussten Sie übrigens, dass viele Psychologen behaupten, es gebe eine große Ähnlichkeit zwischen sexueller Erregung und der Sehnsucht nach dem Tode?«

Harry schüttelte den Kopf. Løken kippte den Drink hinunter und zog die Lippen über die Zähne.

»Es ist wie mit einem Vampirbiss. Man hält sich für tot, doch dann wacht man auf und ist selbst ein Vampir. Unsterblich und mit einem unstillbaren Durst nach Blut.«

»Und mit der ewigen Sehnsucht zu sterben?«

»Genau.«

»Und inwiefern sind Sie anders?«

»Jeder ist irgendwie anders, Hole.« Løken stopfte seine Pfeife fertig und legte sie auf den Tisch. Er hatte den schwarzen Pullover mit dem hohen Kragen ausgezogen und Schweiß glänzte auf der Haut seines nackten Oberkörpers. Er war drahtig und gut gebaut, aber die schlaffe Haut und die ausgezehrten Muskeln verrieten, dass er alt war und trotzdem irgendwann sterben würde.

»Als sie in meinem Spind in der Kaserne in Vardø ein Blatt mit Kinderpornos entdeckten, wurde ich zum Chef des Stützpunkts beordert. Ich nehme an, ich hatte einfach Glück: Sie haben mich nicht angezeigt, weil sie keinen Grund zu der Annahme hatten, dass ich etwas anderes getan hatte, als diese Bilder zu mögen. Deshalb kam auch kein Vermerk in meine Akte, nur die Empfehlung, bei der Luftwaffe zu kündigen. Durch meine nachrichtendienstliche Tätigkeit war ich in Kontakt mit einer Abteilung, die sich damals Special Services nannte, dem Vorläufer der CIA. Sie schickte mich zu einem Kurs in die Staaten, ehe ich unter dem Vorwand, für ein norwegisches Feldlazarett zu arbeiten, nach Korea abkommandiert wurde.«

»Und für wen arbeiten Sie jetzt?«

Løken zuckte mit den Schultern, um zu zeigen, dass das keine Rolle spielte.

»Schämen Sie sich nicht?«, fragte Harry.

»Doch, natürlich«, sagte Løken und lächelte müde. »Jeden Tag. Das ist eine Schwäche von mir.«

»Und warum erzählen Sie mir das alles?«, fragte Harry.

»Na ja, zum einen wohl, weil ich zu alt bin, um mich immer weiter zu verstecken. Zum anderen, weil ich auf niemanden außer mir Rücksicht nehmen muss. Und drittens, weil die Scham eher auf einem gefühlsmäßigen als auf einem intellektuellen Niveau liegt.«

Einer seiner Mundwinkel zog sich zu einem sarkastischen Lächeln hoch.

»Früher hatte ich die Zeitschrift *Archives of Sexual Behaviour* abonniert, um zu sehen, ob irgendeiner der Wissenschaftler feststellen konnte, welche Art von Monstrum ich genau bin. Mehr aus Neugier als aus Scham. Ich las einen Artikel über einen pädophilen Mönch in der Schweiz, der sicher auch nie jemandem etwas getan hat, doch mitten im Artikel schloss er sich in einem Raum ein und trank Tran mit Glassplittern, so dass ich den Text nie zu Ende gelesen habe. Ich ziehe es vor, mich selbst als ein Produkt aus Erziehung und Umwelt anzusehen, aber trotzdem als moralische Person. Es gelingt mir, mit mir selbst auszukommen, Hole.«

»Aber wie können Sie als Pädophiler mit Kinderpornographie arbeiten? Das macht Sie doch an.«

Løken blickte gedankenverloren auf die Tischplatte.

»Haben Sie jemals darüber fantasiert, eine Frau zu vergewaltigen, Hole? Sie brauchen mir nicht zu antworten, ich weiß, dass Sie das haben. Das heißt nicht, dass Sie den Wunsch hatten, das zu tun, nicht wahr? Und das heißt auch nicht, dass Sie ungeeignet sind, um bei Vergewaltigungen zu ermitteln, oder? Auch wenn Sie verstehen können, dass ein Mann die Selbstbeherrschung verlieren kann. Im Grunde ist das einfach. Es ist falsch. Es ist gegen das Gesetz und die Schweine müssen geschnappt werden.«

Der dritte Drink verschwand in Løkens Rachen. Er war jetzt beim Etikett der Flasche.

Harry schüttelte den Kopf. »Tut mir leid, Løken, aber ich habe wirklich Schwierigkeiten damit. Sie kaufen Kinderpornos. Sie sind Teil dieser Maschinerie. Ohne Menschen wie Sie gäbe es keinen Markt für diese Schweinereien.«

»Stimmt.« Løkens Blick war jetzt etwas verschleiert. »Ich bin kein Heiliger. Es stimmt, dass ich dazu beigetragen habe, dass die Welt zu dem Jammertal geworden ist, das sie heute ist. Was soll ich also sagen? Wie heißt es in dem Song: *Mit mir ist es wie mit jedem anderen, wenn es regnet, werde ich nass*?«

Auch Harry fühlte sich mit einem Mal alt. Alt und müde.

»Was sollte eigentlich diese Sache mit den Kalkbröckchen?« Løken nuschelte etwas.

»Nur so eine Idee. Ich fand, dass das ein bisschen wie der Kalkstaub aussah, den wir an einem Schraubenzieher im Kofferraum von Molnes gefunden haben. Irgendwie gelblich. Nicht weiß wie gewöhnlicher Kalk. Ich werde die Bröckchen analysieren und mit dem Kalkstaub im Auto vergleichen lassen.«

»Und was würde das dann bedeuten?«

Harry zuckte mit den Schultern. »Man weiß doch nie, was was bedeutet. Neunundneunzig Prozent der Informationen, die wir bei einer Ermittlung zusammentragen, sind überflüssig. Man kann nur hoffen, dass man wach genug ist, wenn man das eine Prozent direkt vor seiner Nase findet.«

»Wie wahr.« Løken schloss die Augen und lehnte sich zurück.

Harry ging hinunter auf die Straße und kaufte sich von einem zahnlosen Mann mit Liverpool-Kappe Nudelsuppe mit Riesengarnelen. Er füllte sie ihm aus einem schwarzen Kessel in eine Plastiktüte, knotete sie zu und präsentierte seinen kahlen Kiefer. In der Küche fand Harry zwei Suppenteller. Løken schrak aus dem Schlaf auf, als Harry ihn schüttelte, dann aßen sie schweigend.

»Ich glaube, ich weiß, wer den Befehl zur Überwachung gegeben hat«, sagte Harry.

Løken antwortete nicht.

»Ich verstehe, warum ihr nicht mit der Observierung warten konntet, bis das Abkommen mit Thailand unter Dach und Fach war. Es eilte, nicht wahr? Ihr brauchtet dringend Resultate, deshalb dieser Frühstart.«

»Sie geben nicht auf?«

»Hat das jetzt noch etwas zu sagen?«

Løken blies auf seinen Löffel.

»Es kann lange dauern, die richtigen Beweise zusammenzutragen«, sagte er. »Vielleicht Jahre. Der zeitliche Aspekt war wichtiger als alles andere.«

»Ich nehme an, es gibt nicht ein einziges schriftliches Dokument, das belegt, von wem die Initiative in dieser Sache ausgegangen ist, und Torhus müsste damit die Sache allein ausbaden. Habe ich recht?«

Løken hob den Löffel mit einer Garnele vor seine Augen und sagte zu ihr: »Gewiefte Politiker sorgen immer dafür, sich den Rücken frei zu halten, nicht wahr? Für die schmutzigen Aufgaben haben sie doch ihre Staatssekretäre. Und Staatssekretäre geben keine Befehle. Sie brauchen einem Abteilungsleiter gegenüber doch nur zu erwähnen, wie eine stagnierende Karriere wieder in Schwung kommen könnte.«

»Askildsen?«

Løken schob sich die Garnele in den Mund und kaute schweigend.

»Mit was hat man Torhus gelockt, damit er diese Operation leitet? Eine Stellung als Vizedirektor?«

»Ich habe keine Ahnung. Über so etwas reden wir nicht.«

»Und was ist mit der Polizeipräsidentin, die riskiert doch auch einiges?«

»Ich nehme doch an, sie ist eine gute Sozialdemokratin?«

»Politische Ambitionen?«

»Vielleicht. Vielleicht riskiert keiner von denen so viel, wie Sie vielleicht glauben. Dass ich das Büro im Gebäude der Botschaft habe, bedeutet nicht ...«

»Dass Sie auf deren Lohnliste stehen? Also für wen arbeiten Sie? Sind Sie selbstständig?«

Løken lächelte sein Spiegelbild auf der Suppe an. »Sagen Sie mal, Hole, was ist eigentlich aus Ihrer Freundin geworden?«

Harry sah ihn verblüfft an.

»Die, die mit dem Rauchen aufgehört hat.«

»Das habe ich Ihnen doch gesagt. Sie ist mit einem Musiker nach England gegangen.«

»Und danach?«

»Wer hat gesagt, dass danach noch etwas geschehen ist?«

»Sie. Die Art, wie Sie über sie gesprochen haben.« Løken lachte. Er hatte den Löffel weggelegt und war im Stuhl nach unten gesackt. »Sagen Sie schon, Hole. Hat sie wirklich mit dem Rauchen aufgehört? Für immer?«

»Nein«, sagte Harry leise. »Aber jetzt hat sie für immer aufgehört.«

Sein Blick fiel auf die Jim-Beam-Flasche, er schloss die Augen und versuchte, sich an die Wärme nur dieses einen, dieses ersten Drinks zu erinnern.

Harry blieb sitzen, bis Løken eingeschlafen war. Dann half er ihm ins Bett, breitete eine Decke über ihn und ging.

Die Wache an der Tür des River Garden schlief ebenfalls. Harry fragte sich, ob er den Mann wecken sollte, ließ es dann aber bleiben – ein jeder sollte doch nachts ein bisschen schlafen. Ein Brief war unter der Tür hindurchgeschoben worden. Harry legte ihn ungeöffnet in die Nachttischschublade, gemeinsam mit dem anderen, stellte sich ans Fenster und sah einen Frachter schwarz und lautlos unter der Taksin Brücke hindurchgleiten.

Kapitel 41

Es war beinahe schon zehn Uhr, als Harry ins Büro kam. Er begegnete Nho, der auf dem Weg nach draußen war.

»Hast du das mitbekommen?«

»Was denn?«, fragte Harry gähnend.

»Die Order vom Polizeichef?«

Harry schüttelte den Kopf.

»Wir haben heute bei der Morgenbesprechung davon erfahren. Die hohen Herren haben miteinander gesprochen.«

Liz zuckte auf ihrem Stuhl zusammen, als Harry ohne jegliche Formalitäten in ihr Büro stürmte.

»Gut geschlafen, Harry?«

»Nicht wirklich. Ich bin heute Nacht erst um fünf Uhr ins Bett gekommen. Was habe ich da gehört, wir sollen die Ermittlungen herunterfahren?«

Liz seufzte.

»Es scheint so, als hätten unsere Chefs mal wieder miteinander gesprochen. Deine Polizeipräsidentin hat von einem begrenzten Budget gesprochen und davon, dass Not am Mann sei und sie dich gerne wieder zurückhätten, während unser Polizeichef wegen anderer Mordfälle, die wir für den Molnes-Fall zurückgestellt haben, zunehmend unter Druck gerät. Natürlich ist nicht die Rede davon, die Ermittlungen einzustellen, sondern bloß, sie nicht mehr mit erster Priorität zu behandeln.«

»Und das heißt?«

»Das heißt, dass ich den Befehl erhalten habe, dafür zu sorgen, dass du im Laufe der nächsten Tage in einem Flugzeug nach Hause sitzt.«

»Und?«

»Ich habe ihnen gesagt, dass die Flüge im Januar in der Regel ausgebucht sind und dass es deshalb wohl mindestens eine Woche dauern wird.«

»Das heißt, wir haben noch eine Woche?«

»Nein, sollte die Touristenklasse ausgebucht sein, soll ich Business Class buchen.«

Harry lachte. »Dreißigtausend Eier und das bei begrenzten Budgets? Auweia, da fängt aber jemand an, nervös zu werden.«

Es knarrte, als Liz sich im Stuhl zurücklehnte.

»Willst du darüber reden, Harry?«

»Willst du?«

»Ich weiß nicht, ob ich *will*«, sagte sie. »Manche Dinge lässt man besser in Frieden, nicht wahr?«

»Warum tun wir das dann nicht?«

Sie drehte den Kopf, öffnete die Gardine und blickte nach draußen. Von Harrys Platz sah es so aus, als zeichne die Sonne einen glänzenden Heiligenschein auf ihren kahlen Schädel.

»Weißt du, wie hoch der Durchschnittslohn eines Rekruten des Nationalen Polizeidepartments ist, Harry? Hundertfünfzig Dollar im Monat. Im Department sind hundertundzwanzigtausend Polizisten, die versuchen, ihre Familien zu versorgen, aber wir sind nicht in der Lage, ihnen so viel zu zahlen, dass es auch für sie selbst reicht. Findest du es da erstaunlich, dass einige von ihnen versuchen, ihren Lohn aufzubessern, indem sie manchmal ein Auge zudrücken?«

»Nein.«

Sie seufzte.

»Ich persönlich habe das nie geschafft. Dabei hätte ich verdammt gut ein bisschen mehr Geld brauchen können, aber ich kann das irgendwie nicht. Das hört sich für dich sicher wie ein Pfadfinder-Ehrenwort an, aber irgendeiner muss hier ja den Job machen.«

»Außerdem ist es deine …«

»… Verantwortung, ja.« Sie lächelte müde. »Ein Kreuz muss man ja tragen.«

Harry begann zu reden. Sie holte Kaffee, sagte in der Telefonzentrale Bescheid, dass keine Telefonate durchgestellt werden sollten, notierte, holte noch mehr Kaffee, sah an die Decke, fluchte und schickte Harry zu guter Letzt nach draußen, damit sie nachdenken konnte.

Eine Stunde später rief sie ihn wieder zu sich. Sie war wütend.

»Verflucht Harry, weißt du eigentlich, was du da von mir verlangst?«

»Ja. Und ich sehe, dass du es verstanden hast.«

»Ich riskiere meinen Job, wenn ich dich und diesen Løken decke.«

»Herzlichen Glückwunsch.«

»Zum Teufel mit dir!«

Harry grinste.

Die Frau, die bei der Handelskammer von Bangkok ans Telefon ging, legte wieder auf, als Harry begann, Englisch zu reden. Er bat Nho, für ihn anzurufen, und buchstabierte den Namen, der auf der Titelseite der Analyse gestanden hatte, die sie in Klipras Büro gefunden hatten. »Du musst nur herausfinden, was sie so machen, wer der Besitzer ist und so weiter.«

Nho verschwand und Harry trommelte mit den Fingern auf die Schreibtischplatte, bevor er anrief.

»Hole«, kam es durch den Hörer. Natürlich war das der Name seines Vaters, aber Harry wusste, dass er sich schon immer so gemeldet hatte und damit die ganze Familie meinte. Es hörte sich so an, als säße Mutter noch immer stickend oder lesend in ihrem grünen Sessel im Wohnzimmer. Harry hatte den Verdacht, dass er auch wieder begonnen hatte, mit ihr zu sprechen.

Sein Vater war gerade aufgestanden. Harry fragte, was er an diesem Tag vorhatte, und hörte erstaunt, dass er in die Hütte in Rauland wollte.

»Holz hacken«, sagte er. »Es geht uns langsam aus.«

Er war seit dem Tod von Harrys Mutter nicht mehr in der Hütte gewesen.

»Wie geht es dir?«, fragte sein Vater.

»Gut, ich komme bald nach Hause. Wie geht es Søs?«

»Sie kommt zurecht, aber eine Köchin wird sie nie werden.«

Sie lachten beide. Harry konnte sich gut vorstellen, wie die Küche ausgesehen hatte, nachdem Søs das Sonntagsessen gekocht hatte.

»Ja, du solltest ihr etwas Schönes mitbringen«, sagte er.

»Ich werde schon was finden. Und wie ist es mit dir, hast du irgendeinen Wunsch?«

Es wurde still. Harry fluchte innerlich, er wusste, dass sie jetzt beide an das Gleiche dachten, nämlich dass Harry das, was sich sein Vater wünschte, nicht aus Bangkok mitbringen konnte. So war es jedes Mal. Wenn er endlich das Gefühl hatte, Vater auf andere Gedanken gebracht zu haben, fiel ein falsches Wort, das ihn an sie erinnerte, und er verschloss sich wieder und verschwand in seiner selbst auferlegten stillen Isolation. Am schlimmsten war das für Søs, denn sie und Vater waren die allerallerdicksten Freunde gewesen, wie Vater das immer genannt hatte. Jetzt war sie doppelt allein, wenn Harry fort war.

Sein Vater räusperte sich.

»Du könntest vielleicht ... vielleicht so ein Thaihemd mitbringen.«

»Ja?«

»Ja, das wäre schön. Und ein paar ordentliche Nike-Joggingschuhe, die sollen da doch so billig sein. Ich habe gestern die alten herausgekramt, aber die taugen nichts mehr. Wie sieht es überhaupt mit deiner Kondition aus, sollen wir mal nach Hansekleiva fahren und die testen?«

Als Harry auflegte, spürte er einen seltsamen Klumpen ganz oben in der Brust.

Harry träumte wieder von ihr. Rote Haare im Wind und ihr ruhiger Blick. Er wartete auf das, was dann für gewöhnlich folgte, dass ihr der Tang aus Mund und Augen zu wachsen begann, doch dieses Mal geschah es nicht.

»Hier ist Jens.«

Harry schrak auf und registrierte, dass er im Schlaf den Hörer abgenommen haben musste.

»Jens?« Er fragte sich, warum sein Herz plötzlich so schnell schlug. »Sie haben aber wirklich üble Telefongewohnheiten, wissen Sie, wie spät es ist?«

»Tut mir leid, Harry, aber hier herrscht die totale Krise. Runa ist weg.«

Harry war mit einem Schlag hellwach.

»Hilde ist außer sich. Runa sollte zum Essen zurück sein und jetzt ist es drei Uhr nachts. Ich habe schon die Polizei angerufen und die haben die Vermisstenanzeige an alle Streifenwagen weitergegeben, aber ich wollte Sie trotzdem um Hilfe bitten.«

»Und was soll ich tun?«

»Was? Ich weiß nicht. Können Sie nicht kurz hierher kommen? Scheiße, Mann, Hilde sitzt nur da und heult!«

Harry konnte es sich vorstellen. Er hatte keine große Lust, sich auch noch den Rest anschauen zu müssen.

»Hören Sie mal, Jens, heute Abend kann ich nicht mehr viel tun. Geben Sie ihr eine Valium, wenn sie noch nicht zu viel getrunken hat, und rufen Sie alle Freundinnen von Runa an.«

»Die Polizei hat das Gleiche gesagt. Hilde sagt, sie hätte keine Freundinnen.«

»Verdammt!«

»Was?«

Harry richtete sich im Bett auf. Er würde in dieser Nacht so oder so nicht mehr schlafen können. »Tut mir leid! Ich bin in einer Stunde da.«

»Danke, Harry!«

Kapitel 42

Hilde Molnes war definitiv zu betrunken für eine Valium. Sie war, um es klar auszudrücken, zu betrunken für alles außer Weitertrinken.

Jens schien das nicht zu bemerken, er rannte wie ein gejagtes Kaninchen immer wieder in die Küche, um Wasser und Eis zu holen.

Harry saß auf dem Sofa und hörte ihrem Lallen nur mit halbem Ohr zu.

»Sie glaubt, dass etwas Schreckliches geschehen ist«, sagte Jens.

»Sagen Sie ihr, dass mehr als achtzig Prozent dieser Vermisstensachen damit enden, dass die Vermissten wohlbehalten wieder auftauchen«, sagte Harry, als müsse seine Aussage erst noch in ihre gelallte Sprache übersetzt werden.

»Das habe ich ihr auch schon gesagt. Sie glaubt aber, dass Runa etwas angetan worden ist, sie sagt, sie könne das spüren.«

»Blödsinn!«

Jens saß auf der vordersten Kante des Stuhls und knetete seine Finger. Er wirkte total gelähmt und starrte Harry flehend an: »Runa und Hilde haben in der letzten Zeit viel gestritten, ich denke, dass sie vielleicht …«

»… abgehauen ist, ohne etwas zu sagen, um ihre Mutter zu bestrafen? Durchaus möglich.«

Hilde Molnes hustete und es kam Bewegung ins Sofa. Sie richtete sich auf und kippte einen weiteren Gin hinunter. Das Tonic Water war jetzt definitiv ausgegangen.

»Manchmal geschieht das einfach mit ihr«, sagte Jens,

als sei sie gar nicht anwesend. Was sie wohl auch nicht wirklich war, wie Harry feststellte. Ihr Mund stand offen und sie schnarchte leise. Jens sah zu ihr hinüber.

»Als ich sie das erste Mal getroffen habe, hat sie mir erzählt, dass sie Tonic trinke, um keine Malaria zu bekommen. Da ist Chinin drin, weißt du? Nur dass das ohne Gin so langweilig schmeckt.« Er lächelte blass und hob den Telefonhörer ab, um noch einmal zu überprüfen, dass mit der Leitung alles in Ordnung war.

»Falls sie ...«

»Verstehe«, sagte Harry.

Sie setzten sich auf die Terrasse und lauschten der Stadt. Durch den Verkehrslärm drang das Dröhnen wütender Presslufthämmer.

»Die neue Superautobahn«, sagte Jens. »Sie arbeiten Tag und Nacht daran. Die wird direkt durch das Viertel dort unten führen.« Er zeigte.

»Ich habe gehört, dass ein Norweger an dem Projekt beteiligt ist. Ove Klipra. Kennen Sie ihn?« Harry sah Jens aus den Augenwinkeln an.

»Ove Klipra, ja natürlich. Wir sind sein wichtigster Anlagenverwalter. Ich habe für ihn unzählige Geldgeschäfte getätigt.«

»Ach ja? Wissen Sie, was er im Moment macht?«

»Tja, schwer zu sagen. Er hat in der letzten Zeit auf jeden Fall eine ganze Reihe von Gesellschaften aufgekauft.«

»Was für Gesellschaften?«

»Kleine Bauunternehmen. Er will sich wohl vergrößern und Zulieferer aufkaufen, um genug Kapazität zu haben, ein dickes Stück vom BERTS-Kuchen abzubekommen.«

»Ist das klug?«

Jens lebte auf, ganz offensichtlich froh darüber, an etwas anderes denken zu können. »Solange er die Aufkäufe finanzieren kann und die Gesellschaften dann auch die erwarteten Aufträge erhalten, ehe sie vor die Hunde gehen.«

»Kennen Sie eine Gesellschaft mit Namen Phuridell?«

»Ja, klar!« Jens lachte. »Wir haben im Auftrag von Klipra eine Analyse gemacht und ihm zum Kauf geraten. Die Frage sollte aber wohl eher lauten, woher Sie sie kennen.«

»Das war wohl keine sonderlich glückliche Empfehlung, oder?«

»Nein, nicht wirklich ...« Jens sah desorientiert aus.

»Ich habe die Firma gestern mal untersuchen lassen und dabei hat sich gezeigt, dass der Laden mehr oder minder pleite ist«, sagte Harry.

»Das stimmt schon, aber ... Wieso interessieren Sie sich für Phuridell?«

»Lassen Sie es mich so sagen, ich interessiere mich für Klipra. Sie haben einen Überblick über seine finanzielle Situation. Wie hart trifft ihn dieser Konkurs?«

Jens zuckte mit den Schultern. »Normalerweise wäre das kein Problem, aber in Verbindung mit BERTS hat er derart viele Aufkäufe über Kredite finanziert, dass das Ganze einem Kartenhaus ähnelt. Ein Windhauch kann das gesamte Konstrukt zum Einsturz bringen, wenn Sie verstehen, was ich meine. Und dann geht auch Klipra zu Boden.«

»Er hat also Phuridell auf euer – oder soll ich sagen, Ihr Anraten hin gekauft? Nur zwei Wochen später geht die Gesellschaft Konkurs und jetzt läuft er Gefahr, dass alles, was er aufgebaut hat, wegen des falschen Ratschlags eines Maklers kaputtgeht. Ich weiß nicht viel über Finanzanalysen, aber ich weiß, dass drei Wochen kein langer Zeitraum sind. Er muss den Eindruck haben, dass Sie ihm einen Gebrauchtwagen ohne Motor angedreht haben. Dass Banditen wie Sie hinter Schloss und Riegel gehören.«

Es schien, als begreife Jens langsam, auf was Harry hinauswollte.

»Ove Klipra soll ...? Sie machen Witze!«

»Nun. Ich hab da so eine Theorie.«

»Und die wäre?«

»Dass Ove Klipra den Botschafter im Motel getötet und dafür gesorgt hat, dass Sie als Schuldiger dastehen.«

Jens stand auf. »Jetzt haben Sie sich aber verflucht weit aufs Glatteis gewagt, Harry.«

»Setzen Sie sich hin und hören Sie mir zu, Jens.«

Jens ließ sich seufzend auf einen Stuhl fallen. Harry beugte sich über den Tisch.

»Ove Klipra ist ein aggressiver Mann, oder? Ein Mann der Tat, wie man so schön sagt.«

»Das stimmt schon, aber …« Jens zögerte.

»Stellen Sie sich mal vor, dass Atle Molnes etwas gegen Klipra in der Hand hat und viel Geld von ihm fordert, und zwar genau in dem Moment, in dem er ohnehin schon darum kämpft, sich finanziell über Wasser zu halten.«

»Was für eine Geldforderung?«

»Gehen wir einfach davon aus, dass Molnes Geld brauchte und dass ihm Material in die Hände gefallen ist, mit dem er Klipra in arge Schwierigkeiten bringen könnte. Normalerweise hätte Klipra eine solche Situation bestimmt gemeistert, aber nicht bei dem Druck, der bereits auf ihm lastete, so dass er sich in die Ecke gedrängt fühlt wie eine Ratte. Können Sie mir noch folgen?«

Jens nickte.

»Sie verlassen Kliptras Anwesen im Wagen des Botschafters, weil Klipra darauf besteht, den Tausch des kompromittierenden Materials gegen das erpresste Geld an einem etwas diskreteren Ort stattfinden zu lassen. Aus guten Gründen hat der Botschafter nichts dagegen. Ich vermute, Klipra denkt noch nicht an dich, als er vor seiner Bank aus dem Wagen steigt und den Botschafter zum Motel vorfahren lässt. Er veranlasst das so, um selbst ungesehen ins Motel zu kommen. Doch dann beginnt er zu denken. Eventuell kann er zwei Fliegen mit einer Klappe schlagen. Er weiß, dass der Botschafter vorher bei dir war und dass du so oder so von der Polizei unter die Lupe genommen werden würdest. Deshalb beginnt er, mit dem Gedanken zu spielen – vielleicht hat der gute Brekke ja kein Alibi für diesen Abend?«

»Warum in aller Welt hätte er das annehmen sollen?«, wandte Jens ein.

»Weil er selbst eine Analyse bei Ihnen in Auftrag gegeben hat, die Sie am nächsten Tag abliefern sollten. Er nutzt Ihre Dienste als Finanzmakler schon so lange, dass er in etwa weiß, wie Sie arbeiten. Vielleicht ruft er Sie sogar aus einer Telefonzelle an und erhält die Bestätigung, dass Sie die Telefonanlage abgestellt haben, so dass Ihnen niemand sonst ein Alibi geben kann. Er hat Blut geleckt und will weiter gehen und die Polizei glauben machen, dass Sie bewusst lügen.«

»Die Videoaufnahme?«

»Sie arbeiten schon lange für ihn, so dass er Sie sicher mehrmals im Büro besucht hat und das System in der Tiefgarage kennt. Vielleicht hat Molnes auch nebenbei erwähnt, dass Sie ihn in die Tiefgarage begleitet haben. Er konnte davon ausgehen, Sie würden das in einem möglichen Verhör sagen und jeder einigermaßen aufmerksame Ermittler würde das mittels der Videoaufzeichnungen nachprüfen.«

»Ove Klipra hat also diesen Wachmann bestochen und ihn anschließend mit Blausäure getötet? Tut mir leid, Harry, aber ich kann mir das alles wirklich nicht vorstellen. Dass Ove Klipra mit einem Neger solche Geschäfte gemacht haben soll, dass er Opium gekauft und zu Hause in seiner Küche den Cocktail gemixt haben soll.«

Harry nahm die letzte Zigarette aus dem Päckchen, er hatte sie sich so lange wie möglich aufgehoben. Er sah auf die Uhr. Eigentlich gab es keinen Grund für die Annahme, dass Runa morgens um fünf Uhr anrufen könnte. Trotzdem merkte er, dass er das Telefon immer im Blick behielt. Jens war mit dem Feuerzeug zur Stelle, ehe Harry sein eigenes zücken konnte.

»Danke. Kennen Sie Klipras Background, Jens? Wussten Sie, dass er hier mit einem abgebrochenen Studium und wirren Plänen ankam und in Wirklichkeit aus Norwegen abgehauen war, weil dort ein paar hässliche Gerüchte zu kursieren begonnen hatten?«

»Ich weiß, dass er in Norwegen keinen formellen akademischen Titel hatte, ja. Das andere ist mir neu.«

»Glauben Sie, dass ein solcher Flüchtling, einer, der bereits ein Außenseiter innerhalb der Gesellschaft ist, Skrupel hat, die Mittel zu nutzen, die nötig sind, um es zu etwas zu bringen, insbesondere dann, wenn diese Mittel bereits mehr oder weniger hoffähig sind? Klipra ist seit mehr als dreißig Jahren in einer der korruptesten Branchen der Welt tätig und das nicht irgendwo, sondern in einem der korruptesten Länder überhaupt. Kennen Sie den Song nicht: *Mit mir ist es wie mit allen anderen, wenn es regnet, werde ich nass?*«

Jens schüttelte den Kopf

»Ich will damit nur sagen, dass Klipra als Geschäftsmann zu den gleichen Mitteln greift wie alle anderen. Diese Leute müssen lediglich darauf achten, sich nicht selbst die Hände schmutzig zu machen, für solche Arbeiten haben sie ihre speziellen Leute. Ich schätze mal, dass Klipra nicht einmal weiß, wie Jim Love zu Tode kam.«

Harry zog an seiner Zigarette. Sie schmeckte nicht so gut, wie er sich das vorgestellt hatte.

»Verstehe«, sagte Jens schließlich. »Aber es gibt eine Erklärung für den Konkurs, die es mir schwermacht, zu glauben, dass er mir wirklich die Schuld in die Schuhe schieben wollte. Wir haben die Gesellschaft von einem multinationalen Konzern gekauft, der die Dollar-Schuld der Gesellschaft nicht termingesichert hatte, da sie auch noch von anderen Tochtergesellschaften Dollareinnahmen hatten.«

»Was bitte?«

»Mit anderen Worten – als die Gesellschaft herausgelöst wurde und in Kliptas Hände kam, schoss der Dollar wahnsinnig in die Höhe. Eine solche Exponierung ist wie eine tickende Zeitbombe. Ich habe ihn gebeten, die Schuld sofort abzusichern und Dollaroptionen zu verkaufen, aber er wollte warten, weil er der Meinung war, der Dollar sei überbewertet. Bei normalen Kursschwankungen könnte man sagen, dass er lediglich ein gewisses Risiko einging. Aber es kam schlimmer als in jedem *worst case scenario*. Als sich der Wert des Dollars in nur drei Wochen im Verhältnis zum Baht beinahe verdoppelte, verdoppelten sich auch die Schulden der Gesellschaft. Die Gesellschaft ging nicht im Laufe von drei Wochen, sondern von *drei Tagen* Konkurs!«

Hilde Molnes zuckte bei Jens' Ausruf zusammen und schnaubte im Wohnzimmer etwas im Schlaf. Er sah besorgt zu ihr hinüber und wartete, bis sie sich wieder auf die Seite gedreht und zu schnarchen begonnen hatte.

»Drei Tage!«, wiederholte er flüsternd und zeigte mit Daumen und Zeigefinger, was für eine kurze Zeitspanne das war.

»Sie meinen also, es wäre unvernünftig gewesen, Ihnen die Schuld zu geben?«

Jens nickte. Harry drückte die Zigarette aus. Sie war ein Fiasko gewesen.

»Nach allem, was ich über Klipra gehört habe, kommt das Wort ›vernünftig‹ in seinem Wortschatz nicht vor. Sie dürfen den menschlichen Hang zur Irrationalität nicht vergessen, Jens.«

»Wie meinen Sie das?«

»Wenn Sie einen Nagel in die Wand schlagen wollen und sich dabei auf den Daumen hauen, was schmeißen Sie dann an die Wand?«

»Den Hammer?«

»Eben. Und wie fühlt es sich an, der Hammer zu sein, Jens Brekke?«

Gegen halb sechs rief Harry im Präsidium an, wurde drei Mal weiterverbunden, ehe er endlich jemanden am Apparat hatte, der gut genug Englisch sprach und ihm sagen konnte, dass es von der Vermissten weiterhin keine Spur gab.

»Sie taucht schon wieder auf«, sagte der Mann am Telefon.

»Ganz sicher«, erwiderte Harry. »Ich schätze, sie ist in irgendeinem Hotel und bestellt sich gerade das Frühstück.«

»Was?«

»Ich schätze ... Ach, vergessen Sie's! Danke für Ihre Hilfe.«

Jens begleitete ihn zur Treppe. Harry sah zum Himmel, die Nacht verblich langsam.

»Wenn das alles vorbei ist, möchte ich Sie um etwas bitten«, sagte Jens. Er hielt die Luft an und lächelte hilflos. »Hilde hat meinen Heiratsantrag angenommen und ich brauche einen Trauzeugen.«

Es vergingen ein paar Sekunden, bis Harry klar wurde, was er meinte. Er war so perplex, dass er nicht wusste, was er sagen sollte.

Jens sah auf die Spitzen seiner Schuhe. »Ich weiß, dass sich das merkwürdig anhört, dass wir so kurz nach dem Tod ihres Mannes heiraten wollen, aber es gibt Gründe dafür.«

»Sicher, aber ich ...«

»Sie kennen mich noch nicht so lange? Ich weiß, Harry, aber wenn es Sie nicht gäbe, wäre ich jetzt kein freier Mann.« Er hob lächelnd den Kopf. »Denken Sie einfach mal drüber nach.«

Als Harry ein Taxi auf der Straße anhielt, wurde es über den Hausdächern im Osten hell. Der Abgasdunst, von dem Harry angenommen hatte, dass er über Nacht verschwinden würde, hatte sich bloß zwischen den Häusern schlafen gelegt. Jetzt stand er gemeinsam mit der Sonne auf und malte einen majestätischen roten Sonnenaufgang an den Himmel. Sie fuhren über die Silom Road und die Straßenpfeiler warfen lange, stumme Schatten auf den blutbefleckten Asphalt, wie schlafende Dinosaurier.

Harry saß auf dem Bett und starrte auf die Nachttischschublade. Erst jetzt war ihm in den Sinn gekommen, dass der Brief von Runa einen Bescheid beinhalten konnte, wohin sie gegangen war. Er riss die Schublade auf, nahm den letzten Brief heraus und öffnete ihn mit dem Wohnungsschlüssel. Vielleicht war er aufgrund der identischen Umschläge so selbstverständlich davon ausgegangen, dass auch dieser Brief von Runa war. Der getippte und mit einem Laserdrucker ausgedruckte Text war kurz und bündig:

Harry Hole. Ich sehe dich. Komm nicht näher. Sie wird unbeschadet wieder auftauchen, wenn du im Flugzeug nach Hause sitzt. Ich kann dich überall finden. Du bist allein. Sehr allein. Nummer 20.

Es fühlte sich an, als hätte jemand eine Schlinge um seinen Hals gelegt, und er musste aufstehen, um atmen zu können.

Das ist doch nicht wahr, dachte er. Das *darf* nicht wahr sein – nicht schon wieder.

Ich sehe dich. Nummer 20.

Er weiß, was sie wissen. Scheiße!

Du bist allein.

Irgendjemand redet. Er nahm den Telefonhörer in die Hand, legte ihn aber wieder hin. Denken, denken. Woo hatte nichts angefasst. Er nahm wieder den Hörer des Telefons und schraubte den Deckel der Sprechmuschel ab. Neben dem Mikrofon, das dort hingehörte, war ein kleiner, schwarzer Gegenstand befestigt, der wie ein Chip aussah. Harry hatte so etwas schon einmal gesehen. Es war ein russisches Modell, sicher noch besser als die Wanzen der CIA.

Die Schmerzen in seinem Fuß betäubten einen Moment lang all die anderen Schmerzen, als er gegen das Nachttischchen trat, dass es krachend umstürzte.

Kapitel 43

Liz setzte die Kaffeetasse an die Lippen und schlürfte so laut, dass Løken Harry mit hochgezogenen Augenbrauen ansah, als wolle er fragen, was für ein Wesen er denn da mitgebracht habe. Sie saßen in Millie's Karaoke, von der Wand starrte sie eine platinblonde Madonna mit hungrigem Blick an, während eine digitalisierte Karaoke-Version von »I just called to say I love you« fröhlich vor sich hin trällerte. Harry drückte verzweifelt auf der Fernbedienung herum, um die Musik abzustellen. Sie hatten den Brief gelesen und noch niemand hatte etwas gesagt. Harry fand den richtigen Knopf und die Musik verstummte abrupt.

»Das war es, was ich zu sagen hatte«, sagte Harry. »Ihr seht also, dass wir irgendwo in den eigenen Reihen ein Leck haben.«

»Was ist mit der Wanze, die dieser Woo in Ihrem Telefon installiert haben soll?«, fragte Løken.

»Die erklärt nicht, woher der Betreffende weiß, dass wir ihm auf den Fersen sind. Ich habe an diesem Telefon nicht viel gesagt. Aber unabhängig davon schlage ich vor, dass wir uns von jetzt ab nur noch hier treffen. Wenn wir den Informanten finden, kann er uns möglicherweise zu Klipra führen, aber ich glaube nicht, dass wir da ansetzen sollten.«

»Warum nicht?«, fragte Liz.

»Ich habe das Gefühl, dass sich dieser Maulwurf ebenso gut versteckt wie Klipra.«

»Warum?«

»Klipra verrät in dem Brief, dass er interne Informationen erhalten hat. Er würde das niemals tun, wenn wir seine Quelle enttarnen könnten.«

»Warum sollten wir nicht die naheliegendste Frage stellen?«, fragte Løken. »Woher wollen Sie wissen, dass der Informant keiner von uns ist?«

»Das weiß ich nicht. Aber sollte das der Fall sein, haben wir ohnehin bereits verloren, das Risiko müssen wir also eingehen.«

Die anderen nickten.

»Wir brauchen nicht zu erwähnen, dass die Zeit gegen uns arbeitet und dass es für das Mädchen schlechter aussieht, je länger das Ganze dauert. Siebzig Prozent dieser Entführungsfälle enden damit, dass der Kidnapper sein Opfer tötet.« Er versuchte das so neutral wie möglich zu sagen und vermied es, ihren Blicken zu begegnen, doch er war sich sicher, dass ihm seine Gefühle ins Gesicht geschrieben standen.

»Also, wo fangen wir an?«, fragte Liz.

»Wir sollten damit anfangen, dass wir einige Dinge ausschließen«, sagte Harry. »Wo ist sie *nicht*?«

»Nun, solange er das Mädchen hat, hat er vermutlich noch keine Landesgrenzen überquert«, sagte Løken. »Und er wird wohl auch kaum in ein Hotel gegangen sein.«

Liz war einverstanden. »Vermutlich ist er an einem Ort, wo sie sich über längere Zeit versteckt halten können.«

»Ist er allein?«, fragte Harry.

»Klipra gehört keinem der Clans hier unten an«, sagte Liz. »Er hat nichts mit organisierten Entführungen zu tun. Sich einen Mann zu besorgen, der einen Heroinabhängigen wie Jim Love aus dem Weg räumt, dürfte kein Problem sein. Aber es ist eine ganz andere Größenordnung, ein weißes Mädchen zu entführen, noch dazu die Tochter eines Botschafters. Wenn er versucht hat, sich dafür Leute zu beschaffen, hat er sicher mit einigen Professionellen gesprochen, und die schätzen immer erst das Risiko ab, ehe sie einen Auftrag annehmen. In diesem Fall hätten sie bestimmt erkannt, dass sie die ganze Polizei des Landes gegen sich hätten, wenn sie diesen Job erledigten.«

»Sie glauben also, er hat das allein gemacht?«

»Wie gesagt, er gehört zu keinem der Clans. Innerhalb dieser Familien zählen Loyalität und Tradition, doch die Leute, die Klipra hätte anheuern müssen, sind Freelancer, denen er nie zu hundert Prozent trauen könnte. Früher oder später würden die rauskriegen, wofür er das Mädchen brauchte, und damit würde er das Risiko eingehen, dass sie diese Kenntnis beim nächsten Mal gegen ihn verwendeten. Er hat Jim Love ausgeknipst. Er will also sicherstellen, dass ihm hinterher niemand in den Rücken fallen kann.«

»O. k., gehen wir also davon aus, dass er allein ist. Und wo?«

»Eine Unzahl von Möglichkeiten«, sagte Liz. »Seine Gesellschaften verfügen gewiss über viele Immobilien, von denen notwendigerweise einige leer stehen müssen.«

Løken räusperte sich laut, bekam wieder Luft und schluckte.

»Ich hatte lange schon den Verdacht, dass Klipra ein geheimes Liebesnest hat. Manchmal hat er einen oder zwei Jungen mitgenommen und ist dann bis zum nächsten Morgen verschwunden. Ich habe es nie geschafft, diesen Ort zu ermitteln, unter seinem Namen ist jedenfalls keine andere Immobilie eingetragen. Aber es ist klar, dass es sich dabei um einen abseits gelegenen Ort in der Nähe von Bangkok handeln muss.«

»Können wir einen der Jungen identifizieren und befragen?«, fragte Harry.

Løken zuckte mit den Schultern und blickte zu Liz.

»Es ist eine große Stadt«, sagte sie. »Und erfahrungsgemäß verschwinden diese Jungen wie die Nadel im Heuhaufen, wenn wir nach ihnen zu suchen beginnen. Außerdem würde das bedeuten, eine ganze Reihe anderer Leute zu involvieren.«

»Vergiss es«, sagte Harry. »Wir müssen verhindern, dass Klipra auch nur das Geringste von dem zu Ohren kommt, was wir unternehmen.«

Harry klopfte rhythmisch mit seinem Stift auf die Tischplatte. Zu seiner eigenen Irritation bemerkte er, dass ihm noch immer *I just called to say I love you* durch den Kopf geisterte.

»Fassen wir also zusammen: Wir gehen davon aus, dass Klipra die Entführung allein durchgezogen hat und dass er sich irgendwo an einem sicheren Ort befindet, maximal eine Autostunde von Bangkok entfernt.«

»Was machen wir also?«, fragte Løken.

»Ich mach mal einen Ausflug nach Pattaya«, sagte Harry.

Roald Bork stand am Tor, als Harry mit dem großen allradangetriebenen Toyota vor das Haus gekurvt kam. Staub legte sich auf den Kies der Einfahrt, während Harry mit Gurt und Zündschlüssel kämpfte. Wie gewöhnlich war er nicht auf die Hitze vorbereitet, die ihm entgegenschlug, als er die Autotür öffnete. Unwillkürlich rang er nach Atem. Die Luft hatte einen salzigen Geschmack, was darauf hinwies, dass sich das Meer direkt hinter den sanften Hügeln befand.

»Ich habe Sie die Einfahrt hochkommen hören«, sagte Bork. »Ein imposantes Gefährt, das Sie da fahren.«

»Ich habe das größte gemietet, das sie hatten«, sagte Harry. »Ich habe gemerkt, dass man damit in gewisser Weise Vorfahrt hat. Was nötig ist, denn diese Wahnsinnigen fahren hier ja links.«

Bork lachte. »Haben Sie die neue Autobahn gefunden, über die ich gesprochen habe?«

»Ja, schon. Die war nur noch nicht ganz fertig, so dass sie an einigen Stellen mit Sandsperren blockiert war. Aber alle anderen sind darüber hinweggefahren, so dass ich einfach hinterhergefahren bin.«

»Das ist normal so«, sagte Bork. »Es ist nicht ganz korrekt, aber auch nicht wirklich verboten. Kein Wunder, dass man sich in dieses Land verlieben kann.«

Sie zogen die Schuhe aus und gingen ins Haus. Der angenehm kalte Steinboden brannte unter Harrys nackten Fußsohlen. Im Wohnzimmer hingen Bilder von Fridtjof

Nansen, Henrik Ibsen und der Königsfamilie. Auf der Kommode stand ein Bild von einem Jungen, der in die Kamera blinzelte. Er mochte vielleicht zehn Jahre alt sein und hatte einen Fußball unter dem Arm. Auf dem Esstisch und auf dem Klavier lagen überall ordentlich gestapelte Papiere und Zeitungen.

»Ich versuche, mein Leben ein wenig zu archivieren«, sagte Bork. »Um herauszufinden, was geschehen ist und warum.«

Er deutete auf einen der Stapel. »Das sind die Scheidungspapiere. Ich starre sie an und versuche, mich zu erinnern.«

Ein Mädchen kam mit einem Tablett herein. Harry probierte den Kaffee, den sie eingoss, und sah sie fragend an, als er bemerkte, dass er eiskalt war.

»Sind Sie verheiratet, Herr Hole?«

Harry schüttelte den Kopf.

»Gut. Vermeiden Sie es weiterhin. Früher oder später versuchen die Ihnen das letzte Hemd auszuziehen. Ich habe eine Frau, die mich ruiniert hat, und einen erwachsenen Sohn, der jetzt das Gleiche versucht. Und ich kann nicht verstehen, was ich ihnen angetan habe.«

»Wie sind Sie hier gelandet?«, fragte Harry und nahm noch einen Schluck. Im Grunde schmeckte es gar nicht so schlecht.

»Ich habe hier unten für die Telekom gearbeitet, die haben damals ein paar Zentralen für einen thailändischen Telefonbetreiber installiert. Nach dem dritten Montageaufenthalt bin ich nicht mehr zurückgegangen.«

»Nie mehr?«

»Ich war geschieden und hatte hier alles, was ich brauchte. Eine Weile dachte ich zwar, dass ich mich nach dem norwegischen Sommer sehnen würde, nach den Fjorden und Bergen und all dem Zeug.« Er nickte in Richtung der Bilder, die an der Wand hingen, als könnten diese den Rest erzählen.

»Ich bin deshalb zwei Mal zurück nach Norwegen gefahren, aber beide Male war ich im Laufe einer Woche wieder hier. Ich habe es nicht ausgehalten, habe mich von dem Moment an, in dem ich meine Füße auf norwegischen Boden gestellt hatte, wieder zurückgewünscht. Inzwischen habe ich verstanden, dass ich hierher gehöre.«

»Was arbeiten Sie?«

»Ich bin ein bald in den Ruhestand gehender Berater im Bereich Telekommunikation, hier und da übernehme ich einen Auftrag, aber nicht zu viele. Ich versuche, mir auszurechnen, wie viel Zeit ich noch habe und wie viel ich in dieser Zeit brauchen werde. Ich will den Geiern nicht eine Øre hinterlassen.«

Er lachte und wedelte mit der Hand in Richtung Scheidungspapiere, als wolle er einen üblen Geruch vertreiben.

»Was ist mit Ove Klipra? Warum ist der noch immer hier?«

»Klipra? Tja, der wird Ihnen wohl eine ähnliche Geschichte erzählen, denke ich. Keiner von uns hat wirklich ausreichende Gründe, wieder zurückzugehen.«

»Klipra hatte wohl eher gute Gründe, nicht zurückzukehren.«

»Pah, ich weiß, auf was Sie anspielen«, sagte Bork. »Das alles ist doch nur dummes Gerede. Wenn Ove wirklich damit etwas zu tun hätte, hätte ich mich nie mit ihm abgegeben.«

»Sind Sie sicher?«

Borks Augen glänzten. »Es gab ein paar Norweger, die aus den falschen Gründen hierher nach Pattaya gekommen sind. Wie Sie wissen, bin ich eine Art Nestor der norwegischen Gemeinde hier in der Stadt und wir empfinden eine gewisse Verantwortung für das, was unsere Landsleute hier unten treiben. Die meisten von uns sind anständige Bürger und wir haben getan, was getan werden musste. Diese pädophilen Arschlöcher haben Pattayas Ruf trotzdem derart gründlich ruiniert, dass einige schon den Namen der Stadtteile nennen, wie Naklua und Jomtien, wenn jemand in Norwegen fragt, wo sie wohnen.«

»Was meinen Sie mit ›getan, was getan werden musste‹?«

»Lassen Sie es mich so ausdrücken, zwei dieser Kerle sind wieder nach Hause gefahren, einer hat es nicht so weit geschafft.«

»Ist der möglicherweise aus einem Fenster gefallen?«, schlug Harry vor.

Bork lachte dröhnend. »Nein, so weit gehen wir nun auch wieder nicht. Aber ich nehme an, das war das erste Mal, dass die Polizei einen anonymen Anruf auf Thailändisch mit norwegischem Akzent bekommen hat.«

Harry lächelte.

»Ihr Sohn?« Er sah fragend zu dem Bild auf der Kommode.

Bork sah etwas betreten aus, nickte aber.

»Sieht nach einem aufgeweckten Jungen aus.«

»Das war er mal.«

Bork lächelte traurig und wiederholte: »Das war er mal.«

Harry sah auf die Uhr. Die Fahrt von Bangkok hierher hatte beinahe drei Stunden gedauert, doch er war langsam wie ein Sonntagsfahrer gewesen, bis er sich auf den letzten Meilen endlich etwas sicherer gefühlt hatte. Vielleicht schaffte er den Rückweg in gut zwei Stunden. Er nahm drei Bilder aus seiner Mappe und legte sie vor Bork auf den Tisch. Løken hatte sie auf 24 mal 30 Zentimeter vergrößert, um den maximalen Schockeffekt zu erzielen.

»Wir glauben, dass Ove Klipra irgendwo in der Nähe von Bangkok einen Schlupfwinkel hat. Wollen Sie uns helfen?«

Kapitel 44

Søs klang glücklich am Telefon. Sie hatte einen Jungen kennengelernt, Anders. Er war gerade im Wohnheim auf dem gleichen Flur eingezogen und war ein Jahr jünger als sie.

»Und er trägt eine Brille. Aber das macht nichts, denn der ist superlieb.«

Harry lachte und stellte sich Søs' neuen Einstein vor.

»Er ist total verrückt. Der glaubt wirklich, die lassen uns irgendwann Kinder kriegen. Stell dir das doch mal vor.«

Harry stellte es sich vor und erkannte, dass da in naher Zukunft einige schwierige Gespräche vor ihm lagen. Doch im Moment freute er sich nur darüber, dass sich Søs so zufrieden anhörte.

»Warum bist du so traurig?« Die Frage schloss sich ohne Pause an die Neuigkeit an, dass Vater bei ihr zu Besuch gewesen war.

»Bin ich traurig?«, fragte Harry zurück, wohl wissend, dass sie seinen Gemütszustand schon immer besser als er hatte einschätzen können.

»Ja, du trauerst irgendeiner Sache nach. Ist es die Schwedin?«

»Nein, es ist nicht Birgitta. Hier gibt es ein paar traurige Sachen, aber das wird sich bald klären. Ich werde da aufräumen.«

»Gut.«

Es entstand eine der seltenen Pausen, in denen Søs nichts sagte. Harry meinte, es sei an der Zeit, aufzulegen.

»Du, Harry?«

»Ja, Søs?«

Er hörte sie geradezu innerlich Anlauf nehmen. »Meinst du, wir können diese Sache jetzt vergessen?«

»Welche Sache?«

»Diese Sache, du weißt schon, mit dem Mann. Anders und ich, wir … wir haben es so schön. Ich habe keine Lust mehr, daran zu denken.«

Harry wurde still. Dann holte er Luft.

»Er hat dich mit einem Messer verletzt, Søs.«

Sofort waren die Tränen in ihrer Stimme.

»Ich weiß das. Du brauchst das nicht noch einmal zu sagen. Aber ich sage dir doch, ich will nicht mehr daran denken.«

Sie schluchzte und Harry spürte, wie sich etwas in seiner Brust zusammenzog.

»Bitte, Harry, ja?«

Er merkte plötzlich, wie er den Telefonhörer umklammerte. »Denk nicht daran. Denk nicht daran, Søs. Alles wird gut.«

Sie lagen seit bald zwei Stunden in dem hohen Elefantengras und warteten darauf, dass die Sonne unterging. Hundert Meter vor ihnen lag ein kleines Haus am Waldrand. Es war in traditioneller Thaiart erbaut, aus Bambus und Holz und mit einem offenen Hof in der Mitte. Es gab kein Tor, sondern nur einen kleinen Kiesweg, der zum Eingang führte. Vor dem Haus stand etwas, das wie ein bunter Vogelkäfig auf einem Pfahl aussah. Das war ein *phra phum*, ein Geisterhaus, das das Gebäude vor bösen Geistern schützen sollte.

»Der Besitzer muss ein Haus für sie bauen, damit sie nicht ins Haupthaus einziehen«, sagte Liz und streckte sich. »Und man muss Essen opfern und Rauchwaren wie Zigaretten oder so etwas, um sie bei Laune zu halten.«

»Und das reicht?«

»Nicht in jedem Fall.«

Sie hatten keine Zeichen von Leben gehört oder gesehen. Harry versuchte, nicht daran zu denken, was ihn drinnen erwarten konnte. Sie hatten mit dem Auto nur eine Stunde aus Bangkok gebraucht, aber trotzdem fühlte es sich an, als wären sie in einer anderen Welt. Sie hatten hinter einem kleinen Haus an der Straße neben einem Schweinepferch geparkt und einen Pfad gefunden, der über den steilen, bewaldeten Hang zu dem Plateau nach oben führte, auf dem, wie ihnen Roald Bork erklärt hatte, Klipras kleines Haus lag. Der Wald war saftig grün, der Himmel nachweislich blau und Vögel in allen Farben des Regenbogens schwirrten über Harry hinweg, der auf dem Rücken lag und der Stille lauschte. Zuerst hatte er geglaubt, Watte in den Ohren zu haben, ehe er begriff, was wirklich los war: Seit er Oslo verlassen hatte, war es nicht mehr so still gewesen.

Als sich die Dunkelheit über sie senkte, war damit Schluss. Es hatte mit vereinzeltem Zirpen und Summen angefangen, wie bei einem Symphonieorchester, das die Instrumente stimmt. Dann startete das Konzert mit Quaken und Gackern und mündete in ein Crescendo, als das Orchester durch ein Heulen und schrille, herzzerreißende Schreie oben aus den Bäumen ergänzt wurde.

»Waren all diese Tiere die ganze Zeit über da?«, fragte Harry.

»Frag mich was leichteres«, sagte Liz. »Ich bin ein Stadtmädchen.«

Harry spürte etwas Kaltes über seine Haut streichen und zog seine Hand blitzschnell weg.

Løken amüsierte sich.

»Das sind nur die Frösche, die machen einen Abendspaziergang«, sagte er. Und ganz richtig, bald waren überall um sie herum Frösche, die scheinbar planlos hin und her hüpften.

»O.k., o.k.«, sagte Harry, »solange hier nur Frösche weiden, ist das alles noch in Ordnung.«

»Die Frösche sind auch nur Nahrung«, sagte Løken. Er zog sich eine schwarze Kapuze über den Kopf. »Wo Frösche sind, sind auch Schlangen.«

»Sie machen Witze!«

»Fünf, sechs verschiedene Kobra-Arten, die grüne Kreuzotter, die Russel-Kreuzotter und noch ein paar andere. Nehmen Sie sich in Acht, es heißt, dass von den dreißig häufigsten Schlangenarten in Thailand sechsundzwanzig giftig sind.«

»Verdammt!«, rutschte es Harry heraus. »Und woher soll man wissen, welche giftig sind?«

Løken sah ihn mit seinem Armer-Rekrut-Blick an.

»Harry, bei der Quote ist es vielleicht besser, davon auszugehen, dass alle giftig sind.«

Es wurde acht Uhr.

»Ich bin bereit«, sagte Liz ungeduldig und überprüfte zum dritten Mal, ob ihre Smith & Wesson 650 geladen und entsichert war.

»Angst?«, fragte Løken.

»Nur, dass wir nicht rechtzeitig kommen, bevor der Polizeichef kapiert, was hier läuft«, sagte sie. »Wisst ihr, wie hoch das Durchschnittsalter eines Verkehrspolizisten in Bangkok ist?«

Løken legte seine Hand auf ihre Schulter.

»O.k., legen wir los.«

Liz lief gebückt durch das hohe Gras und verschwand im Dunkel.

Løken studierte das Haus mit dem Nachtsichtgerät, während Harry die Fassade mit einem Elefantentöter deckte, den Liz aus der Waffenkammer der Polizei requiriert hatte. Des Weiteren hatte sie noch eine Pistole bekommen, eine Ruger SP-101, die Harry in einem ungewohnten Beinhalfter trug, da Schulterhalfter sinnlos sind in einem Land, wo eine Anzugjacke eine unpraktische Belastung darstellt. Der Vollmond stand hoch am Himmel und gab auf jeden Fall genug Licht, um die Konturen der Fenster und Türen zu erkennen.

Liz blinkte einmal mit der Taschenlampe, das Signal, dass sie ihre Position unter einem der Fenster eingenommen hatte.

»Sie sind an der Reihe, Harry«, flüsterte Løken, als er bemerkte, dass er zögerte.

»Verdammt, warum haben Sie auch das mit den Schlangen gesagt?«, sagte Harry und überprüfte noch einmal, dass das Messer an seinem Gürtel hing.

»Mögen Sie die nicht?«

»Nun, die wenigen, denen ich bis jetzt begegnet bin, haben keinen guten Eindruck hinterlassen.«

»Wenn Sie gebissen werden, achten Sie darauf, die Schlange zu erwischen, damit Sie das richtige Serum bekommen. Im Prinzip macht es nicht so viel aus, wenn Sie noch ein zweites Mal gebissen werden.«

Es war zu dunkel, um zu erkennen, ob Løken lächelte, aber Harry ging davon aus.

Harry rannte auf das Haus zu, das vor ihm aus dem Dunkel auftauchte. Die Silhouette des geifernden Drachenkopfes auf dem First sah aus, als würde sie sich bewegen. Trotzdem wirkte das Haus verdammt tot. Der Schaft des Hammers, den er im Rucksack hatte, schlug gegen seinen Rücken. Er hatte aufgehört, an die Schlangen zu denken.

Er erreichte das andere Fenster, gab Løken das Signal und setzte sich hin. Es war eine Weile her, dass er zuletzt so weit gelaufen war, vermutlich klopfte sein Herz deshalb so wild. Dann hörte er leichte Atemzüge neben sich. Es war Løken.

Harry hatte Tränengas vorgeschlagen, doch Løken hatte das mit Nachdruck abgewiesen. Es war so dunkel, dass es sie am Sehen hindern würde, und außerdem hatten sie keinen Grund zu der Annahme, dass Klipra mit einem Messer an Runas Kehle auf sie wartete.

Løken zeigte Harry die Faust, das vereinbarte Startsignal.

Harry nickte und spürte, dass er einen trockenen Mund hatte, ein sicheres Zeichen, dass das Adrenalin in reichlichen Mengen durch sein Blut strömte. Der Schaft der Pistole lag klamm in seiner Hand. Er überprüfte, ob die Tür nach innen aufging, ehe Løken mit dem Hammer ausholte.

Das Mondlicht spiegelte sich auf dem Eisen und für einen kurzen Moment sah er aus wie ein Tennisspieler beim Aufschlag, dann knallte der Hammer mit voller Wucht auf das Schloss, das krachend nachgab.

Im nächsten Moment war Harry drinnen und der Lichtkegel seiner Taschenlampe huschte durch den Raum. Er sah sie sofort, doch das Licht floh weiter, wie von selbst. Küchenregale, ein Kühlschrank, eine Bank, ein Kruzifix. Er hörte die Geräusche der Tiere nicht mehr, nur das Klirren von Ketten, die Wellen, die im Yachthafen von Sydney schmatzend an die Seite des Bootes klatschten, und das Schreien der Möwen, vielleicht weil Birgitta an Deck lag und so unendlich tot war.

Ein Tisch mit vier Stühlen, ein Schrank, zwei Bierflaschen, ein Mann am Boden, reglos, Blut unter dem Kopf, seine Hand verborgen unter ihren Haaren, eine Pistole unter dem Stuhl, das Gemälde einer Obstschale und einer leeren Vase. Stillleben. Unbewegtes Leben. *Nature morte.* Das Licht huschte über sie und er sah sie wieder: die ans Tischbein gelehnte, nach oben zeigende Hand. Er hörte ihre Stimme: »Kannst du es spüren? Du kannst das ewige Leben erlangen!« Als versuchte sie, Energie zu sammeln für einen letzten Protest gegen den Tod. Eine Tür, ein Gefrierschrank, ein Spiegel. Ehe er geblendet wurde, sah er sich selbst für den Bruchteil einer Sekunde – eine Gestalt in schwarzen Kleidern mit einer Kapuze über dem Kopf. Er sah aus wie ein Henker. Harry ließ die Taschenlampe fallen.

»Bist du o. k.?« Liz legte ihre Hand auf seine Schulter. Er hatte vor zu antworten, öffnete den Mund, doch es kam nichts.

»Das ist Ove Klipra, ja«, sagte Løken. Er hatte sich vor den Toten gehockt, eine nackte Birne beleuchtete die Szenerie. »Seltsam, da habe ich diesen Kerl seit Monaten überwacht.«

Er legte die Hand auf Klipras Stirn.

»Nichts anfassen!«

Harry packte Løken am Kragen und zog ihn hoch. »Nichts …!«

Er ließ ihn ebenso plötzlich wieder los. »Tut mir leid, ich … Aber nichts anfassen. Noch nicht.«

Løken sagte nichts, er starrte ihn bloß an. Liz hatte wieder ihre tiefe Falte zwischen den haarlosen Augenbrauen.

»Harry?«

Er ließ sich auf einen Stuhl fallen.

»Es ist jetzt vorbei, Harry. Es tut mir leid, es tut uns allen leid, aber es ist vorbei.«

Harry schüttelte lediglich den Kopf.

»Gibt es etwas, was du mir erzählen willst, Harry?«

Sie hatte sich über ihn gebeugt und eine große, warme Hand in seinen Nacken gelegt. Wie es seine Mutter immer getan hatte. Verdammte Scheiße.

Er stand auf, schob sie zur Seite und ging nach draußen. Liz und Løken sprachen drinnen leise miteinander. Er sah zum Himmel, suchte nach einem Stern, konnte aber keinen finden.

Es war beinahe Mitternacht, als Harry klingelte. Hilde Molnes öffnete. Er sah zu Boden, hatte nicht einmal vorher angerufen und hörte an ihrem Atem, dass sie gleich anfangen würde zu weinen.

Sie setzten sich im Wohnzimmer einander gegenüber. Er konnte keine Ginflasche sehen und sie erschien ihm auch klar genug zu sein. Sie trocknete ihre Tränen. »Sie wollte Turmspringerin werden, wussten Sie das?«

Er nickte.

»Aber sie wollten sie an den üblichen Ausscheidungen nicht teilnehmen lassen. Behaupteten, die Punktrichter wüssten nicht, wie sie sie einschätzen sollten. Einige meinten sogar, es sei ein Vorteil, mit einem Arm zu springen, dass das nicht fair sei.«

»Es tut mir leid«, sagte er. Es war das Erste, was er seit seinem Kommen gesagt hatte.

»Sie wusste es nicht«, sagte sie. »Hätte sie es gewusst,

hätte sie nicht so mit mir geredet.« Ihr Gesicht verzog sich und die Tränen rannen wie kleine Bäche über die Fältchen an ihrem Mund.

»Wusste was, Frau Molnes?«

»Dass ich krank bin!«, rief sie und legte das Gesicht in die Hände.

»Krank?«

»Warum, glauben Sie, betäube ich mich sonst derart? Mein Körper ist bald von innen aufgefressen, das ist nur noch ein Haufen fauler Materie und toter Zellen.«

Harry sagte nichts.

»Ich wollte es ihr sagen«, flüsterte sie durch die Finger. »Dass die Ärzte mir noch sechs Monate geben. Aber ich wollte ihr das an einem guten Tag sagen.«

Ihre Stimme war jetzt kaum noch zu hören. »Nur dass keine guten Tage mehr kamen.«

Harry stand auf, er konnte einfach nicht sitzen bleiben. Er ging zum großen Gartenfenster, vermied die Familienbilder an der Wand, denn er wusste, wem seine Augen da begegnen würden. Der Mond spiegelte sich im Pool.

»Haben sie wieder angerufen? Die Männer, denen Ihr Mann Geld schuldete?«

Sie nahm die Hände weg. Ihre Augen waren verweint und hässlich.

»Sie haben angerufen, aber Jens war hier und hat mit ihnen gesprochen. Seither habe ich nichts mehr gehört.«

»Dann passt er auf Sie auf, oder?«

Harry fragte sich, warum er gerade das gefragt hatte. Vielleicht war es ein plumper Versuch zu trösten, sie daran zu erinnern, dass es in ihrem Leben noch jemanden gab.

Sie nickte stumm.

»Und jetzt wollen Sie heiraten?«

»Haben Sie etwas dagegen?«

Harry drehte sich zu ihr um. »Nein, warum sollte ich das?«

»Runa ...« Sie kam nicht weiter und die Tränen begannen wieder über ihre Wangen zu rollen.

»Herr Hole, ich habe in meinem Leben nicht viel Liebe erfahren. Ist es zu viel verlangt, vor dem Tod noch ein paar glückliche Monate zu haben? Konnte sie mir das nicht gönnen?«

Harry sah ein violettes Blütenblatt im Pool schwimmen. Er dachte an die Frachter aus Malaysia.

»Lieben Sie ihn, Frau Molnes?«

In der Stille, die folgte, lauschte er den Trompetenstößen.

»Ihn lieben? Was spielt das für eine Rolle? Es gelingt mir, mir einzubilden, dass ich ihn liebe, ich glaube, ich könnte jeden lieben, der mich liebt, verstehen Sie?«

Harry blickte zum Barschrank. Es waren nur drei Schritte bis dort. Drei Schritte, zwei Eiswürfel und ein Glas. Er schloss die Augen und konnte das Eis im Glas klirren und tanzen hören, das Glucksen der Flasche, wenn er die bräunliche Flüssigkeit darübergoss, und zu guter Letzt das zischende Geräusch, wenn sich das Sodawasser mit dem Alkohol mischte.

Kapitel 45

Es war sieben Uhr morgens, als Harry zum Tatort zurückkehrte. Um fünf hatte er den Versuch zu schlafen aufgegeben, sich angezogen und in den Leihwagen gesetzt, der noch in der Garage stand. Es war sonst noch niemand dort, die Spurensicherung hatte ihre Arbeit in der Nacht unterbrochen und würde sicher erst in einer Stunde zurück sein. Er stieg über die orange Polizeiabsperrung und ging ins Haus.

Bei Tageslicht sah alles ganz anders aus, friedlich und gepflegt. Nur das Blut und die mit Kreide gezogenen Umrisse der zwei Körper auf dem groben Holzboden bezeugten, dass es sich um denselben Raum handelte, in dem er in der Nacht gewesen war.

Sie hatten keinen Brief gefunden, aber trotzdem hatte niemand wirklich bezweifelt, was geschehen war. Die Frage war eher, warum Ove Klipra erst sie und dann sich erschossen hatte. Hatte er erkannt, dass sein Spiel verloren war? Aber wenn das so gewesen war, warum hatte er sie dann nicht einfach gehen lassen? Vielleicht war es nicht geplant gewesen, vielleicht hatte er sie bei einem Fluchtversuch erschossen oder weil sie etwas gesagt hatte, was ihn aus der Bahn geworfen hatte. Und dann hatte er sich selbst erschossen? Harry kratzte sich am Kopf.

Er betrachtete die Kreidestriche, die die Lage ihres Körpers nachzeichneten, und das Blut, das noch nicht weggewaschen war. Klipra hatte ihr mit der Pistole, die sie gefunden hatten – eine Dan Wesson –, in den Hals geschossen. Die Kugel war glatt durchgegangen und hatte dabei die Pulsader aufgerissen, die noch so viel Blut herausgepumpt hatte, dass es bis zum Spülbecken geflossen war, ehe ihr Herz zu schlagen aufhörte. Der Arzt meinte, sie sei sofort ohnmächtig gewesen, weil ihr Gehirn keinen Sauerstoff mehr erhalten habe, und sei dann nach drei oder vier Herzschlägen gestorben. Ein Loch im Fenster zeigte, wo Klipra gestanden hatte, als er sie erschoss. Harry stellte sich in den Umriss von Klipras Körper. Der Winkel stimmte.

Er sah zu Boden.

Das Blut zeichnete einen geronnenen, schwarzen Glorienschein um die Stelle, an der sein Kopf gelegen hatte. Das war alles. Er hatte sich in den Mund geschossen. Harry sah, dass die Männer von der Spurensicherung den Ort mit Kreide gekennzeichnet hatten, an dem die Kugel in die doppelte Bambuswand eingeschlagen war. Er stellte sich vor, wie Klipra sich hingelegt, den Kopf zur Seite gedreht und sie angesehen hatte. Vielleicht hatte er sich gefragt, wo sie war, ehe er abgedrückt hatte.

Er ging nach draußen und fand das Austrittsloch in der Wand. Er sah hinein und blickte direkt auf das Gemälde auf der gegenüberliegenden Wand. Stillleben. Seltsam, er hatte gedacht, in Klipras Umriss zu blicken. Er ging zurück zu dem Ort, an dem sie am Abend zuvor im Gras gelegen hatten, stampfte hart mit dem Fuß auf, um nicht unvermittelt auf irgendwelche Kriechtiere zu stoßen, und ging weiter zum Geisterhaus. Ein kleiner, lächelnder Buddha mit kugelrundem Bauch thronte im Innern des Häuschens, umgeben von ein paar welken Blumen in einer Vase, vier Filterzigaretten und ein paar ausgebrannten Kerzen. Ein kleines, weißes Loch am hinteren Rand der Keramik zeigte, wo die Kugel eingeschlagen hatte. Harry nahm sein Schweizermesser heraus und hebelte einen deformierten Bleiklumpen heraus. Er blickte zurück zum Haus. Die Kugel war in einer direkten, horizontalen Linie geflogen. Natürlich, Klipra hatte gestanden, als er sich erschoss. Warum hatte er gedacht, er hätte am Boden gelegen?

Er ging zurück zum Haus. Irgendetwas stimmte da nicht. Alles wirkte so sauber und aufgeräumt. Er öffnete den Kühlschrank. Leer, nichts, um zwei Menschen am Leben zu halten. Ein Staubsauger kippte heraus und fiel auf seinen großen Zeh, als er den Küchenschrank öffnete. Er fluchte und drückte den Staubsauger zurück in den Schrank, doch er kam ihm wieder entgegen, ehe er die Tür schließen konnte. Als er genauer hinsah, fand er einen Haken, an dem er ihn befestigen konnte.

Ein System, dachte er. Hier gibt es ein System. Aber jemand hat da gemogelt.

Er nahm die Bierflaschen von der Gefriertruhe und öffnete sie. Blasses, rotes Fleisch leuchtete ihm entgegen. Es war nicht eingepackt, sondern einfach in großen Stücken eingefroren worden. An manchen Stellen war das Blut zu einer schwarzen Hülle gefroren. Er nahm ein Stück heraus, musterte es, ehe er seine eigene morbide Fantasie verfluchte und es zurücklegte. Es sah wie ganz normales Schweinefleisch aus.

Harry hörte einen Laut und wirbelte herum. Eine Gestalt erstarrte in der Türöffnung. Es war Løken.

»Mein Gott, hast du mich erschreckt, Harry. Ich war sicher, dass niemand hier ist. Was machst du hier?«

»Nichts. Mich umsehen. Und du?«

»Ich wollte nur überprüfen, ob es hier irgendwelche Papiere gibt, die wir im Rahmen der Pädophiliesache verwenden können.«

»Warum? Jetzt, wo der Mann tot ist, hat sich die Sache doch wohl erledigt.«

Løken zuckte mit den Schultern.

»Wir brauchen sichere Indizien, um zu beweisen, dass unser Vorgehen richtig war, schließlich müssen wir jetzt damit rechnen, dass die Überwachung herauskommt.«

Harry musterte Løken. Sah er nicht ein wenig angespannt aus?

»Aber, mein Gott, du hast doch die Bilder. Kann es denn noch bessere Beweise geben?«

Løken lächelte, aber nicht breit genug, damit Harry den Goldzahn sehen konnte. »Mag sein, dass du recht hast,

Harry. Ich bin wohl nur ein ängstlicher, alter Mann, der ganz auf der sicheren Seite sein will. Hast du etwas gefunden?«

»Nur die hier«, sagte Harry und hielt die Bleikugel hoch.

»Hm«, sagte Løken und betrachtete sie. »Wo hast du die gefunden?«

»Draußen im Geisterhaus. Und irgendwie passt das nicht.«

»Warum nicht?«

»Das bedeutet, dass Klipra gestanden haben muss, als er sich erschoss.«

»Und wenn schon?«

»Dann hätte das Blut aber doch über den ganzen Küchenboden spritzen müssen. Aber nirgends ist Blut von ihm, nur dort, wo er gelegen hat. Und selbst da nur wenig.«

Løken hielt die Kugel zwischen den Fingerspitzen. »Hast du noch nichts vom Vakuumeffekt bei Mundschüssen gehört?«

»Was hat es damit auf sich?«

»Wenn ein Opfer ausatmet und den Mund um den Lauf der Pistole legt, entsteht ein Vakuum, durch das das Blut in die Mundhöhle läuft, statt durch die Ausschusswunde auszutreten. Von dort läuft es in die Bauchhöhle und hinterlässt bloß diese kleinen Geheimnisse.«

Harry sah ihn skeptisch an. »Das ist mir neu.«

»Wär doch langweilig, wenn man mit Mitte dreißig schon alles wüsste«, sagte Løken.

Tonje Wiig hatte angerufen und berichtet, dass alle größeren norwegischen Zeitungen angerufen hatten. Die blutrünstigsten von ihnen hatten ihre Ankunft in Bangkok angekündigt. In Norwegen beschränkten sich die Schlagzeilen bislang auf die kürzlich verstorbene Tochter des Botschafters. Ove Klipra war trotz seiner Position in Bangkok ein in Norwegen unbekannter Name. Die Zeitschrift *Ka-*

pital hatte zwar einmal vor ein paar Jahren ein Interview mit ihm geführt, doch da er niemals in einer der populären Talkshows zu Gast gewesen war, wussten die wenigsten, wer er war.

»Die Tochter des Botschafters« und »der unbekannte norwegische Magnat« waren laut Bericht beide erschossen worden, höchstwahrscheinlich von Einbrechern oder Räubern.

Auf den thailändischen Zeitungen aber prangte das Bild von Klipra auf der Titelseite. Der Journalist der *Bangkok Post* setzte überdies ein Fragezeichen hinter die Theorie der Polizei, wie sich alles zugetragen haben könnte. Er schrieb, dass man nicht ausschließen könne, dass Klipra Runa Molnes getötet und anschließend Selbstmord begangen hatte. Die Zeitschrift spekulierte überdies offen darüber, welche Folgen das für die weitere Entwicklung von BERTS haben würde. Harry war beeindruckt.

Beide Zeitungen des Landes unterstrichen aber, dass die Ermittlungsergebnisse der thailändischen Polizei bis jetzt recht spärlich ausfielen.

Harry fuhr zum Portal von Kliptas Anwesen und hupte. Er musste sich eingestehen, dass er begann, den geräumigen Toyota zu mögen. Der Wachmann kam und Harry ließ die Scheibe herunter.

»Polizei, ich hatte angerufen«, sagte er.

Der Wachmann warf ihm den obligatorischen Security-Blick zu, ehe er das Tor öffnete.

»Sperren Sie mir die Haustür auf?«, bat Harry.

Der Wachmann sprang auf das Trittbrett des Jeeps und Harry spürte den Blick des Mannes. Er parkte in der Garage. Der Security-Mann klirrte mit den Schlüsseln.

»Der Haupteingang ist auf der anderen Seite«, sagte er und beinahe wäre Harry herausgerutscht, dass er das bereits wusste. Als der Wachmann den Schlüssel ins Schloss steckte und umdrehen wollte, drehte er sich zu Harry und fragte: »Habe ich Sie schon einmal gesehen, *sil*?«

Harry lächelte. Wie konnte das möglich sein? Sein Rasierwasser? Die Seife, die er benutzte? Es heißt, dass sich das menschliche Hirn am besten an Gerüche erinnere.

»Wohl kaum.«

Der Wachmann erwiderte sein Lächeln. »Entschuldigen Sie, *sil*. Ich habe Sie bestimmt verwechselt. Ich kann *farangs* so schlecht unterscheiden.«

Harry verdrehte die Augen, hielt dann aber inne und sah auf. »Sagen Sie mir, erinnern Sie sich an ein blaues Diplomatenfahrzeug, das unmittelbar vor Klipras Verschwinden hierher kam?«

Der Wachmann nickte. »Autos sind kein Problem. Der Fahrer war auch ein *farang*.«

»Wie sah er aus?«

Der Wachmann lachte. »Wie gesagt ...«

»Was trug er für Kleider?«

Er schüttelte den Kopf.

»Einen Anzug?«

»Ich glaube schon.«

»Einen gelben Anzug? Gelb wie ein Kanarienvogel.«

Der Wachmann runzelte die Stirn und sah ihn an. »Kanarienvogel? Solche Anzüge trägt doch wohl niemand?«

Harry zuckte mit den Schultern. »Nun, mancher schon.«

Er stand in dem Flur, in den er und Løken gekommen waren, und betrachtete ein kleines, rundes Loch in der Wand. Es sah aus, als hätte jemand vergeblich versucht, dort eine Schraube in die Wand zu drehen, um ein Bild aufzuhängen. Es konnte aber auch etwas anderes sein.

Er ging ins Büro, blätterte durch einige Papiere, stellte einfach so den PC an und wurde nach einem Passwort gefragt.

Er versuchte es mit »MAN U«. *Incorrect*. Falsch.

Eine höfliche Sprache, dieses Englisch.

»OLD TRAFFORD«. Wieder *incorrect*.

Ein letzter Versuch, bevor er endgültig gesperrt wurde. Er sah sich um, um im Raum einen Anhaltspunkt zu finden. Was nutzte er selbst? Er brummte belustigt. Natürlich. Das häufigste Passwort ganz Norwegens. Vorsichtig tippte er die Buchstaben »PASSWORD« ein, ehe er auf ENTER drückte.

Die Maschine schien einen Augenblick zu zögern. Dann erlosch sie und er bekam schwarz auf weiß eine etwas weniger höfliche Mitteilung, dass ihm der Zugang verwehrt war.

»Scheiße!«

Er versuchte, die Maschine an- und auszuschalten, bekam aber nur einen weißen Bildschirm.

Er blätterte schließlich noch durch ein paar andere Papiere und fand eine erst kürzlich aktualisierte Aktionärsliste von Phuridell. Ein neuer Aktionär, Ellem Ltd., war mit 3 Prozent der Aktien verzeichnet. Ellem. Ein wilder Gedanke schoss Harry durch den Kopf, aber er wies ihn von sich.

Ganz unten in der Schublade fand er die Bedienungsanleitung des Anrufbeantworters. Er sah auf die Uhr und seufzte. Er musste das wohl lesen. Nach einer halben Stunde begann er, die aufgezeichneten Meldungen abzuhören. Klipras Stimme war vorwiegend auf Thailändisch zu hören, aber er hörte, dass mehrmals der Name Phuridell fiel. Nach drei Stunden gab er auf. Das am Mordtag geführte Gespräch mit dem Botschafter war einfach auf keinem der Aufzeichnungsgeräte zu finden. Und, um genau zu sein, auch kein anderes Gespräch. Er steckte eines der Bänder in seine Tasche, schaltete das Gerät aus und vergaß nicht, dem PC einen Tritt zu verpassen, als er nach draußen ging.

Kapitel 46

Er fühlte nicht viel. Die Beerdigung war wie eine Wiederholung im Fernsehen. Der gleiche Ort, der gleiche Pfarrer, die gleiche Urne, der gleiche Schock für die Augen, wenn man danach wieder in die Sonne trat, und die gleichen Menschen, die oben auf der Treppe standen und sich unschlüssig ansahen. Beinahe die gleichen Menschen. Harry begrüßte Roald Bork.

»Tja, Sie haben sie gefunden«, sagte er nur. Seine wachen Augen hatten einen grauen Schleier, er wirkte verändert, als hätten ihn die Geschehnisse um Jahre altern lassen.

»Wir haben sie gefunden.«

»Sie war noch so jung.« Es klang wie eine Frage. Als wollte er, dass ihm jemand erklärte, wie so etwas möglich war.

»Warm«, sagte Harry, um das Thema zu wechseln.

»An dem Ort, wo Ove jetzt ist, ist es noch wärmer.« Er sagte es nachlässig dahin, doch seine Stimme hatte einen harten, bitteren Klang. Er wischte sich die Stirn mit einem Taschentuch ab. »Ich habe im Übrigen herausgefunden, dass ich eine Auszeit von dieser Hitze brauche. Ich habe mir einen Flug nach Hause reservieren lassen.«

»Nach Hause?«

»Na ja, nach Norwegen eben. So bald wie möglich. Ich habe meinen Jungen angerufen und ihm gesagt, dass ich ihn gerne sehen möchte. Es dauerte eine Weile, bis ich begriff, dass nicht er am Telefon war, sondern sein Sohn. Hähä, ich werde wohl langsam senil. Ein seniler Großvater, das ist doch was.«

Etwas abseits im Schatten der Kirche standen Sanphet und Ao. Harry ging zu ihnen und erwiderte ihr *wai*.

»Darf ich Ihnen kurz eine Frage stellen, Fräulein Ao?«

Ihr Blick huschte unsicher zu Sanphet, dann nickte sie.

»Sie sortieren doch die Post in der Botschaft. Können Sie sich erinnern, etwas von einer Gesellschaft mit Namen Phuridell erhalten zu haben?«

Sie dachte einen Moment nach, ehe sie entschuldigend lächelte: »Ich erinnere mich nicht, es sind so viele Briefe. Ich kann morgen im Büro des Botschafters nachsehen, wenn Sie wollen. Es kann aber einen Moment dauern, er war ja nicht gerade ordentlich.«

»Ich denke nicht an den Botschafter.«

Sie sah ihn verständnislos an.

Harry seufzte.

»Ich weiß nicht einmal, ob das wichtig ist, aber würden Sie mit mir Kontakt aufnehmen, wenn Sie etwas finden?«, fragte er.

Sie sah zu Sanphet.

»Das wird sie, Herr Kommissar«, sagte er.

Harry saß wartend in ihrem Büro, als Liz vollkommen außer Atem hereingehastet kam. Sie hatte Schweißperlen auf der Stirn.

»Verflucht«, sagte sie, »da draußen spürt man ja den Asphalt durch die Schuhsohlen.«

»Wie lief die Besprechung?«

»Ganz gut, so weit. Die Chefetage gratulierte zur Aufklärung des Falls und stellte keine weitergehenden Fragen zum Bericht. Sie haben sogar gefressen, dass wir Klipra aufgrund eines anonymen Hinweises unter die Lupe genommen haben. Sollte der Polizeichef einen Verdacht haben, was hier vorgegangen ist, hat er anscheinend nicht vor, Ärger zu machen.«

»Im Grunde habe ich damit gerechnet. Er hätte dadurch ja nichts zu gewinnen.«

»Höre ich da einen gewissen Sarkasmus heraus, Herr Hole?«

»Überhaupt nicht, Fräulein Crumley. Das ist nur die

Stimme eines jungen, naiven Beamten, der langsam begonnen hat, die Spielregeln zu verstehen.«

»Vielleicht. Aber alle Beteiligten sind insgeheim wohl froh darüber, dass Klipra tot ist. Ein Verfahren hätte zwangsweise ein paar unangenehme Details zutage gefördert, nicht nur für ein paar Polizeipräsidenten, sondern auch für die Behörden unserer beider Länder.«

Liz streifte sich die Schuhe ab und lehnte sich zufrieden zurück. Die Federn ihres Stuhls knirschten, während sich der unverkennbare Geruch von Schweißfüßen im Raum ausbreitete.

»Ja, es passt ein paar Leuten fast schon auffallend gut in den Kram, findest du nicht?«, fragte Harry.

»Wie meinst du das?«

»Ich weiß nicht«, sagte Harry. »Ich meine nur, die Sache stinkt.«

Liz blickte auf ihre Zehen und sah Harry misstrauisch an.

»Hat dir schon mal jemand gesagt, dass du an Paranoia leidest?«

»O ja, sicher. Aber das braucht ja nicht zu bedeuten, dass die kleinen, grünen Männchen nicht auf der Jagd nach dir sind, oder?«

Sie sah ihn verständnislos an. »Komm mal wieder runter, Harry.«

»Ich versuch es ja.«

»Also, wann fährst du?«

»Sobald ich mit dem Arzt und der Kriminaltechnik gesprochen habe.«

»Was willst du denn mit denen?«

»Nur meine Paranoia loswerden. Du weißt schon ... so'n paar komische Ideen, die mir durch den Kopf gegangen sind.«

»Ja, ja«, sagte Liz. »Hast du schon gegessen?«

»Ja«, log Harry.

»Verflucht, ich hasse es, allein zu essen. Kannst du mir nicht einfach Gesellschaft leisten?«

»Ein andermal, o.k.?«

Harry kam auf die Beine und verschwand aus dem Büro.

Der junge Polizeiarzt putzte beim Reden seine Brille. Die Pausen zwischen den Worten waren manchmal so lang, dass Harry sich fragte, ob seine zähflüssige Rede nun vollends ins Stocken geraten war. Doch dann kam wieder ein Wort, gefolgt von einem weiteren, bis sich der Korken löste und er weiterredete. Er schien fast zu fürchten, Harry könnte etwas an seinem Englisch auszusetzen haben.

»Der Mann hat dort höchstens zwei Tage gelegen«, sagte der Arzt. »Etwas länger bei dieser Wärme und der Körper wäre ...«

Er blies die Wangen auf und machte Andeutungen mit den Armen.

»... hätte wie ein großer Gasballon ausgesehen. Und dann hätten Sie auch etwas gerochen. Was das Mädchen angeht ...«

Er blies noch einmal die Wangen auf.

»... das Gleiche.«

»Wie schnell ist Klipra an dem Schuss gestorben?«

Der Arzt befeuchtete seine Lippen und Harry glaubte, die Zeit verfliegen zu spüren.

»Schnell.«

»Und sie?«

Der Polizeiarzt steckte das Taschentuch in seine Tasche.

»Augenblicklich, denn der Nackenwirbel wurde durchtrennt.«

»Ich meine, kann sich einer von beiden nach dem Schuss noch bewegt haben, können sie Zuckungen oder so etwas gehabt haben?«

Der Arzt setzte seine Brille auf, vergewisserte sich, dass sie richtig saß, und nahm sie wieder ab.

»Nein.«

»Ich habe gelesen, dass man zu Beginn der Französischen Revolution, als die Guillotine noch nicht erfunden war und man die Leute noch von Hand köpfte, den Verurteilten die Freiheit versprach, sollte der Henker sein Handwerk nicht richtig ausführen und sie in der Lage bleiben, sich zu erheben und das Schafott zu verlassen. Angeblich sollen es einige geschafft haben, ohne Kopf noch einmal aufzustehen und ein paar Schritte zu machen, ehe sie zusammenbrachen, natürlich unter großem Jubel des Publikums. Wenn ich mich richtig erinnere, hat das ein Wissenschaftler damit erklärt, dass man sein Gehirn in einem gewissen Grad vorprogrammieren kann und dass die Muskeln Überstunden machen können, wenn unmittelbar vor der Enthauptung große Mengen Adrenalin ins Herz gepumpt werden. Dass das wie bei den Hühnern ist, die geköpft werden.«

Der Arzt lächelte gezwungen.

»Interessant, Herr Kommissar. Aber ich fürchte, das sind Räubermärchen.«

»Was gibt es denn sonst für eine Erklärung für das hier?«

Er reichte dem Arzt ein Foto von Runa und Klipra am Boden liegend. Der Arzt betrachtete das Bild lange, ehe er seine Brille aufsetzte und es noch einmal genauer studierte.

»Eine Erklärung wofür?«

Harry zeigte auf das Bild. »Sehen Sie, hier! Seine Hand liegt unter ihren Haaren.«

Der Arzt blinzelte, als hätte er Staub in den Augen, der ihn daran hinderte, zu verstehen, was Harry meinte.

Harry verscheuchte eine Fliege. »Hören Sie, Sie wissen doch, wie das Unterbewusstsein automatisch seine Schlüsse zieht, oder?«

Der Arzt zuckte mit den Schultern.

»Tja. Ohne mir darüber im Klaren zu sein, habe ich den Schluss gezogen, dass Klipra am Boden gelegen haben muss, als er sich selbst erschoss, weil er nur so bereits die Hand unter ihren Haaren gehabt haben konnte. Verstehen Sie? Doch der Winkel des Schusses zeigt, dass er stand. Wie kann er erst sie und dann sich erschossen und dann trotzdem ihre Haare über seiner Hand haben, das müsste doch umgekehrt sein?«

Der Arzt nahm seine Brille ab und begann vor vorne mit dem Putzen.

»Vielleicht hat *sie* beide erschossen«, sagte er, doch da war Harry bereits gegangen.

Harry nahm die Sonnenbrille ab und blinzelte mit brennenden Augen in den dunklen Gastraum des Restaurants. Eine Hand winkte und er strebte auf einen Tisch unter einer Palme zu. Ein Streifen Sonnenlicht ließ eine Stahlbrille aufblinken, als sich der Mann erhob.

»Wie ich sehe, haben Sie die Nachricht erhalten«, sagte Dagfinn Torhus. Sein Hemd hatte große, nasse Ringe unter den Armen und über der Stuhllehne hing ein Jackett.

»Hauptkommissarin Crumley hat mir mitgeteilt, dass Sie angerufen haben. Was führt Sie hierher?«, fragte Harry und ergriff die ausgestreckte Hand.

»Administrative Tätigkeiten in der Botschaft. Ich bin heute Morgen angekommen, um einige Papiere in Ordnung zu bringen. Außerdem müssen wir einen neuen Botschafter finden.«

»Tonje Wiig?«

Torhus lächelte milde. »Wir werden sehen. Da gibt es viele Rücksichten zu nehmen. Was isst man hier?«

Ein Kellner stand bereits an ihrem Tisch und Harry sah fragend auf.

»Aal«, empfahl der Kellner. »Vietnamesische Spezialität. Mit vietnamesischem Roséwein und …«

»Nein, danke«, unterbrach ihn Harry, warf einen Blick in die Speisekarte und zeigte auf die Kokosmilchsuppe. »Mit Mineralwasser.«

Torhus zuckte mit den Schultern und nickte zustimmend.

»Gratuliere.« Torhus schob sich einen Zahnstocher zwischen die Zähne. »Wann fahren Sie?«

»Danke, Herr Torhus, aber ich fürchte, dafür ist es noch

etwas zu früh. Es gibt noch ein paar Spuren, denen wir nachgehen müssen.«

Torhus hörte zu stochern auf. »Spuren? Es ist nicht Ihr Job, alles bis zur Perfektion zu Ende zu führen, Hole. Sie sollten die Sachen packen und zusehen, dass Sie nach Hause kommen.«

»Ganz so einfach ist das nicht.«

Es blitzte in den harten blauen Bürokratenaugen. »Es ist vorbei, verstehen Sie? Der Fall ist gelöst. In Oslo prangte gestern auf jeder Titelseite, dass Klipra den Botschafter und dessen Tochter getötet hat. Aber wir überleben, Hole. Man bezieht sich auf die Aussage des hiesigen Polizeichefs, dass man sich über das Motiv noch im Unklaren ist und dass Klipra möglicherweise geistig gestört war. *So* einfach und *so* total unbegreiflich. Das Wichtigste ist, dass die Menschen uns das abkaufen, und das tun sie.«

»Der Skandal ist also Tatsache geworden?«

»Ja und nein. Es ist uns gelungen, die Sache mit dem Motel unter Verschluss zu halten. Das Wichtigste ist, dass der Ministerpräsident keinen Schaden nimmt. Jetzt müssen wir uns über andere Dinge Gedanken machen. Die Zeitungen haben angefangen, sich hier unten vor Ort zu erkundigen, warum nicht früher bekanntgegeben worden ist, dass der Botschafter Opfer eines Mordes geworden war.«

»Was antworten Sie dann?«

»Was zum Teufel soll ich sagen? Sprachprobleme und Missverständnisse. Dass uns die thailändische Polizei zu Beginn mit falschen Ermittlungsergebnissen versorgt hat, so etwas in der Art.«

»Und das kauft man Ihnen ab?«

»Nicht wirklich. Aber man kann uns dann wenigstens nicht den Vorwurf der gezielten Fehlinformation machen. In der Pressemeldung heißt es, dass der Botschafter tot in einem Hotel aufgefunden worden ist, und das ist so weit ja richtig. Wie, sagen Sie, haben Sie die Tochter des Botschafters und Klipra gefunden?«

»Ich habe dazu gar nichts gesagt.« Harry atmete ein paar

Mal tief durch. »Hören Sie, Torhus, ich habe zu Hause bei Klipra ein paar Pornos gefunden, die darauf hindeuten, dass er pädophil war. Davon steht nichts in den Polizeiberichten.«

»Nicht? Tja.« Die Stimme verriet nicht einen Augenblick, dass er log. »Wie auch immer, Sie haben hier in Thailand kein Mandat mehr. Und Møller hat betont, dass er Sie so schnell wie möglich wieder zurückhaben will.«

Dampfend heiße Kokosmilchsuppe wurde serviert und Torhus blickte skeptisch auf seinen Teller. Seine Brille beschlug.

»Die Boulevardpresse wird sicher ein hübsches Foto von Ihnen machen, wenn Sie auf dem Flughafen ankommen«, sagte er säuerlich.

»Probieren Sie mal eine von diesen Roten da«, sagte Harry und zeigte auf den Teller.

Kapitel 47

Supawadee war laut Liz derjenige in Thailand, der die meisten Mordfälle löste. Seine wichtigsten Hilfsmittel dafür waren ein Mikroskop, ein paar Glaskolben und Lackmuspapier. Er grinste wie eine Sonne, als er vor Harry saß.

»Es stimmt, *Hally*. Die Kalkbröckchen, die Sie uns gegeben haben, beinhalten den gleichen Farbstoff wie der Staub am Schraubenzieher im Kofferraum des Wagens, den der Botschafter gefahren hat.«

Statt auf Harrys Frage einfach nur mit ja oder nein zu antworten, wiederholte er die gesamte Fragestellung, damit es keine Missverständnisse gab. Der Grund dafür war, dass Supawadee ein sprachkundiger Mann war, er wusste, dass man auf Englisch aus irgendeinem Grund die doppelte Verneinung anwendete. Wäre Harry in Thailand in einen falschen Bus gestiegen und hätte dann voller Zweifel einen anderen Passagier gefragt: »Ist das nicht der Bus nach Hualamphong?«, hätte der Betreffende Thai vermutlich mit »yes« geantwortet, um zu bestätigen, dass es stimmte, was Harry gesagt hatte, dass dies nämlich nicht der Bus nach Hualamphong war. *Farangs*, die auch nur ein bisschen Thailändisch können, wissen das, doch dann entstehen Missverständnisse, wenn ein Thailänder, der ein bisschen besser Englisch spricht, mit »no« antwortet. Supawadee wusste aus Erfahrung, dass *farangs* in der Regel nichts verstanden, wenn er etwas zu erklären versuchte, weshalb er dazu übergegangen war, mit ihnen so zu sprechen, wie man es eben mit etwas weniger intelligenten Kreaturen tun musste.

»Und das zweite stimmt auch, *Hally*. Der Inhalt des Staubsaugerbeutels aus Klipras Hütte war sehr interessant.

Er enthält Fasern vom Teppich im Kofferraum des Botschafter-Wagens, vom Anzug des Botschafters und auch von Klipras Jacke.«

Harry notierte mit wachsender Begeisterung. »Wie sieht es mit den beiden Bändern aus, die ich Ihnen gegeben habe? Haben Sie die nach Sydney geschickt?«

Supawadees Lächeln wurde, wenn das überhaupt möglich war, noch breiter, denn jetzt kam der Teil, mit dem er wirklich zufrieden war.

»Wir leben im zwanzigsten Jahrhundert, Herr Kommissar, wir *verschicken* keine Bänder, die kämen dann ja erst in frühestens vier Tagen an. Wir haben sie auf einem DAT-Band digitalisiert und die Aufnahme per E-Mail an Ihren Tonexperten geschickt.«

»Oh, so was ist möglich?«, fragte Harry, teils um Supawadee eine Freude zu machen, teils aus Resignation. Neben diesen PC-Freaks kam er sich immer schrecklich alt vor. »Und was hat Jesús Marguez dazu gesagt?«

»Ich habe ihm zuerst gesagt, dass man doch auf der Basis einer Anrufbeantworteraufzeichnung keine Aussage darüber treffen kann, aus was für einem Raum eine Person anruft. Aber Ihr Freund wirkte sehr überzeugend, er hat eine Menge über Frequenzbereiche und Hertz erzählt, das für mich sehr lehrreich war. Wussten Sie zum Beispiel, dass das Ohr im Laufe von nur einer Mikrosekunde zwischen einer Million unterschiedlicher Laute unterscheiden kann? Ich glaube, er und ich könnten …«

»Das Ergebnis, Supawadee?«

»Er ist zu dem Schluss gekommen, dass die zwei Aufnahmen von zwei unterschiedlichen Personen stammen, dass sie aber mit großer Wahrscheinlichkeit im gleichen Raum gesprochen haben.«

Harry spürte sein Herz schneller schlagen.

»Und das Fleisch in der Gefriertruhe. War das Schweinefleisch?«

»Es stimmt, was Sie sagen, *Hally*. Das Fleisch in der Gefriertruhe war Schweinefleisch.«

Supawadee zwinkerte ihm zu und kicherte vor Glück. Harry verstand, dass es noch mehr zu sagen gab.

»Und?«

»Aber das Blut war nicht nur Schweineblut. Ein Teil davon war Menschenblut.«

»Wissen Sie von wem?«

»Nun, es dauert ein paar Tage, bis ich das Ergebnis der endgültigen DNA-Analyse erhalte, so dass ich es vorläufig nur mit etwa neunzigprozentiger Sicherheit sagen kann.«

Harry war sich sicher, hätte Supawadee eine Trompete gehabt, hätte er jetzt zuerst eine Fanfare geblasen.

»Das Blut stammt von unserem Freund, *nai* Klipra.«

Harry kam endlich zu Jens' Büro durch.

»Wie geht's, Jens?«

»Geht so.«

»Sind Sie sicher?«

»Wie meinen Sie das?«

»Sie hören sich so …« Harry fielen nicht die richtigen Worte ein.

»Sie hören sich ein bisschen traurig an«, sagte er.

»Ja. Nein. Es ist nicht so einfach. Sie hat ihre ganze Familie verloren und ich …«

Die Stimme versagte.

»Und Sie?«

»Ach, vergessen Sie's.«

»Na los, Jens!«

»Es ist nur so, dass ich jetzt nicht mehr zurückkann. Ich meine, falls ich mir das mit der Hochzeit noch einmal anders überlegen würde.«

»Warum das?«

»Mein Gott, sie hat jetzt doch nur noch mich, Harry. Deshalb weiß ich auch, dass ich eigentlich an sie und all das denken sollte, was sie durchgemacht hat, aber stattdessen sitze ich hier und grüble darüber nach, in was ich mich da hineinmanövriere. Ich bin sicher ein schlechter

Mensch, aber diese ganze Sache jagt mir eine Riesenangst ein, können Sie das verstehen?«

»Ich glaube schon.«

»Verdammt. Wäre es doch nur um Geld gegangen. Damit kenne ich mich aus. Aber diese ...« Er suchte nach der richtigen Formulierung.

»Gefühle?«, schlug Harry vor.

»Genau. Das ist doch Scheiße.« Er lachte humorlos. »Egal. Ich habe mir nun einmal vorgenommen, wenigstens einmal im Leben etwas zu tun, bei dem es nicht nur um mich geht. Und ich will, dass Sie dabei sind und mir in den Arsch treten, wenn Sie auch nur das geringste Anzeichen eines Rückzugs bei mir bemerken. Hilde muss wirklich auf andere Gedanken kommen, weshalb wir schon ein Datum festgelegt haben. Den vierten April. Ostern in Bangkok, wie finden Sie das? Sie ist schon ein bisschen positiver eingestellt und denkt sogar darüber nach, weniger zu trinken. Ich schicke Ihnen Ihr Flugticket mit der Post, Harry. Denken Sie dran, ich zähle auf Sie, Sie dürfen jetzt keinen Rückzieher mehr machen.«

»Wenn ich wirklich der beste Kandidat bin, um Ihr Trauzeuge zu werden, wage ich kaum, über Ihr soziales Leben nachzudenken, Jens.«

»Alle, die ich kenne, habe ich schon mindestens einmal aufs Kreuz gelegt. Solche Geschichten passen nicht in die Ansprache eines Trauzeugen, oder?«

Harry lachte. »O.k., aber geben Sie mir noch ein paar Tage Bedenkzeit. Aber ich habe eigentlich angerufen, um Sie um einen Gefallen zu bitten. Ich versuche, etwas über einen der Besitzer von Phuridell herauszufinden, eine Gesellschaft mit Namen Ellem Limited, aber im Firmenregister finde ich bloß eine Postfachadresse hier in Bangkok und eine Bestätigung, dass das Aktienkapital einbezahlt worden ist.«

»Das muss ein recht neuer Eigner sein, den Namen habe ich noch nie gehört. Ich kann mich natürlich einmal umhören und versuchen, etwas herauszufinden. Ich rufe Sie dann zurück.«

»Nein, Jens. Die Sache ist streng vertraulich, bis jetzt wissen davon nur Liz, Løken und ich, Sie dürfen das niemandem gegenüber erwähnen. Nicht einmal der Polizei gegenüber. Wir drei treffen uns heute Abend an einem geheimen Ort, es wäre klasse, wenn Sie bis dahin etwas herausgefunden hätten. Ich werde Sie von dort aus anrufen, o.k.?«

»Ja, mein Gott. Das hört sich ja ernst an, ich dachte, der Fall sei abgeschlossen?«

»Der wird heute Abend abgeschlossen.«

Das Dröhnen des Presslufthammers auf Stein war ohrenbetäubend.

»Sind Sie George Walters?«, brüllte Harry ins Ohr des Mannes mit dem gelben Schutzhelm, auf den die Gruppe in Arbeitsoveralls gezeigt hatte.

Er drehte sich zu Harry um. »Ja, und wer sind Sie?«

Zehn Meter unter ihnen schleppte sich der Verkehr langsam vorwärts. Es schien ein weiterer Nachmittag mit Verkehrsstaus zu werden.

»Kommissar Hole, norwegische Polizei.«

Walters rollte einen Plan zusammen und reichte ihn einem der Männer, die neben ihm standen.

»Ach ja. Klipra?«

Er gab dem Mann an der Bohrersteuerung ein Time-Out-Zeichen und die relative Stille legte sich wie ein Filter auf die Trommelfelle, als der Bohrer abgeschaltet wurde.

»Eine Wacker-Maschine«, sagte Harry. »LHV5.«

»Oh, Sie kennen sich aus?«

»Ich habe ein paar Jahre lang in den Sommerferien auf dem Bau gearbeitet. Ich habe meine Nieren mit dieser Maschine ein bisschen durchgeschüttelt.«

Walters nickte. Er hatte sonnengebleichte, weiße Haare und sah müde aus. Die Falten zogen sich bereits tief durch sein Gesicht, obwohl es eigentlich noch nicht wirklich alt war.

Harry zeigte auf den Betonweg, der sich wie ein römisches Aquädukt durch die Steinwüste aus Häusern und Wolkenkratzern zog. »Das ist also BERTS, Bangkoks Rettung?«

»Ja«, sagte Walters und blickte in die gleiche Richtung wie Harry. »Sie stehen darauf.«

Der andächtige Klang in seiner Stimme und die Tatsache, dass er sich hier befand und nicht etwa im Büro, verrieten Harry, dass der Chef von Phuridell das Ingenieurwesen dem Rechnungswesen vorzog. Es war sicher spannender zuzusehen, wie ein Projekt Gestalt annahm, als sich zu sehr darum zu kümmern, was mit den Dollarschulden der Firma geschah.

»Da muss man fast an die chinesische Mauer denken«, sagte Harry.

»Diese hier soll aber Menschen verbinden und nicht aussperren.«

»Ich bin gekommen, um Ihnen ein paar Fragen über Klipra und dieses Projekt zu stellen. Und über Phuridell.«

»Tragisch«, sagte Walters, ohne zu spezifizieren, auf was er anspielte.

»Kannten Sie Klipra, Herr Walters?«

»So würde ich das nicht ausdrücken. Wir haben bei einigen Vorstandssitzungen miteinander gesprochen und er hat mich auch ein paar Mal angerufen.« Walters setzte sich eine Sonnenbrille auf. »Das war alles.«

»Ein paar Mal angerufen? Ist Phuridell nicht eine ziemlich große Gesellschaft?«

»Mehr als achthundert Angestellte.«

»Und Sie wollen als Chef dieser Firma kaum mit dem Mann gesprochen haben, dem sie gehörte?«

»Willkommen in der Businesswelt.« Walters blickte über die Stadt und die Straße, als gehe ihn all das andere nichts an.

»Er hat ziemlich viel Geld für Phuridell gezahlt. Meinen Sie, dass er sich nicht gekümmert hat?«

»Er hatte anscheinend keine Einwände gegen die Art, in der die Firma geleitet wurde.«

»Kennen Sie die Gesellschaft Ellem Limited?«

»Ich habe gesehen, dass die plötzlich auf der Aktionärsliste waren. Wir mussten uns in der letzten Zeit aber ganz andere Gedanken machen.«

»Zum Beispiel, wie Sie das Schuldenproblem lösen sollten?«

Walters drehte sich wieder zu Harry um. Auf seinen Brillengläsern sah er ein verzerrtes Spiegelbild von sich selbst.

»Was wissen Sie darüber, Mister?«

»Ich weiß, dass Ihre Gesellschaft eine Refinanzierung braucht, um weiter tätig bleiben zu können. Sie unterliegen nicht der Meldepflicht, weil Sie nicht mehr an der Börse notiert sind, so dass Sie diese Probleme noch eine Weile geheim halten können, während Sie darauf hoffen, dass irgendwoher ein Retter mit neuem Kapital auftaucht. Es wäre doch verflucht ärgerlich, zu einem Zeitpunkt das Handtuch werfen zu müssen, in dem Sie endlich in der Position sind, weitere große Firmenabschlüsse im Rahmen des BERTS-Projektes zu machen, nicht wahr?«

Walters signalisierte den Ingenieuren, dass er sie nicht mehr brauchte.

»Ich schätze mal, dass dieser Retter auftauchen wird«, fuhr Harry fort. »Der Betreffende wird die Gesellschaft für wenig Geld kaufen und ist dann bald, wenn die Verträge hereinkommen, ein steinreicher Mann. Wie viele Leute sind über die Situation Ihrer Firma im Bilde?«

»Hören Sie, Mister ...«

»Kommissar. Der Vorstand natürlich, aber darüber hinaus?«

»Wir haben alle Anteilseigner informiert, aber abgesehen davon sehen wir keinen Grund, Gott und die Welt über Dinge zu informieren, die sie nichts angehen.«

»Was glauben Sie, Herr Walters, wer wird die Gesellschaft übernehmen?«

»Ich bin der geschäftsführende Direktor«, sagte Walters brüsk. »Ich arbeite im Auftrag der Aktionäre und mische mich nicht in Besitzfragen ein.«

»Auch wenn das für Sie und achthundert andere die Arbeitslosigkeit bedeuten kann? Auch wenn Sie hieran dann nicht mehr beteiligt wären?« Harry nickte in die Himmelsrichtung, in der der Beton im Dunst verschwand.

Walters gab keine Antwort.

»Ziemlich schön«, sagte Harry. »Erinnert fast ein bisschen an den gelben Weg, aus dem Zauberer von Oz, wissen Sie?«

George Walters nickte langsam.

»Hören Sie Walters, ich habe Klipras Anwalt und ein paar der verbliebenen Aktionäre angerufen. Ellem Limited hat im Laufe der letzten Tage Ihre Aktien aufgekauft. Keiner der anderen würde es schaffen, Phuridell gegenzufinanzieren, so dass alle froh sind, ihre Beteiligung an der Firma losgeworden zu sein, ohne ihre gesamten Investitionen verloren zu haben. Sie behaupten, der Besitzerwechsel sei nicht Ihr Bier, Walters, aber Sie sehen aus wie ein verantwortungsbewusster Mann. Und Ellem ist Ihr neuer Besitzer.«

Walters nahm die Sonnenbrille ab und rieb sich die Augen mit dem Handrücken.

»Herr Walters, würden Sie mir bitte sagen, wer hinter Ellem Limited steht?«

Die Presslufthämmer setzten wieder ein und Harry musste sich zu ihm vorbeugen, um ihn zu verstehen.

Harry nickte. »Das wollte ich nur von Ihnen hören«, rief er zurück.

Kapitel 48

Harry konnte nicht schlafen. Es krabbelte und raschelte, doch wenn er das Licht einschaltete, verstummten die Geräusche. Er seufzte, lehnte sich aus dem Bett und drückte den Abspielknopf des Anrufbeantworters. Wieder quäkte die nasale Stimme durch den Lautsprecher:

»Hier ist Tonje. Ich wollte nur mal deine Stimme hören.«

Es war jetzt sicher das zehnte Mal, dass er sich die Mitteilung angehört hatte, doch jedes Mal schauderte ihn: Es hörte sich an wie eine Zeile aus dem Fortsetzungsroman eines Wochenmagazins. Er schaltete das Licht aus. Eine Minute verging.

»Scheiße«, brummte er und schaltete das Licht wieder ein.

Es war nach Mitternacht, als das Taxi vor einem kleinen, aber herrschaftlichen Haus hinter einer niedrigen weißen Gartenmauer hielt. Als Tonje Wiig in die Gegensprechanlage sprach, klang ihre Stimme überrascht, und sie hatte bereits hektische rote Flecken auf den Wangen, als sie die Tür öffnete. Sie fuhr damit fort, sich für die Unordnung in der Wohnung zu entschuldigen, während Harry ihr bereits die Kleider auszog. Sie war dünn, kreideweiß und an ihrem Hals konnte er schnell und ängstlich ihren Puls schlagen sehen. Dann gingen ihr die Worte aus und sie deutete stumm auf die Schlafzimmertür. Harry nahm sie auf die Arme und sie ließ theatralisch den Kopf fallen, so dass ihre Haare über das Parkett tanzten. Sie winselte, als er sie aufs Bett legte, rang nach Atem, als er seine Hose aufknöpfte, und protestierte schwach, als er sich auf die Laken kniete und sie an sich zog.

»Küss mich«, flüsterte sie, doch Harry reagierte nicht, sondern drang mit geschlossenen Augen in sie ein.

Sie bekam seine Hose zu fassen, wollte sie ihm ganz ausziehen, doch er schob ihre Hände weg. Auf dem Nachttischchen stand das Bild eines älteren Paares, vermutlich ihre Eltern. Harry biss die Zähne zusammen, spürte es hinter den Augenlidern knistern und versuchte, sie sich vorzustellen.

»Was hast du gesagt?«, fragte sie und hob den Kopf an, konnte sein Gemurmel aber nicht verstehen. Sie versuchte, seinen Bewegungen zu folgen, zu stöhnen, doch er drückte die Luft aus ihr, als sei sie ein Rodeoreiter, den er abwechselnd festhielt und abzuwerfen versuchte.

Er kam mit einem unartikulierten Brüllen und im gleichen Moment krallte sie ihre Fingernägel in sein T-Shirt, bäumte sich auf und schrie. Dann zog sie ihn zu sich nach unten und er drückte sein Gesicht an die Seite ihres Halses.

»Das war wunderbar«, sagte sie, aber die Worte blieben wie eine absurde, überflüssige Lüge in der Luft hängen. Er antwortete nicht.

Als er hörte, dass sie gleichmäßig atmete, stand er auf und zog sich leise an. Beide wussten, dass sie beide wussten, dass sie nicht schlief. Dann ging er nach draußen.

Ein Wind war aufgekommen. Harry ging über die gekieste Einfahrt, während ihr Geruch langsam verwehte. Neben dem Tor schlug das Seil wütend gegen die Fahnenstange. Vielleicht kam der Monsun in diesem Jahr eher, vielleicht war es auch El Niño. Oder nur ein normaler Wetterwechsel.

Draußen vor der Einfahrt erkannte er den dunklen Wagen. Er glaubte, hinter den getönten Scheiben den Umriss einer Gestalt auszumachen, war sich aber nicht sicher, bis er das elektrische Summen einer Scheibe, die heruntergelassen wurde, hörte und die leisen Klänge von Griegs C-Moll-Symphonie.

»Wollen Sie nach Hause, Herr Hole?«

Harry nickte, eine Tür wurde geöffnet und er stieg ein. Der Chauffeur richtete seinen Sitz auf.

»Was machen Sie so spät noch hier, Herr Sanphet?«

»Ich habe gerade Herrn Torhus gefahren. Es ist zwecklos, zum Schlafen nach Hause zu fahren, in wenigen Stunden muss ich Frau Wiig ohnehin wieder holen.« Er startete den Motor und sie glitten durch die nächtlich stillen Straßen des Villenviertels.

»Und wohin wollte Torhus so spät noch?«, fragte Harry.

»Er wollte sich Patpong ansehen.«

»Ah ja, haben Sie ihm eine der Bars empfohlen?«

»Nein, es sah so aus, als wüsste er, wohin er wollte. Jeder weiß wohl am besten, welche Art von Medizin er braucht.« Harry begegnete seinem Blick im Spiegel.

»Da haben Sie wohl recht«, sagte er und sah aus dem Fenster.

Sie hatten die Rama V erreicht und der Verkehr war ins Stocken geraten. Eine alte, zahnlose Frau starrte sie von der Ladefläche eines Pick-ups aus an. Harry meinte, sie schon einmal gesehen zu haben, und plötzlich lächelte sie. Es verging eine Weile, bis ihm klar wurde, dass sie nicht ins Innere des Wagens schauen konnte, sondern sich nur in den schwarzen Scheiben des Diplomatenwagens gespiegelt hatte.

Kapitel 49

Ivar Løken wusste, dass es vorbei war. Er hatte mit keiner Faser seines Körpers aufgegeben, aber es war vorbei. Die Panik kam in Wellen, brandete über ihn hinweg und zog sich zurück. Und die ganze Zeit über wusste er, dass er sterben würde. Das war eine rein intellektuelle Schlussfolgerung, doch die Gewissheit rann wie Eiswasser durch seine Adern. Damals, als er in My Lai in diese Falle gegangen war, die ihm einen nach Fäkalien stinkenden Bambusstab durch den Oberschenkel und einen anderen durch die Fußsohle bis ins Knie gejagd hatte, hatte er nicht eine Sekunde an den Tod geglaubt. Als er später vom Fieber geschüttelt in Japan lag und man ihm sagte, dass der Fuß amputiert werden müsse, hatte er behauptet, lieber sterben zu wollen, wobei er allerdings die klare Empfindung hatte, dass der Tod keine wirkliche Alternative war, er war ganz einfach ausgeschlossen. Als sie mit der Narkose kamen, hatte er dem Pfleger einfach die Spritze aus der Hand geschlagen.

Idiotisch. Aber sie hatten ihm den Fuß gelassen. »Solange es Schmerzen gibt, gibt es Leben«, hatte er über dem Bett in die Wand geritzt. Fast ein Jahr hatte er in der Klinik in Okabe gelegen, ehe er den Kampf gegen sein eigenes infiziertes Blut gewonnen hatte.

Er redete sich selbst ein, ein langes Leben gehabt zu haben. Lang. Das war doch etwas. Und schließlich hatte er auch Menschen gesehen, denen es schlechter ergangen war. Warum also sich dagegen wehren, dachte er. Und wehrte sich dagegen. Sein Körper wehrte sich, wie er es selbst sein ganzes Leben getan hatte. Hatte sich dagegen gewehrt, die Grenze zu überschreiten, wenn ihn die Begierde von hinten anfiel, hatte sich dagegen gewehrt, sich vom Rausschmiss aus dem Militär zerstören zu lassen, und dagegen, sich selbst leid zu tun, wenn ihn die Erniedrigung derart auspeitschte, dass sich seine Wunden erneut öffneten. Doch zuallererst hatte er sich dagegen gewehrt, die Augen zu schließen. Darum hatte er das alles miterlebt, die Kriege, das Leiden, die Grausamkeiten, den Mut und die Menschlichkeit. So viel von allem, dass er mit Gewissheit behaupten konnte, ein langes Leben gelebt zu haben. Nicht einmal jetzt schloss er die Augen, er zwinkerte kaum. Løken wusste, dass er sterben würde. Hätte er Tränen gehabt, er hätte geweint.

Liz sah auf die Uhr. Es war halb neun. Sie und Harry saßen nun seit beinahe einer Stunde in Millie's Karaoke. Sogar Madonna blickte mittlerweile eher ungeduldig als hungrig von ihrem Plakat.

»Wo bleibt er?«, fragte sie.

»Løken kommt«, sagte Harry. Er stand am Fenster, hatte das Rollo nach oben gezogen und sah, wie sein eigenes Spiegelbild von den Schweinwerfern der Autos durchlöchert wurde, die auf der Silom Road vorbeifuhren.

»Wann hast du mit ihm gesprochen?«

»Direkt nachdem ich mit dir gesprochen hatte. Er war zu Hause und räumte gerade die Bilder und seine Fotoausrüstung zusammen. Løken kommt schon.«

Er presste sich die Handballen auf die Augen. Sie waren seit dem Morgen schon rot und gereizt.

»Lass uns anfangen«, sagte er.

»Womit? Du hast überhaupt nicht gesagt, was wir hier machen sollen.«

»Wir müssen das Ganze noch einmal durchgehen«, sagte Harry. »Eine letzte Rekonstruktion.«

»O.k., aber warum?«

»Weil wir uns die ganze Zeit geirrt haben.«

Er führte die Anspielung nicht weiter aus. Es hörte sich

an, als falle etwas durch ein dichtes Blätterdach, als das Rouleau nach unten gerauscht kam.

Løken saß auf einem Stuhl. Vor ihm auf dem Tisch lagen einige Messer. Jedes davon konnte innerhalb von Sekunden einen Menschen töten. Es war überhaupt erstaunlich, wie leicht es war, einen Menschen zu töten. So leicht. Man konnte manchmal kaum glauben, dass die Menschen so alt wurden, wie sie wurden. Eine runde Bewegung, wie wenn man die Kappe einer Apfelsine abschneidet, und schon war die Kehle durchtrennt. Das Blut wurde mit einer Kraft herausgepumpt, die dafür sorgte, dass der Tod schon nach Sekunden eintraf, zumindest dann, wenn die Tat von jemandem ausgeführt wurde, der sein Handwerk verstand.

Ein Stich in den Rücken bedurfte genauerer Präzision. Man konnte zwanzig, dreißig Mal zustechen, ohne irgendetwas zu treffen, ziellos in Menschenfleisch herumhacken. Doch wenn man sich in der Anatomie auskannte und wusste, wo man eine Lunge punktieren oder ein Herz treffen konnte, war es kein Kunststück. Wenn man von vorne zustach, war es am besten, tief anzusetzen und nach oben zu stechen, so dass man unter die Rippen kam und die vitalen Organe erreichte. Aber von hinten war es leichter, man musste nur etwas seitlich von der Wirbelsäule zustechen.

Wie leicht war es, einen Menschen zu erschießen? Unglaublich leicht. Den ersten Menschen, den er getötet hatte, hatte er mit einem halbautomatischen Gewehr in Korea erschossen. Er hatte gezielt, abgedrückt und einen Menschen fallen sehen. Das war alles. Keinerlei Gewissensqualen, Albträume oder nervöse Zusammenbrüche. Vielleicht weil Krieg gewesen war, aber er glaubte nicht, dass das die einzige Erklärung war. Vielleicht fehlte ihm die Empathie? Ein Psychologe hatte ihm erklärt, dass er pädophil sei, weil seine Seele verwundet war. Er hätte ebenso gut »schlecht« sagen können.

»O. k., hör jetzt gut zu.« Harry hatte gegenüber von Liz Platz genommen. »Am Mordtag kam der Wagen des Botschafters gegen sieben Uhr zu Ove Klipras Haus, aber nicht der Botschafter saß am Steuer.«

»Nicht?«

»Nein, der Wachmann erinnert sich an keinen gelben Anzug.«

»Na und?«

»Du hast den Anzug gesehen, Liz, dagegen sieht eine Tankstelle geradezu diskret aus. Glaubst du, man vergisst so einen Anzug?«

Sie schüttelte langsam den Kopf und Harry fuhr fort: »Der Fahrer parkte den Wagen in der Garage und klingelte am Seiteneingang. Als Klipra die Tür öffnete, blickte er vermutlich direkt in die Mündung einer Pistole. Der Besucher kam ins Haus, schloss die Tür und bat Klipra höflich, den Mund zu öffnen.«

»Höflich?«

»Ich versuche nur, der Geschichte ein bisschen Farbe zu geben. O. k.?«

Liz kniff die Lippen zusammen und fuhr sich vielsagend mit dem Zeigefinger über den Mund.

»Dann schob er den Lauf der Waffe hinein, befahl Klipra, die Zähne zusammenzubeißen, und drückte ab, kalt und gnadenlos. Die Kugel schlug durch Klipras Hinterkopf und bohrte sich in die Wand. Der Mörder wischte das Blut weg und ... ja, du weißt ja, wie so etwas dann aussieht.«

Liz nickte und bedeutete ihm weiterzureden.

»Kurz gesagt, der Betreffende entfernte alle Spuren. Zu guter Letzt holte er den Schraubenzieher aus dem Kofferraum und hebelte damit die Kugel aus der Wand.«

»Woher weißt du das?«

»Ich habe Kalk am Boden im Flur gesehen und einen Einschusstrichter. Die Kriminaltechnik hat nachgewiesen, dass es der gleiche Kalk war wie auf dem Schraubenzieher im Kofferraum.«

»Und dann?«

»Danach ging der Mörder wieder nach draußen zum Auto und schob die Leiche des Botschafters ein wenig zur Seite, damit er den Schraubenzieher wieder zurücklegen konnte.«

»Er hatte den Botschafter bereits getötet?«

»Darauf komme ich später noch zurück. Der Mörder zog sich um und streifte sich den Anzug des Botschafters über. Dann ging er in Klipras Büro und nahm eines der beiden Shan-Messer sowie die Hüttenschlüssel mit. Er führte auch ein kurzes Telefonat aus dem Büro und nahm das Band mit der Aufzeichnung mit. Dann packte er Klipras Leiche in den Kofferraum und fuhr etwa gegen acht Uhr weg.«

»Das Ganze klingt ein bisschen verdreht, Harry.«

»Gegen halb neun checkte er bei Wang Lee ein.«

»Bitte, Harry, Wang Lee hat den Botschafter als denjenigen identifiziert, der bei ihm eingecheckt hat.«

»Wang Lee hatte keinen Grund zur Annahme, dass der Tote auf dem Bett nicht derjenige war, der bei ihm eingecheckt hatte. Er sah schließlich nur einen *farang* in einem gelben Anzug. Außerdem …«

»… sehen alle *farangs* gleich aus. Verflucht!«

»Ganz besonders dann, wenn sie ihre Gesichter hinter Sonnenbrillen verstecken. Und du musst auch bedenken, dass ihn das Messer, das aus dessen Rücken ragte, bei der Identifizierung ziemlich ablenken musste.«

»Ja, was ist mit dem Messer?«

»Der Botschafter wurde mit einem Messer getötet, aber lange bevor er ins Motel kam. Ein Samen-Messer, denke ich, da es mit Rentierfett eingeschmiert war. Solche Messer kann man überall in der Finnmark kaufen.«

»Aber der Arzt bestätigte, dass die Wunde von dem Shan-Messer stammte.«

»Der Punkt ist, dass die Shan-Messer länger und breiter als die Samen-Messer sind. Es war also unmöglich zu erkennen, dass zuvor ein anderes Messer benutzt worden war. Jetzt pass auf. Der Mörder kam mit zwei Leichen im

Kofferraum im Motel an, verlangte ein Zimmer möglichst weit weg von der Rezeption, so dass er mit dem Wagen bis vor die Tür fahren und Molnes unbemerkt die paar Meter ins Zimmer tragen konnte. Er bat ferner darum, nicht gestört zu werden, ehe er sich selbst meldete. Im Zimmer zog er sich dann wieder um und legte dem Botschafter wieder den gelben Anzug an. Aber er hatte es eilig und war ein bisschen unaufmerksam. Erinnerst du dich, wie ich bemerkt habe, dass der Botschafter offensichtlich Frauenbesuch erwartete, weil er seinen Gürtel ein Loch enger als sonst geschnallt hatte?«

Liz schnalzte mit der Zunge. »Der Mörder hat nicht auf die Löcher im Gürtel geachtet, als er ihn zugemacht hat.«

»Ein unbedeutender Fehler, kein Beweis, nur eines der zahlreichen Indizien, der diese Rechenaufgabe aufgehen lässt. Während Molnes auf dem Bett lag, drückte er das Shan-Messer vorsichtig in die alte Stichwunde, ehe er den Schaft abwischte und alle Spuren entfernte.«

»Das erklärt auch, warum so wenig Blut im Motelzimmer war, er wurde woanders getötet. Warum haben die Ärzte das nicht bemerkt?«

»Es ist immer schwer zu sagen, wie stark so eine Stichwunde blutet, es kommt darauf an, welche Arterien durchtrennt werden und wie stark das Messer selbst den Blutstrom blockiert. Nichts ist wirklich unnormal. Gegen neun Uhr hat er das Motel mit Klipra im Kofferraum verlassen und ist zu Klipras Hütte gefahren.«

»Er wusste, wo die Hütte ist? Dann muss er Klipra ja gekannt haben.«

»Er kannte ihn gut.«

Ein Schatten fiel über den Tisch und ein Mann setzte sich auf den Stuhl, der vor Løken stand. Die Balkontür stand offen, der ohrenbetäubende Verkehrslärm dröhnte herein und das ganze Zimmer stank bereits nach Abgasen.

»Ist es so weit?«, fragte Løken.

Der Riese mit dem Zöpfchen sah ihn an. Er war sichtlich überrascht, dass Løken Thailändisch sprach.

»Ich bin bereit«, antwortete er.

Løken lächelte blass. Er fühlte sich unendlich müde.

»Also, worauf wartest du, fang an.«

»Als er zur Hütte kam, schloss er auf und legte Klipra in die Tiefkühltruhe. Dann wusch er den Kofferraum aus und saugte ihn, damit wir von keinem von beiden Spuren fanden.«

»O.k., aber woher *weißt* du das?«

»Die Kriminaltechnik fand Blut von Ove Klipra in der Gefriertruhe und Fasern aus dem Kofferraum und von den Kleidern beider Toter im Staubsaugerbeutel.«

»Mein Gott. Dann war der Botschafter nicht der pedantische Typ, für den du ihn gehalten hast, als wir das Auto untersucht haben?«

Harry lächelte. »Dass der Botschafter kein ordentlicher Mann war, habe ich erkannt, als ich sein Büro gesehen habe.«

»Habe ich das richtig verstanden, du gestehst ein, einen Fehler gemacht zu haben?«

»Ja doch.« Harry hob den Zeigefinger. »Aber Klipra war ein Ordnungsfanatiker. Alles dort oben in der Hütte wirkte ordentlich, ganz systematisch, erinnerst du dich? Im Schrank befand sich sogar ein Haken, an dem man den Staubsauger aufhängen konnte. Aber als ich am nächsten Tag die Schranktür öffnete, kippte mir der Staubsauger entgegen. Als hätte ihn jemand benutzt, der sich dort nicht auskannte. Deshalb kam ich auf die Idee, den Staubsaugerbeutel von der Kriminaltechnik untersuchen zu lassen.«

Liz schüttelte langsam den Kopf, aber Harry fuhr fort: »Als ich all das Fleisch in der Tiefkühltruhe sah, kam mir in den Sinn, dass man problemlos einen Menschen über Wochen darin aufbewahren konnte, ohne dass …«

Harry blies die Backen auf und gestikulierte mit den Armen.

»Bei dir stimmt es auch nicht mehr so richtig«, sagte Liz. »Du solltest mal zum Arzt gehen.«

»Willst du den Rest hören oder nicht?«

Sie wollte.

»Anschließend fuhr er zurück ins Motel, parkte den Wagen und ging in das Zimmer, wo er die Schlüssel in Molnes' Hosentasche steckte. Dann verschwand er spurlos in der Nacht. Im wahrsten Sinne des Wortes.«

»Moment mal! Als wir zur Hütte fuhren, brauchten wir pro Weg anderthalb Stunden, oder? Die Entfernung von hier ist ungefähr die gleiche. Unsere Freundin Dim hat ihn um halb zwölf entdeckt, also zweieinhalb Stunden, nachdem der Mörder, wie du meinst, das Motel verlassen hat. Er konnte es unmöglich zurück zum Motel schaffen, bevor Molnes' Leiche entdeckt wurde. Oder hast du das vergessen?«

»Nein, nein. Ich bin die Strecke sogar abgefahren. Ich bin um neun losgefahren, hab eine halbe Stunde oben an der Hütte gewartet und bin zurückgefahren.«

»Und ?«

»Ich war um Viertel nach zwölf zurück.«

»Da siehst du, das passt nicht.«

»Erinnerst du dich, was Dim über den Wagen gesagt hat, als wir sie verhört haben?«

Liz biss sich auf die Unterlippe.

»Sie erinnerte sich an kein Auto«, sagte Harry. »Weil da keines war. Viertel nach zwölf standen sie an der Rezeption und warteten auf die Polizei. Die haben gar nicht bemerkt, dass der Wagen des Botschafters angefahren kam.«

»Aber hallo, und ich dachte, wir hätten es mit einem vorsichtigen Mörder zu tun. Der hat ja riskiert, dass die Polizei dort war, als er angefahren kam.«

»Er war vorsichtig, aber er konnte nicht voraussehen, dass der Mord vor seiner Rückkehr entdeckt wurde. Gemäß Absprache sollte Dim ja erst nach seinem Anruf ins Zimmer kommen, nicht wahr? Doch Wang Lee wurde ungeduldig und hätte beinahe seinen ganzen Plan durchkreuzt. Der Mörder ahnte vermutlich nichts von der drohenden Gefahr, als er im Raum war, um die Schlüssel zurückzulegen.«

»Pures Glück, also?«

»Ich würde das lieber als ein bisschen Glück im Unglück bezeichnen. Dieser Mann plant nichts auf der Basis von Glück.«

Er muss aus der Mandschurei sein, dachte Løken. Vielleicht aus der Provinz Jilin. Während des Koreakrieges hatte er erfahren, dass die Rote Armee dort viele Soldaten rekrutierte, weil sie so groß waren. Seltsame Logik eigentlich, denn diese Männer sanken im Matsch tiefer ein und gaben größere Ziele ab. Die andere Person im Zimmer stand hinter ihm und summte ein Lied. Løken konnte es nicht beschwören, aber er meinte, *I Wanna Hold Your Hand* zu erkennen.

Der Chinese hatte eines der Messer vom Tisch genommen, wenn man denn einen siebzig Zentimeter langen Krummsäbel als Messer bezeichnen konnte. Er wog ihn in den Händen wie ein Baseballspieler, der sich ein Schlagholz aussucht, dann hob er ihn wortlos über den Kopf. Løken biss die Zähne zusammen. Im gleichen Moment lichtete sich die angenehme Müdigkeit des Barbitursäure-Rausches, das Blut gefror in seinen Adern und er verlor die Selbstbeherrschung. Während er schreiend an den Lederriemen zerrte, mit denen seine Hände an den Tisch gebunden waren, näherte sich von hinten das Summen. Eine Hand packte seine Haare, sein Kopf wurde nach hinten gerissen und ein Tennisball in seinen Mund gepresst. Er konnte die filzige Oberfläche auf Zunge und Gaumen spüren, sie saugte den Speichel auf wie Löschpapier und seine Schreie wurden zu einem hilflosen Stöhnen.

Die Schlauchbinde war so straff um seinen Oberarm gezurrt worden, dass er längst das Gefühl in seiner Hand verloren hatte, und als der Säbel mit einem trockenen Schlag nach unten zuckte und er nichts spürte, glaubte er zuerst, er hätte sein Ziel verfehlt. Dann sah er seine rechte Hand auf der anderen Seite der Säbelklinge. Er hatte sie zur Faust geballt, doch jetzt öffnete sie sich langsam. Der Schnitt war glatt und sauber. Er konnte zwei weiße, glatt abgetrennte Knochenstümpfe herausragen sehen. Radius und Ulna. Das hatte er schon bei anderen gesehen, nie aber bei sich selbst. Aufgrund der Schlauchbinde blutete es kaum. Die Behauptung, dass plötzliche Amputationen nicht wehtäten, stimmte nicht. Die Schmerzen waren unerträglich. Er wartete auf den Schock, den lähmenden Zustand des Nichts, aber diesen Fluchtweg versperrten sie ihm unmittelbar. Der summende Mann jagte ihm durch das Hemd eine Spritze in den Oberarm. Er versuchte nicht einmal, eine Ader zu finden. Das ist das Gute an Morphium, es wirkt, wohin man es auch spritzt. Er wusste, dass er es überleben konnte. Ziemlich lange. Solange sie wollten.

»Und was ist mit Runa Molnes?« Liz stocherte mit einem Streichholz in ihren Zähnen herum.

»Er kann sie wo auch immer aufgelesen haben«, sagte Harry. »Zum Beispiel auf dem Rückweg von der Schule.«

»Und dann hat er sie mit in die Hütte von Klipra genommen. Was ist dann geschehen?«

»Das Blut und das Einschussloch im Fenster deuten darauf hin, dass sie in der Hütte erschossen wurde. Bestimmt sofort, nachdem sie angekommen waren.«

Jetzt, da sie ein Mordopfer war, war es beinahe unproblematisch, über sie zu sprechen.

»Das verstehe ich nicht«, sagte Liz. »Warum sollte er sie kidnappen und sie dann gleich töten? Ich dachte, er wollte mit ihr bezwecken, dass du deine Ermittlungen einstellst. Das konnte er doch nur, solange Runa noch am Leben war. Er musste doch davon ausgehen, dass du einen Beweis dafür fordern würdest, dass sie noch lebte, ehe du seine Forderung erfülltest.«

»Und wie sollte ich seine Forderungen erfüllen?«, fragte Harry. »Einfach fahren – und dann sollte Runa glücklich und zufrieden wieder nach Hause zurückkommen? Und der Kidnapper sollte erleichtert aufatmen, obgleich er kein Druckmittel mehr hatte, nur weil ich versprochen hatte, ihn in Ruhe zu lassen? Hast du dir das so vorgestellt? Meinst du wirklich, der hätte sie einfach gehen lassen …«

Harry bemerkte Liz' Blick und wurde sich bewusst, dass er laut geworden war. Er hielt betroffen inne.

»Es geht nicht um mich. Ich versuche, mich in den Mörder hineinzuversetzen«, sagte Liz, wobei sie ihn noch immer anstarrte. Sie hatte wieder ihre Sorgenfalte zwischen den Augenbrauen.

»Tut mir leid, Liz.« Er presste sich die Fingerspitzen auf die Wangenknochen. »Ich bin wohl ziemlich müde.«

Er stand auf und trat wieder ans Fenster. Durch die Kälte innen und die warme, feuchte Luft draußen war das Fenster grau beschlagen.

»Er hat sie nicht gekidnappt, weil er Angst hatte, ich könnte mehr herausgefunden haben, als ich durfte. Dazu hatte er keinen Grund, ich hatte nämlich nicht die Bohne verstanden.«

»Und was war dann das Motiv für die Entführung? Wollte er unsere Theorie bestätigen, dass Klipra für die Morde am Botschafter und Jim Love verantwortlich war?«

»Das war das sekundäre Motiv«, sagte er, zur Scheibe gewandt. »Aber primär musste er sie töten. Als ich …«

Aus dem Nachbarraum war leise das dumpfe Dröhnen eines Basses zu hören.

»Ja, Harry?«

»Als ich sie zum ersten Mal sah, war sie bereits zum Tode verurteilt.«

Liz holte tief Luft. »Harry, es ist jetzt bald neun. Vielleicht könntest du mich doch darüber aufklären, wer der Mörder ist? Auch wenn Løken noch nicht da ist.«

Løken hatte um sieben Uhr die Tür seiner Wohnung geschlossen und war auf die Straße getreten, um mit einem Taxi zu Millie's Karaoke zu fahren. Er hatte das Auto sofort erkannt. Es war ein Toyota Corolla und der Mann hinterm Steuer schien den ganzen Wagen auszufüllen. Auf dem Beifahrersitz erkannte er die Silhouette eines anderen Mannes. Er fragte sich, ob er an den Wagen treten und sich erkundigen sollte, was sie wollten, entschied sich dann aber, sie erst einmal zu testen. Er meinte zu wissen, was sie wollten und wer sie geschickt hatte.

Løken rief ein Taxi und nach ein paar Straßenecken erkannte er, dass sie ihm tatsächlich folgten.

Der Taxifahrer bemerkte instinktiv, dass der *farang* auf der Rückbank kein Tourist war, und verkniff sich die Werbung für die Massagesalons. Doch als Løken ihn bat, ein paar Umwege zu fahren, schien der Fahrer seine Auffassung zu revidieren. Løken begegnete seinem Blick im Spiegel.

»Sightseeing, *sil*?«

»Ja, Sightseeing.«

Nach zehn Minuten gab es keinen Zweifel mehr. Das Ziel war vermutlich, dass Løken die beiden Polizisten zu ihrem heimlichen Treffpunkt führte. Er fragte sich nur, wie der Polizeichef überhaupt Wind davon bekommen hatte, dass sie sich treffen wollten. Und warum er so negativ darauf reagierte, dass seine Hauptkommissarin gegen alle Regeln mit einem Ausländer zusammenarbeitete. Das Ganze verlief vielleicht nicht ganz nach Lehrbuch, aber es hatte schließlich zu Resultaten geführt.

Auf der Sua Pa Road kam der Verkehr schließlich ins Stocken. Der Fahrer drückte sich in eine Lücke hinter zwei Bussen und zeigte auf die Betonständer, die zwischen den Spuren gebaut wurden. Ein Stahlträger war in der letzten Woche heruntergefallen und hatte einen Autofahrer getötet. Er hatte davon gelesen. Sie hatten sogar ein Bild davon gedruckt. Der Fahrer schüttelte den Kopf, nahm einen Lappen und wischte das Armaturenbrett ab, die Fenster, die Buddhafigur und das Bild der Königsfamilie, ehe er mit einem Seufzer die Zeitung aufschlug und den Sportteil suchte.

Løken sah aus dem Rückfenster. Nur zwei Autos lagen zwischen ihnen und dem Corolla. Er sah auf die Uhr. Halb acht. Er würde sich verspäten, auch ohne diese zwei Idioten abschütteln zu müssen. Løken fällte eine Entscheidung und tippte dem Fahrer auf die Schulter.

»Ich sehe da jemanden, den ich kenne«, sagte er auf Englisch und gestikulierte nach hinten.

Der Fahrer sah skeptisch aus, vermutlich hatte er den *farang* unter Verdacht, ihn prellen zu wollen.

»Bin gleich wieder da«, sagte Løken und drückte sich aus der Tür. Einen Tag weniger zu leben, dachte er, als er eine CO_2-Dosis einatmete, die eine Rattenfamilie ausgeknockt hätte, und ging ruhig auf den Corolla zu. Der eine Scheinwerfer war scheinbar beschädigt, denn er leuchtete ihm direkt ins Gesicht. Er überlegte sich, was er sagen wollte, und freute sich bereits auf ihre langen Gesichter. Løken war nur noch wenige Meter entfernt und konnte die zwei im Wagen erkennen. Mit einem Mal wurde er unsicher. Etwas an ihrer Erscheinung stimmte nicht. Auch wenn Polizisten oft nicht gerade zu den hellsten gehörten, hatten sie in der Regel verstanden, dass Diskretion beim Observieren das oberste Gebot war. Der Mann auf dem Beifahrersitz trug eine Sonnenbrille, obgleich die Sonne längst untergegangen war, und auch wenn viele Chinesen in Bangkok Zöpfe auf dem Kopf hatten, war dieser Riese auf dem Fahrersitz geradezu Aufsehen erregend. Løken wollte kehrtmachen, als sich die Tür des Corollas öffnete.

»*Mistel*«, rief eine weiche Stimme. Es war vollkommen falsch. Løken versuchte, zurück zum Taxi zu kommen, doch ein Auto hatte sich in eine Lücke gequetscht und versperrte ihm den Weg. Er drehte sich um und ging zurück zum Corolla. Der Chinese kam auf ihn zu. »*Mistel*«, wiederholte er, als sich der Verkehr auf der gegenüberliegenden Spur wieder in Bewegung setzte. Es hörte sich wie das Flüstern eines Orkans an.

Løken hatte einmal einen Mann mit den bloßen Händen getötet. Er hatte seinen Kehlkopf mit einem Handkantenschlag gebrochen, genau wie er es im Trainingslager in Wisconsin gelernt hatte. Doch das war lange her, damals war er jung gewesen. Und lebensmüde. Jetzt war er nicht mehr lebensmüde, nur noch zornig.

Vermutlich machte das keinen Unterschied.

Als er die beiden Arme um sich spürte und wahrnahm, dass seine Beine den Boden nicht mehr berührten, wusste er, dass es wirklich keinen Unterschied machte. Er versuchte zu schreien, doch die Luft, die die Stimmbänder zum Vibrieren brauchten, war aus ihm herausgedrückt worden. Er sah, wie sich der Sternenhimmel langsam drehte, ehe er von einem gepolsterten Autodach verdeckt wurde.

Er spürte einen warmen, stechenden Atem in seinem Nacken und sah durch die Frontscheibe des Corolla. Der Mann mit der Sonnenbrille stand am Taxi und schob ein paar Scheine durch das Seitenfenster. Der Griff lockerte sich etwas und Løken sog die verschmutzte Luft mit einem langen, zitternden Atemzug wie Quellwasser ein.

Das Fenster des Taxis wurde nach oben gekurbelt und der Mann mit der Sonnenbrille war auf dem Rückweg zu ihnen. Das heißt, er hatte gerade die Sonnenbrille abgenommen, und als er ins Licht des beschädigten Scheinwerfers trat, erkannte Løken ihn wieder.

»Jens Brekke?«, flüsterte er überrascht.

Kapitel 50

»Jens Brekke?«, platzte Liz hervor.

Harry nickte.

»Unmöglich! Der hat doch ein Alibi, dieses idiotensichere Band, das beweist, dass er um Viertel vor acht seine Schwester angerufen hat.«

»Das stimmt schon, aber nicht aus seinem eigenen Büro. Ich fragte ihn, wie er auf die Idee kommen konnte, seine arbeitssüchtige Schwester mitten in der besten Bürozeit zu Hause anzurufen, und er meinte bloß, er habe vergessen, wie spät es da in Norwegen war.«

»Und?«

»Glaubst du an einen Broker, der die Uhrzeit in anderen Ländern vergisst?«

»Vielleicht nicht, aber was hat das damit zu tun?«

»Er hat ihren Anrufbeantworter angewählt, weil er weder Zeit noch Lust hatte, mit ihr zu reden.«

»Das verstehe ich nicht.«

»Ich bin darauf gekommen, als ich gesehen habe, dass Klipra die gleiche Maschine hat wie Brekke. Nachdem er Klipra erschossen hatte, rief er sie aus Klipras Büro an und nahm das Band mit. Das zeigt, wann er angerufen hat, aber nicht von wo. Wir haben nie daran gedacht, dass das Band aus einem anderen Gerät stammen könnte. Aber ich kann beweisen, dass aus Klipras Büro ein Band entfernt wurde.«

»Wie?«

»Erinnerst du dich, dass am Morgen des dritten Januar ein Anruf von Klipra auf das Handy des Botschafters registriert worden war? Das findet sich auf keinem der Bänder in seinem Büro.«

Liz lachte laut.

»Harry, das ist vollkommen verrückt. Der Kerl hat sich ein wasserdichtes Alibi beschafft und ließ sich ins Gefängnis stecken, nur um seine Trumpfkarte zu einem Zeitpunkt zu spielen, da sie extra überzeugend wirken musste?«

»Höre ich da eine gewisse Begeisterung in deiner Stimme, Frau Hauptkommissarin?«

»Rein professionell. Glaubst du, das war alles von Anfang an geplant?«

Harry sah auf die Uhr. Sein Gehirn begann ihm zu morsen, dass irgendetwas schiefgelaufen war.

»Wenn es eine Sache gibt, über die ich mir sicher bin, dann, dass alles, was Brekke unternimmt, akribisch geplant ist. Er hat nicht ein Detail dem Zufall überlassen.«

»Wie kannst du dir da so sicher sein?«

»Tja«, sagte er und drückte sich das leere Glas an die Stirn. »Das hat er mir selber gesagt. Dass er das Risiko hasst, dass er nicht spielt, wenn er sich nicht sicher ist, zu gewinnen.«

»Ich denke, du hast dir auch schon Gedanken gemacht, wie er den Botschafter getötet hat?«

»Erst einmal hat er den Botschafter nach unten in die Tiefgarage begleitet, das kann die Empfangsdame bestätigen. Dann fuhr er mit dem Fahrstuhl wieder nach oben, dafür hat er diese Zeugin, die zu ihm in den Fahrstuhl gestiegen ist und die er eingeladen hat. Vermutlich hat er den Botschafter in der Tiefgarage getötet, ihm das samische Messer in den Rücken gestoßen, sowie sich der Botschafter umgedreht hatte, um zu seinem Wagen zu gehen. Danach wird er ihm die Schlüssel abgenommen und ihn in den Kofferraum des Wagens gelegt haben, ehe er zurück in den Fahrstuhl ging und so lange wartete, bis jemand drückte, damit er sicher sein konnte, einen Zeugen dafür zu haben, dass er auf dem Weg nach oben war.«

»Er hat sie sogar zum Essen eingeladen, damit sie sich an ihn erinnerte.«

»Richtig. Wenn jemand anderes in den Aufzug gekommen wäre, hätte er sich etwas anderes einfallen lassen. Dann hat er sein Telefon für ankommende Gespräche gesperrt, damit man den Eindruck hatte, die Leitung sei besetzt, fuhr mit dem Fahrstuhl wieder nach unten und schließlich mit dem Wagen des Botschafters zu Klipra.«

»Aber wenn er den Botschafter in der Garage getötet hat, wurde das doch auf Video aufgezeichnet.«

»Warum glaubst du, dass das Videoband weg war? Da hat natürlich niemand versucht, Brekkes Alibi zu zerstören, er selbst hat Jim Love dazu gebracht, ihm das Video auszuhändigen. An dem Abend, an dem wir ihn beim Boxkampf getroffen haben, hatte er es sehr eilig, zurück ins Büro zu kommen. Nicht um mit einem amerikanischen Kunden zu reden, sondern weil er eine Abmachung mit Jim Love hatte, ihn in den Aufzeichnungsraum zu lassen, damit er die Aufnahme überspielen konnte, auf der man sieht, wie er den Botschafter tötet. Und um den Timer umzuprogrammieren, damit es so aussah, als hätte jemand versucht, sein Alibi zu durchkreuzen.«

»Warum hat er das Originalband nicht einfach weggenommen?«

»Er ist Perfektionist. Er wusste, dass ein einigermaßen aufmerksamer Ermittler früher oder später herausfinden würde, dass mit der Aufnahme und der Zeitangabe etwas nicht stimmte.«

»Wie?«

»Da er die Aufnahme mit derjenigen von einem anderen Abend überspielt hat, musste die Polizei früher oder später beginnen, Angestellte zu suchen, die nachweislich am dritten Januar zu dem entsprechenden Zeitpunkt an der Kamera vorbeigefahren sind. Und die Tatsache, dass auch diese nicht auf dem Band waren, war der definitive Beweis, dass das Band gefälscht war. Das mit dem Regen und den nassen Reifenspuren hat die Sache bloß ein bisschen beschleunigt.«

»Du warst also nicht smarter, als er sich das gedacht hat?«

Harry zuckte mit den Schultern. »Nee, aber damit kann ich leben. Jim Love aber nicht. Er erhielt seine Bezahlung in Form von vergiftetem Opium.«

»Weil er Zeuge war?«

»Wie gesagt, Brekke mag kein Risiko.«

»Aber wie sieht es mit dem Motiv aus?«

Harry atmete durch die Nase aus, es klang wie das Zischen der Hydraulikbremse eines Lastwagens.

»Erinnerst du dich, dass wir uns gefragt haben, ob 50 Millionen Kronen für sechs Jahre als Motiv reichen, den Botschafter zu töten? Sie reichten nicht. Aber für den Rest des Lebens darüber verfügen zu können, reichte für Jens Brekke als Motiv aus, um drei Menschen zu töten. Laut Testament sollte Runa mit ihrer Volljährigkeit das Geld erben, doch da nicht weiter festgelegt war, was im Falle ihres Todes geschehen sollte, würde dann die normale Erbreihenfolge greifen. Das heißt, dass das Vermögen Hilde Molnes zugesprochen wird. Das Testament beinhaltet ja auch keine Einschränkungen, wie sie jetzt über das Geld zu verfügen hat.«

»Und wie will Brekke sie dazu bringen, das Geld abzugeben?«

»Das braucht er gar nicht zu tun. Hilde Molnes hat noch sechs Monate zu leben. Lang genug, um ihn zu heiraten, aber nicht so lang, dass Brekke es nicht schaffen könnte, in dieser Zeit den perfekten Gentleman zu spielen.«

»Er hat ihren Mann und ihre Tochter aus dem Weg geräumt, um das Geld zu erben, wenn sie stirbt?«

»Und nicht nur das«, sagte Harry. »Er hat das Geld bereits ausgegeben.«

Liz sah ihn fragend an.

»Er hat eine beinahe bankrotte Firma mit Namen Phuridell übernommen. Wenn es nach den Vorstellungen von Barclay Thailand geht, kann die Gesellschaft in wenigen Jahren das Zwanzigfache von dem wert sein, was er jetzt bezahlt hat.«

»Und warum verkaufen dann die anderen?«

»Laut George Walters, dem Geschäftsführer von Phuridell, sind ›die anderen‹ ein paar Kleinaktionäre, die sich geweigert haben, ihre Posten zu verkaufen, als Ove Klipra sich die Aktienmehrheit verschafft hat, weil sie geahnt haben, dass da irgendwas Großes im Busch ist. Doch nach Klipras Verschwinden erfuhren sie, dass die Dollarschulden die Gesellschaft massiv nach unten zogen, so dass sie Brekkes Angebot dankbar annahmen. Das Gleiche gilt für die Anwaltsfirma, die den Nachlass von Klipra verwaltet. Die gesamte Kaufsumme beläuft sich auf rund hundert Millionen Kronen.«

»Aber Brekke hat das Geld doch noch nicht?«

»Walters hat mir erzählt, dass die Hälfte des Geldes jetzt bei Vertragsabschluss fällig ist, die andere Hälfte in sechs Monaten. Wie er den ersten Teil bezahlen will, weiß ich nicht, das Geld muss er sich auf einem anderen Weg beschafft haben.«

»Und was, wenn sie nicht innerhalb von sechs Monaten stirbt?«

»Irgendwie glaube ich, dass Brekke schon dafür sorgen wird, dass das geschieht. Er mischt ihr schließlich ihre Drinks…«

Liz starrte nachdenklich vor sich hin. »Hatte er keine Angst, dass man Verdacht schöpfen konnte, wenn er ausgerechnet jetzt plötzlich als der neue Besitzer von Phuridell auftaucht?«

»Doch. Deshalb hat er die Aktien im Namen einer Gesellschaft mit Namen Ellem Limited gekauft.«

»Man hätte herausfinden können, dass er dahintersteckt.«

»Das tut er nicht. Die Gesellschaft ist unter Hilde Molnes' Namen eingetragen. Aber er erbt nach ihrem Tod natürlich auch das.«

Liz formte ihre Lippen zu einem stummen »O«.

»Und all das hast du auf eigene Faust herausgefunden?«

»Mit Hilfe von Walters. Aber der Verdacht kam mir, als

ich bei Klipra die Aktionärsliste von Phuridell gefunden habe.«

»Ach ja?«

»Ellem.« Harry lächelte. »Das hat mich natürlich zuerst Ivar Løken verdächtigen lassen. Sein Spitzname im Vietnamkrieg war nämlich LM. Aber die Lösung ist noch banaler.«

Liz legte die Hände hinter den Kopf. »Ich gebe auf.«

»Wenn man Ellem von hinten liest, wird daraus Melle. Das ist Hilde Molnes' Mädchenname.«

Liz starrte Harry an, als wäre er eine Attraktion im zoologischen Garten.

»Verdammt, du bist echt nicht ganz normal«, murmelte sie.

Jens blickte auf die Papaya, die er in der Hand hielt.

»Wissen Sie was, Løken? In dem Moment, in dem man in eine Papaya beißt, riecht es immer nach Erbrochenem, haben Sie das schon einmal bemerkt?«

Er schlug die Zähne ins Fruchtfleisch. Der Saft rann ihm über das Kinn.

»Und dann schmeckt's nach Fotze.« Er legte den Kopf in den Nacken und lachte.

»Wissen Sie, eine Papaya kostet hier in Chinatown 5 Baht – das ist fast nichts. Jeder kann sich das leisten, Papaya zu essen ist eine der sogenannten einfachen Freuden. Und wie alle anderen einfachen Freuden weiß man sie nicht zu schätzen, solange man sie hat. Das ist wie ...« Jens fuchtelte mit der Hand vor sich herum, als suche er nach einer passenden Analogie.

»... sich selbst den Arsch abzuwischen. Oder zu wichsen. Das Einzige, was man dafür braucht, ist eine intakte Hand.«

Er hob Løkens abgehackte Hand am Mittelfinger hoch und hielt sie ihm vor das Gesicht.

»Eine haben Sie noch. Denken Sie darüber nach. Und denken Sie an all das, was Sie ohne Hände nicht mehr machen können. Ich habe mir schon ein paar Gedanken darüber gemacht, ich kann Ihnen da gerne helfen. Sie können keine Apfelsine mehr schälen, keinen Köder mehr an einen Angelhaken stecken, Sie können keine Frau mehr liebkosen oder Ihre eigene Hose zuknöpfen. Ja, Sie können sich nicht mal mehr selbst erschießen, falls Sie Lust dazu haben sollten. Sie brauchen Hilfe für alles. Für alles, denken Sie daran.«

Blutstropfen sickerten aus seiner Hand und tropften auf den Rand des Tisches, so dass Løkens Hemd kleine, rote Spritzer bekam. Jens legte die Hand weg. Die Finger zeigten an die Decke.

»Andererseits gibt es keine Grenzen dafür, was man mit zwei gesunden Händen anstellen kann. Man kann einen Menschen, den man hasst, erwürgen, den Pott zu sich ziehen, der auf dem Tisch liegt, und einen Golfschläger umklammern. Wissen Sie, wie weit die medizinischen Möglichkeiten mittlerweile gediehen sind?«

Jens wartete, bis er sich sicher war, dass Løken nicht antworten würde.

»Die können eine Hand wieder annähen, ohne dass auch nur ein Nerv zerstört wird. Sie gehen bis weit in Ihren Arm hinein und ziehen die Nerven wie Gummibänder nach unten. Nach sechs Monaten werden Sie kaum noch spüren, dass sie einmal ab war. Natürlich hängt das davon ab, ob Sie schnell genug zu einem Arzt kommen und daran gedacht haben, die Hand auch mitzunehmen.«

Er ging langsam um Løkens Stuhl herum, legte das Kinn auf seine Schulter und flüsterte ihm ins Ohr: »Gucken Sie mal, was für eine schöne Hand, finden Sie nicht auch? Fast wie die Hand auf diesem Bild von Michelangelo, wie heißt das noch mal?«

Løken antwortete nicht.

»Das aus der Levi's-Werbung. Sie wissen schon.«

Løken hatte seinen Blick auf einen Punkt in der Luft vor sich geheftet. Jens seufzte.

»Wir sind wohl beide keine großen Kunstkenner, oder?

Nun, vielleicht kaufe ich mir ein paar bekannte Bilder, wenn all das hier vorbei ist, vielleicht kann das ja mein Interesse anregen. Apropos vorbei, was glauben Sie, wie lange dauert es, bis es zu spät ist, so eine Hand wieder anzunähen? Eine halbe Stunde? Eine Stunde? Vielleicht länger, wenn wir sie auf Eis legen würden, aber das ist uns heute leider ausgegangen. Zu Ihrem großen Glück braucht man von hier bis zum Answut-Hospital nur eine Viertelstunde.«

Er holte Luft, legte den Mund an Løkens Ohr und brüllte: »WO SIND HOLE UND DIESE FRAU?«

Løken zuckte zusammen und öffnete seinen Mund zu einem schmerzverzerrten Grinsen.

»Tut mir leid«, sagte Jens. Er nahm ein Stückchen orangenes Fruchtfleisch von Løkens Wange. »Es ist nur so, dass es für mich nicht ganz unwichtig ist, sie zu finden. Ihr drei seid schließlich die Einzigen, die kapiert haben, wie das alles zusammenhängt, nicht wahr?«

Ein heiseres Flüstern kam über die Lippen des alten Mannes: »Sie haben recht …«

»Was?«, fragte Jens. Er beugte sich vor Løkens Mund. »Was sagen Sie? Reden Sie, Mann!«

»Sie haben recht, was die Papaya angeht. Sie stinkt nach Erbrochenem.«

Liz verschränkte die Hände hinter dem Kopf. »Sag mal, diese Sache mit Jim Love. Ich kann mir irgendwie nicht vorstellen, wie Brekke in der Küche steht und Blausäure ins Opium mischt.«

Harry verzog seinen Mund zu einem schiefen Grinsen. »Das Gleiche hat Brekke über Klipra gesagt. Aber du hast recht, er hatte jemanden, der ihm geholfen hat, einen Profi.«

»Aber solche Leute inserieren nicht gerade in der Zeitung.«

»Nein.«

»Vielleicht jemand, den er zufällig kennengelernt hat.

Schließlich verkehrt er in ziemlich dubiosen Spielerkreisen. Oder …«

Sie hielt inne, als sie sah, dass er sie anstarrte. »Ja?«, fragte sie. »Was ist?«

»Ist das nicht offensichtlich? Das ist unser alter Freund Woo. Er und Jens haben die ganze Zeit zusammengearbeitet. Es war Jens, der ihm den Befehl gegeben hat, die Wanze in meinem Telefon zu installieren.«

»Ist es nicht ein bisschen zu viel des Zufalls, dass derselbe Mann, der für Molnes' Kreditgeber gearbeitet hat, auch für Brekke arbeiten soll?«

»Natürlich ist das kein Zufall. Hilde Molnes hat mir erzählt, dass sich die Geldeintreiber, die sie nach dem Tod ihres Mannes angerufen haben, nicht mehr bei ihr gemeldet haben, nachdem sie einmal mit Jens Brekke telefoniert hatten. Ich bezweifle, dass er ihnen eine solche Todesangst eingejagt hat, um es mal so auszudrücken. Als wir Thai Indo Travellers besuchten, sagte Herr Sorensen, dass sie keine Außenstände mehr bei Molnes hätten. Vermutlich sagte er die Wahrheit, ich schätze, dass Brekke die Schulden des Botschafters beglichen hat. Natürlich gegen gewisse Gegenleistungen.«

»Woos Dienste.«

»Genau.« Harry sah auf die Uhr. »Scheiße, Scheiße. Wo bleibt Løken denn bloß?«

Liz stand auf und seufzte. »Wir sollten versuchen, ihn anzurufen. Vielleicht hat er verschlafen.«

Harry kratzte sich nachdenklich am Kinn.

»Vielleicht.«

Løken spürte einen Schmerz in der Brust. Er hatte noch nie Herzprobleme gehabt, kannte aber die Symptome. Wenn es ein Infarkt war, hoffte er, dass er kräftig genug war, ihm das Leben zu nehmen. Er musste so oder so sterben, da war es umso besser, wenn er Brekke wenigstens um diese Freude bringen konnte. Obwohl, wer weiß, vielleicht bereitete es ihm ja gar keine Freude. Vielleicht war es für

Brekke, wie es für ihn selbst gewesen war – ein Job, der erledigt werden musste. Ein Schuss, ein zu Boden gehender Mann, das war's. Er sah Brekke an. Er sah, wie sich sein Mund bewegte, und erkannte zu seiner Überraschung, dass er nichts hörte.

»Als Ove Klipra mich bat, die Dollarschuld von Phuridell zu sichern, tat er das nicht am Telefon wie sonst, sondern bei einem gemeinsamen Essen«, sagte Jens. »Ich konnte nicht glauben, dass das wirklich geschah. Eine Order über fast 500 Millionen und das mündlich ohne Bandaufzeichnung! Auf so eine Chance wartet man sein ganzes Leben und normalerweise bietet sie sich dann doch nie.« Jens wischte sich mit einer Serviette den Mund ab.

»Als ich zurück in meinem Büro war, unternahm ich unter meinem Namen die Dollartermingeschäfte. Sollte der Dollar fallen, konnte ich den Handel später einfach auf Phuridell umschreiben und behaupten, das sei die angesprochene Dollarsicherung. Sollte er steigen, konnte ich den Gewinn selbst einfahren und einfach leugnen, dass Klipra mich um diese Termingeschäfte gebeten hatte. Er konnte nichts beweisen. Raten Sie mal, was geschah, Ivar? Ich darf Sie doch Ivar nennen?«

Er knüllte die Serviette zusammen und zielte auf den Mülleimer neben der Tür.

»Tja, Klipra drohte damit, wegen dieser Sache zur Geschäftsleitung von Barclay Thailand zu gehen. Ich erklärte ihm, dass ihm Barclay Thailand, sollten sie seine Aussage stützen, seinen Verlust erstatten müssten und dass sie ihren besten Makler verlieren würden. Mit anderen Worten: Sie konnten gar nicht anders, als sich hinter mich zu stellen. Dann drohte er mir damit, seine politischen Kontakte zu nutzen. Wissen Sie was? Dazu kam es nicht mehr. Ich habe erkannt, dass ich ein Problem beiseite schaffen konnte, nämlich Ove Klipra, und gleichzeitig seine Firma Phuridell übernehmen konnte, eine Gesellschaft, die wie eine Rakete abgehen wird. Und ich sage das nicht nur, weil ich es glaube und hoffe, wie das diese pathetischen Aktienspekulanten machen. Ich *weiß* es. Ich werde dafür sorgen. Es wird geschehen.«

Jens' Augen leuchteten.

»Genau wie ich weiß, dass Harry Hole und dieses kahlköpfige Frauenzimmer heute Abend sterben werden. Auch das wird geschehen.« Er sah auf die Uhr. »Entschuldigen Sie die Melodramatik, aber die Zeit läuft, Ivar. Es ist an der Zeit, dass Sie an Ihr eigenes Wohlergehen denken, nicht wahr?«

Løken sah ihn mit einem leeren Blick an.

»Sie haben keine Angst, oder? Ein harter Brocken?« Brekke zog etwas überrascht an einem losen Faden an einem Knopfloch. »Soll ich Ihnen sagen, wie man Sie finden wird, Ivar? Jeder an einem Pfahl am Fluss mit einer Kugel im Bauch und *Gorillagrimasse*. Haben Sie den Ausdruck schon mal gehört, Ivar? Nicht? Vielleicht nannte man das ja anders, als Sie jung waren? Ich habe selber auch nie genau gewusst, was damit gemeint war. Bis mir mein Freund Woo hier erzählt hat, dass man mit einer Bootsschraube buchstäblich die Haut vom Gesicht eines Menschen fräsen kann, so dass das rote Fleisch darunter zum Vorschein kommt, verstehen Sie? Das Beste daran ist, dass das eine klassische Mafiamethode ist. Natürlich werden sich einige hinterher fragen, was die beiden angestellt haben, um die Mafia derart wütend zu machen, aber darauf werden sie wohl nie eine Antwort erhalten, oder? Bestimmt nicht von Ihnen, die Sie eine Gratisoperation und fünf Millionen Dollar bekommen können, wenn Sie mir sagen, wo die beiden sind. Sie haben ja eine gewisse Erfahrung im Untertauchen und darin, sich eine neue Identität oder so etwas zu verschaffen, nicht wahr?«

Ivar Løken sah, wie sich Jens' Lippen bewegten, und er hörte das Echo einer weit entfernten Stimme. Wörter wie »Bootsschraube«, »fünf Millionen« und »neue Identität« flatterten vorbei. Er hatte sich nie selbst für einen Helden gehalten und er hatte auch nicht wirklich den Wunsch, als ein solcher zu sterben. Doch er kannte den Unterschied zwischen Recht und Unrecht und mit gewissen Abstrichen hatte er sich an das gehalten, was er als Recht empfand. Niemand außer Brekke und Woo würden jemals mitbekommen, ob er dem Tod mit erhobenem Haupte entgegengetreten war oder nicht, niemand würde an den Veteranen-Stammtischen des Nachrichtendienstes oder des Auswärtigen Amtes über den alten Løken reden, und eigentlich war Løken das auch alles reichlich egal. Was sollte er mit Ruhm nach seinem Tod? Sein Leben war ein gut gehütetes Geheimnis gewesen und deshalb war es nur natürlich, dass auch sein Tod so sein würde. Dieser Moment bot keinen Raum für große Gesten und das Einzige, was er erreichen konnte, wenn er Brekke gab, was er wollte, war ein schnellerer Tod. Und Schmerzen hatte er keine mehr. Das war es also nicht wert. Und es hätte auch nichts geändert, wenn Løken die Details von Brekkes Vorschlag gehört hätte. Nichts hätte etwas geändert. Denn im gleichen Moment begann das Handy zu piepen, das an seinem Gürtel befestigt war.

Kapitel 51

Als Harry auflegen wollte, hörte er ein Klicken und dann einen neuen Klingelton. Er entnahm daraus, dass der Anruf von Løkens Festnetzanschluss weitergeleitet worden war. Er wartete, ließ es sieben Mal klingeln, ehe er aufgab und sich bei dem Mädchen mit den Micky-Maus-Zöpfchen hinter dem Tresen für das Telefon bedankte.

»Wir haben ein Problem«, sagte er, als er wieder in den Raum kam. Liz hatte sich die Schuhe ausgezogen, um eine Stelle mit trockener Haut zu inspizieren.

»Der Verkehr«, sagte sie. »Es ist immer der Verkehr.«

»Ich wurde zu seinem Handy weitergeleitet, aber da hat er das Gespräch auch nicht entgegengenommen. Das gefällt mir gar nicht.«

»Beruhig dich. Was sollte ihm hier im friedlichen Bangkok schon zustoßen? Er hat das Handy sicher zu Hause liegen lassen.«

»Ich habe einen Fehler gemacht«, sagte Harry. »Ich habe Brekke erzählt, dass wir uns heute Abend treffen wollen, und ihn gebeten, herauszufinden, wer hinter Ellem Limited steht.«

»Du hast was?« Liz nahm die Füße von Tisch.

Harry schlug mit der Faust auf den Tisch, dass die Kaffeetassen hochhüpften. »Scheiße, Scheiße! Ich wollte sehen, wie er reagiert.«

»Wie er reagiert? Verflucht, Harry, das ist kein Spiel!«

»Ich spiele nicht. Ich habe mit ihm vereinbart, ihn von hier aus anzurufen, um einen Treffpunkt zu vereinbaren. Ich dachte an das Lemon Grass.«

»Das Restaurant, in dem wir waren?«

»Das ist gleich in der Nähe und es ist besser, als bei ihm zu Hause in einen Hinterhalt gelockt zu werden. Wir sind zu dritt, so dass ich dachte, wir könnten ihn so festnehmen wie neulich Woo.«

»Und dann musstest du ihn aufscheuchen, indem du Ellem erwähnst?«, stöhnte Liz.

»Brekke ist nicht dumm. Er hat schon lange vorher Lunte gerochen. Er hat wieder davon gesprochen, dass er mich gerne als Trauzeugen hätte, der wollte mich testen, sehen, ob ich ihn auf dem Kieker hatte.«

Liz schnaubte. »Was für eine Machoscheiße! Das darf doch wohl nicht wahr sein, dass ihr da auch noch persönlich involviert seid. Harry, ich dachte eigentlich, du wärst zu professionell für so etwas.«

Harry antwortete nicht. Er wusste, dass sie recht hatte, er hatte sich wie ein Amateur aufgeführt. Warum in aller Welt hatte er Ellem Limited erwähnt? Er hätte hundert andere Vorwände finden können, um ihn zu treffen. Vielleicht stimmte das, was Jens gesagt hatte, dass manche Menschen das Risiko um des Risikos Willen suchen, vielleicht war er nur einer der Spieler, die Brekke so pathetisch fand. Nein, so war es nicht. Jedenfalls nicht nur. Sein Großvater hatte ihm einmal erklärt, warum er niemals auf Schneehühner schoss, die am Boden saßen: »Das ist nicht schön.«

War es deshalb? Eine Art vererbte Jagdethik, dass man die Beute aufscheuchte, um sie im Flug zu erschießen, um ihr eine symbolische Chance zu geben, davonzukommen?

Liz unterbrach seine Gedanken.

»Also, Herr Kommissar, was tun wir jetzt?«

»Warten«, sagte Harry. »Wir geben Løken noch eine halbe Stunde. Wenn er bis dahin nicht aufgetaucht ist, rufe ich Brekke an.«

»Und wenn Brekke nicht ans Telefon geht?«

Harry stieß die Luft aus. »Dann rufen wir den Polizeichef an und setzen die ganze Maschinerie in Bewegung.«

Liz fluchte durch zusammengebissene Zähne. »Habe ich dir schon mal das mit den Verkehrspolizisten gesagt?«

Jens blickte auf das Display von Løkens Handy und lachte glucksend. Es hatte aufgehört zu piepen.

»Ein schönes Telefon haben Sie da, Ivar«, sagte er. »Ericsson hat da wirklich gute Arbeit geleistet, finden Sie nicht? Man kann die Nummer des Anrufers sehen, so dass du einfach nicht drangehen kannst, wenn es jemand ist, mit dem du nicht sprechen willst. Wenn ich mich nicht irre, beginnt sich da jemand zu fragen, warum Sie nicht aufgetaucht sind. Denn Sie haben doch sicher nicht so viele Freunde, die Sie um diese Uhrzeit anrufen, oder Ivar?«

Er warf das Telefon über seine Schulter und Woo sprang geschmeidig einen Schritt zur Seite und fing es auf.

»Ruf die Auskunft an und finde heraus, wer diese Nummer hat und wo das ist. Sofort.«

Jens hockte sich neben Løken. »Langsam wird diese Operation sehr dringend, Ivar.«

Er hielt sich die Nase zu und blickte zu Boden, auf dem sich unter dem Stuhl eine Pfütze gebildet hatte.

»Also wirklich, Ivar.«

»Millie's Karaoke«, kam es von hinten auf Stakkato-Englisch. »Ich weiß, wo das ist.«

Jens klopfte Løken auf die Schulter.

»Sorry, aber wir müssen jetzt los, Ivar. Wenn wir wieder zurück sind, bringen wir Sie ins Krankenhaus, das verspreche ich, o.k.?«

Løken spürte die Vibration sich entfernender Schritte und wartete auf den Luftzug einer ins Schloss fallenden Tür. Er kam nicht. Stattdessen hörte er wieder das ferne Echo einer Stimme dicht bei seinem Ohr: »Ach ja, das habe ich fast vergessen, Ivar.« Er spürte den warmen Atem an seiner Schläfe.

»Wir brauchen etwas, um sie an die Pfähle zu binden. Kann ich mir mal diese Schlauchbinde ausleihen? Ich verspreche auch, dass ich sie Ihnen zurückbringe.«

Løken öffnete den Mund und spürte, wie sich die Schleimhaut in seinem Hals losriss, als er zu brüllen begann. Ein anderer hatte das Kommando in seinem Hirn übernommen, und er spürte, wie er an den Lederriemen zerrte, als er das Blut den Tisch überfluten sah. Die Ärmel seines Hemdes saugten es auf, bis sie rundum getränkt waren. Den Luftzug von der Tür spürte er nicht.

Harry sprang auf, als es an der Tür klopfte.

Unfreiwillig schnitt er eine Grimasse, als es nicht Løken war, sondern das Mädchen mit den Micky-Maus-Zöpfen.

»You *Hally, sil*?«

Er nickte.

»*Telephone.*«

»Was habe ich gesagt?«, sagte Liz. »Hundert Baht, dass es der Verkehr war.«

Er folgte dem Mädchen zur Rezeption und registrierte unterbewusst, dass sie die gleichen rabenschwarzen Haare und einen ähnlich schlanken Hals wie Runa hatte. Er starrte auf die kleinen, schwarzen Härchen unter ihrem Haaransatz im Nacken. Sie drehte sich um, lächelte rasch und streckte ihm die Hand entgegen. Er nickte und nahm den Hörer.

»Ja?«

»Harry? Ich bin's.«

Harry glaubte zu spüren, wie seine Adern anschwollen, als das Herz das Blut schneller durch seinen Körper pumpte. Er atmete ein paar Mal tief durch, ehe er ruhig und deutlich zu reden begann: »Wo ist Løken, Jens?«

»Ivar? Ach, wissen Sie, der hat alle Hände voll zu tun und konnte nicht kommen.«

Harry konnte an seiner Stimme erkennen, dass die Maskerade vorüber war, jetzt sprach wirklich Jens Brekke, die Person, mit der er beim ersten Mal im Büro gesprochen hatte. Der neckisch herausfordernde Ton eines Mannes, der sich seines Sieges schon sicher ist, die Zeit bis zum Gnadenstoß aber noch auskosten will. Harry versuchte, schnell etwas zu finden, damit sich das Blatt wieder zu seinen Gunsten wendete.

»Ich habe auf Ihren Anruf gewartet, Harry.« Es war

wirklich nicht die Stimme eines verzweifelten Menschen, sondern eines Mannes, der nonchalant mit einer Hand am Steuer saß.

»Tja, Sie sind mir zuvorgekommen, Jens.«

Jens lachte heiser. »Ich komme Ihnen wohl immer zuvor, oder, Harry? Wie fühlt sich das an?«

»Anstrengend. Wo ist Løken?«

»Wollen Sie wissen, was Runa vor ihrem Tod gesagt hat?«

Harry spürte ein Kribbeln unter der Haut auf seiner Stirn.

»Nein«, hörte er sich selbst sagen. »Ich will nur wissen, wo Løken ist, was Sie mit ihm gemacht haben und wo wir Sie finden können.«

»Ja, aber das sind ja drei Wünsche auf einmal!«

Die Membran des Telefonmikrofons zitterte bei seinem Lachen. Aber da war noch etwas anderes, das seine Aufmerksamkeit erregte, etwas, das er noch nicht identifizieren konnte. Das Lachen stoppte abrupt.

»Wissen Sie, wie viel Einsatz ein Arrangement wie dieses erfordert, Harry? Sich doppelt und dreifach abzusichern und alle nur möglichen Umwege zu gehen, um die Sache wasserdicht zu machen? Ganz zu schweigen von dem physischen Unbehagen. Töten ist eine Sache, aber glauben Sie etwa, die Tage im Gefängnis haben mir gefallen? Sie mögen mir vielleicht nicht glauben, aber was ich Ihnen über das Eingesperrtsein gesagt habe, stimmt wirklich.«

»Und warum haben Sie dann all diese Umwege gemacht?«

»Ich habe Ihnen schon gesagt, dass es nicht billig ist, das Risiko zu eliminieren, aber es lohnt sich, das ist immer so. Wie all die Arbeit, die es mich gekostet hat, es so aussehen zu lassen, als wäre Klipra der Täter.«

»Warum konnten Sie die Sache nicht einfacher gestalten? Sie alle niederschießen und die Sache dann der Mafia in die Schuhe schieben?«

»Sie denken wohl an einen dieser Loser, mit denen Sie

sonst zu tun haben, Harry. Wie die Spieler, die die Hälfte übersehen, den Haken an der Sache. Natürlich hätte ich Molnes, Runa und Klipra auch einfacher töten und darauf achten können, keine Spuren zu hinterlassen. Aber das hätte nicht gereicht. Denn spätestens, wenn ich das Molnes-Vermögen und Phuridell übernommen hätte, wäre es mehr als deutlich geworden, dass ich ein Motiv hatte, alle drei zu töten, nicht wahr? Drei Morde und eine Person, die in allen drei Fällen ein Motiv hat, sogar die Polizei könnte so eine Rechenaufgabe lösen, glauben Sie nicht auch? Auch ohne schlüssige Beweise hätten Sie mir das Leben zur Hölle machen können. Also musste ich Ihnen ein Alternativszenario geben, bei dem einer der Toten selbst der Schuldige war. Eine Lösung, die nicht zu kompliziert war, damit Sie sie finden konnten, aber auch nicht zu simpel, so dass Sie sich damit zufriedengaben. Sie sollten mir eigentlich dankbar sein, Harry, ich habe Sie doch wirklich gut aussehen lassen, als Sie auf die Spur von Klipra kamen, oder?«

Harry hörte nur halb hin, er war in Gedanken ein Jahr zurück. Da hatte er auch die Stimme eines Mörders im Ohr gehabt. Damals waren es die Hintergrundgeräusche gewesen, die ihn verraten hatten, doch jetzt hörte Harry nur ein leises Summen von Musik, die von überall her kommen konnte.

»Was wollen Sie, Jens?«

»Was ich will? Tja, was will ich? Wahrscheinlich nur ein bisschen reden.«

Mich aufhalten, dachte Harry. Er will mich aufhalten. Warum? Synthetische Trommeln schlugen leise und eine Klarinette hüpfte davon.

»Aber wenn Sie es wirklich konkret wissen wollen, ich habe nur angerufen, um Ihnen zu sagen …«

I Just Called To Say I Love You!

»… dass Ihre Kollegin wirklich ein Gesichtslifting gebrauchen könnte. Oder was meinen Sie, Harry? Harry?«

Der Telefonhörer pendelte in einem Bogen knapp über dem Boden.

Harry spürte den süßen Adrenalinstoß wie eine Spritze, während er über den Flur hastete. Das Mädchen mit den Micky-Maus-Zöpfen war entsetzt zurückgesprungen, als er den Hörer losgelassen, seine geliehene Ruger SP-101 in einer gleitenden Bewegung aus dem Hüfthalfter gezogen und geladen hatte. Hatte sie mitbekommen, dass er gerufen hatte, sie solle die Polizei alarmieren? Aber für solche Gedanken war jetzt keine Zeit, er war hier. Harry trat die erste Tür auf und blickte über seine Pistole hinweg in vier entsetzte Gesichter.

»Sorry.«

Im nächsten Raum hätte er beinahe aus bloßem Schrecken geschossen. In der Mitte des Zimmers stand ein winziger, dunkler Thailänder in silberglitzerndem Hosenanzug, Zuhälterbrille und mit weit gespreizten Beinen. Es dauerte ein paar Sekunden, bis Harry kapierte, was der Mann machte, doch dem Thai-Elvis waren die Reste von *Hound Dog* bereits im Hals stecken geblieben.

Harry starrte den Flur hinunter. Es mussten alles in allem mindestens fünfzig Zimmer sein. Sollte er Liz holen? Irgendwo in seinem Kopf hatte eine Alarmglocke zu läuten begonnen, doch sein Gehirn war bereits derart überlastet, dass er versucht hatte, sie auszuschalten. Jetzt hörte er sie plötzlich klar und deutlich. Liz! Scheiße, Scheiße, Jens *hatte* ihn aufgehalten.

Er stürmte den Flur hinunter, und als er um die Ecke kam, sah er sofort die Tür zu ihrem Zimmer offen stehen. Er dachte nicht mehr, fürchtete nichts mehr, hoffte nichts mehr, sondern rannte in dem Bewusstsein weiter, dass er die Grenze längst überschritten hatte, bis zu der das Töten schwierig war. Es war nicht mehr wie ein schlimmer Traum, in dem man durch hüfthohes Wasser laufen muss. Er stürmte durch die Tür und sah Liz gekrümmt hinter dem Sofa liegen. Er schwang die Pistole herum, doch zu spät. Etwas traf ihn unterhalb der Nieren, presste die Luft aus ihm heraus und im nächsten Augenblick spürte er, wie ihm der Hals abgedrückt wurde. Aus den Augenwinkeln sah er das Kabel des Mikrofons und wurde von dem nach Curry stinkenden Atem überwältigt.

Harry schlug den Ellenbogen nach hinten, spürte, dass er etwas getroffen hatte, und hörte ein Stöhnen.

»*Tay*«, sagte eine Stimme und eine Faust kam von hinten und traf ihn unter dem Ohr, so dass ihm schwarz vor Augen wurde. Er spürte sofort, dass irgendetwas Kostspieliges mit seinem Kiefer passiert war. Dann straffte sich das Kabel um seine Kehle wieder. Er versuchte, einen Finger dazwischenzuschieben, doch ohne Erfolg. Seine Zunge quoll ihm taub aus dem Mund, als küsste ihn jemand von innen. Vielleicht würde ihm diese Zahnarztrechnung ja doch erspart bleiben, es wurde bereits wieder dunkel.

Harry hatte Brausepulver im Hirn. Er schaffte es nicht wirklich, versuchte aber trotzdem, sich irgendwie auf das Sterben vorzubereiten, doch sein Körper gehorchte ihm nicht. Automatisch streckte er einen Arm nach oben, aber dort war kein Poolkescher, der ihn retten konnte. Es war nur ein Gebet, als würde er auf der Brücke des Siam Squares stehen und um das ewige Leben bitten.

»Stopp!«

Das Kabel um seinen Hals löste sich und Sauerstoff strömte in seine Lungen. Mehr, er musste noch mehr davon haben. Die Luft des ganzen Raums schien nicht genug und seine Lungen fühlten sich an, als wollten sie seine Brust sprengen.

»Lass ihn los!« Liz hatte sich hingekniet und deutete mit ihrer Smith & Wesson 650 auf Harry.

Harry spürte, wie sich Woo hinter ihm zusammenkauerte und das Kabel wieder straffte, doch jetzt hatte Harry die linke Hand hinter das Kabel bekommen.

»Erschieß ihn.« Harry hatte eine Donald-Duck-Stimme.

»Lass ihn los! Jetzt!« Liz' Pupillen waren schwarz vor Angst und Wut. Blut sickerte aus ihrem Ohr über den Wangenknochen und über den Hals.

»Er wird nicht loslassen, du musst schießen«, flüsterte Harry heiser.

»Jetzt!«, schrie Liz.

»Schieß!«, brüllte Harry.

»Halt's Maul!« Liz wedelte mit der Pistole herum, um das Gleichgewicht zu bewahren. Harry lehnte sich nach hinten gegen Woo. Es war, als würde man sich an eine Wand stützen. Liz hatte Tränen in den Augen und ihr Kopf kippte nach vorn. Harry kannte die Symptome. Sie hatte eine schwere Gehirnerschütterung und sie hatten nur wenig Zeit.

»Liz, hör jetzt auf mich!«

Das Kabel straffte sich und Harry spürte, wie es in die Haut seiner Handkante einschnitt.

»Deine Pupillen sind weit geöffnet, du bekommst gleich einen Schock, Liz! Hörst du! Du musst jetzt schießen, bevor es zu spät ist! Du wirst gleich ohnmächtig, Liz!«

Ein Schluchzen kam über ihre Lippen.

»Verflucht, Harry! Ich kann das nicht, ich ...«

Das Kabel glitt wie Butter durch sein Fleisch. Er versuchte, die Faust zu ballen, doch einige Nerven mussten durchtrennt worden sein.

»Liz! Sieh mich an! Liz!«

Liz blinzelte und blinzelte und sah ihn mit schwimmenden Augen an.

»Das wird verdammt noch mal gutgehen, Liz. Kannst du verstehen, warum die diese Nordchinesen in die Armee holen? Verdammt, es gibt auf der ganzen Welt keine größeren Zielscheiben. Sieh dir den Kerl doch an, Liz. Wenn du es irgendwie schaffst, an mir vorbeizuschießen, bist du quasi gezwungen, ihn zu treffen!«

Sie sah ihn mit offenem Mund an, dann senkte sie die Pistole und begann zu lachen. Harry versuchte, Woo zu stoppen, der an ihm vorbeiging, doch es war, als hätte Harry sich einer Lokomotive in den Weg gestellt. Sie waren über ihr, als etwas in Harrys Gesicht explodierte. Wieder schoss ein stechender Schmerz durch seine Nervenbahnen, doch dieses Mal war er anders, irgendwie brennend. Er roch ihr Parfüm und spürte ihren Körper unter dem massiven

Gewicht von Woo nachgeben, der sie alle drei zu Boden drückte. Das Echo des Donners rollte durch die geöffnete Tür auf den Flur hinaus. Dann wurde es still.

Harry atmete. Er lag eingeklemmt zwischen Woo und Liz, doch er spürte, wie sich seine Brust hob und senkte. Das konnte nur bedeuten, dass er noch am Leben war. Etwas tropfte und tropfte. Er versuchte, den Gedanken von sich zu weisen, er hatte jetzt keine Zeit dafür, keine Zeit für den nassen Tau, die kalten, salzigen Tropfen gegen die Decke. Dies hier war nicht Sydney. Sie fielen auf Liz' Stirn, auf ihre Augenlider. Dann hörte er wieder ihr Lachen. Liz' Augen öffneten sich und wurden zu zwei schwarzen Fenstern, umgeben von weißen Rahmen auf einer rot bemalten Wand. Großvaters Axthiebe, trockene, dumpfe Schläge, wenn das Holz auf dem hart gestampften Boden aufschlug. Der Himmel war blau, das Gras kitzelte an den Ohren und eine Möwe flog immer wieder in sein Blickfeld. Er hatte Lust zu schlafen, doch sein ganzes Gesicht stand in Flammen, er roch den Gestank seines eigenen verschmorten Fleisches, in dessen Poren sich das Pulver eingebrannt hatte,

Mit einem Stöhnen rollte er sich aus dem menschlichen Sandwich. Liz lachte noch immer, ihre Augen waren weit aufgerissen und er ließ sie.

Dann wälzte er Woo auf den Rücken. Sein Gesicht war in einem überraschten Ausdruck erstarrt. Sein Mund war halb geöffnet, als wollte er gegen das schwarze Loch in seiner Stirn protestieren. Er hatte Woo bewegt, hörte es aber noch immer tropfen. Er drehte sich zur Wand um und registrierte, dass er sich das nicht nur eingebildet hatte. Madonna hatte schon wieder eine andere Haarfarbe. Woos Zöpfchen hatte sich ganz oben an den Bilderrahmen geklebt und gab ihr einen schwarzen Punkerlook, aus dem etwas tropfte, das wie eine Mischung aus Rührei und Rote-Bete-Saft aussah. Es fiel mit einem weichen Klatschen auf den dicken Teppich.

Liz lachte und lachte.

»So, ihr feiert hier eine Party?«, hörte er eine Stimme aus der Türöffnung. »Und den lieben Jens habt ihr nicht eingeladen? Dabei dachte ich, wir wären Freunde …«

Harry drehte sich nicht um, seine Augen suchten fieberhaft den Boden nach seiner Pistole ab. Sie musste unter den Tisch oder hinter den Sessel gerutscht sein, als ihm Woo den Schlag in den Rücken versetzt hatte.

»Suchen Sie die hier, Harry?«

Natürlich. Er drehte sich langsam um und starrte in die Mündung seiner eigenen Ruger SP-101. Er wollte den Mund öffnen und etwas sagen, als er es sah. Jens würde schießen. Er hielt die Pistole mit beiden Händen und hatte sich bereits ein wenig nach vorn gelegt, um den Rückstoß abzufangen.

Er sah den Beamten, der im Schrøder gesessen und mit dem Stuhl gewippt hatte, seine nassen Lippen, das verächtliche Lächeln, das nicht lächelte, aber trotzdem da war. Das gleiche unsichtbare Lächeln, das die Polizeipräsidentin aufsetzen würde, wenn sie um eine Gedenkminute für Harry Hole bat.

»Das Spiel ist aus, Jens«, hörte er sich selbst sagen. »Damit kommen Sie nicht davon.«

»Das Spiel ist aus? Sagt man das wirklich so?« Jens seufzte und schüttelte den Kopf. »Sie haben zu viele schlechte Krimis gesehen, Harry.«

Der Finger krümmte sich um den Abzug.

»Aber o. k., Sie haben recht – es ist aus. Sie haben es gerade hingekriegt, dass die Sache für mich jetzt noch besser aussieht, als ich geplant hatte. Was glauben Sie, wer bekommt die Schuld, wenn man einen Handlanger der Mafia und zwei Polizisten findet, die sich gegenseitig erschossen haben?«

Jens kniff ein Auge zu, was bei den knapp drei Metern Abstand kaum nötig war. Kein Spieler, dachte Harry, schloss die Augen und holte unbewusst tief Luft, um die Kugel in Empfang zu nehmen.

Seine Trommelfelle wurden zerfetzt. Drei Mal. Kein

Spieler. Harry spürte seinen Rücken an die Wand schlagen, oder auf den Boden, er hatte keine Ahnung, und der Korditgestank brannte in der Nase. Kordit? Er kapierte gar nichts mehr. Jens hatte doch drei Mal geschossen, da sollte er doch längst nicht mehr in der Lage sein, etwas zu riechen.

»Verfluchte Scheiße!« Es klang, als brüllte jemand durch eine Decke.

Der Rauch trieb zur Seite und er sah Liz an die Wand gelehnt, in der einen Hand die rauchende Waffe, die andere auf ihren Bauch gepresst.

»Verdammt, der hat mich getroffen! Bist du da, Harry?«

Bin ich da?, fragte sich Harry. Er erinnerte sich dunkel an den Schlag in der Hüfte, der ihn herumgewirbelt hatte.

»Was ist passiert?«, rief Harry, noch immer halb taub.

»Ich habe zuerst geschossen. Ich habe getroffen. Ich weiß, dass ich getroffen habe, Harry. Verdammt, wie hat der es noch nach draußen geschafft?«

Harry richtete sich auf, riss die Tassen vom Tisch und brachte schließlich die Beine unter sich. Sein linker Fuß war eingeschlafen. Eingeschlafen? Er legte die Hand auf seine Hüfte und spürte, dass die Hose ganz nass war. Er wollte sich das gar nicht erst ansehen. Stattdessen streckte er die Hand aus.

»Gib mir die Pistole, Liz.«

Sein Blick war auf die Tür gerichtet. Blut. Es war Blut auf dem Linoleum. Diese Richtung. Diese Richtung nach draußen, Hole. Du musst nur den Spuren folgen. Er sah zu Liz. Auf ihrem blauen Hemd quoll eine rote Rose zwischen ihren Fingern hervor. Scheiße, verfluchte Scheiße!

Sie stöhnte und reichte ihm ihre Smith & Wesson 650.

»Apport, Harry.«

Er zögerte.

»Verdammt noch mal, das ist ein Befehl!«

KAPITEL 52

Er warf bei jedem Schritt das Bein nach vorn und hoffte, dass es nicht unter ihm wegknicken würde. Es flimmerte vor seinen Augen und er wusste, dass sein Gehirn gerade versuchte, vor den Schmerzen zu fliehen. Er hinkte an dem Mädchen an der Rezeption vorbei, die erstarrt für Edvard Munchs »Schrei« Modell zu stehen schien, doch es kam kein Laut über ihre Lippen.

»Rufen Sie einen Krankenwagen!«, brüllte Harry und sie wachte auf. »Doktor!«

Dann war er draußen. Der Wind hatte sich gelegt und es war warm, drückend warm. Ein Auto stand mit offener Tür quer auf der Straße und der Fahrer war ausgestiegen, fuchtelte wild mit den Armen in der Luft herum und zeigte immer wieder nach oben. Hinter dem Wagen war eine Bremsspur. Harry riss die Arme hoch und lief auf die Straße. Er achtete nicht auf die Autos, denn er wusste, dass sie vielleicht anhalten würden, wenn sie sahen, dass er einfach loslief. Gummi kreischte. Er starrte dorthin, wohin der Fahrer zeigte. Eine Karawane grauer Elefanten passierte über ihm den Sternenhimmel. Sein Gehirn schaltete sich wie ein billiges Autoradio immer wieder aus und ein einsames Trompeten erfüllte die Nacht. Bis zum Rand. Harry spürte den Sog des hupenden Lastwagens, der ihm fast die Kleider vom Leib riss, als er an seinen Hacken vorbeidonnerte.

Er war wieder zurück, seine Augen suchten die Betonpfeiler ab. Yellow brick road. BERTS. Ja, warum nicht? Irgendwie wirkte es logisch.

Eine Stahlleiter führte zu einem Loch im Beton, fünfzehn, zwanzig Meter über ihm. Durch das Loch konnte er einen Zipfel des Monds sehen. Er nahm den Griff der Pistole zwischen die Zähne, registrierte, dass der Gürtel lose herabhing, und versuchte, gar nicht erst daran zu denken, was eine Kugel, die in der Lage war, eine Gürtelschnalle zu durchschlagen, mit seiner Hüfte angestellt haben könnte. Mit den Armen zog er sich an der Leiter hoch. Der Stahl presste sich in die Wunde, die das Kabel an seinem Hals hinterlassen hatte.

Nichts spüren, dachte Harrry und fluchte, als er den Halt verlor, weil das Blut seine Hand wie ein glitschiger, roter Spülhandschuh überzog. Es gelang ihm, den rechten Fuß auf eine Sprosse zu stützen, er beugte das Knie, sprang ab und fand eine Sprosse höher erneut Halt. Jetzt ging es besser. Wenn er nur nicht ohnmächtig wurde. Er sah nach unten. Zehn Meter? Nein, er durfte definitiv nicht ohnmächtig werden. Weiter. Es wurde dunkel. Zuerst glaubte er, ihm selbst sei schwarz vor Augen geworden, so dass er nicht mehr weiterkletterte, doch als er nach unten blickte, konnte er die Autos sehen und eine Polizeisirene hören, die wie ein Sägeblatt durch die Luft schnitt. Er sah wieder nach oben. Das Loch am Ende der Leiter war schwarz geworden. Waren Wolken aufgezogen? Ein Tropfen zersprang auf dem Lauf der Pistole. Schon wieder ein Mangoschauer? Harry versuchte, einen weiteren Schritt zu machen. Er spürte sein Herz klopfen, unregelmäßig, den einen oder anderen Schlag aussetzend, es tat sicher, was es konnte.

Was soll das Ganze?, fragte er sich und sah nach unten. Bald war der erste Streifenwagen da. Jens war sicher bereits über diesen Geisterweg entschwunden, grölend vor Lachen, und kletterte jetzt irgendwo in einem anderen Viertel nach unten, um dann – schwups – in der Menschenmenge unterzutauchen. Der Zauberer von diesem verdammten Oz.

Der Tropfen rann am Schaft entlang und zwischen Harrys zusammengebissene Zähne.

Drei Gedanken meldeten sich gleichzeitig. Der erste lautete, wenn Jens gesehen hatte, dass Harry lebendig aus Millie's

Karaoke gelaufen war, würde er sicher nicht abhauen – er hatte keine Wahl, er musste sein Werk vollenden.

Der zweite sagte, dass Regentropfen weder süßlich noch metallisch schmecken.

Der dritte Gedanke war der, dass es sich nicht bewölkt hatte, sondern dass jemand das Loch versperrte, jemand, der blutete.

Dann ging alles sehr schnell.

Er hoffte, noch genug Nerven in seiner linken Hand zu haben, um sich festzuhalten, riss mit der rechten die Pistole aus seinem Mund, sah Funken von oben über die Sprossen herabstieben, hörte das Pfeifen des Projektils und spürte ein Zupfen an seinem Hosenbein, ehe er selbst die Waffe auf das schwarze Loch gerichtet hatte und feuern konnte. Er spürte den Rückstoß in seinem lädierten Kiefer. Auch oben leuchtete Mündungsfeuer auf und Harry schoss, bis sein Magazin leer war. Er drückte immer wieder ab, doch es war nur ein metallisches Klicken zu hören. Verdammter Amateur.

Er konnte den Mond wieder sehen, ließ die Pistole fallen und kletterte weiter die Leiter hoch, als die Waffe unten aufschlug. Dann war er oben. Die Straße, die Werkzeugkoffer und die Baumaschinen badeten im gelben Licht des lächerlich großen Ballons, den jemand über ihnen aufgehängt hatte. Jens saß mit auf den Bauch gepressten Händen auf einem Haufen Bausand und bewegte seinen Oberkörper kichernd hin und her.

»Verdammt, Harry, jetzt hast du aber Mist gebaut. Sieh her.«

Er nahm die Arme zur Seite. Es quoll heraus, dick und glänzend.

»Schwarzes Blut. Das bedeutet, dass du die Leber getroffen hast, Harry. Da laufe ich noch Gefahr, dass mir mein Arzt verbietet, Alkohol zu trinken. Das ist gar nicht gut.«

Die Polizeisirenen wurden immer lauter. Harry versuchte, seinen Atem unter Kontrolle zu bringen.

»An deiner Stelle würde ich das nicht so schwernehmen,

Jens. Ich habe gehört, dass der Cognac in den thailändischen Gefängnissen sowieso nicht sonderlich gut sein soll.«

Er begann, auf Jens zuzuhinken, der nun erneut die Waffe auf ihn richtete.

»Na, na, jetzt werd mal nicht übermütig, Harry, das tut nur ein bisschen weh. Nichts, was sich für Geld nicht regeln ließe.«

»Du hast keine Munition mehr«, sagte Harry und ging weiter.

Jens lachte und musste husten.

»Guter Versuch, Harry, aber ich fürchte, nur du hast dein Magazin leer geschossen. Ich kann nämlich zählen.«

»Kannst du das?«

»Hä, hä, ich dachte, das hätte ich dir erklärt. Zahlen. Davon lebe ich.«

Er zeigte es mit den Fingern der freien Hand an.

»Zwei für dich und diese Tussi im Karaokeschuppen und drei auf der Leiter. Bleibt eine für dich übrig, Harry. Manchmal sollte man sich etwas für schlechte Zeiten aufheben, meinst du nicht?«

Harry war nur noch zwei Schritte entfernt.

»Du hast zu viele schlechte Krimis gesehen, Jens.«

»Die berühmten letzten Worte.«

Jens setzte eine bedauernde Miene auf und drückte ab. Das Klicken war ohrenbetäubend. Jens' Gesichtsausdruck wandelte sich in grenzenlose Ungläubigkeit.

»Nur in schlechten Krimis haben alle Pistolen sechs Schuss, Jens. Das da ist eine Ruger SP-101. Die hat fünf.«

»Fünf?« Jens starrte die Pistole an. »Fünf? Woher wusstest du das?«

»Ich lebe davon, dass ich so was weiß.«

Harry konnte das Blaulicht unten auf der Straße sehen. »Am besten, du gibst mir die Waffe, Jens. Polizisten haben so eine Tendenz zu schießen, wenn sie eine Pistole sehen.«

Die Verwirrung stand Jens ins Gesicht geschrieben, als er Harry die Waffe reichte, der sie unter seinen Hosenbund schob. Vielleicht war es der fehlende Gürtel, der die Pistole an seinem Bein nach unten rutschen ließ, vielleicht war er einfach müde oder hatte einen Moment lang die Konzentration verloren, als er die Kapitulation in Jens' Augen sah. Überrumpelt von Jens' rascher Bewegung taumelte er nach hinten, als der Schlag ihn traf, und registrierte, dass sein linkes Bein unter ihm nachgab, ehe er mit dem Hinterkopf auf dem Beton aufschlug.

Er war einen Moment lang weggetreten. Das konnte er sich jetzt nicht erlauben. Frenetisch suchte sein inneres Radio nach einer Station. Das Erste, was er sah, war das Aufblitzen eines Goldzahns. Harry blinzelte. Es war kein Goldzahn, es war das Mondlicht, das sich auf der Klinge des samischen Messers spiegelte. Dann senkte sich der durstige Stahl zu ihm hinunter.

Harry würde nie eine Antwort darauf bekommen, ob er einfach instinktiv gehandelt hatte oder ob seinem Tun eine Überlegung zugrunde lag. Seine linke Hand streckte sich mit gespreizten Fingern dem Messer entgegen und die Klinge schnitt sich weich durch die Handfläche. Als sie bis zum Schaft hindurchgedrungen war, riss Harry die Hand zu sich und trat mit seinem unverletzten Bein zu. Er traf irgendwo in das schwarze Blut, Jens klappte zusammen, stöhnte und fiel seitlich in den Sand. Harry rappelte sich auf die Knie auf. Jens hatte sich in Säuglingsstellung zusammengekauert und presste beide Hände auf seinen Bauch. Er heulte. Ob vor Lachen oder vor Schmerz, war schwer zu sagen.

»Verdammt, Harry. Das tut so weh, das ist schon wieder fantastisch.«

Er rang nach Atem, grunzte und lachte abwechselnd.

Harry kam auf die Beine. Er blickte auf das Messer, das in seiner Hand steckte, unsicher, was er tun sollte: es herausziehen oder wie einen Korken in der Hand stecken lassen? Unten auf der Straße hörte er jemanden in ein Megafon sprechen.

»Weißt du, was jetzt geschieht, Harry?« Jens hatte die Augen geschlossen.

»Nicht wirklich.«

Jens machte eine Pause und sammelte sich. »Dann erklär ich dir jetzt mal, was passieren wird, Harry. Jetzt ist Zahltag für einen ganzen Haufen Polizisten, Juristen und Richter. Zum Teufel mit dir, Harry, das wird mich teuer zu stehen kommen.«

»Wie meinst du das?«

»Wie ich das meine? Du spielst wohl wieder den norwegischen Pfadfinder, was? Alles ist käuflich. Wenn man Geld hat. Und ich habe Geld. Außerdem ...« Er hustete.

»... gibt es da ein paar Politiker mit Interesse an der Bauwirtschaft, denen es wichtig ist, dass BERTS nicht vor die Hunde geht.«

Harry schüttelte den Kopf. »Dieses Mal nicht, Jens. Dieses Mal nicht.«

Jens fletschte die Zähne zu einem schmerzerfüllten Grinsen.

»Wollen wir wetten?«

Geh weg, dachte Harry. Tu jetzt nichts, was du später bereust, Hole. Er sah auf die Uhr, ein Reflex. Der Zeitpunkt der Festnahme, für den Bericht.

»Eine Sache ist mir nicht ganz klar, Jens. Hauptkommissarin Crumley meinte, ich hätte zu viel verraten, als ich dich nach Ellem Limited fragte. Vielleicht habe ich das. Aber du weißt schon seit einiger Zeit, dass ich dich als Täter identifiziert hatte, nicht wahr?«

Jens versuchte, seinen Blick auf Harry zu heften.

»Eine ganze Weile. Deshalb habe ich nicht verstanden, warum du dir so viel Mühe gegeben hast, mich aus der Untersuchungshaft zu holen. Warum, Harry?«

Harry spürte, wie ihm schwindelig wurde, und setzte sich auf einen der Werkzeugkoffer.

»Nun, vielleicht war es mir da noch nicht ganz klar. Vielleicht wollte ich wissen, welche Karte du als Nächstes ausspielst. Oder ich wollte dich irgendwie aufscheuchen, ich weiß nicht. Woran hast du erkannt, dass ich es wusste?«

»Jemand hat es mir gesagt.«

»Unmöglich. Ich habe kein Wort darüber verloren, erst heute Abend.«

»Jemand hat es erkannt, ohne dass du etwas gesagt hast.«

»Runa?«

Jens' Kinn zitterte und er hatte weißen Speichel in den Mundwinkeln. »Weißt du was, Harry? Runa hatte das, was man Intuition nennt. Ich nenne es die Fähigkeit, etwas zu beobachten. Du musst lernen, deine Gedanken besser zu verbergen, Harry, dich dem Feind nicht zu öffnen. Denn es ist unglaublich, was eine Frau zu sagen bereit ist, wenn man ihr damit droht, ihr das abzuschneiden, was sie zur Frau macht. Ja, denn eine Frau zu werden, das hat sie noch geschafft, nicht wahr, Harry? Du ...«

»Womit hast du ihr gedroht?«

»Die Brustwarzen. Ihr die Brustwarzen abzuschneiden. Was hältst du davon, Harry?«

Harry hatte das Gesicht zum Himmel gestreckt und die Augen geschlossen, als warte er auf Regen.

»Habe ich etwas Falsches gesagt, Harry?«

Harry spürte warme Luft durch seine Nase streichen.

»Sie hat auf dich gewartet, Harry.«

»In welchem Hotel wohnst du, wenn du in Oslo bist?«, flüsterte Harry.

»Runa sagte, du würdest kommen und sie retten, du wüsstest, dass ich es war, der sie entführt hatte. Sie hat geheult wie ein Kind und mit dieser Prothese um sich geschlagen, es sah wirklich witzig aus. Dann ...«

Das Geräusch von zitterndem Stahl. Klang, klang. Sie kletterten die Leiter hoch. Harry blickte auf das Messer, das in seiner Hand steckte. Nein. Er sah sich um. Jens' Stimme kratzte in seinem Ohr. Ein süßes Kribbeln stieg von irgendwo ganz unten in seinem Bauch hoch, ein leichtes Sausen im Kopf, wie ein Champagner-Rausch. Tu es nicht,

Hole, halt dich fest. Aber er konnte bereits das ekstatische Gefühl des freien Falls vernehmen. Er ließ los.

Das Schloss des Werkzeugkoffers gab beim zweiten Tritt nach. Der Presslufthammer war von der Marke Wacker, ein leichtes Modell, kaum mehr als zwanzig Kilo schwer und startete auf den ersten Knopfdruck. Jens klappte abrupt den Mund zu und seine Augen weiteten sich, als sein Hirn nach und nach begriff, was jetzt geschehen würde.

»Harry, du kannst nicht ...«

»Mund auf«, sagte Harry.

Das Brüllen des vibrierenden Stahls erstickte den Verkehrslärm unter ihnen, das scheppernde Megafon und das Zittern der stählernen Leiter. Harry lehnte sich breitbeinig vor, das Gesicht noch immer zum Himmel gewandt, die Augen geschlossen. Es regnete.

Harry ließ sich in den Sand fallen. Legte sich auf den Rücken und blickte in den Himmel, er war am Strand, sie fragte ihn, ob er sie eincremen könne, sie hätte so empfindliche Haut. Wollte keinen Sonnenbrand bekommen. Dann waren sie da, rufende Stimmen, Stiefel auf Beton und das glatte Klicken der Ladegriffe. Er öffnete die Augen und wurde von einer Taschenlampe geblendet, die auf ihn herabschien. Dann bewegte sich der Lichtkegel weiter und er sah die Silhouette von Rangsan.

»Und?«

»Keine Löcher«, sagte Harry und nahm noch den Geruch seiner eigenen Galle war, ehe ihm der Mageninhalt Mund und Nase verstopfte.

Kapitel 53

Liz wachte auf und wusste, wenn sie jetzt die Augen öffnete, würde sie die gelbe Decke mit dem T-förmigen Riss im Putz sehen. Seit zwei Wochen starrte sie jetzt darauf. Wegen ihres Schädelbruches durfte sie weder lesen noch fernsehen, bloß ein bisschen Radio hören. Die Schusswunde würde schnell heilen, sagten sie, es seien keine lebenswichtigen Organe betroffen.

Jedenfalls keine für sie lebenswichtigen.

Ein Arzt war bei ihr gewesen und hatte sie gefragt, ob sie jemals vorgehabt habe, Kinder zu bekommen. Sie hatte den Kopf geschüttelt und den Rest nicht hören wollen. Er hatte sie in Ruhe gelassen. Später war noch Zeit genug für schlechte Nachrichten, jetzt versuchte sie sich erst einmal auf die guten zu konzentrieren. Zum Beispiel auf diejenige, dass sie in den nächsten Jahren nun doch nicht den Verkehr regeln musste. Und dass der Polizeichef bei ihr gewesen war und ihr ein paar Wochen Ferien zugesagt hatte.

Sie ließ ihren Blick zum Fensterrahmen wandern. Versuchte, den Kopf zu drehen, doch sie hatten etwas über ihren Kopf gestellt, das wie ein Bohrturm aussah, so dass sie ihren Nacken unmöglich bewegen konnte.

Sie mochte es gar nicht, allein zu sein, hatte es noch nie gemocht. Tonje Wiig war am Tag zuvor bei ihr gewesen und hatte sie gefragt, ob sie wisse, wo Harry Hole abgeblieben sei. Als hätte Liz, während sie im Koma lag, irgendwie telepathisch mit Harry Verbindung gehabt. Aber Liz verstand, dass Wiigs Sorgen mehr als nur professioneller Natur waren, und hatte keinen Kommentar dazu abgegeben, sondern nur gesagt, dass er schon wieder auftauchen würde.

Tonje Wiig hatte so einsam und verloren ausgesehen, als hätte sie gerade festgestellt, dass ihr Zug ohne sie abgefahren war. Na ja, sie würde sich schon wieder fangen. Sie sah so aus. Sie hatte erfahren, dass sie die neue Botschafterin werden sollte, Dienstbeginn 1. Mai.

Jemand räusperte sich. Sie öffnete die Augen.

»Wie geht's?«, fragte eine heisere Stimme.

»Harry?«

Ein Feuerzeug klickte und sie roch Zigarettenqualm.

»Du bist also zurück?«, sagte sie.

»Ich halt mich so eben über Wasser.«

»Was machst du?«

»Experimente«, sagte er. »Suche die ultimative Methode, das Bewusstsein zu verlieren.«

»Man hat mir erzählt, du seist einfach aus dem Krankenhaus marschiert.«

»Sie konnten nichts mehr für mich tun.«

Sie lachte vorsichtig, indem sie die Luft in kleinen, kurzen Stößen ausatmete.

»Was hat er gesagt?«, fragte Harry.

»Bjarne Møller? Dass es in Oslo regnet und der Frühling in diesem Jahr früh zu kommen scheint. Ansonsten alles wie immer, er hat mich gebeten, dir Grüße auszurichten und zu sagen, dass alle zufrieden und glücklich und erleichtert seien. Verwaltungschef Torhus hat Blumen gebracht und nach dir gefragt. Er hat mich gebeten, dir zu gratulieren.«

»Was hat Møller gesagt?«, wiederholte Harry.

Liz seufzte.

»O.k., ich habe gesagt, was ich sagen sollte, und er hat es überprüft.«

»Und?«

»Du weißt, wie gering die Wahrscheinlichkeit ist, dass Brekke etwas mit diesem Vergewaltigungsfall zu tun hat, nicht wahr?«

»Ja.« Sie konnte den Tabak knistern hören, als er an der Zigarette zog.
»Vielleicht solltest du die Sache einfach vergessen, Harry.«
»Warum?«
»Diese Ex von Brekke hat die Frage überhaupt nicht kapiert. Sie hat sich von ihm getrennt, weil sie ihn langweilig fand, einen anderen Grund hatte sie nicht. Und …«
Sie atmete ein.
»Und er war nicht einmal in Oslo, als das mit deiner Schwester passiert ist.«
Da sie ihn nicht ansehen konnte, versuchte sie zu hören, wie er es aufnahm.
»Tut mir leid«, sagte sie.
Sie hörte die Zigarette fallen und dann das Quietschen einer Gummisohle auf dem Steinboden.
»Tja. Ich wollte nur sehen, wie es dir geht«, sagte er. Stuhlbeine scharrten über den Boden.
»Harry?«
»Ja, ich bin hier.«
»Nur eines noch. Komm wieder, versprichst du mir das? Bleib nicht da draußen.«
Sie hörte ihn atmen.
»Ich komme wieder zurück«, sagte er tonlos, als sei dieser Satz ein Refrain, den er längst leid war.

Kapitel 54

Er sah den Staub in einem einsamen Lichtstrahl tanzen, der durch einen Spalt in den Dielen über ihm drang. Das Hemd klammerte sich an seinen Körper wie eine zu Tode erschrockene Frau, der Schweiß brannte auf seinen Lippen und vom Gestank des Bodens wurde ihm übel. Doch dann bekam er die Pfeife zu fassen, eine Hand hielt die Nadel und schmierte das Loch mit dem schwarzen Teer ein, hielt die Pfeife dann ruhig direkt über die Flamme und alles wurde wieder weicher. Nach dem zweiten Zug stellten sie sich ein: Ivar Løken, Jim Love und Hilde Molnes. Nach dem dritten Zug kamen die anderen. Doch eine fehlte. Er zog den Rauch tief in die Lungen, ließ ihn dort, bis er zu zerspringen glaubte, und endlich tauchte auch sie auf. Sie stand in der Verandatür und die Sonne schien ihr seitlich aufs Gesicht. Zwei Schritte, dann schwebte sie in einer weich gezeichneten Linie durch die Luft, schwarz, den Körper gespannt von den Fußsohlen bis zu den Fingerspitzen. Unendlich langsam durchbrach sie die Wasseroberfläche wie ein weicher Kuss, drang tiefer und tiefer, bis sich das Wasser schließlich über ihr schloss. Ein paar Luftblasen stiegen an die Oberfläche und eine Welle schwappte an den Rand des Beckens. Dann wurde es still und das grüne Wasser spiegelte den Himmel, als hätte sie nie existiert. Er inhalierte ein letztes Mal, legte sich mit dem Rücken auf die Bambusmatte und schloss die Augen. Dann hörte er das weiche Gluckern ihrer Schwimmzüge.

Sind Sie auch zum Nesbø-Fan geworden?
Dann registrieren Sie sich einfach
unter *www.nesbo.de* oder schreiben Sie
eine E-Mail an *info@nesbo.de* und wir
informieren Sie automatisch, wenn der nächste Thriller
mit Harry Hole erscheint.

Lesen Sie hier, wie es mit Harry Holes nächstem Fall weitergeht:

Jo Nesbø

Rotkehlchen

Kriminalroman
Aus dem Norwegischen von Günther Frauenlob

Der Osloer Kriminalbeamte Harry Hole muss das Dezernat für Gewaltverbrechen verlassen und wird gegen seinen Willen zum polizeilichen Überwachungsdienst versetzt. Eines Tages erhält seine neue Dienststelle Informationen über ein gefährliches Spezialgewehr, das über Südafrika nach Norwegen geschmuggelt wurde. Alle Spuren weisen in die Vergangenheit, auf eine Gruppe von Kollaborateuren, die während des Zweiten Weltkriegs an der Seite der Nationalsozialisten gekämpft haben. Offenbar haben diese Kräfte einen Anschlag geplant. Aber auf wen? Und warum? Ebenso unbekannt wie das Ziel des Attentats ist das dahinterstehende Motiv, und so begibt sich Harry Hole in die düstere Schattenwelt der alten und neuen Nazis, um das Geflecht aus Lebenslügen, Schuld und lange zurückliegenden Bluttaten zu entwirren.

»Beeindruckend gut komponiert und ungeheuer spannend« *Aftenposten*

Lesen Sie auf den nächsten Seiten, wie der Roman beginnt.

Mautstation Alnabru, 1. November 1999

1 Immer wieder flatterte ein grauer Vogel durch Harrys Blickfeld. Er trommelte auf das Lenkrad. Langsame Zeit. Irgendjemand hatte gestern im Fernsehen über die langsame Zeit gesprochen. Das hier war langsame Zeit. Wie am Heiligen Abend, bevor das Christkind kam, oder auf dem elektrischen Stuhl, ehe der Strom eingeschaltet wurde.

Er trommelte noch härter.

Sie hatten auf dem offenen Platz hinter den Kassenhäuschen der Mautstation geparkt. Ellen stellte das Autoradio ein bisschen lauter. Der Reporter sprach mit festlicher, andächtiger Stimme:

»Das Flugzeug landete vor fünfzig Minuten und exakt um 6 Uhr 38 betrat der Präsident norwegischen Boden. Er wurde vom Bürgermeister der Gemeinde Ullensaker willkommen geheißen. Es ist ein schöner Herbsttag hier in Oslo, ein idealer Rahmen für das Gipfeltreffen. Lassen Sie uns noch einmal hören, was der Präsident sagte, als er vor einer halben Stunde mit der Presse zusammentraf.«

Das war die dritte Wiederholung. Harry musste wieder an das stimmliche Durcheinander der Reporterschar denken, die sich gegen die Absperrung drückte. An die Männer in den grauen Anzügen auf der anderen Seite der Barrieren, die nur halbherzig versuchten, nicht wie Secret-Service-Agenten auszusehen. Sie zuckten mit den Schultern, beobachteten die Menschenmenge, überprüften zum zwölften Mal, ob ihr Knopf auch richtig im Ohr saß, beobachteten die Menschen, schoben sich die Sonnenbrillen zurecht, beobachteten die Menschen, ließen ihren Blick ein paar Sekunden lang auf einem Fotografen ruhen, der ein etwas zu langes Teleobjektiv hatte, beobachteten weiter und überprüften zum dreizehnten Mal, ob der Knopf richtig saß. Jemand hieß den Präsidenten auf Englisch willkommen, es wurde still und dann knackte es im Mikrofon.

»*First let me say I'm delighted to be here …*«, sagte der Präsident zum vierten Mal in heiserem, breitem Amerikanisch.

»Ich habe gelesen, dass ein bekannter amerikanischer Psychologe der Meinung ist, der Präsident leide an MPS«, sagte Ellen.

»MPS?«

»Multiple Persönlichkeitsstörung. Dr. Jekyll und Mr Hyde. Der Psychologe behauptet, dass seine normale Persönlichkeit nichts von dem anderen, sexbesessenen Wesen wisse, das es mit all diesen Frauen getrieben hat. Und dass ihn deshalb auch kein Gericht dafür verurteilen könne, unter Eid gelogen zu haben.«

»Is' ja 'n Ding«, sagte Harry und sah zu dem Helikopter auf, der hoch über ihnen in der Luft stand.

Im Radio fragte eine Stimme mit norwegischem Akzent:

»Herr Präsident, das ist der erste Norwegenbesuch eines amtierenden amerikanischen Präsidenten. Was empfinden Sie dabei?«

Pause.

»Es ist sehr schön, wieder hierher zu kommen. Und

dass die Führungen des Staates Israel und des palästinensischen Volkes sich hier treffen können, erachte ich als noch wichtiger. Es ist der Schlüssel zu ...«

»Erinnern Sie sich an Ihren letzten Besuch in Norwegen, Herr Präsident?«

»Norwegen hat eine wichtige Rolle gespielt.«

Eine Stimme ohne norwegischen Akzent:

»Für wie realistisch halten Sie es als Präsident, dass konkrete Resultate erreicht werden?«

Die Übertragung wurde unterbrochen und durch eine Stimme aus dem Studio fortgesetzt.

»Wir haben es also gehört. Der Präsident ist der Meinung, dass Norwegen eine entscheidende Rolle für ... äh, den Frieden im Nahen Osten innehat. Zum jetzigen Zeitpunkt befindet sich der Präsident auf dem Weg nach ...«

Harry stöhnte und stellte das Radio aus. »Was ist eigentlich mit diesem Land los, Ellen?«

Sie zuckte mit den Schultern.

»Punkt 27 passiert«, knackte es im Walkie-Talkie auf dem Armaturenbrett.

Er sah sie an.

»Alle auf dem Posten?«, fragte er. Sie nickte.

»Jetzt dauert's nicht mehr lang«, versicherte er. Sie verdrehte die Augen. Das war das fünfte Mal, dass er das sagte, seit der Konvoi in Gardermoen gestartet war. Von ihrem Platz aus konnten sie die leere Autobahn von der Mautstation bis hinauf nach Trosterud und Furuset überblicken. Das Blaulicht drehte sich gemächlich auf dem Dach. Harry kurbelte die Scheibe hinunter und streckte seine Hand aus dem Fenster, um ein welkes Blatt zu entfernen, das sich unter dem Scheibenwischer verklemmt hatte.

»Ein Rotkehlchen«, sagte Ellen und zeigte nach vorn. »Das ist ein seltener Vogel so spät im Herbst.«

»Wo?«

»Da, auf dem Dach des Kassenhäuschens.«

Harry beugte sich hinunter und sah durch die Windschutzscheibe.

»Aha? Das ist also ein Rotkehlchen?«

»Genau. Aber du kennst wohl kaum den Unterschied zwischen dem da und einer Rotdrossel, oder?«

»Stimmt.« Harry hielt sich die Hand über die Augen. Wurde er langsam kurzsichtig?

»Das ist bei uns ein seltener Vogel, das Rotkehlchen«, sagte Ellen und drehte den Verschluss wieder auf ihre Thermoskanne.

»Aha«, sagte Harry.

»Neunzig Prozent von denen ziehen im Winter nach Süden und nur einige wenige gehen sozusagen das Risiko ein, hier zu bleiben.«

»Soso.«

Es knackte wieder im Funkgerät:

»Posten 62 ans HQ: Zweihundert Meter vor der Abfahrt nach Lørenskog steht ein unbekanntes Auto neben der Straße.«

Eine tiefe Stimme mit Bergener Dialekt antwortete aus dem Hauptquartier:

»Einen Augenblick, 62, das überprüfen wir.«

Stille.

»Habt ihr die Toiletten überprüft?«, fragte Harry und nickte in Richtung der Essotankstelle.

»Ja, die Tankstelle ist geräumt, Kunden und Angestellte sind weg. Nur der Chef ist noch da. Den haben wir im Büro eingeschlossen.«

»Die Kassenhäuschen auch?«

»Alles überprüft, beruhig dich, Harry. Alles ist streng nach Liste abgecheckt. Tja, die wenigen, die hier bleiben, hoffen auf einen milden Winter, verstehst du? Das kann gut gehen, aber wenn ihre Rechnung nicht aufgeht, sterben sie. Du fragst dich jetzt bestimmt, warum sie dann nicht mit den anderen nach Süden ziehen. Ob die, die hier bleiben, einfach faul sind.«

Harry blickte in den Rückspiegel und sah die Wachen zu beiden Seiten der Eisenbahnbrücke. Sie waren schwarz gekleidet, trugen Helme und hatten eine MP5-Maschinenpistole um den Hals hängen. Sogar von hier aus konnte er erkennen, wie angespannt ihre Körper waren.

»Die Sache ist, wenn es ein milder Winter wird, können sie die besten Brutplätze belegen, *ehe* die anderen wieder zurückkommen«, sagte Ellen und versuchte, die Thermoskanne wieder in das überfüllte Handschuhfach zurückzuschieben. »Das ist ein kalkuliertes Risiko, verstehst du? Du machst den *Big Deal* oder gibst den Löffel ab. Das Wagnis eingehen oder nicht. Wenn du es tust, fällst du vielleicht irgendwann nachts steif gefroren von einem Ast und taust erst im nächsten Frühjahr wieder auf. Traust du dich aber nicht, kriegst du womöglich keinen Platz mehr ab, wenn du zurückkommst. Das ist das ewige Dilemma, das man immer mit sich rumträgt.«

»Du hast doch deine schusssichere Weste an, oder?« Harry wandte sich kurz zu Ellen um und sah sie an.

Ellen antwortete nicht, sondern starrte nach vorn auf die Autobahn, während sie langsam den Kopf schüttelte.

»Hast du oder hast du nicht?«

Sie klopfte als Antwort mit ihren Knöcheln auf ihre Brust.

»Die leichte?«

Sie nickte.

»Verdammt, Ellen! Ich hab doch den Befehl gegeben, Bleiwesten anzuziehen, nicht dieses Micky-Maus-Zeug!«

»Weißt du, was diese Secret-Service-Leute tragen?«

»Lass mich raten. Leichte Westen?«

»Genau.«

»Und weißt du, was mir scheißegal ist?«

»Lass mich raten. Der Secret Service?«

»Genau.«

Sie lachte und auch Harry musste lächeln. Es knackte wieder im Funk.

»HQ an Posten 62. Der Secret Service sagt, dass es ein Auto von ihnen ist, das an der Abfahrt nach Lørenskog steht.«

»Posten 62, verstanden.«

»Da siehst du es wieder«, sagte Harry und schlug ärgerlich mit der Hand aufs Lenkrad. »Keine Kommunikation. Diese Amis machen doch immer ihr eigenes Ding. Was hat dieses Auto da oben zu schaffen, ohne dass wir es wissen, häh?«

»Soll wohl überprüfen, ob wir unseren Job richtig machen«, vermutete Ellen.

»Wie *sie* es uns aufgetragen haben.«

»Du hast in jedem Fall das Recht, ein wenig mitzubestimmen, also beklag dich nicht«, sagte sie, »und hör endlich mit diesem Getrommel auf.«

Harry legte seine Finger gehorsam in seinen Schoß. Sie lächelte. Er atmete in einem langen Seufzer aus:

»Jajaja.«

Seine Finger fanden den Schaft seiner Dienstwaffe, einer 38er Smith & Wesson mit sechs Schuss. Im Gürtel hatte er zwei weitere Magazine mit je sechs Schuss. Er tätschelte seinen Revolver in dem sicheren Wissen, dass er zurzeit streng genommen gar nicht befugt war, eine Waffe zu tragen. Vielleicht wurde er wirklich kurzsichtig, denn nach dem vierzigstündigen Kurs im letzten Winter war er durch die Schießprüfung gefallen. Auch wenn so etwas öfter vorkam, war es doch das erste Mal, dass das Harry widerfahren war, und es gefiel ihm ganz und gar nicht. Eigentlich hätte er die Prüfung bloß wiederholen müssen; er war nicht der Einzige, der vier oder fünf Anläufe brauchte, doch Harry hatte das aus irgendeinem Grund immer wieder verschoben.

Wieder knackte es: »Punkt 28 passiert.«

»Das war der vorletzte Punkt im Polizeidistrikt Romerike«, sagte Harry. »Jetzt kommt Karihaugen und dann sind wir dran.«

»Warum können die das nicht so machen wie immer und sagen, wo sich der Konvoi befindet, anstatt diese blöden Nummern anzugeben?«, fragte Ellen vorwurfsvoll.

»Rat doch mal.«

Sie antworteten im Chor: »Secret Service!« und lachten.

»Punkt 29 passiert.«

Er sah auf die Uhr.

»Okay, dann sind die in drei Minuten da. Ich geh jetzt auf die Frequenz vom Osloer Polizeidistrikt. Check noch mal alles ab.«

Es knackte und pfiff im Funkempfänger, während

Ellen die Augen schloss, um sich auf die Bestätigungen zu konzentrieren, die ihr der Reihe nach gemeldet wurden. Dann steckte sie das Mikrofon wieder zurück. »Alle auf ihren Plätzen und bereit.«

»Danke. Setz deinen Helm auf.«

»Häh? Also wirklich, Harry.«

»Du hast gehört, was ich gesagt habe.«

»Dann du aber auch!«

»Meiner ist zu klein!«

Eine neue Stimme: »Punkt 1 passiert.«

»Verdammt, manchmal bist du einfach so ... unprofessionell.« Ellen drückte sich den Helm auf den Kopf, befestigte den Kinnriemen und streckte dem Innenspiegel die Zunge heraus.

»Ich liebe dich auch«, sagte Harry, während er die Straße vor sich durch das Fernglas beobachtete. »Ich sehe sie.«

Ganz oben auf der Steigung bei Karihaugen blinkte Metall auf. Harry sah bis jetzt nur den ersten Wagen des Konvois, doch er kannte die Reihenfolge: sechs Motorräder mit besonders geschulten Polizisten der norwegischen Escortabteilung, zwei norwegische Begleitfahrzeuge, dann ein Wagen vom Secret Service, gefolgt von zwei exakt gleichen Cadillac Fleetwood Limousinen, Spezialwagen des Secret Service, die beide aus den USA eingeflogen worden waren. In einem davon saß der Präsident. In welchem, war geheim. Vielleicht sitzt er auch in beiden, dachte Harry. Einen für Jekyll und einen für Hyde. Dann kamen die größeren Wagen: Krankenwagen, Kommunikationsfahrzeug und noch mehr Secret-Service-Wagen.

»Alles scheint ruhig zu sein«, bemerkte Harry. Er bewegte sein Fernglas langsam von rechts nach links.

Die Luft flimmerte über dem Asphalt, obgleich es ein kühler Novembermorgen war.

Ellen konnte den Umriss des ersten Wagens erkennen. In einer halben Minute sollten sie die Mautstation passiert haben, womit die Hälfte ihres Jobs erledigt wäre. Und in zwei Tagen, wenn dieselben Autos die Mautstation in umgekehrter Richtung erneut passiert hatten, konnten Harry und sie ihre gewohnte Polizeiarbeit wieder aufnehmen. Ihr waren die Toten im Morddezernat lieber, als um drei Uhr nachts aufzustehen und dann mit einem übelgelaunten Harry, dem seine Verantwortung schwer zu schaffen machte, in einem kalten Volvo zu sitzen.

Abgesehen von Harrys gleichmäßigem Atem war es vollkommen still im Auto. Sie überprüfte, ob die Statusanzeigen beider Funkempfänger leuchteten. Die Autokolonne hatte jetzt beinahe die Senke erreicht. Sie nahm sich vor, nach dem Job ins Tørst zu gehen und sich volllaufen zu lassen. Dort gab es einen Typen, mit dem sie neulich geflirtet hatte; er hatte schwarze Locken und braune, fast gefährliche Augen. Er war mager und hatte so einen bohemeartigen, intellektuellen Touch. Vielleicht ...

»Was zum Teuf...«

Harry hatte sich bereits das Mikrofon geschnappt. »Im dritten Kassenhäuschen von links steht jemand. Kann mir einer diese Person identifizieren?«

Das Funkgerät antwortete mit knisterndem Schweigen, während Ellens Blick die Reihe der Kassenhäuschen absuchte. Da! Hinter dem braunen Glas erkannte sie den Rücken eines Mannes – kaum vierzig, fünfzig Meter vor ihnen. Im Gegenlicht zeichnete sich sein Profil deutlich ab. Ebenso der kurze Lauf mit dem Zielfernrohr, der über seine Schulter hinausragte.

»Eine Waffe!«, rief sie. »Er hat eine Maschinenpistole!«

»Scheiße!« Harry trat die Autotür auf, packte mit beiden Händen den Rand des Autodaches und schwang sich nach draußen. Ellen starrte auf die Wagenkolonne. Sie war vielleicht noch hundert Meter entfernt. Harry steckte seinen Kopf ins Auto.

»Das ist keiner von uns, aber es kann einer vom Secret Service sein«, sagte er. »Ruf das HQ an.« Er hielt den Revolver bereits in der Hand.

»Harry …«

»Sofort! Und drück die Hupe, wenn sie sagen, dass es einer von denen ist.«

Harry rannte auf das Kassenhäuschen zu. Der Gewehrlauf sah aus wie der Lauf einer Uzi. Die raue Morgenluft brannte in den Lungen.

»Polizei!«, schrie Harry. »Police!«

Keine Reaktion, das dicke Glas sollte den Verkehrslärm von draußen abhalten. Der Mann hatte seinen Kopf jetzt in Richtung Kolonne gedreht, und Harry konnte die dunkle Ray-Ban-Sonnenbrille erkennen. Secret Service. Oder jemand, der wie einer vom Secret Service aussehen wollte.

Noch zwanzig Meter.

Wie war er in das verschlossene Häuschen gekommen, wenn er keiner von denen war? Verdammt! Harry konnte bereits die Motorräder hören. Er würde das Häuschen nicht mehr erreichen.

Er entsicherte die Waffe und hoffte, die Hupe des Autos möge die morgendliche Stille an diesem Ort auf der gesperrten Autobahn zerreißen, an den er nie, wirklich niemals gewollt hatte. Der Befehl war klar, doch er konnte den Gedanken einfach nicht von sich weisen: leichte Weste, keine Kommunikation. Schieß, es ist nicht dein Fehler. Ob er Familie hat?

Unmittelbar hinter dem Kassenhäuschen kam jetzt die Kolonne zum Vorschein, und das schnell. In zwei Sekunden würde der Cadillac in Höhe der Mautstation sein. Aus dem linken Augenwinkel sah er eine Bewegung – ein kleiner Vogel, der vom Dach aufflog.

Das Wagnis eingehen oder nicht ... dieses ewige Dilemma.

Er dachte an den tiefen Halsausschnitt der Weste und senkte den Revolver ein klein wenig. Das Dröhnen der Motorräder war ohrenbetäubend.

Oslo, Dienstag, 5. Oktober 1999

2 »Genau das ist ja der große Betrug«, sagte der kahlgeschorene Mann und warf einen Blick auf das Manuskript. Der Kopf, die Augenbrauen, die kräftigen Unterarme, ja sogar seine gewaltigen Hände, die das Rednerpult umklammerten, waren frisch rasiert und sauber. Er beugte sich zum Mikrofon vor.

»Seit 1945 haben die Feinde des Nationalsozialismus das Feld beherrscht und ihre demokratischen und ökonomischen Prinzipien ausgeübt. Als Folge davon hat die Welt seither nicht einen einzigen Sonnenuntergang ohne kriegerische Auseinandersetzungen gesehen. Selbst hier in Europa haben wir Krieg und Völkermord miterleben müssen. In der Dritten Welt hungern und sterben Millionen – und Europa wird von Massenzuwanderung und dem damit verbundenen Chaos bedroht, von der Not und dem Kampf ums Dasein.«

Er hielt inne und sah sich um. Es war mucksmäuschenstill im Saal, nur einer der Zuhörer in den Reihen hinter ihm klatschte leise Beifall. Als er erregt fortfuhr, leuchtete die kleine Lampe unter dem Mikrofon verräterisch auf – der Kassettenrecorder empfing verzerrte Signale.

»Nur wenig trennt auch uns von unbekümmertem Reichtum und dem Tag, an dem wir uns auf uns selbst und auf die Gesellschaft um uns herum verlassen müssen. Ein Krieg, eine ökonomische oder ökologische Katastrophe – und das gesamte Netzwerk aus Regeln und Gesetzen, das uns alle so schnell zu passiven Nutznießern des Sozialstaates werden lässt, ist plötzlich verschwunden. Der letzte große Betrug fand am 9. April 1940 statt, als unsere sogenannten nationalen Führungspersonen vor dem Feind davonrannten, um ihre eigene Haut zu retten. Und die staatlichen Goldreserven mitnahmen, um in London ein Leben in Luxus zu finanzieren. Jetzt ist der Feind wieder hier. Und diejenigen, die unsere Interessen verteidigen sollten, betrügen uns erneut. Sie lassen den Feind Moscheen in unserer Mitte errichten, erlauben es ihm, die Alten auszurauben und sein Blut mit dem unserer Frauen zu mischen. Es ist ganz einfach unsere Pflicht, unsere Rasse der Nordmänner zu schützen und diejenigen zu eliminieren, die uns betrügen wollen.«

Er blätterte zur nächsten Seite um, doch ein Räuspern vom Podium vor ihm ließ ihn innehalten und aufblicken.

»Danke, ich glaube, wir haben genug gehört«, sagte der Richter und sah über seine Brille. »Hat die Staatsanwaltschaft noch weitere Fragen an den Angeklagten?«

Die Sonne schien schräg in den Saal Nummer 17 des Osloer Justizgebäudes und verschaffte dem Kahlgeschorenen einen trügerischen Heiligenschein. Er trug ein weißes Hemd mit einem schmalen Schlips, vermutlich auf Anraten seines Anwalts, Johan Krohn, der zurückgelehnt dasaß und einen Stift zwischen Zeigefinger und Mittelfinger auf und ab wippen ließ. Krohn missfiel die ganze Situation. Ihm missfiel die Richtung, die die Befragung seines Klienten, Sverre Olsen, genommen hatte, und dessen offenherzige Programmerklärung. Des Weiteren störte es ihn, dass Olsen sich das Recht herausgenommen hatte, seine Hemdsärmel hochzukrempeln, so dass sowohl der Richter als auch die anderen Anklagevertreter die tätowierten Spinnweben an beiden Ellenbogen und die Hakenkreuze am linken Unterarm erkennen konnten. Der rechte Unterarm war mit einer Reihe altnordischer Symbole verziert, darüber stand in schwarzen gotischen Buchstaben VALKYRIA. Valkyria war der Name einer Gruppierung, die zu dem neonazistischen Milieu der Gegend um Nordstrand gehört hatte. Doch was Johan Krohn am meisten ärgerte, war die Tatsache, dass irgendetwas schief lief, irgendetwas an dem ganzen Prozess, er wusste nur nicht genau, was.

Der Staatsanwalt, ein kleiner Mann namens Herman Groth, bog das Mikrofon mit seinem kleinen Finger, an dem ein Ring mit dem Symbol der Anwaltsinnung steckte, zu sich herüber.

»Nur noch ein paar abschließende Fragen, Herr

Richter.« Seine Stimme klang weich und gedämpft. Die Lampe unter dem Mikrofon leuchtete grün.

»Als Sie am 3. Januar gegen einundzwanzig Uhr Dennis Kebab in der Dronningsgate betraten, geschah dies also mit der klaren Absicht, Ihre Pflicht zur Verteidigung unserer Rasse, von der Sie gesprochen haben, zu erfüllen?«

Johan Krohn warf sich auf das Mikrofon:

»Mein Klient hat doch bereits gesagt, dass es zu einem Streit zwischen ihm und dem vietnamesischen Besitzer gekommen ist.« Rotes Licht. »Er wurde provoziert«, fügte Krohn hinzu. »Es gibt nicht den geringsten Grund, vorsätzliches Handeln anzunehmen.«

Groth schloss seine Augen halb.

»Wenn das stimmt, was Ihr Verteidiger sagt, Olsen, trugen Sie also ganz zufällig einen Baseballschläger mit sich?«

»Zur Selbstverteidigung«, unterbrach ihn Krohn und breitete resignierend die Arme aus:

»Herr Richter, diese Fragen hat mein Mandant doch alle bereits beantwortet.«

Der Richter rieb sich das Kinn, während er den Verteidiger betrachtete. Alle wussten, dass Johan Krohn jr. einer der emporstrebenden Topverteidiger war, und wohl gerade deshalb stimmte ihm der Richter nur widerwillig zu:

»Ich teile die Meinung des Verteidigers. Wenn die Staatsanwaltschaft keine neuen Aspekte vorbringen kann, möchte ich darum bitten, zu einem Ende zu kommen.«

Groth öffnete seine Augen wieder, so dass ein schmaler weißer Streifen oberhalb und unterhalb der

Iris zu erkennen war. Er nickte. Dann hob er mit einer müden Bewegung eine Zeitung hoch.

»Das hier ist die Ausgabe des *Dagbladet* vom 25. Januar. In einem Interview auf Seite acht sagt einer der Gesinnungsgenossen des Angeklagten …«

»Einspruch …«, fuhr Krohn dazwischen.

Groth seufzte. »Ich nehme meine Äußerung zurück. Lassen Sie mich also von einer männlichen Person sprechen, die rassistisches Gedankengut zum Ausdruck bringt.«

Der Richter nickte, warf Krohn aber gleichzeitig einen warnenden Blick zu. Groth fuhr fort:

»Dieser Mann sagt in einem Kommentar zu dem Überfall auf Dennis Kebab, wir brauchten noch mehr Rassisten vom Schlage eines Sverre Olsen, um Norwegen zurückzugewinnen. Im Interview wird das Wort Rassist wie eine Ehrenbezeichnung verwendet. Halten Sie sich selbst für einen Rassisten?«

»Ja, ich bin Rassist«, bekannte Olsen, ehe Krohn ihn unterbrechen konnte. »In dem Verständnis, das ich von diesem Wort habe.«

»Und das wäre?«, fragte Groth lächelnd.

Krohn ballte die Fäuste unter dem Tisch und sah zu dem Richter und den beiden Anklagevertretern auf dem Podium hinauf. Diese drei sollten über die Zukunft seines Klienten entscheiden und über den Status, den er selbst während der nächsten Monate im Tostrupkeller innehaben würde. Zwei gewöhnliche Vertreter des Volkes mit dessen gewöhnlichem Rechtsempfinden. »Laienrichter« hatten sie sie früher genannt, doch vielleicht hatten sie herausgefunden, dass das zu sehr nach Inkompetenz klang. Der Schöffe zur Rechten des Richters war ein junger Mann in einem billigen

Anzug, der kaum aufzublicken wagte. Die junge, etwas füllige Frau auf der anderen Seite des Richters schien nur so zu tun, als wäre sie bei der Sache, während sie den Kopf in den Nacken legte, damit ihr beginnendes Doppelkinn vom Saal aus nicht zu sehen war. Durchschnittliche Norweger. Was wussten diese über Menschen wie Sverre Olsen? Was wollten sie wissen?

Acht Zeugen hatten gesehen, wie Sverre Olsen mit einem Baseballschläger unter dem Arm den Kebabstand betreten hatte und damit nach ein paar kurzen Schimpfworten auf den Kopf des Inhabers Ho Dai, eines vierzigjährigen Vietnamesen, eingeschlagen hatte, der 1978 als einer der Boat People nach Norwegen gekommen war. Er war dabei so brutal vorgegangen, dass Ho Dai nie wieder laufen können würde. Als Olsen zu reden begann, war Johan Krohn jr. in Gedanken bereits damit beschäftigt, die Berufung vor der Großen Strafkammer zu formulieren.

»Rass-ismus«, las Olsen, nachdem er in seinen Papieren gefunden hatte, wonach er gesucht hatte, »ist ein ewiger Kampf gegen erbliche Krankheiten, Degenerierung und Ausrottung, verbunden mit dem Traum und der Hoffnung auf eine gesündere Gesellschaft mit mehr Lebensqualität. Rassenvermischung ist eine Form des bilateralen Völkermordes. In einer Welt, in der geplant ist, Genbanken zu errichten, um selbst den winzigsten Käfer zu erhalten, wird es allgemein akzeptiert, Menschenrassen miteinander zu vermischen – und damit auszuradieren –, die sich über Jahrtausende entwickelt haben. In einem Artikel der renommierten amerikanischen Zeitschrift *American Psychologist* aus dem Jahre 1972 warnten fünfzig namhafte amerikanische und europäische Wissenschaftler vor der Verheimlichung der erbtheoretischen Argumentation.«

Olsen hielt inne, ließ seinen Blick durch den Saal Nummer 17 schweifen und hob den rechten Zeigefinger. Er hatte sich dem Staatsanwalt zugewendet, so dass Krohn die bleiche Sieg-Heil-Tätowierung auf dem kahl geschorenen Hautwulst zwischen Hinterkopf und Nacken erkennen konnte, ein stummer Aufschrei und ein grotesker, merkwürdiger Kontrast zu der kühlen Rhetorik. In der Stille, die nun folgte, entnahm Krohn dem Lärm, der vom Flur hereinschallte, dass man im Saal 18 bereits Mittagspause machte. Einige Sekunden vergingen. Krohn erinnerte sich an etwas, was er gelesen hatte, dass nämlich Adolf Hitler bei den Massenaufmärschen oftmals Kunstpausen von bis zu drei Minuten eingelegt haben soll. Als Olsen fortfuhr, klopfte er mit seinen Fingern im Takt, als wollte er den Anwesenden jedes Wort und jeden Satz einhämmern.

»Jeder, der glaubt, dass dort draußen kein Rassenkampf vor sich geht, ist entweder blind oder ein Verräter.«

Er nahm einen Schluck aus dem Wasserglas, das der Gerichtsdiener vor ihn hingestellt hatte.

Der Staatsanwalt schritt ein.

»Und in diesem Rassenkampf sind Sie und Ihre Anhänger, von denen sich einige hier im Saal befinden, die Einzigen, die das Recht zum Angriff haben?«

Buhrufe ertönten von den Skinheads in den Bankreihen.

»Wir greifen nicht an, wir verteidigen uns«, widersprach Olsen. »Das ist das Recht und die Pflicht aller Rassen.«

Jemand aus dem Saal warf ihm ein paar Worte zu, die Olsen aufnahm und mit einem Lächeln wiedergab.

»Auch ein Rassenfremder kann in Tat und Wahrheit ein rassenbewusster Nationalsozialist sein.«

Gelächter und lauter Beifall von den Zuhörern. Der Richter bat um Ruhe und sah dann den Staatsanwalt fragend an.

»Das war alles«, sagte Groth.

»Hat der Verteidiger noch weitere Fragen?«

Krohn schüttelte den Kopf.

»Dann bitte ich den ersten Zeugen der Staatsanwaltschaft herein.«

Der Staatsanwalt nickte dem Gerichtsdiener zu, der die Tür hinten im Saal öffnete, den Kopf nach draußen steckte und etwas sagte. Das Kratzen eines Stuhlbeines war zu hören, ehe sich die Tür weit öffnete und ein kräftiger Mann den Saal betrat. Krohn registrierte, dass der Mann eine etwas zu kleine Anzugjacke trug, schwarze Jeans und ebenso schwarze Doc-Martens-Stiefel. Der athletische, schlanke Körper hätte auf ein Alter von etwa Anfang dreißig schließen lassen. Doch die rot unterlaufenen Augen mit den hervortretenden Tränensäcken und die blasse Haut mit den dünnen Äderchen deuteten eher in Richtung fünfzig.

»Polizeiobermeister Harry Hole?«, fragte der Richter, als der Mann im Zeugenstand Platz genommen hatte.

»Ja.«

»Den Papieren entnehme ich, dass Ihre Privatadresse nicht angegeben ist?«

»Geheim.« Hole deutete mit dem Daumen über seine Schulter. »Ich hatte zu Hause Besuch.«

Erneut ertönten Buhrufe.

»Herr Hole, haben Sie früher schon einmal ausgesagt? Unter Eid, meine ich.«

»Ja.«

Krohns Kopf schnellte nach oben wie bei den Plastikhunden, die einige Autofahrer hinten auf der Hutablage platziert haben. Er begann, fieberhaft seine Dokumente zu durchstöbern.

»Sie arbeiten als Ermittler im Morddezernat«, sagte Groth. »Was haben Sie mit diesem Fall zu tun?«

»Wir sind von falschen Voraussetzungen ausgegangen«, erwiderte Hole.

»Ach ja?«

»Wir haben nicht damit gerechnet, dass Ho Dai überleben würde. Für gewöhnlich ist man mit zertrümmertem Schädel und dem Verlust von Gehirnmasse dazu nicht mehr in der Lage.«

Krohn sah, wie sich die Gesichter der Schöffen unfreiwillig verzogen. Doch das spielte jetzt keine Rolle. Er hatte den Zettel mit den Namen der Schöffen gefunden. Und da war er: der Fehler.

*